卷二

竄紅注目作家

村口的沙包——著

1 陸氏兄妹

入了二月，漸漸天氣也轉暖起來，一旦出正月，一切事務都上了軌道。

傅念君隨時注意著傅淵的動靜，魏氏那裡倒是很安分，也沒聽說什麼風聲。

陸氏記著和傅念君的話，便與她說月底時，晉國公趙家的夫人要辦一場文會，屆時連氏會出席，傅念君有心倒是可以去會會。

傅念君奇道：「二嬸不是不愛出門嗎？」

陸氏回道：「我幾時要去了？這樣的事，妳那位母親可比我消息靈通。」

話中之意，讓姚氏帶她出門就是。也是，姚氏如今大概是愁煞了，傅梨華退親後要另結親事，還壓著傅琨給她下的命令張羅崔九郎和傅允華的婚事，她怎麼能放過這樣的機會。

誰說女人不能辦文會，趙家夫人才名在外，是少有的一代才女。而趙大人乃兵部尚書，剛剛封了晉國公，顯貴一時，他是兩浙路蘇州府長洲縣人，祖父曾做過吳越國國主的幕僚，有這層關係在，趙家與連家和盧家交好也很順理成章。

傅念君瞧著陸氏似笑非笑的神情，也道：「二嬸倒是把我送去母親面前惹她嫌了。」

姚氏必然是知道都不想讓她知道這個消息的，何況這種全是女人的場面，從前的傅饒華也不甚感興趣。

「妳是傅氏嫡長女，沒不過去的理，何況人家的文會又不是挑媳婦，妳如何不能去？」

傅念君點頭稱是。

沒兩天，倒是回西京奔喪的陸婉容和陸成遙兄妹先回到了傅家。陸婉容看起來清瘦了不少，神色倒是還好。

「外祖母過世，我們是要服小功（注）的，如此上傅家的門不妥，是我……」

陸成遙對陸氏說這話的時候顯得很不好意思。

陸氏點頭。「殿試在即，你心裡著急，想必你父母親也能體諒。」

「卻是難為妹妹了……」

陸婉容倒是還好，在隔間裡拉著傅念君的手說話。

「念君我要謝謝妳，讓我還能見了太婆最後一面。我糊塗極了，只當她一直說身上好，卻不曾細細問過郎中……」陸婉容說著說著又淌下淚來。

傅念君替她擦眼淚，心裡也有點懨悶。母親年幼時是這樣軟的性子，她以後的路可……

陸婉容稍稍止住了，又長嘆：「我也無憾了，太婆見著了我，是笑著走的，這都是妳的功勞。念君，謝謝妳。」

「妳我之間不需要言謝了，妳是不是身上不好，清瘦了好多。」她擔心陸婉容自己熬不住。

陸婉容嘆氣。「也是我不懂事，在家時愁思難遣，想著與妳說說體己話大概就能寬慰些，就又跟哥哥進京來登傅家的門討人嫌來了。」她的臉側向窗外，神色有些悵然。

傅念君一向直覺敏銳，知道她的話未說盡。

「妳是二嬸的侄女，就是一家人，我爹爹也不會趕你們走。」傅念君倒真是想法子哄她開心一點。

陸婉容朝她小小一笑，很是我見猶憐。「妳在這兒好不好？她們欺負妳了沒有？」

傅念君倒是不想把自己身邊那些烏糟事都告訴她，姚氏如今再要算計她，也該仔細掂量掂量了，因此只輕描淡寫和陸婉容說了幾句。

兩人攜手出門來，陸成遙卻還沒走，見到她二人，倏然就站起身來，隨即又覺得有些冒失，訕訕坐了下去。陸氏也看見了，勾了勾唇笑笑。

陸婉容覺得奇怪，突然覺得傅念君手裡怎得生生冒了些冷汗出來？

傅念君見到陸成遙就想到了那時自己做的惡夢，大紅蓋頭大紅錦帳，蓋頭一掀開卻是自己的親娘舅做了新郎倌兒……可真的是太恐怖了。

陸成遙攏拳咳了一聲，只道：「從西京過來，也給二娘子帶了些東西，請莫要嫌棄。」他的臉上閃過一絲緋色。

傅念君謝過了他，就坐到陸氏身邊去，眼觀鼻鼻觀心，再不肯多把眼神轉一圈兒。陸氏朝她投過去一個眼神，意味很分明。什麼膽子，這也能嚇成這樣。

「三娘，妳歇夠了？規矩不可廢，各房裡要去請個安。」

陸婉容和陸成遙知道確實該如此。

「那念君……」陸婉容訕訕地說。

陸氏瞄了她一眼，這一個卻又是如此沒眼色。

「我和她還有幾句話說，妳自己去吧。」

注 小功為中國為死去的親屬服喪的「五服制度」之一，與死者親疏遠近不同的各種親屬，各有特定的居喪服飾、時間和生活起居行為規範。外親如外祖父母、母舅、母姨等，均服小功。

兄妹兩人只能自行去請安送禮了。

「怕了？」陸氏涼涼地道。

傅念君在旁老實道：「確實怕。」

「他也還算有點見識。」陸氏說著，

陸成遙是頭一個發現傅念君是個有點妙處的人吧。

傅念君尷尬。「多謝二嬸誇獎。」

「呸。」陸氏抬了抬眼梢。「哪個誇獎妳了？他也不是良配，且不說陸家怎樣、傅家怎樣，妳對他瞭解多少？」

傅念君苦笑，除開舅舅這層關係，她其實心裡對陸成遙也多少有點數。

「我又不是那九天玄女，陸表哥有別的挑不要，非來要我，不過是他長居西京不曉得我這臭名聲的厲害，還沒受崔五郎那樣的苦罷了。再者來說，他大約是前兩次瞧我可憐兮兮的，難免動了惻隱之心，起了想庇佑我的心思。若說什麼真情實意一片赤心的，可真是要辱沒他了。」

陸成遙是個俗世眼中的真君子，對她的偏見比旁人淡很多，可卻並不是沒有。

否則何以他敢如此在陸氏面前表態，他心底或許自己都沒發現，還是覺得自己來娶傅念君，才是對她的拯救。

可她不覺得自己需要被拯救。

「難得妳能看穿。」陸氏欣慰。「他們兄妹，我一直存了分憂心，時時敲打，偏都像了我那嫂嫂，是個情淺的軟性子，自己都還鬧不清自己的心思，糊里糊塗地就想往前衝。」

傅念君一思索，或許還真是，母親的性子確實是這樣。

陸氏看人準，卻是個冷傲的，素來不愛多勸。從前也勸過陸成遙，他聽不進去，她也就懶得多說。不過傅念君卻是很得她心。

「妳準備怎麼解？」

傅念君無奈。「一五一十說了吧，被他覺是我自作多情、舉止輕浮我也認了，總歸比不尷不尬地拖著好。」

陸氏聽了她這話，卻拍著座椅扶手大笑起來。「瞧妳一副視死如歸的樣子。」

傅念君不由帶了幾分怨念。「難道二嬸還有更好的法子？」

這天下間的事，唯這男女之事最說不明白，傅念君又不是什麼風月老手，自然覺得快刀斬亂麻來得方便。

「也是這個道理。」陸氏收了笑聲，嘆了一聲。「左右妳對什麼郎君不郎君的也都不上心。」

其實她是沒有工夫上心。

傅念君出了陸氏的院子，在想著去晉國公府上赴文會的事，陸婉容如今回來了，或許應該要帶她一起紓解紓解心緒。傅念君見不得她這般低落憂傷，出去結識一、兩個出眾的小娘子陪她說說話，也比在這府裡憋著好。

傅家女兒雖多，可陸婉容選擇了與傅念君親近，和其他幾個卻也只能保持距離了。

她在路上遇到了姚氏身邊得力的何伯，他正帶著好些侍女端著時新的花卉頭面，喜孜孜地大搖大擺走過去。

自上回何伯十分拙劣地把傅念君騙去和崔九郎崔衡之「偶遇」後，傅念君就沒再見過這老兒。他自曉得那事沒成，見了傅念君都是繞道走的。今天倒是碰上了。

「何伯。」傅念君喚了一聲。

何伯嚇得渾身一抖，轉頭速度極慢。「二、二娘子……」

「你老人家這是怎麼了？脖子不好？」傅念君說著。

「呵呵……」何伯尷尬地抹抹額頭。「二娘子這是有何貴幹？」瞧她的眼神像瞧惡鬼似的。傅念君望了一眼侍女們手裡的東西，勾唇道：「這是給哪些小娘子送去的啊……」

何伯心下一凜，大娘子和四娘子不久就要去參加晉國公府趙家夫人的文會，大夫人特地吩咐了置辦一些新東西給她們挑，這二娘子該不是想做個半路的程咬金，給截過去吧？

何伯的老眼瞇了瞇，這可不行！他防賊似的眼神看得傅念君更是覺得好笑，心裡頭立刻就起了主意。

她轉了轉眼珠子，輕聲道：「何伯，你可不用瞞我了，這些東西是給四姊兒和大姊準備的吧？怎麼沒我的份？」

「老、老奴不知道……」何伯梗了梗脖子。

芳竹在傅念君身後忍不住翻白眼，還真不愧是姚氏的人，夠摳門的！瞧這些東西的成色，她們娘子才看不上呢好不好！

可傅念君卻出乎她所料，只聽她輕聲「嘖」了一下，竟道：「所謂見者有份，我既看見了，怎麼也得分我點吧？」

何伯瞪大了眼睛，哇，二娘子好厚的臉皮！

傅念君笑意嫣然，伸手要去夠那些東西，何伯卻身體快於腦子，一個側身擋住了她的手。

「不成不成，這個不成……」何伯咬牙。這是姚氏特地吩咐的寶石頭面，被奪了他可負擔不起。

「那這個……」傅念君的素手又伸向金光閃閃的步搖和髮簪。

「不行不行，這個也不行。」何伯用手失態地蓋住那些東西。他年紀大了，腳步卻比脖子靈光這麼多。

傅念君笑意越濃，伸手轉向了一些新做的絹花。

「我拿一朵，總不礙吧？」

何伯瞧了瞧，她挑了朵最小的雪青絹花，倒是不讓人注意。

何伯掙扎了下。每回置辦東西，四娘子那眼睛尖的什麼一樣，對採買單子對了一遍又一遍，大夫人不追究，她也要追究個十成十，就怕底下人昧下銀子。

不過一朵花兒她應該看不出來吧？

「好吧。」何伯勉為其難地點頭了。

傅念君見好就收。「替我謝過母親和四姊兒，你走吧。」

何伯似乎怕她再行敲詐之事，急匆匆帶著人小跑似地走了。芳竹和儀蘭見狀愕然。

儀蘭忍不住望著何伯領著一眾下人小跑而去的背影道：「怎麼這麼摳啊……」

傅念君把花簪在頭上，問她們道：「還好看嗎？」

「娘子本就花容月貌，自然好看。」芳竹說著：「只是您從前才瞧不上大夫人的東西，如今怎麼……」又不是什麼好東西。

傅念君笑了笑，白牙似乎在陽光底下閃了閃，不應她的話。「既然好看，走吧，爹爹也該回府了，去給他瞧瞧。」

兩個丫頭不明所以。

不遠處的六夢亭裡，幾個原本在下棋對弈的郎君，此時都站直了身子往那邊伸長了脖子瞧。

四郎傅瀾差點捂住了自己的眼睛。

「她、她……二姊兒這是在幹嘛呀……」他邊說邊望向了旁邊的傅淵。

傅淵向來對這個親妹妹很是不喜，恐怕他瞧見了這一幕又該生氣了。她又不缺那一朵花兒，怎麼攔著下人們為難他們，這雁過拔毛的……一點大家風範都沒有。

可沒想到傅淵的臉上神色卻是淡淡的。

「三哥？」傅瀾喚他。

傅淵「嗯」了一聲，反而十分詭異地勾了勾嘴角。這是……

「你不生氣？」

「有什麼好生氣的。」

傅念君和以前不一樣了，她要使壞，就讓她去吧。

傅瀾一頭霧水，怎麼這兄妹倆的感情，是突然轉好了？幾時發生的事？

這會兒突然有個管事模樣的人來尋傅淵，是有件事請他示下。

「給六郎尋的伴讀頭一天來覆命，相公交代了請您瞧瞧，小的尋了三郎君許久，不知您現下可否有空移步？」

傅淵蹙了蹙眉，再沒心思下棋，叫人撤了棋盤。

他對同父異母姚氏所生的弟弟沒有多少愛惜，傅琨公務繁忙，本來他身為長兄，傅溶的學業應該由他一手教導，可他實在沒什麼興趣。可傅溶身邊連個伴讀都要勞煩爹爹自己花心思，這就是傅淵的不孝了。

傅淵冷道：「叫什麼名字？哪裡人？」

管事回道：「叫做傅寧，是咱們族中的學子，按輩分當是幾位郎君的侄兒輩，和族人一起住在城外，常受相公照拂，如今十六年紀了。聽聞學問不錯，是個可造之才，相公便使他入了府給六郎做伴讀。」

傅淵道：「學問倒是其次，人品要摸清了，不是什麼人都該往傅家領，去回過大夫人沒有？」

管事臉上有點尷尬。

這個傅寧常來傅家打秋風，姚氏又記性好，自然是認得他的。

這麼一個落魄寒酸之人給她兒子做伴讀，她心裡自然是千分萬分地彆扭，可這是傅琨親自發的話，她也不敢多說什麼。至於對傅寧如何禮遇，自然是不可能的，就隨他去好了。

傅淵見管事不回話，也不再追問：「把他領去花廳，我自去見他。」

念什麼書、跟過哪些先生，考較考較傅寧的學問，姚氏也不懂，總是傅淵要去問的。

傅淵去了花廳，見到侍女們也很懂事，已經先上了清茶，未怠慢了客人。傅淵第一次見傅寧，自然對傅寧來說不是。

傅寧恭敬地站起身來，向他揖了揖。「傅東閣。」

傅淵見他雖家境貧寒，收拾得卻極為整潔，穿著士子襴衫，鞋襪也很得體，不由就寬了兩分心。

「坐吧。」

傅寧又再坐下，一張年輕俊秀的臉上一對眼睛熠熠閃光，神采飛揚，絲毫不見往日怯懦自卑，若是姚氏身邊的人見了怕還要認不出他。從前那個束手束腳、畏首畏尾的少年，突然間就有了如此坦然風度。

傅淵便循例考較了他詞賦、經義，傅寧口齒清晰，答得極為流暢。傅淵面上的冷色也逐漸緩了，到底是傅琨親自點名的人，目前看來確實不錯。

「你家住城外，每日往來可覺得疲累？」

傅寧含著淡笑恭敬道：「晚輩家中有一寡母，身體有恙，前幾日接進城來醫治，晚輩每日照料她老人家，城外家中，只能暫時空置了。」

傅淵道：「醫治之事，也不是一時半刻就能解決的，你若有意，可暫住府上。」

傅寧聞言，起身長揖，感激道：「多謝傅東閣美意，只是寡母眼盲，每日離不得人，孝道不可廢，不過每日早些起身晚些歸家罷了。請您放心，晚輩定不辜負傅相公和您的提拔，在敦促六郎學業之事上不敢有一絲馬虎懈怠。」

傅淵見他如此有禮貌，又是一片孝心，不由對他高看了兩分，何況面對他的人，尚且能這般不卑不亢，說話有條分明，當真是不易了。

他卻不知道，此時傅寧收攏的手中已盡是冷汗。

「如此我也不難為於你，若有難處，盡可以向府裡說明。我弟弟年幼愛胡鬧，你且多盯著他些。」傅淵頓了頓。「你年紀如此輕就有此番氣度，必然是有大造化。」

傅淵說話一向都不喜歡說太滿，也並不細說日後他們父子會提拔傅寧，卻也見他人品優秀，忍不住想提點一兩句。

傅寧微微淡笑，依然恭敬。「造化卻不敢說，若得機會做了天子門生，也是為天下所驅使，此乃大義，晚輩心有所向，卻不敢過分強求。」

既不刻意追求功名，卻也滿懷誠心。這氣概，倒是不似外頭那些學子般虛浮。

傅淵頷首。「我還有事，你且自便吧。此後你要長伴六哥兒左右，家裡地方大，一會兒跟著侍女走動走動認認路。」

依傅淵的性子，他是素來不會對個外人說這樣叮嚀的話的。知道他的人都該明白，這傅寧是入了他眼了。

傅寧卻只當不知，依然垂首說：「如此就有勞府中諸位了。」

傅淵出了門才向左右道：「爹爹這個人尋得很好，以後六郎身邊有他一個就足矣，若大夫人問起，就說是我的話。」

傅淵知道姚氏心底是有幾分勢利的，近來又因為兒女事不順，見天地往外冒酸水，說不定會拿著他們父子挑來的伴讀發洩。

下人們應了，一個老管家模樣的在門口聽了風，揮走了旁人，轉而自己進門，對傅寧的態度又恭敬了幾分。

「郎君可想走走？還是再坐坐？」

傅寧心裡不齒這些下等豬狗見風使舵，這老丈他從前也見過幾次，是傅淵身邊的老人了，可哪一回不是在他面前趾高氣揚地錯身而過。不過是傅淵身邊一條老狗罷了。

可任憑心裡邪火滔天地燒，可他面上卻竟依然是一派眉目平和的儒雅。

「多謝，有勞老伯了，您年紀大了，腿腳不便，何不差使些年輕的？」說著一隻手要去扶秦老管事。

老秦只覺得手裡被塞進來一件硬硬的物什，低頭一瞧，是塊乾淨的碎銀子。

他心裡一樂，瞧不出這位倒是個會來事的。怎麼族裡那一幫子窮鬼中還出了這麼個好筍？確實不容易，他怎麼以前沒發現？

老秦揣了那銀子，笑道：「郎君折煞我這老頭子了，為您帶個路，還是應當的。」

傅寧笑道：「老伯客氣了，我不是什麼郎君，在家中阿娘常喚我阿寧。您若不嫌棄，請也這麼稱呼吧，可莫要再叫郎君折煞了我。」

老秦想了想，便道：「寧大郎，你待我老頭子如此客氣，我也不跟你繞話，這府裡府外，我老兒還是能說一嘴的，你有什麼想知道的，自來問我便是。」他又嘆了口氣。「相公和三郎事忙，常有顧不過來的時候。六郎性子又倔強，對先生一個不合意，就在房裡撕書玩，每回都得大夫人親自管教，你往後可避著他那性子……」

傅寧聽得連連點頭，邊扶著老秦往屋外走，還提醒他注意些門檻。老秦心裡倒是熨帖了，這卻是個懂事的，相公選的伴讀，當真不錯。

傅寧的眼神黯了黯，心下哪能不知有錢能使鬼推磨，這世道，你要做個高潔的君子，也得要那阿堵物來支撐。

若問他為什麼會有這麼大的變化？傅寧心裡想起了自己的伯樂，那位和樂樓的胡先生。從那日胡先生接濟了他年貨開始，就真的將他像子侄般帶在身邊歷事，短短兩個月，帶他出入東京各大酒樓場所，帶他見識各色富貴人物，教他說話做事，教他改了那一身窮酸習氣。最難的，就是文人們最看重的那份清雅氣度，一舉手一抬足，他從個寒酸貧家子，能到如今這般應付傅淵依然面不改色，不知是被胡先生發了多少回脾氣才學來的。

傅寧挺直著身板，這是他第一回，這樣昂首闊步地走在傅家的大宅子裡。

老秦在他身邊跟著，耐心地給他指路，一一比畫著各個院落。傅寧想到了以往的時候，他跟在姚氏手下人的身後，連頭都不敢抬一下，哪怕只盯著自己的腳尖，都只能瞧見一雙破得不能再破的鞋子。

他踏出一步，望著這滿園子精心修剪過的花卉草木，心裡不禁冷笑。

傅家……酉陽傅氏，同樣都是一個傅字，此與彼卻是截然不同。

老秦喋喋不休的嘴讓他覺得十分厭煩，他與自己並肩而行不時摩擦著他衣袖這件事也讓他無法忍耐。

他在心底立誓，終有一日，這些豬狗一般的下人必然不能同自己並肩而行，他要讓他們像跟著傅淵一樣，鞠躬哈腰地跟在他傅寧身後！

傅寧年輕稚嫩的臉龐閃過一絲狠色。

胡先生的每句話他都記在心裡。

這世上他本就不輸人什麼，同樣都是姓傅的，他傅寧卻又哪裡比不得傅淵了？

他乃是酉陽傅氏之後，便當該享得那榮華富貴、錦繡繁華。

如此想來，傅寧的心緒又稍平穩了些，時間還長，他須得耐下心來。

§§

傅念君戴了從何伯手裡劫來的絹花，笑盈盈地去書房尋傅琨，稍坐了片刻，傅琨就歸家了。

傅琨有些好笑。女兒自上回起，便十分愛與自己親近。

「念君，妳又想做什麼？出了什麼事，想叫爹爹解決？」

傅念君見他眉梢眼角帶著疲憊之態，有些後悔過來，可看見傅琨見了自己笑得確實開懷，便也賣力哄他開心。

「爹爹，我沒什麼事就不能來見您嗎？」她如今很是愛撒嬌耍滑，傅琨卻頗受用。

「唔……」他想了想。「自然不是，只是爹爹瞧著妳，怎麼心裡莫名有些忐忑了。」

傅念君笑了幾聲，父女倆你來我往地逗了幾句嘴，傅念君就親自給傅琨烹了一壺茶，又讓芳竹、儀蘭去端了下午自己做的點心來，服侍傅琨都嚐了嚐。

傅琨心裡其實相當受用，從前髮妻未過世時也是這般體貼他，後來續娶了姚氏，她不得自己的心，也曾學著大姚氏想給他伺候筆墨、弄些點心，可她總是瞧不出分寸，不是在他煩憂的時候更添煩憂，就是他在愉悅時接不上話擾他興致，如此傅琨倒情願一個人清淨了。

如今的傅念君，在這方面卻彷若讓他看到髮妻的影子，俏皮靈動，又知分寸。

他發現傅念君頭上一抹不合她衣飾的雪青色。

「妳素來不愛戴頭花的，這一朵是哪裡來的？」

傅念君俏皮地笑了笑。「半路上打劫的。」

她便把何伯如何摳門，對自己如何左劈右擋，她又如何得寸進尺、強盜似地掠了這花的事說了一遍。

傅琨聽得哈哈大笑。「我知妳不耐煩和妳母親繞這些針頭線腦的東西，何必又做這事？」

傅念君卻道：「母親怎麼是母親的事，下人們對著主子還摳可不是過分了？」

傅琨想了那何伯一把年紀，也不知怎麼就被傅念君盯上了。

「那老兒常跟在妳母親身邊，我倒也不知，他如何得罪妳了？」

傅念君抿了抿唇，給傅琨倒了杯茶。「在爹爹眼裡，女兒是這般睚眥必報的人？」

傅琨只笑摸著鬍子不說話。可不是麼。

傅念君便說了當日何伯是如何去王婆子茶肆哄騙自己與崔衡之見面，其演技之拙劣，態度之僵硬，傅念君更是當笑話似地說了一番。

傅琨聽得直笑，他自然是曉得這些伎倆根本奈何不得傅念君，可姚氏找的這些人吧……也確實挺可笑的。

傅琨道：「他確是個刁奴，竟如此小視於妳，是該給些教訓。」

父女倆相視一笑，十分默契。

「爹爹還說我，您自己不也是一樣？」

傅琨為了女兒，倒是也願意做一回這樣的事，全當個樂子。

他摸了摸鬍子，細長的眼睛十分溫和。「妳爹爹要做君子，可也不能什麼都忍，不過是一句話的事。」

這一句話，便是後來傅琨向姚氏提了一嘴，何伯不敬主子，竟小氣巴拉地只打發了傅念君一朵絹花。

那朵雪青色的花放在姚氏面前，她更是張著嘴說不出話來。如今她正是草木皆兵的時候，就怕傅琨給她算總帳。

傅琨只要再問一句：「念君到底是我的嫡長女，怎麼我們大房竟缺銀子至此嗎？我知夫人大方，想必不是妳的意思啊。」

這樣一句話，姚氏自然只能把罪責推到何伯身上，說他年紀大了難免沒分寸，怎麼能如此對待傅念君；她手裡有東西，必然都是平均分了幾個小娘子的云云。

傅琨點頭。「我自然相信夫人。」

如此何伯只能坐實了「年紀大」、「耳聾眼花」此類罪名，被姚氏給了些銀子，送出府去了。

傅念君與傅琨父女兩個，便只這麼簡單地用幾句話，就將個看不穿的姚氏繞了進去，親手送走了自己的老僕，事後還得補給傅念君一、兩件首飾，生怕這事沒完。

芳竹和儀蘭兩人直到聽說何伯被送出府告老還鄉那日，才算明白過來這是她們娘子的手筆。

芳竹悄悄拉著儀蘭，用大拇指掐著那小指手指尖上的那一點兒，比畫著輕聲說：「咱們娘子呀，心眼就那麼丁點大……」

儀蘭忍不住笑，卻拉下她的手道：「娘子本來就不是任人欺負的，誰欺負了她，她都有數著呢，一個都不會放過。」

「是呢，咱們娘子心細，又聰明。」芳竹也不是要說傅念君壞話，她就是覺得驚奇，話裡與有榮焉。

儀蘭繞開她，提著燒水燎子要進屋去沏茶，遇到柳姑姑出來，整個人春風滿面。

「姑姑，那事有眉目了？」儀蘭笑問。

柳姑姑笑著點頭。「正是，娘子體恤我，我把要認個乾女兒的事一說，她就滿口答應，還要給我幾貫錢，說是讓咱們擺桌席面熱鬧熱鬧呢。」

「這可真是件喜事了。」芳竹也湊過來給柳姑姑道喜。

柳姑姑笑得很溫和，眼角的細紋看來也多了幾分喜色。她是真的想有個孩子。

原來這柳氏在十四、五歲時，由大姚氏做主嫁過一次，只是所託非人，成日遭丈夫毆打，後來又被大夫診斷出恐不能生育孩子，更是被打得變本加厲。

大姚氏憐惜她，索性鐵了心貼上些銀子叫她和離，重新回傅家來當差，從此柳氏便打定了主意不嫁人，要跟在大姚氏身邊做一輩子的姑姑。

她從小就受大姚氏的恩，對大姚氏一直是感恩戴德的，後來大姚氏沒了，她就陪著傅饒華盡心盡力，雖然做事不是太聰慧，卻一片忠心。

傅念君如今變得懂事有主意了，也不會亂發脾氣難為她，對柳氏處處禮遇，她就更加能定下心來了。只不過到底年紀上去了，越來越覺得空落落的，還是想認個孩子做依傍。

柳氏沒有子侄輩在京，正好傅念君年前挑人手，府裡進了很多小丫頭，有一個入了她眼，就想認下來做乾女兒。

傅念君問起那個眉兒的情況。儀蘭是清楚的，邊沏茶邊和她說：「十歲年紀了，我和芳竹都勸姑姑，要認孩子要不便是小一些，養得親；要不就是大些，有依傍。十歲正是個不上不下的年紀。不過處了幾日，我們都發現那眉兒確實不錯，又老實又勤謹，話也不愛多說，別的小丫頭愛偷懶，她就想著做些針線。」

「柳姑姑動了心，就是因為年前天冷，她看眉兒凍得可憐，就賞了幾樣衣裳鞋子。眉兒很懂事，前不久就補做了個護膝送到姑姑房裡，也不聲響，姑姑問了半天才知道是她。」

傅念君點頭。「如此說來，確實是個好孩子。」

儀蘭素性也比較溫和。「是呢，難為姑姑這般喜歡。我和芳竹也商議，等過個一年半載，能提她入娘子房裡做事。」

「這倒不急。」傅念君到底不比儀蘭性子軟。「總歸是要再看看，妳們注意著她些。」

儀蘭點頭應了，想起一樁事來。「娘子年前打發人去問城外族裡的傅寧，他如今有事了……」

「何事？他如何了？」

傅念君後來終究沒有使人送銀子過去，因為下人回報，傅寧和寡母過年過得還不錯，有人見他一早在早市提了生肉回去。既溫飽無礙，她也不用多此一舉。

「是我們疏忽了，今天才曉得，原來幾日前他進了府來，做了六郎的伴讀，如今天天過來陪六郎讀書。」

傅念君手一頓。「六哥兒的伴讀？」

「是。」儀蘭道：「聽說是三郎親自點過頭的，還吩咐了下人不能怠慢他。我與六郎院子裡的阿綾尚且能說幾句話，她說這傅寧郎君儀態很好，人又和氣，倒不像是窮家鄙戶出來的，連六郎的先生也誇他好。」

傅念君微微擰了眉。「他怎麼進來的？三哥素來不關心六哥兒的事，難不成是他親自物色的？」

儀蘭想了想。「似乎是相公吩咐的，或許是他為人出色，入了傅相公的眼。」

怎麼可能！從前的傅念君也很天真地相信，傅寧必是因才華入了傅琨的眼，可她幾番試探，發現傅琨其實記不太起這麼個人。

是啊，傅琨這麼忙，怎麼會有心思念著族裡哪個後生上進，哪個後生又憊懶。

他連自己的兒子、侄子都顧不過來。

傅念君在前世裡，小時候對父親尚且還存著仰慕之情，也會翻閱他的筆墨。他年輕時的文采在她幼時看來，自然是陽春白雪，無人能及；可她長大到能正視傅寧的才華時，卻發現，其實世人對他才學的評價多少有些言過其實。

起碼與傅琨不能相提並論。然而傅琨後來被視為佞臣，一世英明盡喪。

那時的傅寧已為宰相，在那位置上，自然也無人去追究他年輕時到底有幾分本事，人家確實是進士及第出身便證明一切了。

傅念君的腦筋轉得很快。

傅琨接濟族中學子乃是常年來的習慣，只要是姓傅的，他都會援助一二，並不因傅寧是傅寧而高看兩眼，怎麼會如此突然讓他進府當了傅溶的伴讀？這裡頭就太奇怪了。

傅琨事務繁忙，尋常與幾位同僚去酒樓茶肆歇歇腳，也都是那等傅寧去不起的地方，他怎麼可能有機會出現在傅琨面前？

傅念君不是不曉事的閨閣女兒，她很清楚這裡面的門道。等著讓傅相公高看一眼的人能從傅家門口排到城外，傅寧若是有機會在傅琨面前冒頭表現，必然是通過某些契機。

是他自己運氣好？還是有人相助？

「娘子……」

儀蘭瞧傅念君緊緊地握著手裡的筆桿，像是要生生折斷一樣。

傅念君回過神來，這三十年前有太多事和她所知道的不一樣。三十年後她知道的事，那都是傅寧說了算的。歷史本就是強者來書寫，誰能知道傅寧的少年時期是這樣的呢？到底是怎麼一回事，她要自己去看看。

傅念君冷笑。她那位父親啊，難怪在她大婚當夜，周紹敏政變奪宮時，他能立刻毫不猶疑地變節求生。他本來的為人，就不是那白玉無瑕。

「娘子，是不是我、我說錯話了……」儀蘭很忐忑，覺得娘子的側臉瞧來很是冷漠。

傅念君望了她一眼。「妳沒說錯話，是做錯了事。我前段時間操心的事太多，一時沒有再叮囑一遍，下頭的人就怠懶了。我幾時說過要放鬆對傅寧的監視？」

他們倒是好，見做完了一件事，就自說自話不去管了，到了今日才發覺傅寧到傅家來當差。

「派去的哪個人盯著他的，辭了請出府去。妳讓大牛過來，這幾日要他放下別的事，親自出去走一趟，查查傅寧近來接觸了什麼人、做了什麼事，我都要知道。打聽明白了再稟報給我。」

儀蘭不敢說話了。傅念君認真起來的樣子，她瞧著還是有些怕的。

儀蘭知道傅念君籌謀的事很多，她煩擾時，根本不是她們這幾個丫頭能開解的，唯一能和娘子說上話的，也就二夫人一個。

這次是她們拖後腿了。

傅念君扶了扶額，傅寧就是藉這次機會結識了陸婉容嗎？這一次，她父母的親事，她應該插手攪黃了嗎？陸婉容在嫁給傅寧之前，有預想到自己將會面對的一生嗎？

傅念君嘆了口氣，站起身道：「走，去見爹爹。」

她去尋傅琨，卻被告知傅琨今日無法歸家，她想問關於傅寧的事只能再等一、兩日。

傅念君在園子裡散步，希望紓解一下壓在心頭沉甸甸的壓力。

關於傅淵的，關於傅寧的，關於陸成遙陸婉容兄妹的……每件事都不容易解決。

「娘子。」芳竹輕喚了她一聲，指著不遠處幾個身影道：「那似乎是四娘子帶著人過來了，要不要避避？」

傅梨華知道了傅念君拿姚氏送給她和傅允華的頭面首飾，做由頭找了岔，便又在屋裡發過好一頓脾氣。

只是她如今也學乖了，不敢像從前一樣直接衝到傅念君屋裡動手。姚氏恨鐵不成鋼，也懶得多說，只道她再鬧，傅琨是再不肯為她婚事籌謀半分的。

傅梨華一聽姚氏提到婚事就乖了，她心裡多少對傅家有些不滿，總是期待著嫁人做夫人的那天，呼奴引婢、生殺予奪，掌握後宅大權，風光無限；手上是使不完的銀子，身上是穿不完的新衣裳，不用再像如今這麼憋屈，處處受了傅念君的欺負只能忍著，處處不敢和傅琨叫板。

為了她的夢想，她只知道如今要忍。

傅念君也懶得和她煩，這樣不懂事的小娘子，一次次教訓也是長不大的。

「避避吧。」她迴身領著兩個丫頭走，誰知不湊巧，在迴廊上就遇到了傅秋華和傅允華。

「二姊，好巧，妳也來散步？」

傅秋華擺著一副看好戲的神色，望見了遠處越來越近的影子。真是棒，今天一場精彩的姊妹大戰又少不了了。

「大姊和五姊兒，約好了和四姊兒一起賞花散步嗎？」傅念君也很坦蕩。

「是啊。」傅允華道：「不如一起吧。」

「大姊，若二姊想一起，就不會看見四姊兒的影子轉身就走啦。」傅秋華掩著嘴笑。

傅允華覺得一陣尷尬，傅念君倒是欣然承認了：「沒有五姊兒妳的添油加醋，四姊兒就想來罵我呢。妳再添把柴，她肯定就是要來打我的，我怎能不避？」

「妳！」

傅梨華那邊也走近看見了幾人的身影，尤其是傅念君，果真像傅念君預料得一樣，急急就衝了過來。反正見了傅念君，例行找碴。在場的人也都習慣了。

「傅念君！」傅梨華尖聲叫著：「妳真真不要臉，拉著她們又說什麼我的小話兒了吧？妳憑什麼給爹爹告狀說阿娘分首飾不均，妳哪回有好東西就想著過我們了！」她依然是覺得自己天下第一委屈，而傅念君是天下第一不要臉。

傅允華聽了她這話倒是一個警醒，忙就要拉住傅梨華。「四姊兒，別說了、別說了。」

「為什麼別說！」傅梨華一把甩開她的手，忿忿道：「妳別幫她說話，她真是夠噁心人的，阿娘給她送了兩件頭面過去，本來都是我的。大姊，妳也被她搶了東西，妳跟我一起罵她，哎呀妳別拉我……」

傅允華只一邊朝傅秋華看，恨不得去捂傅梨華的嘴。

傅念君勾唇笑了笑，瞧吧，這位總是很會給自己挖坑，一點錯都沒有。她馬上就要和五娘子傅秋華轉換看戲的位置了。

在傅念君不讓人察覺微退半步的時候，傅秋華果然踏出一步，不解道：「什麼首飾頭面？你們在說什麼？」

她們各自的東西都是各自買，但姚氏是主母，每季統一購置的東西則會平均分了府裡幾個小娘子，庶出那幾個不論，她們三個嫡的，尤其是大娘子傅允華和她自己，還沒聽說過姚氏有這麼厚此薄彼的時候。

傅梨華立刻就住聲了。是啊，她們要去晉國公府參加趙家夫人文會的事，是瞞著三房的。

「沒有什麼首飾頭面，是四姊兒她氣得狠了，她和二姊兒姊妹口角，無妨的。」傅允華還想打圓場。

「可不是姊妹口角。」傅念君道：「半個月後，妳們倆要去晉國公府趙家參加文會，母親購置了新首飾衣裳，又不是每季買新衣的時候，自然沒給五姊兒和我準備啦。」

傅念君毫不猶豫地學著傅秋華煽風點火。「我也是偶遇了何伯，他說了四娘子厲害，少了東西要哭鬧，就給了我一朵頭花。哎，我便去問了爹爹，這是什麼道理，才曉得趙家文會的事……」

傅秋華的眼眶一瞬間紅了，手指緊緊攥著，看向了傅允華。「大姊，是真的嗎……」

傅允華很是尷尬。「五姊兒，妳聽我說……」

傅秋華連連冷笑，好啊！真是好！她對大娘子傅允華左一口大姊，右一口大姊，處處尊她敬她，打從心底裡覺得她是傅家最出色的小娘子，結果呢？她就這麼對待自己！

抱上了大房的大腿，立刻就貼到姚氏母女身上去了。為了個文會，就這樣千方百計地瞞著她，有了新東西也藏著掖著，難為她得了寶貝第一個就想著和大姊分享。原來，是個這樣涼薄的！

這樣想著，她竟一行淚沿著頰流了下來……

瞧瞧，這實在是太可憐了。傅念君看著輕聲嘖了嘖。那樣子看在芳竹眼裡，就像她自己吃飽了飯舒暢地剔牙一般。哎，她們娘子果然……

傅允華急得要去給傅秋華抹淚。「四姊兒妳聽我說，大姊絕對不是那樣的……」

傅梨華看得窩火，什麼東西，跟這兒哭什麼哭！她最瞧不得這裝腔作勢的人了。

她憋了幾天火氣了，這會兒是炮仗一樣一點就著，當下衝口而出的話就十分難聽了。本來傅梨華受姚氏的影響，心底裡就從未高看過傅秋華。

「是要去參加文會又怎麼樣？又不帶妳去，妳還想撈著新首飾？我母親辛辛苦苦打理家業掙下的銀子，怎麼什麼人都要來分一份兒。三伯父說是管著傅家南方的產業，每年送回來了什麼？倒把妳扔在府裡，讓我母親負擔吃喝！」

傅秋華一聽她說自己的爹爹，說自己是被拋下的，更是哭得收不住，衣襟都濕了。

「娘子，這可怎麼是好？要不要勸勸？」芳竹對傅念君小聲說著。

「有什麼好勸的。」傅念君道。

這三個本就是沒這契機，也早晚都會翻臉的主。

一個傅允華，年紀最長，有話卻不愛說，小心思全圍著自己轉。

一個傅梨華，脾氣暴躁，逮什麼罵什麼，處處要人讓著，受不得一點委屈。

一個傅秋華，敏感多疑，沒幾分小聰明，還喜歡學著煽風點火看熱鬧。

她們三個之所以一直都同仇敵愾、同聲同氣，得多虧傅饒華這個好靶子，把她們擰成了一股繩。

傅允華要替傅秋華擦眼淚，又要勸傅梨華，正是左支右絀。三個人熱熱鬧鬧地吵成一片。

「五姊兒別哭，回頭我把這原委都告訴妳好不好？」傅允華一遍遍在傅秋華耳邊低聲念叨，就怕傅秋華從此與她起了隔閡。

她在府中本就不算強勢，以後嫁了人難免仰仗娘家，傅秋華和傅梨華，大房和三房，自然兩方都不能得罪。

傅秋華只覺得心中苦澀，心裡想的是，都清楚明白的事了，還想再編藉口來騙她，真當她是那等蠢貨了！

傅允華卻也確實有難言之隱，本來參與趙家文會這樣的事也輪不到她，姚氏定然只會帶傅梨華一個女兒。可是先頭傅琨讓姚氏包辦傅允華的親事，這事知道的人本來就不多，再加上傅允華的母親金氏又是那等自私愛算計的，當下不許傅允華多說什麼，生怕三房裡傅秋華的親事也賴去姚氏頭上，白白搶了她們的機會。

這樣妳防著我，我防著妳，傅允華一時也難和傅秋華說明白。

倒是傅梨華見到傅允華去勸傅秋華，心裡不樂意了。「大姊，她自己不懂事，妳還縱著她。」

傅允華不去理她，傅梨華從來就講不通道理，索性讓她自己發脾氣。傅梨華見這裡沒趣，又去盯著傅念君。

「傅念君，妳還想走！都是妳惹出來的好事！」

傅念君倚著廊下的朱漆柱子正瞧得有滋味，還沒要走，她笑道：「四姊兒好有道理，什麼事都往我頭上栽，這天上要下雨，泥裡要長草，反正都是我的錯。」

傅梨華見下人們似乎都捂著嘴，似在嘲諷她，更是生氣。

從前她脾氣不好，可傅念君比她脾氣更大，而她往往又占著理，從來沒人敢這麼看她。大家都是數落著傅念君的不是，怎麼如今都變了？

傅念君也是知道她的，從那方老夫人那兒繼承來的強盜想法。

她們眼裡，她傅念君就該是個荒唐人，被她們時時罵著時時嫌棄，吐口唾沫都嫌髒，那才是「對」的，她要改了、變好了，真成那正常人，她們反倒急了，覺得那才是「錯」的。

傅念君也不去計較這些。總歸時間長了，世人都是長眼的，傅四娘子傅梨華如今也不過是走上了從前那位傅饒華的老路，開始用自己的名聲糟蹋罷了。終有一日，她會感受到傅念君當日那種舉步維艱、四面楚歌的境地。

傅念君心情愉悅，她真是很愛看這樣的好戲，她擦亮眼睛等著那一天。

「我知道的。」傅梨華冷笑。「妳是眼紅，也想參加趙家夫人的文會，我們不帶妳，妳在那兒吃味呢。找爹爹告狀有用嗎，真是笑話，這是女眷的事，是阿娘說了算。」

「那文會被四姊兒妳說得那麼好，我還真想看看啊。」還真稀奇呢。

傅梨華嗤笑。「真是不要臉！都有了夫家，還想去參加文會，好讓夫人們相看中妳作兒媳嗎？也不去打聽打聽妳那臭名聲，就是崔家倒楣甩不脫，不然誰還會要妳！」她很是得意。

傅念君故作訝然，轉向了傅允華。「大姊，原來妳們去文會是要被人相看的啊？文會文會，不是論詩談詞做些雅趣嗎，竟是挑夫婿的啊！」

傅允華今日不知多少次在心裡罵傅梨華那張臭嘴了，這又胡說八道給她惹什麼禍來！

這會兒四周下人連看傅允華的目光也變了些。這位平日裡那表現還是頂清高的呢，又是詩文又是音律的，原來也恨嫁啊。

相看？找夫婿？這句話一出，好不容易被傅允華有些勸住的傅秋華心底又浮上不滿來了。什麼好姊妹，婚姻大事就怕告訴她！

傅秋華邊捂著臉哭，邊甩脫肩膀上傅允華的素手。傅允華急得冒汗，可她得先顧著傅梨華和傅念君這邊。

「二姊兒說什麼呢，辦文會是清雅之舉，怎麼會像四姊兒說得如此，她年紀小不懂事，妳莫聽岔了。」傅允華溫言軟語想把話就此打住。

她自然不能將趙家夫人的文會，說得好像菜市場挑豬肉一樣。

傅念君點頭，又轉向傅梨華，故意揚起了聲音：「四姊兒，聽到沒有，是妳年紀小不懂事，妳們根本不是去被相看的。大姊這樣的文采自然是去參會的，要給傅家爭光，妳別胡說害了她名聲啊！」

傅梨華面目扭曲，來不及多想就瞪向傅允華。今天還真是誰都要爬到她頭上放肆了?!

「我不懂事?!有人是去會文爭光的，去搏個好名聲。好好好，我俗了，卻不知某些人竟是這等河還沒過就要拆橋的。我阿娘辛苦為誰奔走說親，有的人卻只知在人前裝清高，她真是一片慈心餵到狗肚子裡了！」

是，她沒才學，她粗俗，沒妳傅大娘子有名聲！有本事別又要做婊子又要立牌坊，別叫我娘替妳說親啊！要名聲就別要男人啊，真是夠噁心的。

傅念君瞧著她倆這樣，在心裡笑，原來這挑撥的事她做起來也能得心應手。

傅梨華越說越難聽，傅允華的臉色也越來越難看。

傅允華心裡不由嘀咕，這四姊兒到底是怎麼回事，這些日子是越來越瘋了，不僅完全看不出來她這是為了她們自己打圓場，還瘋咬著自己不放。再讓她說下去，怕是什麼渾話粗話都要往外吐了，這被人知道了傳出去可還怎麼辦！

還有這傅念君，竟還有這等本事。

傅允華到底是比兩個妹妹聰明，知道再糾纏下去無非兩敗俱傷、壞了姊妹關係，她轉頭便向下人們喊：「這都怎麼了？瞧著主子們的熱鬧開心不成，還不快把四娘子和五娘子扶回去！」

傅家下人這還真是第一回聽到這傅家大娘子這麼高聲呢。

傅梨華卻一把揮開了身邊人的手。「都瘋了？誰才是你們的主子，誰給你們發月錢？我沒說話你們就敢拉我?!」

傅允華死命絞著手心裡的帕子，見到下人們不敢動，心裡的委屈也是一浪接著一浪。她就是這府裡最沒臉的一個不成？

傅念君見狀，見今日之事也差不多了，便出聲：「扶三位娘子都回去吧，說了這麼久話，三位娘子也都渴了。你們各自回去招呼了茶水點心，不過小事，還想等大夫人趕來說話？」

傅梨華還不及言語，卻見四下裡人都匆匆動了起來。

「你、你們……」身邊人卻半強迫地把她往回拉，貼身丫頭心裡也急。「四娘子，不可再爭長短了。」

今日，她是又闖下禍事了。

這段時間來，府裡下人都知道傅念君的威懾，不敢小視，而她待自己身邊人又大方，瞧得外頭的人也常常眼紅，無不想巴結討好一二。因此她下的吩咐，自然比傅允華和傅梨華管用多了。

這裡終於散了，傅念君帶著芳竹和儀蘭回房，一路上揚著嘴角，倒是一掃適才的不悅。

「娘子這是……舒坦了？」芳竹小心翼翼地問。

傅念君眉目微抬，詫異地說：「自然舒坦。」

「……」芳竹心道，原來妳這麼喜歡把自己的快樂，建立在旁人的痛苦之上啊。

§§§

姚氏知道了那姊妹幾個在園中大吵之事，更是氣得渾身發抖。

四姊兒、四姊兒……她怎麼這般蠢？受不得人家一兩句激，說話就這樣不經過大腦。

「你、你們……」姚氏的素手指著頂替了何伯的李管事。「為何不攔著四娘子，為何不拉著她，她年紀小不懂事，你們也眼瘸不成，為何不管著她些！我往日沒教過你們嗎？我難道沒說嗎？」

若換了往常的何伯遇上姚氏發脾氣遷怒，就是一頓哀求告饒做低伏小，畢竟誰拉得動傅梨華這牛一樣性子呢？下人也是人啊，得防著她秋後算帳。

可這李管事卻是個妙人。他佯裝不解，只對姚氏道：「大夫人曾吩咐過小的，這二娘子與四娘子常有拌嘴，說是二娘子發瘋起來厲害得很，每逢這境況就得去拉住她，不就讓她害了四娘子。可您卻沒說過四娘子發瘋時該如何啊？」

他笑了一下。「今日二娘子規矩得很，小的也不知該怎麼拉。也是了，四娘子豈會發瘋呢，說不定是和姊妹幾個鬧著玩的。」

姚氏張口結舌，再說不出來一句話。他竟如此下自己的臉面？

「夫人。」她身邊的張氏低聲提醒她：「今時不同往日，您要想好了。」

李管事當然不是和她繞什麼「到底是誰發瘋」的問題，他是故意的。這何伯被姚氏親自送出府去了，新來的李管事，自然是聽過傅琨囑咐的，自然不可能再做姚氏的狗腿。

他也不是非要偏幫傅念君，而是先叫姚氏學會個公正。沒得什麼事都吩咐不清楚，出了事就全怪到下人頭上。做主母的，若是連這點都做不到，也真是不用再管家了。

姚氏畢竟不是傅梨華，火氣一挑就起來。她從前管家也是井井有條的，最近受了傅念君幾次氣，便心態有些擺不正了，李管事的話立刻就點醒了她。

她的女兒不曉事，處處和傅念君爭鋒，這卻不能是她為難旁人的藉口。

姚氏很快恢復了平靜，對李管事道：「是四姊兒不妥在先，姊妹齟齬，她不旦沒勸，還趁機發起了小性子，弄得旁人都不愉快。我也不是要責罰什麼人，只是這件事若傳出去，難免對傅家名聲不好聽，這才急了點。」

李管事見姚氏態度轉圜，不是那野蠻霸道的婦人，也拱手道：「夫人放心，約束口舌是小的的差事，小娘子們的閨帷拌嘴，確然是不可被外人知道的。」

李管事不愧是傅琨提拔上來的人，比何伯這樣的老人還有手段魄力，只要姚氏擺正了態度，他自然也會做好他該做的事。至於她內宅裡怎麼教女兒，就不是他該管的事了。

姚氏點頭。「如此就交給李管事了。」

李管事退下了，姚氏才咬著銀牙與張氏道：「我還不知要過這憋屈日子到幾時……」

張氏也心疼她的處境，哀道：「夫人先前做了錯事，定然要想法子彌補回來。如今相公一日日偏向二娘子，甚至派個管事都要制約您，您先前可真是犯了他的大忌啊！」

「可我又能如何！」姚氏流下淚來。「四姊兒不成器，偏是我的女兒……」

她也怨恨傅梨華朽木不可雕，一次次給自己闖禍，可到底不能脫開手去。

「夫人聽我一言。」張氏道：「二月底崔家的奚老夫人就要進京，她是咱們老夫人的親妹妹，又看重二娘子的親事，斷不能在此時再謀算二娘子，您須得掙回相公的信任才是。四娘子那裡，可再不能讓她胡鬧了，忍得一時，才能再做打算啊。」

姚氏心裡也是這個主意，謀事需要時機，崔九郎這件事就是因為她思慮不周，受了氣後急於翻盤，才再次栽了這麼大個跟頭。

韜光養晦，徐徐鋪墊，才能一招制勝。

§§§

過了兩日，傅念君才在傅琨嘴裡聽到了關於傅寧進府原因的寥寥數語。她想知道什麼，傅琨總不會瞞她的。

「是叫傅寧的嗎……」傅琨想了想。「原是在遇仙樓見著了，他正與友人辯論《中庸》，『中立而不倚強哉矯義』，我見他年紀輕輕卻頗有見識，氣度颯然，一問之下竟是我傅家子弟，何其幸也！便招了替六哥兒做伴讀，加以培養，說不定來日也是個棟樑之才……」

傅琨甚至後來讓傅寧把這題擴寫，作了篇經義寫了下來，就放置在他的案頭。

傅念君也瞧了幾眼。傅寧的字還不錯，傅念君瞧著也覺得多了幾分熟悉。

「自古帝王之治、聖賢之道，不外一中。中者，舉天下萬世所宜視為標準者也。物俗為之累也，惟君子能怯物欲之累……」

洋洋灑灑，一揮而就，傅念君通篇讀下來，發覺確是佳作，倒是三十年後不見父親提起他還寫過這麼遺篇好文章。經義本就不囿於文采，而重實踐之用，傅寧此篇文章不虛不浮，卻足見其見識獨到，胸有韜略。

這是個巧合嗎？傅念君闔上紙細想。

傅寧有錢去遇仙樓那樣的地方會友，還恰碰著傅琨，是巧合嗎？傅琨不喜那類以詩文見長的才子，他少年時喜讀《中庸》，這也是巧合嗎？傅念君無法立下判斷。

大牛給傅念君帶來的一些消息，只說傅寧出入過和樂樓幾次，都是一個人，近來也沒多去。

傅念君心道，看來他背後的人甚為警覺，知道換了地方。

大牛又說，有人見傅寧跟著和樂樓的胡先生出入過幾個富戶員外家中。

那胡先生本就樂善好施，說是他前年帶過一個姓林的學子，去年又認了個姓褚的學子當乾兒子。他似乎頗喜歡讀書人，只因自己是個商戶，就想著助有才之士於微時，也不能說人家行為不當，畢竟東京城裡許多人都這麼做。

你情我願的事，這些商戶也多是念過書的儒商，就連當朝幾個大人都有幾個好友是商戶，這沒什麼。想來這曲折就是被傅琨、傅淵查到了，他也不因此質疑傅寧的人品。

只是傅念君曉得，最高明的背景，不是做得一乾二淨，而是真真假假把你繞進去。

「娘子，還要查下去嗎？」大牛問道。

「自然。」傅念君說：「胡先生和他從前來往的那些學子，都查一查，不用太細了，查個大概吧。」

既然對方不怕暴露身分，想必該不讓人查到的東西都藏得嚴實了，她不抱太大的希望。姓胡的這樣的大商人，早就在三教九流手眼通天，她雖是丞相女，也有力所不能及之處。

大牛應諾著退下了，倒是儀蘭期期艾艾地又挪進來。

她自上回傅寧那事被傅念君說了幾句，就更加小心謹慎，恨不得什麼大事小事都要問上一問傅念君的意思。

「怎麼了？」傅念君瞧了她一眼。

儀蘭道：「娘子……我也不知當說不當說……」

傅念君見她這般，只道：「沒什麼當說不當說的，只有妳想不想說。」

儀蘭說：「適才有人在偏門處尋奴婢，奴婢一瞧，竟是那齊郎君身邊跟著的阿精，咱們上元夜裡遇著的那個小廝兒。奴婢不敢聲張，也不敢聽他的話，就匆匆叫小丫頭支他走了……」

她知道傅念君決心與齊昭若斷了聯繫，自然不能再見他身邊的人，不然被府裡人看見了圖惹麻煩。只是那小廝兒竟會突然點名來找自己，儀蘭覺得太古怪了。瞧他的樣子，莫非是有事求傅念君來幫忙的？她只得立刻把這事先回了傅念君。

「齊昭若……他出什麼事了？」傅念君立刻警覺。

她這幾日都在準備著去趙家文會一事，沒怎麼出府。而出於內心裡對於周紹敏那不可知的一點點恐懼，她也不敢讓自己的人去緊盯著他。

總歸自己能應付，反倒暴露了還不妙，這卻錯過了齊昭若的一件大事。他的事一打聽就能知道，他在幾日前進了開封府衙，到今日都還沒脫身。

「說是犯了大事了！」芳竹驚嘆。「轉運私煤牟利，還瞞了幾條煤工的人命，這可真是觸了刑罰的大罪了，說當日皇城司的人都出動……」

芳竹有點不敢相信齊昭若會這樣。若說別人倒也罷了，一個邠國長公主的兒子，他何必做這樣的事？只能連連搖頭，感嘆有些人真是叫一個作孽啊。

傅念君皺眉，只吩咐她兩個：「明日把阿精領進門來，悄悄地別被人發現了。」

「娘子怎知他明日還來？」儀蘭奇道。

傅念君當然知道。因為現在的齊昭若不是從前的齊昭若了，若要他交代罪行，他也得知道怎麼交代才行。何人斡旋牽線，走了哪些關口，賣與哪些販子，不老實交代認罪，就是邠國長公主都保他不出。

齊昭若雖「失憶」，可大理寺卻不會聽這樣的話。傅念君大概知道阿精來求她什麼事。從前的齊昭若，或許對傅饒華說過些什麼……

畢竟她剛醒過來的時候，齊昭若就準備找她拿銀子，說是去投「水產行」，如今想來，大概是為了填他私煤的窟窿。

他做這樣的大事，定然家裡上下誰也不會說的，阿精肯定寄望她曉得什麼風聲。

傅念君倒沒去想他，而是自己。若讓阿精胡亂出去亂說，她和齊昭若又得掰扯不清，還要牽涉進這樣的大案。

第二天，阿精就被恭恭敬敬帶到了傅念君面前，已換上了傅家小廝的衣裳掩人耳目。

「二娘子……」阿精噙著一汪熱淚，欲哭不哭的，朝傅念君道：「您可念在舊情的份上，幫幫我家郎君吧。」

「呸。」芳竹的辣性子又起，拍了那小子後腦勺一記。「沒臉皮的小混蛋胡說什麼，什麼舊情不舊情的，小心打你出去。」

阿精被打得乖了，摸摸後腦勺，擦擦眼眶，學著大人的模樣嘆氣。

「二娘子，我跟到郎君身邊也不是很久，哪裡曉得他以前做下的大事呀。現在郎君又什麼都想不起來，長公主叫我說，我又能說出什麼來呢？她可沒差點剝了我一層皮。哎喲，從前那些跟著郎君的侍從，也沒幾個能說出這『私煤』到底是怎麼回事，都被長公主打得快沒人形了，大概下一個就是我了。」

阿精一臉淒風苦雨。「郎君他一向喜歡瞞著下人辦事，這可如何是好？我又不是他肚裡的蛔蟲，我一想，或許您知道點什麼呢？」

阿精還是小孩子模樣，念頭也單純，巴巴就討好地望著傅念君。

傅念君默了默。「你尋我也沒有用，他那件事，我什麼都不知道。」

「不會吧，您再想想？」阿精不死心。

「想什麼想。」芳竹忍不住道：「我家娘子和你們郎君不過交情淺淺，這樣大的事，她怎麼會知道？」

阿精搔了搔頭，齜齜牙，可外頭都說你倆是相好來著……咦，不對？

「這個，您不知道的話，叫我進來……幹什麼呢？」阿精一臉茫然外加一臉懵相。

「當然是怕你隨便亂說話亂走動，被傅家的人看見啊！」芳竹咬牙。這小子真笨。

傅念君反而笑了笑。「不，我是想提點你一句。」

「嗯？」阿精眼睛又一亮。

「這件事，和焦太尉家的郎君焦天弘有關，你只要這麼回了長公主，她自然會派人去焦家查問。」

「焦……」阿精念了念。焦天弘啊？齊昭若交友廣闊，這焦天弘算是不遠不近的那一類人。不過後來上元節裡他尋郎君麻煩，被郎君給打了一頓，自然就成了那等只能遠不可能近的「朋友」了。這事會和他有關？

傅念君感概，到底齊家是武臣，府上也不允私養幕僚，竟連這點聯繫都沒看到？一家子的無頭蒼蠅，一隻還飛來她這兒，真想一拍給拍死。

傅念君心裡早就想明白了。焦天弘為什麼要去找齊昭若討銀子，且是越討越凶，越討越急，不怕得罪了齊家，甚至還找麻煩到自己頭上來，連傅家也不怕了。

他這是走到了窮途。因為是他和齊昭若合作這筆生意的。私煤一事恐怕早就出了問題，被他們以銀錢堵住窟窿，可是終於擋不住這爛攤子越發嚴重，須得源源不斷的銀子填進去。

從前的齊昭若深知私採私運煤乃是大罪，因此只能咬著牙賠本填銀子進去，甚至打主意到了傅饒華的私房上頭。可是因為墜馬，再醒來時他已被奪舍，成了三十年後的周紹敏，這件事自然而然就被他忘了。

接著就是去西京休養的一月餘，在東京的焦天弘或別的合作人必然急得跳腳，以為他是故意甩鍋，而焦天弘一定是繼續往裡頭砸銀子來遮掩這件事。等正月十五上元夜終於見到齊昭若再露面，自然就不管不顧撕破臉皮討要銀子起來。

齊昭若打了他們一頓便揚長而去，這件事就又擱下了。

而關於私煤被揭穿一事，外頭是這麼說的：

二月初，西北某處山林再次坍塌，又壓死了一批煤工，全縣震動，上報朝廷；再接著是一個走南北貨物的大商人突然撂挑子失蹤了，船上大批貨物囤積，債主們搶了他的貨船，在底層貨倉裡發現了大量未登記的私煤。如此兩件事湊著一查，終於查到了邠國長公主的獨子齊昭若身上。

齊昭若立刻被收押，發開封府司錄司和大理寺審訊，如今還未下判決。可傳聞卻越來越烈，長公主又拿不出任何合理的解釋，只日日以淚去纏徐太后。

傅念君不用多久就想通了所有的關節。

更重要的事是，為什麼只有齊昭若被收押，卻沒聽到焦天弘消息呢？就算齊昭若是主犯，焦天弘也斷不可能在這樣藐視刑罰的大案中全身而退。只有兩個可能。

第一，他事先聽到風聲，家人早已將他藏起來，焦家趁事態未發酵時一力抹清了他在其中的關係。第二，有人正準備布局，焦天弘這人是一著後手，現在護著他，是因為之後要用他；他出面，齊昭若就可能轉移罪責，全身而退。

而且她可以推斷，這人必然位高。

因為對方的第一步棋，皇城司。他們只找了齊昭若，卻沒有找焦天弘。焦家瞞得過別人，能瞞得過皇城司的察子嗎？誰涉案，誰清白，他們心裡一清二楚，卻只是大張旗鼓地去拿齊昭若一個人，分明是有意將事情鬧大。

好精妙的一手啊，進可攻，退可守。將個齊家和邠國長公主死死捏住。

她心緒激盪，卻無一人可訴說。眼前只有阿精茫然的臉，傅念君好像能透過這張臉看見邠國長公主。

唉，這真是……她想起前世裡那個邠國長公主少年早殤的兒子，難道就是折在這樁事裡嗎？

周紹敏，那個人是周紹敏，死了倒也好。她有些惡毒地想。

可到底覺得這件事裡頭有蹊蹺，齊昭若活著，才有可能證明她的推斷，看清楚這件事的脈絡。

她不會出手，卻無妨多提醒阿精一句。

「還有，你去壽春郡王府上去，壽春郡王心中怕是早有謀算，求我不如求他。」

「壽春郡王……」阿精眨眨眼，更不解了。和壽春郡王有什麼關係呢？

傅念君垂眸。皇城司是在壽春郡王府門口拿人的，他怎麼可能不知道。

別人不敢說，周毓白這人的心思和謀算，傅念君是一清二楚的，何況他已對齊昭若起疑了吧，定然派了很多人盯著他。她能想到的事，他肯定都能想到。

她因為接觸了焦天弘和曾經的齊昭若，線索更為充分，或許周毓白會比自己晚一步猜出來，但他一定能查到。

但是前一世……她突然想到，若齊昭若真是在這件事裡死了，是周毓白放任了齊昭若去死嗎？那他的冷酷心性，倒確實像是生在帝王之家的人。

3 該生該死

傅念君收了這些沒用的悲天憫人念頭。他們是什麼人，和她有什麼關係呢。

她對阿精道：「我言盡於此，聽清楚了嗎？送他出去吧。」傅念君吩咐儀蘭。

阿精還想再問幾句，卻見傅念君眸光一閃，陡然露出的笑容十分溫和。

「阿精，我不欠你家郎君，若你下回再來，我必不能容你壞我名聲。我手上犯過的人命想必你不清楚，你就早叫你家人準備牌位吧。」

阿精後頸毛一豎，立刻站得筆挺。乖乖，好嚇人啊。芳竹倒覺得自家娘子慣愛嚇唬小孩子。

阿精跟著芳竹走出門，忍不住道：「姊姊，怎麼妳們二娘子像個女諸葛一般，神神叨叨玄玄乎乎的？就是最後一句太嚇人。」

芳竹鼓了鼓腮道：「胡說什麼。」

阿精道：「怎麼胡說？二娘子是被神仙指路了嗎？因此通了天機，她會閒暇時去擺攤算命嗎？她……」

芳竹忍無可忍。「快閉嘴，要不然現在就了結了你！」

阿精又立得筆直，心有戚戚，這家主僕可真是一樣嚇人啊。

阿精年紀小，反而沒那麼多心思，傅念君叫他怎麼做，他還真就乖乖辦了，回去只告訴了邠國長公主，說是郎君沒失憶前似乎提過，焦天弘在這件事裡有參與。反正也是模棱兩可的話，只要長公主不為難他就好。

邠國長公主當即眼放綠光，無頭蒼蠅找到了方向，領著人就要殺去焦家。

阿精又轉轉悠悠到了壽春郡王王府門口，竟不知怎麼，突然覺得自己肩負起了拯救郎君的重任來了。長公主去焦家尋麻煩，他就來這裡……哎，不是，他是來尋郡王幫忙的。

周毓白府中的人都識得他，通報過後就領了他去稍坐。

周毓白一直在等齊家的消息，卻不想竟等來了這麼個小廝兒。

「齊家這是沒人了嗎？」他好笑地對張九承說：「讓阿精一個孩子來。」

張九承這兩天對他頗具怨念，因著那隻鳥吵得他夜夜不得安生，可是這是主家所賜之物，又不好去弄死吧？

唉，這位壽春郡王的性子啊……與外表確然是大相逕庭的。

張九承嘆道：「郎君要去見見嗎？齊家若求您出手，您可會應允？」

周毓白垂了眸。「就怕他們想不到這麼深。」

「這件事情，請郎君聽老朽一言。」張九承正色。「我私心裡，是希望您不要出手的。」

周毓白說：「讓齊昭若死？」

張九承點頭。「您早就猜出來了不是嗎，這件事，本就是宮裡張淑妃一手操作的。那焦家的焦定鈞是誰的人，大家心裡都一清二楚，這回的事，可不是齊大郎從前那樣霸占個良女那樣，能輕易解決的。」

這曲曲折折，周毓白心裡自然早已清明，卻還是耐心聽著張九承的想法。

「他這是犯了刑法，天子犯法尚且與庶民同罪，即便長公主再不捨得，也不能讓他罔顧國之法紀，如此藐視權威。張淑妃此招下得陰毒，她讓皇城司的人去捕齊大郎，不過就是想和長公主談條件。她知道從前自己與長公主不和，但是眼下，張淑妃護東平郡王爭大位之心已然堅定，她自知已不可能再與長公主重修舊好，只能用這種法子，用長公主最心疼的兒子來拿捏她。」

首當其衝她要讓長公主做的第一件事，大概就是由長公主出面，說服徐太后為吳越錢家小娘子指婚，賜給周毓琛為妃。

張九承繼續道：「焦家不過是張淑妃手裡一件可有可無的工具罷了，長公主一旦首肯，她就把那焦天弘丟出去頂罪，左右他本身就牽扯在這件事裡面，很好斡旋。反之，長公主若還猶豫，張淑妃那邊是早已把焦天弘藏得嚴嚴實實，任憑什麼證據長公主都找不到，結果只能是齊昭若遭受審判，被定大罪。」

張氏賭的，就是長公主做母親的那一片慈心，千難萬險也會為兒子辦到。別說是助張氏母子登位，就是要她死，怕也是甘願的。

張九承嘆了口氣。這張氏，同樣都是做娘的，端的是硬得下心。後宅婦人使起來的手段，不可小覷。

周毓白修長的手指翻了翻眼前的茶杯蓋，眼睫不動。

「我都明白。所以先生不僅希望我不要出手，反而推波助瀾，促成了齊昭若之死。如此一來，長公主、齊家，必然和張淑妃及六哥結成死仇，永無轉圜之地。」

邠國長公主並不是個聰明的女人，一輩子也都這麼過了。她雖素性不喜與人溫和相處，但對幾個侄兒倒是都不錯。大皇子肅王因著親生娘親徐德妃是長公主的親表姊，她自然更親近一些，接下來，就是周毓白更得她的眼，而周毓琛，她就淡一些，主要還是因為他的母親張淑妃令她厭惡。

可是她也從來沒管過兒子齊昭若和幾個表兄的往來。

「哪怕她站在肅王一邊，也好過站在張淑妃母子一邊。」張九承道。

區區肅王，他們還不放在眼裡。今後長公主必然是會幫扶周毓白的。

張九承不知道這件事還有什麼好猶豫的。論起和齊昭若的兄弟之情嗎？這便太可笑了，張九承在認主那日，就斷定了周毓白並非是個優柔寡斷、有婦人之仁的人。他是最適合登大位之人。

周毓白確實不該猶豫，在這件事裡，他掌握了一個極好的機會，斷了張淑妃的念頭。齊昭若死了，必然對他有利。

他應當那麼做的……可是……

「先生覺得，齊昭若這個人，死了比活著的用處大嗎？」他微微笑道。

張九承訝然，這還用問嗎？自然是的，齊昭若這樣一個紈絝愚昧的子弟，並沒有拉攏的價值，他成不了什麼事。這時候死，才是對他們用處最大的。

周毓白卻道：「從前或許是，可是如今的他，活著，才更有用。」

張九承默然。齊大郎自失憶之後，確實與以往有些不同了，郎君是指這個？

「郎君這是打定主意要幫忙了？」張九承問。

周毓白望著他那一張溝壑縱橫的臉。是啊，連張先生這樣的老狐狸都沒有發現……

他差點也沒有發現。他近來總覺得自己身邊，自傅家二娘子出現，到齊昭若，這兩個人慢慢湊成了一種變數。這變數，促使周毓白改變了他本該做下的決定。

第一樁就是太湖水賊一事。依他原本的性子，他必然已經深究，藉機拿住肅王的把柄，想辦法給他做局。

但他沒有這麼做，他收手了，那個波斯商人逃走的妻子，他也沒有去尋訪。

第二樁，就是現在。他本應該聽從張九承的話，順手推舟讓齊昭若身死囚籠，堅決不能把邠國長公主和齊家的勢力送到張淑妃和六哥手裡。

但他又猶豫了。這樣的機會送到眼前，不抓住的是傻瓜。可是機會，會來得這般容易嗎？

張氏張淑妃，一個市井出身的婦人，身邊勢力也不過聚集著早年來攀親、不學無術的「遠親」和一幫宦臣。聖上雖愛重她，可她卻能有這麼大本事，把齊昭若算計進私採私運、叛賣私煤這案子裡嗎？

做這樣的局誘齊昭若進去，要花多少錢，周毓白就不說了，張氏一個婦人，她手裡有錢不留著給周毓琛圖謀大事，全部花去了算計齊昭若嗎？這些小細節，怎麼都說不通。

周毓白自上回與傅念君一番談話，早認定了必然有意大位者不止肅王、他和周毓琛，那人暗中籌謀，隱藏頗深，把機會一次次送到他手上，讓他出手對付肅王和周毓琛。

這人有著不輸他，甚至比他更厲害的謀略之能。是他那兩個因殘疾而閉門不出的哥哥嗎？

周毓白一直沒有找到確鑿的證據明確指向其中某一個。兄弟之中臥虎藏龍，他卻到了如今才發現，當真白活了。

所以這一次，應該也是那人先做了局誘齊昭若入圈套，隨後讓張氏撿了個大漏，他則坐山觀虎鬥，看張淑妃母子、長公主母子和自己，三方勢力到底如何拉扯。

總虧有贏有輸，有虧有損，輸的一方心中怨恨累積，贏的一方得來更多暗箭明槍。布局之人如同賭場莊家，盡收漁利。

「郎君？」張九承見他眸色逐漸轉為暗沉，臉色也微微帶了幾分冷意，心知他必然想到了什麼著惱煩心的大事。

「郎君可是覺得有何處不對？」

周毓白抬手捏了捏眉心，具體的也不願多說：「是不對。先生，齊昭若此時還不能死，這件事我們要動，留他一命，可也不能讓張氏如願。」

張九承也不再勸他，他是幕僚，不是周毓白的老師，沒有資格左右他的決意。

「若要救齊郎君，先得找到焦天弘和他也參與販煤的證據。」

周毓白道：「老虎爪下搶食，倒是做得不漂亮了，得叫張淑妃自己吐出來。」

張九承驚詫道：「這如何可能！」

張淑妃就指著這個拿捏邠國長公主了，怎麼可能把這個吐出來。周毓白知道這事不好操辦，須得鋌而走險一回。

「事在人為，再難做的事，也有必然可以算計的漏洞。」

「郎君所指為何？」

「我六哥。」周毓白淡淡道。

「六郎也知曉此事？」

張九承其實倒一直覺得周毓琛為人還算有幾分秉正。六郎周毓琛，更加像當今聖上，喜文學好音律，性格溫和；倒不是說心裡頭沒有算計，起碼比起肅王來說，他與周毓白的兄弟之情還多了幾分真切。

他也一直擔心周毓白對周毓琛無法下狠手。

「若不知曉，他那日何必特意與我說起焦天弘尋釁一事，他不過有意試探我和齊昭若。」周毓白倒是很平靜。

張九承嘆道：「郎君與六郎兄弟，到底也會走到這一步啊。」

天家骨肉，終究情分太淺。而周毓琛已經先他們一步跨了出來。

周毓白說：「我與他從小一起長大，再怎麼說，彼此不會害對方性命就是。」

這是他們二人與肅王最大的不同之處。

「那郎君此番打算離間他們母子？」張九承問。

「離間……也不能如此說。」周毓白的手指點了點座位扶手。「張淑妃知道長公主愛子心切，便把主意打到了齊昭若身上。我們何不如法炮製，也讓她嘗嘗為愛子付出之痛。」

周毓白微微笑了笑，只是他不是張氏，對周毓琛所做也不會如張氏對齊昭若此般惡毒。

「用什麼法子呢？郎君，必然得讓六郎做下些事，犯了官家的忌諱才行。」

周毓白笑道：「什麼事？面前不正有樁事嗎，太湖水賊的事還沒個結果呢。」

幕後那人也還沒遂了心願。

張九承明白過來。「將肅王私自派人下江南尋訪和氏璧，以期連結吳越錢氏這樁您沒辦的事，轉到了六郎面前去。」

周毓白點點頭。「順水推舟。我瞧六哥上回來我這兒就有些起疑了，他既動起了心思，便接過手去吧。」

既然那幕後之人這麼喜歡躲著看戲，就讓他看吧，只是他周毓白不願意再到戲臺上演罷了。那人喜歡藏得深，便就不要想著什麼都插手了。

周毓白笑了笑，他素來就不是慣於忍氣吞聲的人。

張九承看著他，唉，主家的想法，他這幕僚竟也不能全數掌握了。

「郎君放心吧，這件事交給老朽去辦。六郎素來不善於做局，肅王發現了必然不會善罷甘休，自會尋六郎麻煩。屆時再漏些風聲給他，張淑妃算計長公主一事，以他的性格，必然勃然大怒，甚至撕破臉皮，不用我們出手，他定會威逼張淑妃退步。」

這也很好理解，長公主如今更倚仗肅王，肅王自然不想失去了這位姑母的支持，張氏母子碰上這位，那可是個硬釘子了。

把肅王和徐德妃母子再拉入局中來。周毓白什麼都不用做，只須攪動這一灘渾水，讓這事越來越不可收拾。

「你自覺運籌帷幄嗎？」他輕喃。「且看看吧。」

§§§

阿精左等右等，也不見有個人過來，心裡忐忑他這樣是不是太莽撞了？可壽春郡王到底是什麼意思？

他又癡癡地發了會兒呆，這才看見周毓白挺拔的身影出現。

「七郎！」阿精喜道。

周毓琛和周毓白兩人，親近的下僕多以六郎、七郎稱呼。只是阿精這一聲喊，倒確實讓周毓白腳步一頓。他盈盈揚了揚眉，背對著外間的陽光，側首明暗之間，臉上的側影有種不食人間煙火的俊朗和疏離。

「怎麼？」他問了一聲。

阿精張了張嘴，覺得不論男女，美色都很能惑人啊。

他趕走了心裡對郡王不敬的想法。「七郎，您、您知道不知道我、我家郎君……」

「知道。」周毓白淡淡地移步進屋，自顧自坐下了。

「那您能不能、能不能……」唉，阿精在心裡嘆氣，該怎麼說呢？他是不是做了件蠢事。

「誰讓你來的？該不是長公主吧。」周毓白說著。

阿精回道：「您可真厲害。是小的……自己來的。」他露出一個比哭還難看的笑容。

周毓白眼梢微微揚了揚，朝他一瞧。「果真？」

阿精差點拍胸脯保證了，他一想到傅二娘子最後對自己說的話，知道這會兒怎麼也不能把人家供出來吧。做人也是要有點氣節呀。

「真，真金那麼真！」

周毓白也不追問，只道：「你回去吧，我知道了。」

知道什麼？什麼知道？阿精迷糊了，這是什麼意思？

周毓白身邊的單昀不知什麼時候站到了阿精身邊，阿精嚇了一跳。

「回吧。」單昀一向惜字如金。

阿精只能迷迷糊糊地來，又迷迷糊糊地被「趕」出去了。

單昀回身拱手道：「郎君，要查嗎？」

「不用了。」周毓白揮揮手，似乎有些疲累。

他大概猜到了是誰會提醒阿精。唔，她倒是挺厲害的。

單昀覺得他好像在發呆，順著周毓白的目光看過去，看見正巧半掩著的窗戶裡，卻正鑽進來一株枝頭半探的桃枝，枝頭尖上嬌嬌怯怯正垂著兩、三朵鮮嫩的粉色花朵，小巧可人，把外頭暖融融的春意悄悄都遞了進來，瞧來真是教人不勝憐愛。這是賞花呢？

周毓白望著那花似是彎了彎唇，眼神也是格外柔和。

單昀驚訝周毓白竟會有如此情態，他何時能將這花啊朵啊的看在眼裡了。奇哉怪哉，難道這是春天來了，這桃花也開到心上臉上來了？

單昀悄悄地又覷過去一眼，卻見周毓白已經轉回頭正盯著他。

「你還在這兒？需要我請你去當差嗎？」

「小的不敢。」單昀連退了幾步，轉頭快步出了屋，行動十分矯健。

§§§

不大明亮的內室，匆匆走進來一個勁裝打扮的漢子，一身不顯眼的灰黑色，腳步快又無聲，一看就是內行人。彷彿是專做那見不得光的陰私之事的暗衛。

他一進了門，就給臨窗背對著自己的男子跪下了。

「郎君，壽春郡王府……沒有動靜。」

「沒有動靜？」那人沒有回頭，緩緩地說著：「是嗎……竟然沒有上鉤，真是低估他了……」

下屬頓了頓。「郎君接下來如何打算？」

「他難道看出來了？」那人喃喃地說著，好像根本沒有聽到屬下給他的回話。「不可能，他怎麼可能看出來？這樣的妙計，還是他教我的……」

他越說越似身旁無人般，斷斷續續讓人聽不真切，在靜謐的內室裡，有種十分鬼魅的感覺。

「你沒想到吧，你斷然是想不到的。因為這一次，你會死在我手裡。你該開心，死在我手裡也很好，是暢快的一件好事……」

「郎君？」那下屬又提高了些聲音。

碎語終於斷了，那人好似恍然大悟般。

「嗯，既然這樣，把那女人送過去吧，送上門的餌還不咬麼？唉，我是知道你的，對付肅王這樣好的機會，你會錯過嗎？哈哈哈……」

那下屬領了命，心裡只覺得滲得慌。

他服侍郎君這麼久，卻總覺得郎君太過玄乎，許多時候他們根本不知道他是怎麼想的。而郎君更是喜歡跟一個虛無的人對話，他聽了幾次，總覺得對方口中的人是指壽春郡王周毓白？

那人笑了幾聲，終於微微側身，明暗交錯之間，只有一個光潔的下巴能被人看得真切，往下是細長的脖頸和其上突兀的喉結。

他的聲音低了些，不再有癲狂之意。「胡先生安插在傅家的那個，可有消息？」

下屬道：「傅寧進府做了傅琨六子傅溶的伴讀，如今兩人關係日近，並無不妥，傅家也未生疑。」

那人笑道：「不錯，繼續盯著，此人我下一步有大用。還有傅家，那個叫眉兒的丫頭，記得時時讓她彙報。」

「是。」

下屬想起來眉兒是他們安排到傅家的眼線，如今到了傅琨長女傅二娘子身邊。郎君竟不知為何又要留意起這個小娘子了？這真是前所未有的事。傅二娘子，她有什麼不同嗎？還是僅僅因為魏氏那一句「請郎君注意傅二娘子」？

那人似乎知道下屬心中的疑惑，只道：「我的事，也是你能揣度的？滾。」

下屬立刻恭敬地退了出去。那人望著下屬的背影冷哼了一聲。

傅二娘子，傅二娘子……不可能的，她已經不是那個「她」了，他早就確認過，很多人早就不一樣了，可不止那一個傅二娘子。

可既然她都不是「她」了，又為什麼她會無故盯上魏氏？她真的發現了什麼不成？

想過一圈，他還是放心不下。他要再確認一次，最後一次。

那人靜悄悄地坐到桌邊，執起酒杯。那是一雙很年輕的手，仰頭，香醇的千日春流入喉嚨，喉結在他細緻白皙的脖子上下滾動了兩下。

他「砰——」地一聲把酒杯放置在桌上，倒扣，冷哼一聲：「這一回，可是我說了算。你們，不過是一群螻蟻罷了。」

他讓他們生，他們就能生。他讓他們死，他們就得死！

§§§

周毓白這裡打定主意要將這一灘渾水攪得更渾，定不讓那幕後之人如願。可他卻沒料到，對方的馬腳露得如此之快。

單昀一大早就等在周毓白門口。

「郎君，出了件事，屬下特來向您稟告。」

周毓白聽完他的話，卻只微微一笑，說道：「你把這話兒帶去給張先生，據實說明白了。」

「是。」單昀領命下去了。

張九承這老兒昨夜宿醉，一直睡到了現下才醒，單昀過來的時候他正坐在床沿穿鞋。他胡亂抹了把臉，漱漱口，頭髮也不梳，就來見人了。

單昀見過他狂放不羈的模樣，也沒多大意外，只把周毓白交代他的事都說了一遍。

張九承十分驚訝，驚訝於這件事，也驚訝於周毓白的態度。其實說起來，這件事就本身來說也不是件什麼大事，起碼與什麼軍國大事相比，就實在小許多。

可見微知著，小事往往也不能小覷。

原來波斯商人那處，周毓白的人這些日子一直守在他家中，十分明目張膽，且這兩天還有越演越烈的趨勢，生怕人們不曉得這波斯商人得罪了壽春郡王。

今日那守在波斯商人家中，交情已好到差不多能與他同吃同住的兩個年輕護衛，卻碰上了一個沒頭沒腦哭喊著要進門的婦人。

那婦人自稱是商人妻子何氏的貼身婆子，要見她家姑爺。只說她家娘子是糊塗了，如今悔了，又帶了孩子尋回家來，想求夫君寬恕。

這逃了家、被騙了拐了的婦人重新歸家的事，在如今也不少見，不過是聲名臭了而已，全看這婦人夫家是要收留原諒，還是休了讓她自行再婚嫁，都是正常。因此商人那妻子回來討原諒，倒也合理。

但那商人是個有血性的，斷斷不肯再收她，還琢磨著要尋人打上門去搶回兒子，只是礙著周毓白的人在場，他也只能將那撒潑的婆子先罵出去。就是這麼件人家夫妻之間的私密事。

單昀稟告給了周毓白，卻聽他囑咐要轉告張九承，他就知道，這不僅是件私事了。

張九承一拍掌，叫道：「這可真是！」

說罷竟是不管不顧往外衝，就要去尋周毓白。

「張先生你……」單昀根本喚不住他。

張九承就以這般不宜見人的裝扮，散著髮奔到了周毓白的書房中。

周毓白見他如此，也道：「先生如此匆匆怕是還未用早飯，不如在這裡和我一起用點吧。」

「唉，哪裡還顧得什麼早飯……」張九承連連擺手，瞧周毓白氣定神閒的模樣，又「啊」地一聲：「郎君你早已知曉了！」

周毓白卻聽懂了他這沒頭沒腦的話。「也不是，不過心中存疑，想著證實一下罷了。」

張九承在不大的書房裡一圈圈走著，一雙手負在身後，他在想不出難題的時候，就會這樣。

「怎麼會，怎麼會……」他一邊轉著一邊喃喃自語。

「先生還是先吃點東西再轉吧。」周毓白被他繞得有些頭暈。「吃完了，我們才好再談。」

張九承終於肯停下來，陪周毓白用了一頓清淡的早膳。吃完後，兩人就著早膳的桌子，也不換地方，就談了起來。

「這何氏，若是老朽先前推測正確，她怕是偷了傳國玉璽而逃，郎君下令不找，咱們就也沒派人去尋，可她竟這樣突然又冒出來了，如何能是巧合！」張九承連連搖頭。

「先生覺得她知道自己偷了什麼寶貝嗎？」周毓白悠悠地問。

「如今看來，必然是知道的！」張九承有些赧然，覺得先前自己勸周毓白的話當真是蠢了。

「何況那波斯商人又不是大宋子民，與她必然也未到衙門立什麼婚約文契，她在外頭算個自由身，為什麼跑回來！」

哪有這麼蠢的婦人回來討打的！張九承咬牙說了一句。

周毓白輕笑了一聲，嘆道：「所以，果然是……」

「果然是有人下套給郎君了。」張九承接道。

前期竟能安排得這樣滴水不漏，差點把他也給唬過去了。

「幸好郎君按兵不動，對方怕是以為您猜不到這和氏璧和肅王身上，可按捺不住，不肯放過您這條魚兒，如今就再放出這個何氏，真是強把餌往人嘴裡塞了……」

「先生莫氣，總歸我沒有吃虧。」周毓白見他一臉忿忿，反而倒過來勸他。

其實對方也並非是來算計他，不過是誘他出手對付肅王。

張九承只是不斷搖頭。「是老朽低估了，以為宗室之中，再無人再能在謀算方面出郎君之右，如今看來這還藏著個高人，卻不知是哪位王爺下的手了。」

周毓白默然。是啊，張先生說的，也是他想知道的。

「不過，您是什麼時候發現的？如何發現的？」張九承很困惑。

周毓白當然不能說是從去年遇到傅念君，治理太湖水患那件事開始。他咳了一聲。「只是心中不定，卻又說不出頭緒，連先生也未曾開口，想著再靜待一段時日看看。」

張九承摸著鬍子感慨。「郎君年紀如此輕，卻能這般沉得住氣，這可比對方棋高一籌了。」這老兒說著又高興起來，哈哈笑了幾聲，舉杯就飲，又發現是茶，忙放下咳了幾聲。

周毓白見他這樣也頗覺無奈，張九承行事作風乃秉承前朝名士風格，好飲酒，好高歌，大喜大悲，大嗟大嘆，此般作為雖暢快，卻對人的身體不好。

「先生也克制些吧，您如今的身體……」

「郎君無須多言。」張九承抬手打斷他。「老朽曉得分寸，如今卻見這暗中還藏匿了這麼一位高手與我們過招，老朽這心裡很是暢快！我定要多活幾年，待郎君成事，將那人揪出來瞧瞧是怎生人物，唔，痛快痛快！」

周毓白知道他這是被人在計謀上勝了一截，心裡就起了一股子鬥氣。這老兒，年紀大了，卻一副小孩心性。

「郎君，如此咱們想把這事甩到六郎身上也……」

張九承咳了一聲，看見周毓白似笑非笑的神情，注意了一下自己的措辭：「老朽是說，六郎正好想把這件事接手過去的話，也好辦了。」

周毓白悠悠道：「不用我們怎麼做，六哥早已派著人盯著了。」

傳國玉璽，和吳越錢氏，都是肥肉，沒有人會放棄的。周毓琛也不例外。

「吳越錢氏……郎君不覺得可惜嗎？」張九承還是忍不住問了一聲，不死心。

一計能成，一計必然不成。以他們瞭解的周毓琛的秉性，他自然找到了那何氏會做個順水人情給吳越錢氏，完璧歸趙。

這自然是得罪了肅王，可確實又極好地拉攏了錢家。張九承還是依然非常看重錢家的金山銀山。

「聽說錢家的小娘子生得十分靈動秀美、聰慧剔透，郎君你……」在他心裡，不是那幾位朝廷大員，就是吳越錢氏，周毓白母族不顯，必得妻族得力才行。

周毓白看了他一眼，淡淡否決：「先生，聯姻並不是唯一的法子。」

把他自己送出去，他可不覺得很值得。

張九承被他這話噎了一下，難道是主家心裡有人了？不可能啊，他時時跟在周毓白身邊，知道他一向對於女色上很淡，斷斷不可能有什麼意中人出現。

張九承自覺以過來人的身分該指點他幾句：「功成名就和美滿姻緣，也不是不可兼得，若那錢家小娘子真是個可意人，郎君何必將她拒於門外？」

若對方的容貌性情確屬上乘，又知情識趣，與周毓白琴瑟和鳴，此乃一樁大好事，這叫做兩全其美，而非刻意算計。

周毓白側頭想了想，說道：「先生大約還是不太清楚我的性子。」

與他琴瑟和鳴，怕是沒有這麼容易。張九承確實是不夠瞭解他。

周毓白也不說這個了，只道：「眼下那何氏之事，便交給先生吧，幕後那躲躲藏藏之人，暫且不急。」

張九承聽他這麼說，也只好放棄了再一次說服他的打算。

齊昭若的案子在京裡鬧得沸沸揚揚的，長公主幾番尋釁鬧騰，找了糾察在京刑獄司和大理寺幾位大人麻煩的傳言，在京裡甚囂塵上。

人人都說這回齊大郎犯的事，足夠長公主再瘋一個月的了。

相較而言，在牢獄裡的齊昭若倒是安之若素，長公主特地買通了幾個胥吏和獄卒，以免他吃苦頭，可是他們發現，他竟一點都不像傳言中的齊昭若，就是叫句冤都沒有，根本不用額外照顧。這事會怎麼解決呢？

齊昭若也知道私煤之事有多嚴重，他的記憶裡似乎無關三十年前這個原主的事，難道說，他就要死在這裡嗎？

他的眸光黯了黯，放在膝頭的手握緊成拳。他回來，可不是為了替人家死的。

死，一次就夠了。他不會再死第二次。可他確實身陷囹圄，如何脫身呢？

他抬頭望著高高的一扇透氣窗，若從那裡脫身，有幾成勝算？

此時牢門開了，獄卒端來了精心準備的飯食。

那人待他甚為恭敬，他瞧著齊昭若盤膝而坐，似打坐般的姿勢，似乎已經有兩個時辰了？這是要幹嘛？

他想到了已經揣到了懷裡的銀子，咳了一聲，親自把碗盞擺出來，恭敬道：「齊郎君，快用

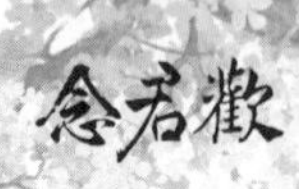

吧，今兒長公主讓小的給您帶個口信，就說一切有她呢，她已經找到線索為您洗脫罪名了，您再受兩日苦。」他說著說著，覺得眼前這人的眼神似狼般可怕，盯得他一陣汗毛倒豎的！

齊昭若定定地望著獄卒的脖子。要擰斷這根脖子，對他來說，十分容易。瞧這人手腳，應當也不會什麼武藝。

他接過碗，目測這裡離牢門的距離。

獄卒覺得齊昭若實在太奇怪了，也不敢指望他回自己一句話，趕緊撂下東西先出去了。

齊昭若垂下眸子吃飯，心裡思索著。若真是死刑，他必然要換囚籠，那裡肯定沒有這裡守備鬆懈。在這兒殺幾個人，他有把握逃出去，只是從此以後他便是流落江湖、孑然一身了吧……

他冷笑了一下。萬不得已，誰會願意走到那一步。

他的仇人高居廟堂，他卻要在江湖落草。他可是十六歲就勇戰三軍，獨自挑了三衙各指揮使手中兵器的淮王長子。

齊昭若閉了閉眼，罷了，現在的他，連手裡的劍都沒有了。

他望著眼前的飯菜，突然想到了宮裡的一貫招數，或許他連死在刑場上的機會都不會有。他攥緊了手裡的筷子，好似覺得自己死的那一天，那種排山倒海的無助之感再一次籠罩在自己身周……

太陽西沉的時候，齊昭若正望著那氣窗出神，餘暉斜灑在他身上幾道光芒，一道落在了眼睛裡。

他卻也不覺得這暖黃的光刺眼，只靜靜地出神。

牢門再次開了，卻不是收碗的獄卒，一人的腳步聲輕踏而來。齊昭若的耳朵十分靈敏，他立刻就聽出了這聲響不是獄卒。轉回頭，他的表情十分驚訝。

「怎麼，見到我，有這麼奇怪？」周毓琛提著兩壺酒，正立在他眼前。

「你……六哥，你如何進來的？」

周毓琛把酒輕輕放在他面前。「稍微找了些門道。」

他望著齊昭若的臉，只道：「果真，你一個人在這裡確實很孤寂吧。」

齊昭若揣摩著他的來意。

周毓琛把酒放在他眼前。「喝吧。」

他說著，自顧自揭了封蠟，仰頭喝了一口。其實他是不喜歡喝酒的。

齊昭若見他如此，也用嘴叼開了封蠟，痛快喝了幾口，再放下的時候，周毓琛卻正含著他一貫示人的笑意看著他。

齊昭若道：「六哥是來給我送行的？」

只有他來了。

周毓琛席地坐下。「你不必說這樣的話，你不會死的。」

長公主若肯鬆口，自然有人會替齊昭若去死。

齊昭若感覺到酒液在胃裡翻湧。周毓琛都來了，他身上這件案子肯定大有隱情。

周毓琛喝著酒說道：「倒是羨慕表弟你，什麼都忘了得好。」

齊昭若深深擰眉。對於周毓琛的來意，齊昭若當然不會想做是好心好意。

這會兒人人都巴不得和他撇清關係，他卻進牢房同自己飲酒，難道只是為了做那個雪中送炭之人？

「表弟就不曾想過洗刷身上的罪名？」周毓琛與他談了幾句。

「洗刷？靠我嗎？」齊昭若道：「六哥真是說笑了。」

周毓琛卻給了一些暗示：「你若真是全忘了，卻在旁人的隻言片語中也該曉得一些事。你可知邠國長公主近日去了一趟焦家……」

焦家？焦天弘？那個小子……

齊昭若想起來了，瞧周毓琛此番樣子，他的罪責必然與焦家有關係。

他的心思卻轉得快。「我與他是酒肉朋友，前些日子鬧翻了。怎麼，我阿娘去焦家做什麼？替我教訓他嗎？」

周毓琛反而鬧不清楚他這話裡的真真假假了。

他到底是心底有數，還是真的全忘了，什麼都不知道？

齊昭若的酒已經喝完了，他仰頭將最後一滴酒倒盡了，哂然一笑，直接拿了周毓琛的酒喝下，說道：「六哥既是為我準備的，就別怪我不客氣了。」說罷又咕嘟咕嘟往嘴裡灌。

周毓琛卻從未見過他這般豪飲之態，微微蹙了蹙眉。

「痛快極了。」齊昭若似女子般精緻的臉上已浮現淡淡紅暈，似是酒意上了頭，一雙眼睛也開始混沌起來。

他半歪著身子。「還是六哥待我好啊……」

周毓琛見他這般，心裡不由也有些懣悶，又說了幾句話，齊昭若卻漸漸地連舌頭都大起來，說一句話要停三次。

這酒量就不要喝了！早知他就不提什麼酒進來了。周毓琛無言。

時辰到，獄卒也來催了，周毓琛起身離開，齊昭若卻是醉了一般在嘴裡哼哼兩聲，沒反應了。等到周毓琛的腳步遠去，躺著的人才睜開眼睛。臉上紅暈未褪，可眼睛卻如千年古井中的水一般涼。

說到底，做了周毓白十九年的兒子，他也學得如他一樣，誰都不信罷了。

周毓琛此來，分明是給他一個暗示，這或許也是他生的轉機。他雖前事不明，卻也能明白如今自己的局面艱難，他已被人算計入局，如今是身不由己。

可他心底卻莫名篤定，周毓琛，絕不會是帶給他最大機會的人。自己不能被他左右。

§§§

周毓琛走出牢房的時候，門外牛車之中等著他的是東平郡王府的幕僚林長風。

「郎君，如何了？」林長風半探出身子，親自扶周毓琛上車，一坐定就急忙詢問。

周毓琛微微嘆了口氣，搖搖頭。「他在焦天弘這事上，似乎真的半點也不記得，我也不敢做太多的試探。」

林長風望著他的臉色。「郎君卻似乎有別的發現？」

周毓琛說：「我以往算瞭解他，他與我和七哥兒關係都還算不錯，可是自上回墜馬之事後，他給我的感覺……大不相同了。」

他想到了獄中兩人不長的談話。「若是以往，此際只有我去看他，他斷不會是這副樣子。我聽獄卒說，他進來這些日子竟是心平氣和得很。」

他就真的一點都不怕嗎？

周毓琛頓了頓。「倒是他回我的那幾句話，彷彿還存了試探之意。」

林長風輕輕「嘖」了一聲，感到有些可惜。「若他還能記得一二，我們倒還輕省些。從齊大郎自己嘴裡說出來，官府將焦天弘調查緝拿也有名目，如今還是只能乾等著，瞧長公主能不能早日想明白了。」

林長風又分析道：「可若說他齊大郎這般油滑，倒是也有些不可思議，即便他不記得，郎君這般暗示兩句，他也該轉圜過來。要不就是太蠢，要不就是心性足夠硬。」

哪一種，周毓琛都不太相信。他索性放下這個讓人憋悶的齊昭若，道：「姑母那日去了一回焦家，到今日倒是還沒有聲響，卻不知她做何打算，這可不像她的為人。先生意下如何？」

不僅是齊昭若性格大變。難不成邠國長公主也突然一改以往行事作風？

林長風只得道：「宮裡張淑妃那裡，郎君還是要提點幾句，萬萬不可操之過急。上回皇城司出動，不知哪個傳了許多話出去，讓許大官和她難做。如今我們不能湊上去，只得讓長公主自己湊上來，為了齊大郎，她必然肯的。」

周毓琛聽了這話，也悠悠嘆道：「我自然也不希望他死。」

這個他，自然是指齊昭若。

若他們計成，齊昭若與長公主站在他們一邊，日後他自然會對齊家照拂妥當，此乃最好的結果，若不成，齊昭若就一定得死了。這卻不是他沒有出手相助，是他們母子自己的選擇。他只能這樣說服自己。

「走吧，回府。」周毓琛出聲，車夫立刻提了鞭子一甩，牛車轆轆而動。

牛車到府前，林長風還有幾句話要說：「屬下此外還有一件事，要稟與郎君……」

他便把那何氏重新出現的事說了一遍。

「當真？」周毓琛想到了林長風曾言，周毓白找人盯著的那個波斯商人的妻子，必然是在江南得到了什麼了不得的東西，且和大皇子肅王有關。他們已經留意這事好些日子了。

「七哥兒動了？」他問道。

「沒有。」林長風說著：「壽春郡王晚我們一步，我們的人已經將何氏帶開了，還待郎君做定奪。」

周毓琛點頭，可又想到了周毓白。「七哥兒查了也有一段時日，我做了這事，半途劫了他要的人，此非君子之行。」

林長風知道自己這位主家常有些婦人之仁，此乃做大事的大忌。

「郎君萬不可這麼想，若此是肅王的把柄，您和壽春郡王都可做得。無論你們誰做了，對另一方是有利無害，這並非是我們有失道義。」

周毓琛一想便也釋然了。「確實如此。」

周毓白查蕃坊縱火和自己受行刺一事查了那麼久，摸到的線索還沒他摸得清楚，可見他這個弟弟確實是能力有限，人手有限。

§§§

晉國公趙家夫人薛氏辦文會這天，大概只有傅家人比他們起得更早。

姚氏和傅梨華、傅允華都極其看重這次機會。自上回傅梨華與傅允華大吵之後，傅梨華一直不願意多理睬她，傅允華即便想與她親近些，她倒反而擺了一副高架子。

但總是也有人能促成她們回到親密的姊妹關係的。例如共同的敵人，或者是說，傅梨華的敵人就夠了。

傅念君出現的時候，傅梨華差點沒氣暈在車邊。

「妳、妳怎麼敢來！好不要臉皮……」

傅念君卻只瞧著她微微勾唇。

「住嘴！」姚氏姍姍而來，一來就聽到女兒又在發威。她竟是這樣教都教不好，真真氣煞人。

「阿娘，她……妳……」傅梨華指著傅念君，望向姚氏。

傅念君怎麼會來？阿娘同意了？

她頭上新梳好的髻邊墜著米粒大小一串珍珠，晃得人眼花。

姚氏倒是淡淡的，只說：「上車去，再讓我聽到一句，妳就待在府裡吧。」

傅梨華睜著一對大眼睛，只能眼巴巴盯著親娘瞧，咬了咬唇，才不甘心地一轉身，拉住傅允華的手上車去了。

姚氏的目光轉向傅念君，傅念君和她身後顯得有些嬌怯的陸婉容朝她行了禮。

姚氏反而和藹地笑了笑。「念君和陸三娘子昨夜睡得可好？」

「多謝母親掛心，睡得很好。」傅念君輕輕握了握陸婉容的手，對著姚氏說道。

姚氏見她們倆如此動作，也不說什麼，只道：「快快上車吧，別誤了時辰。」

等到轉頭後，姚氏才輕輕咬牙與身邊的張氏道：「二弟妹竟要來同我作對了嗎？」

陸氏不知為何與傅念君關係似乎不錯，以往常常不被她看在眼裡的陸氏，如今在姚氏看來，也多了兩分面目可憎。

張氏勸她道：「夫人勿要多心壞了妯娌情分，陸三娘子也到了說親的年紀，二夫人不愛出府，怕是有意讓她露露面，您不要多想。」

只是陸婉容喜歡與傅念君來往罷了。

姚氏道：「性情模樣倒是不錯，卻是個糊塗的。」

晉國公府趙家的門前今日十分熱鬧，來來往往的女眷坐的香車，自半條街外就多得讓人眼花撩亂。

繞過大影壁，趙家門前也收拾得俐落整齊，許多機靈的小廝兒張羅著迎接各位夫人的車架。

坐在車裡，就能聽見外頭笑語不斷，氣氛相當不錯。

姚氏心道：趙家這回是來對了，瞧今日這陣仗，必是有大人物出席。趙家夫人許氏雖喜愛辦文會，卻從沒有哪次用這麼大陣勢。

傅念君和陸婉容下了車，跟了趙家領路的丫鬟小廝，進了內院。

幾人在客間次第更衣，重整儀容，才前往花園。

文人辦文會多愛挑個依山傍水的去處，女子們不可能全數騎馬出城到那百十里外的地方去，便愛挑這些場地大、風景好的富貴人家後花園玩耍。

今日許夫人已命人將園子裡沿著廡廊糊了天棚，紙糊天棚似雪景般，方磚滿地卻光平；院裡坐東朝西一間大敞軒，四面開闊，裡頭放著茶盤茶碗。丫頭們暖茶鍾(注)迎賓待客，而捲金條勒上，則都是文房四寶著壓書冊。天棚一路連著靠水的兩座亭子，些許人影正在亭中瞧著水裡的小舟，遠遠傳來歡聲笑語。

「當真是雅趣。」姚氏不由嘆道。

陸婉容扯了扯傅念君的袖子。「妳聽，可是聽到有人唱歌？」

傅念君指指小湖對岸的高閣。「裡頭是女伎們在奏樂彈唱。」

「由高而下，樂音順著水面而來，許夫人當真有品味。」陸婉容不由讚嘆。

姚氏身為傅琨嫡妻，自然是許夫人親自接待，兩人雖差了許多年紀，可談笑之間卻好似姊妹一般親密，許夫人更是將傅家幾個小娘子都誇獎了一番，還問她們會否作詩寫文。

注 類似茶碗，口徑約十公分。

有傅允華和傅梨華在，傅念君和陸婉容自然躲在她們身後不用多說話。

又是一陣熱鬧，沿著青石板路踏來一群女子，傅念君瞇了瞇眼，她此來的目的，就是為了她。

連夫人帶著幾個小娘子笑著走了過來，也與許夫人見禮，姚氏倒是對她淡淡的，兩人讓女孩子們互相道好。

連夫人帶了一個女兒來，年方十六，閨名喚作拂柔，生得窈窕多情，人不雖很美，姿態卻婉約動人。

另外一個，卻是眾人意想不到的。這小娘子竟來自吳越錢氏，此次隨同她兄長一起入京。

「我小時候在江南長大的，與錢家多有往來，這也算是我的世侄女了，她自來京還不曾出門見見世面，我便帶了她來，請姊姊不要見怪。」

「如何會，」許夫人笑道：「吳越錢氏的小娘子，莫怪風儀如此之好。」

錢婧華身形嬌小，身上有一種江南女子獨有的如水樣的溫情，笑起來時露出珍珠一樣潔白的牙齒，又添了幾分俏皮。

她為人也很落落大方，與諸小娘子見禮十分自然，彷若早已相識一般，比連拂柔還多幾分颯朗。傅念君只一眼，就暗嘆這錢婧華是個俊秀人物。

這人後來怎麼樣了？在她記憶中，吳越錢氏的嫡女，似乎就是嫁給六郎周毓琛做了他的王妃。錢家押錯了寶，周毓琛被崇王親手殺了後，他的夫人似乎就瘋了，這花一般的小娘子最後也像汙沼中的爛泥，被所有人遺忘，被殘忍的皇權鬥爭碾為塵土。

傅念君身邊的陸婉容也睜著眼睛瞧她們，偷偷與傅念君道：「這兩個小娘子看來都十分出色，教養真是好。」

同樣是世家出身，陸婉容自有她一套評判標準。

傅念君沉眉，連同她身邊的陸婉容在內，這些鮮妍如花的女孩子，都沒有一個好的歸宿。盧小娘子這人她不記得了，可是她的父母、她的家族在新帝繼位後，做了第一批犧牲的前朝勳貴，她還能逃過一劫嗎？

傅念君笑笑，低下頭。其實又何止她們呢，她自己不也是一樣的嗎。她救不了自己，或許也同樣救不了她們吧。

連夫人介紹完錢婧華，卻又指了身後一人，眾人定睛一瞧，卻都不認識。

傅念君微微驚愕，她沒有想到魏氏也會來。連夫人到底是怎生喜歡她的地步，這樣的場合都願意帶她一起來。

連夫人悄聲在許夫人耳邊說了幾句，許夫人竟淡笑道：「原來就是鄭評事的夫人，他真是好福氣了。」

魏氏的姿態也十分好，並不以夫君官位不高而露怯。傅念君細細忖度，瞧這許夫人的樣子，她是知道魏氏的？卻又不認識？

連夫人正拉著魏氏的手笑著和許夫人談話，上了年紀的侍女也上前來招呼眾小娘子移步。

「念君，妳在看什麼？」陸婉容好奇。

此時傅念君的神情看起來不太輕鬆，她正被什麼事困擾著。她回過頭道：「沒事的。」

陸婉容拉著傅念君憑欄眺望，一時興起又找侍女要了魚食，來餵池子裡的魚，趙家的魚養得好，爭先恐後地來搶魚食。陸婉容似是很喜歡這些搖頭擺尾的大魚，直拉著傅念君讓她看這條看那條的。

不知何時，盧拂柔和錢婧華也走到了她們所站的棧橋上。

「怪道我們餵魚那些魚卻不來，原來是因為這裡有兩位這般漂亮的姑娘，所以牠們不要我們啦！」一道輕快的聲音響起。

傅念君和陸婉容回頭，錢婧華正笑露出一對潔白的虎牙，正盯著她們瞧。

陸婉容天性害羞，下意識就紅了臉低下頭去。傅念君也對錢婧華笑了笑。

錢婧華說著：「傅家姑娘這般姿色，卻不能怪魚了。」

傅念君微微有些訝然，說實話她真的很久沒聽過這麼直白的誇獎了。她自然是生得不錯的，可傅饒華先前的名聲太臭，眾家自恃有身分地位的郎君小娘子們都不願同她來往，更不用提誇讚她了。

「多謝錢姑娘了，我倒覺得妳生得好看，自帶了江南的婉約與中原的颯爽。」

錢婧華聽得十分開心，正要上前與她再攀談幾句，卻被身後的盧拂柔抓住了衣袖。

盧拂柔朝她微微搖搖頭，輕聲道：「不可，這是傅家二娘子。」

錢婧華不知道傅念君的底細，可盧拂柔卻是在東京長大的，如何不知道臭名昭著的傅二娘子。倒是不知道許夫人怎會允她進門，盧拂柔想著。

錢婧華想了想，卻反而握住了盧拂柔的手腕。「盧姊姊，一起餵魚吧。」

盧小娘子拗她不過，本又性子溫軟，只得憂愁地蹙眉從了。傅念君看得有意思，這小姑娘，確實極妙。

傅梨華和傅允華本就想結交錢婧華，正攜手來尋她去論詩，卻見她與傅念君和陸婉容湊在一處餵魚。傅梨華氣得跺了跺腳。

吳越錢氏可是富貴比皇室的人家，錢婧華的哥哥錢豫如今正在京中，若她能與錢婧華交好一二，倒是請她去傅家作客，一來二去，不是水到渠成的事嗎？她可是傅琨的嫡女，配皇子都是配得起的！可錢婧華卻和傅念君站到了一處，真真是自降身分。

傅梨華拖著傅允華的手就要過去。

傅允華知她又要闖禍，忙拉她勸道：「四姊兒，別去了吧，我們去尋別人……」

傅梨華回頭冷道：「大姊這是過河拆橋了，妳跟著我和阿娘來，此際卻只想尋自己的姻緣不成？我瞧適才許夫人也沒往妳臉上多看幾眼。」

傅允華臉色煞白，四妹說話竟越來越刻薄了。

傅梨華如願到了錢婧華身邊，打招呼道：「錢家姊姊，我爹爹是傅相公，適才我就想妳說幾句話的，可逮著機會了。」

錢婧華也不是刻薄之人，便也笑道：「這位妹妹好，原來妳也是傅家的姑娘，我與妳姊姊正餵魚呢……」

傅念君也不去看傅梨華，只淡笑著拉住了錢婧華的手腕。「可不能全給倒下去了，這些魚兒會撐著的。」

錢婧華低呼一聲，才穩住了手裡的小碗，不至於失神把手裡的魚食全倒下去。

傅梨華咬咬牙，又往她身邊擠，把盧小娘子擠得一個踉蹌。

「盧姊姊……」錢婧華伸手去拉她。

「我沒事。」盧拂柔站穩了腳步。

由此錢婧華便覺得傅梨華有些無禮，提議道：「時辰差不多了，我們去喝茶吧。」

盧小娘子點頭應了。傅念君和陸婉容也有自己的打算，傅念君惦記著那個魏氏去了哪裡，便想叫了陸婉容一起四下轉轉。

傅梨華在原地氣得跺腳，兩兩成雙，她身邊只有個什麼用都沒有的傅允華！

「表姊！」她突然喚住了陸婉容，眼中閃過一道光芒。

陸婉容輕輕「啊」了一聲。「什麼事？」

傅梨華的嗓音微微提高：「表姊，妳的外祖母過世不久，就來參加這樣的文會遊玩戲耍，妳不覺得不妥嗎？」

錢婧華和盧小娘子都停了腳步，望向傅梨華，十分詫異。她怎麼會突然說這種話？

陸婉容頓時就變了臉色，手也有些微微發抖，眼眶就紅起來。傅念君見狀，心中頗覺無奈，傅梨華一天不惹事就不痛快嗎？

傅念君淡淡說：「四姊兒，我原還以為妳不知三娘的外祖母過世了，瞧妳連禮也沒隨一份過去。」

傅梨華說：「禮有阿娘去隨，我憑什麼要隨，非親非故的。」

傅念君點頭。「是啊，非親非故的，妳現在卻愛管這事了？」

傅梨華噎住了。「妳、妳羞辱於我，我們到底是姊妹，妳這樣簡直……」

陸婉容拉拉傅念君的袖子，讓她別和傅梨華吵。鬧大了，不管傅念君是吵贏還是吵輸，傳出去不好聽的都是她。

傅念君本來面對傅梨華時，也就是一種對著小孩子的情緒。

她笑道：「是啊，我們當然是姊妹，來，妳來，我們一起去散散步？」

說著向她招手邀請，笑容之甜美，態度之慈藹，簡直讓傅梨華掉了一身雞皮疙瘩。

她是不是有病啊！誰要和她去走走，兩個人相見兩相厭的。

傅念君卻不放過她，走過要去挽她。「別和姊姊鬧了，我們去泛舟？」

鬼才要和妳泛舟！傅梨華臉都青了。

錢婧華在後面看得直笑，對連拂柔輕聲說：「還是第一次見到這樣的姊妹關係……」

盧小娘子看著那傅二娘子的笑容，真是不知道該說什麼好。是說她臉皮厚呢，還是別出心裁。人家姊妹糾紛，那都是寸步不讓地相爭，或是以退為進地讓對方屈服。她倒好，用自己去噁心別人。

「啊！妳別過來！」

傅梨華尖叫著要避開傅念君的手，直往傅允華身後躲。「大姊，大姊！」

傅允華也有點懵。這是什麼情況？

「瞧妳，都這麼大了，還要玩老鷹捉小雞啊？好吧好吧，姊姊配合妳……」

傅念君還是笑得十分像個長姊一樣慈愛，「配合」地去抓東躲西藏的傅梨華，繼續惹來她連連尖叫。

在不知內情的外人看來，當真是姊妹之間玩樂，一片和氣融融。

真是與眾不同的一個人。錢婧華在心裡感慨。

盧小娘子不禁也喃喃道：「或許傳聞真的有誤……」

傅梨華滿臉通紅，不知是氣得還是急得，或是跑動後氣血上湧。

傅念君見好就收，也不會真的把她拉到自己身邊。棧橋本就窄小，傅梨華又動作大，一時身形有些不穩地往邊上靠去。

「啊！」她叫了一聲，怕自己翻身跌下去。

傅允華在她身前，眼疾手快一把拉住了她。可在須臾之間，傅允華不知怎麼鬼使神差地微微放了力，反鬆手想讓她跌下去。

其實她在鬆手的一瞬間就後悔了，傅梨華若是出了什麼事，她可怎麼跟姚氏交代！

但是前些日子積累的鬱氣，和今日傅梨華對她不客氣的羞辱，都讓她一個邪惡的念頭在握住傅梨華手的瞬間，放大到了最大。

傅念君當然看清了這個小動作。她只勾唇笑了笑，立刻後退兩步。有點意思。

傅梨華卻沒有翻出闌干。

這棧橋設計到底還是妥當的，她穩住身子，立刻一雙眼睛暴怒瞠出，額際青筋直跳，顯得十分凶惡。

「妳想推我？」

傅允華嚇得連連擺手，心虛解釋道：「我、我是手滑，是手滑，我怎麼會推妳呢……」

她見傅梨華這般樣子，自己心裡更是千頭萬緒，想到的是姚氏的怒意，和自己母親金氏的冷言冷語，她就後悔地恨不得打自己一記耳光。

傅梨華步步緊逼，傅允華踉踉蹌蹌地直往後退。

「四姊兒，是我、我早上用的香膏太滑了……」

傅梨華卻狠狠咬著牙。「大姊，我竟不知妳原來對我一直存著這般歹毒心思。好啊，枉我以前這麼對妳掏心掏肺的……」

傅允華的腰際已抵到了闌干，還白著臉解釋：「不是，真的、真的是我手滑了……」

傅念君和錢婧華同時看出不好，要跨出一步去拉卻已經來不及了。傅念君沒想到傅梨華會在錢婧華面前這樣不給傅允華臉面。

傅梨華將對傅念君的火氣全部發洩出來，好像眼前這人不僅僅是傅允華，更是傅念君。

她狠狠地朝傅允華的肩膀推去，整個人都撞了過去，她雖年紀比傅允華小幾歲，可此時怒火燒心，猛地就生出了一股子邪勁。

「妳要推，就讓妳自己嘗嘗！」

傅允華心中驚駭萬分，哪裡會想到她會用這麼大的力氣，當下身體一輕，整個人天旋地轉翻出半人高的闌干、落入了水中，驚得適才吃飽了魚食、還未散去的魚兒們四散逃竄。

傅念君和錢婧華都只來得及拉住她一片衣角。

陸婉容趴著闌干倉促道：「她好像不會游泳，快叫人！」

適才已經有丫鬟見到這般情狀，尖叫起來。

錢婧華當機立斷脫下了繡鞋，道：「這裡的小廝都是孩童，恐怕使不來力，等外院的護衛趕來太遲了。」

何況被男子施救，這小娘子的名聲還要不要了。她也沒想那麼多，說罷蹬著闌干就翻身下去。她生長在江南，水性自然熟識。

可傅允華受了極大的驚嚇，在水中呼喊撲打，毫無清醒意識可言，等錢婧華游到她身邊之時，她更是瘋癲地大力揮動手臂，讓人難以接近。

錢婧華本就嬌小，此時更顯吃力。

「如何是好，如何是好……」盧小娘子急得眼淚打轉，揪著手裡的帕子，帶著幾個丫頭一起如無頭蒼蠅般乾著急。

傅梨華徹底懵了，呆呆望著自己的手。她剛才，把大姊給推下去了？

陸婉容尚且還算沉穩，已親自跑去棧橋另一邊尋人來搭救。

傅念君沉眉。

「這樣不行。」她說著，立刻奪過了一個小丫頭手裡盛放魚食的淺盞，這是較為厚重的白瓷。

傅念君將魚食在腳底一倒，將它在手裡掂了掂，向底下錢婧華喊道：「錢姑娘，接住了！先用這東西將她打暈再拖上岸，否則妳只會被拽得無法施展。」

錢婧華高舉起手，接住了那碗盞，心裡一狠，揮手就在傅允華後腦砸了一下。傅允華果真立刻昏厥過去，錢婧華從背後勾住她的脖子，一點點吃力地往岸邊遊。

此時已經陸陸續續過來了很多人，在敞軒中會文的女眷們也都大呼小叫地喊著，一幫子下人都擁了過去。

很快錢婧華和傅允華的身影就被人群圍住了。

「快去看看。」傅念君拍了拍盧小娘子，兩人誰也沒去管已經嚇得癱坐在地上的傅梨華。

大姊死了……大姊要是死了怎麼辦……那是她害死的！是她把大姊推下去的。

就在一瞬間，她沒控制住自己。是因為大姊想害她，和傅念君一樣，她們都想害她，她才沒忍住的。傅梨華腦子一片混亂，渾身發抖，流起眼淚來。

她的貼身丫頭跑過來，見她如此情況也多少明白了幾分，立刻扶起她。「娘子，我們得快去見夫人，我們不能留在這兒啊……」

「她、她怎麼樣？」傅梨華顫抖著手揪住丫頭的衣襟。

「沒事沒事，大娘子和錢小娘子都沒事，小姐妳……這裡……呀，怎麼濕了！」

丫頭一摸傅梨華的裙子下襬，這不會是嚇得失禁了吧？還是出了一身的汗？但丫頭顧不得許多，忙將傅梨華扶起來。「娘子，我們先去更衣。」

傅梨華只得被她半拖行著往棧橋另一邊走。

錢婧華身邊圍著的人最多，烏央央擠了許多女眷和丫頭，傅允華則被兩個孔武有力的婆子揹著去了偏院。

傅念君趕到的時候，多注意了一下。許夫人和連夫人呢？還有魏氏，去哪裡了？許夫人是這場文會的主人，她不在此處又會在哪裡？

姚氏已被人匆匆請到傅允華暫時下榻的房間，她連忙問身邊人：「怎麼回事？好好的怎麼會落水？」

沒有人能回答出來。

張氏今天也特許能跟在她身邊，本來她正和趙家幾個婆子閒聊，姚氏這邊喚她，她立刻就來了，還被姚氏當頭一頓呵斥。

她瞧著昏迷不醒的傅允華，也是一陣厭煩。慣會找事來做的。

今兒又沒郎君在此，好好的學人家落什麼水啊，沒人會賠上終身來救妳的，一天到晚惹事！

姚氏也是一陣心煩意亂。「四姊兒呢？怎麼沒看見她？她不是一直和大姊兒在一處嗎？」

張氏道：「已經派人去尋了。」她打量了一下姚氏的臉色。「聽說是錢小娘子救了咱們大娘子，夫人，咱們是不是要去看看……」

姚氏點頭。「確實，倒是要好好謝謝人家了。」

張氏道：「大娘子落水也不是沒有好處，吳越錢家身分貴重，體面尊榮，家境又是無比殷實。這次有機會，夫人當登門拜訪拜訪，聽說此次入京，只有錢家的郎君帶著妹妹……」

姚氏心裡其實也早打這個主意了，便道：「也不用妳說，這我自然清楚。只是吳越錢氏畢竟背景複雜，這還得問問老爺的意思。」

傅琨是丞相，一言一行都要慎之又慎。其他那些人家也就罷了，吳越錢氏以前可是皇室，這種關係搭上去，也不知傅琨要不要。姚氏也不敢擅做主張了。

二人去看了錢婧華，可此時她這裡早已聚集了許多女眷。許夫人和連夫人也終於出現了。

傅念君在角落裡瞧著這兩人打扮，髮髻看似齊整，卻似乎是散了以後重新修整的。而魏氏隱沒在人群之後，恬淡地笑著，雲淡風輕，什麼都不看在眼裡一般。

她們適才去做什麼了？

「念君，念君……」陸婉容走過來道：「錢姑娘尋妳呢，是妳母親過來了……」

傅念君點頭，望進陸婉容的眼裡。

錢婧華換了衣裳，也無大礙，正和許夫人、連夫人說這事呢。她也沒有隱瞞，一五一十把棧橋上的情況給她們說了。

包括傅梨華是如何把傅允華推下水的，她說了哪些話，都沒疏漏。只是傅允華到底是否是先有意想算計傅梨華，她沒看清，也不敢亂下定論。

姚氏的臉色越來越黑。這孽障，竟然又闖禍！

「去把她帶來！」她冷聲吩咐張氏。

「這可……」許夫人瞧著姚氏的臉色，也有些難以啟齒。

這可是傅相的家裡事，她可怎麼插手。

「姚夫人，如今貴府大娘子也無礙，您看……」

姚氏望著那邊連夫人冷冷的表情，知道其中意思。「是我教子無方，讓兩個孩子出了這種事，難為錢姑娘搭救，這麼冷的水，可莫要傷了身體才是……」

「姚夫人也知道冷水傷身啊。」連夫人冷笑。「婧華的家人若是知道她今日受這無妄之災，可不知該多心疼了。」

錢婧華微微蹙眉，可連夫人的眼神放在她身上，制止她出聲。

姚氏咬牙。「那麼不知連夫人意下如何？」

連夫人笑了笑，淡淡喝了口茶。「這可是救命之恩，想來傅家也該拿些誠意出來，不如姚夫人先回去與傅相公商量一二，再做打算。」

中間隔著個許夫人，眼觀鼻鼻觀心，不做聲響。

這個連氏，也不知是她自己的意思，還是她夫君盧瑨的意思。傅琨是什麼人，要他給你們低頭，你們想怎樣？傅念君也在屋裡，聽了這話不由在心底冷笑。

讓她爹爹去為這麼個不成器的女兒登門賠罪，讓文官首領向你們前朝勳貴折腰？何處來的這份孤高和自信！

她越來越不喜連夫人，望著同樣沉著臉的錢婧華，倒生了幾分憐惜。

錢婧華想著自己原是一片赤誠之心救人，卻又無端讓這件事生出些波折，染了層別有所圖的意味。

姚氏卻終究扛不住了，只能說：「如此，我想我們傅家必然會給連夫人和錢家一個滿意的答覆。」

許、連二位夫人都走了，傅梨華才被瑟瑟發抖地帶過來。姚氏當即就要揚手，被張氏撲上去一把握住了手腕。

「夫人不可啊！」她叫道：「一會兒走出去這麼多雙眼睛看呢，夫人三思。」

姚氏咬牙，沉著臉轉頭開始質問傅念君：「念君，妳來說。」

傅念君眨眨眼。「我說什麼？」

姚氏噎了噎。「我都聽錢小娘子說了，是妳和四姊兒玩鬧，她差點摔下去闌干去……」

她說著說著就怎麼也說不下去了。

可惡！這樁事可不比以前，好像怎麼賴都賴不到傅念君頭上了。

傅念君心裡好笑，只道：「是啊，我和四姊兒鬧著玩嘛。不過想來母親也不會認為是我的錯，比如大姊拉住四姊兒的手、無意放開了，四姊兒再惱了把大姊推下水……這樣的事。」

姚氏厭惡她這語氣已久，只道：「妳如何沒錯？妳不知道去拉一拉嗎？」

「母親豈知我沒拉？」傅念君反問：「我要和大姊一起摔下去，才算是我拉了麼？好奇怪的道理！」

她收住了笑意，臉色驟然冷冽，對姚氏道：「我知母親心裡在想什麼，不過是爹爹那一關不好交代罷了。您若想拖我下水，且想個妥善的法子。四姊兒闖禍不只一次了，以前有多少次想讓我揹鍋我不想再算，這一回是差點鬧出人命的事，母親好好想想如何為她求情吧。」

5 強詞奪理

說罷她抬腿就走，理也不理姚氏的驚愕。

這個女人，初來時，自己還枉認為她是個起碼願意做做表面功夫的人。如今看來，她已經是恨自己入骨，半點都不想裝了。

她真是受夠了，這個姚氏，在自己身邊放著真是十分噁心人，哪怕傷不了她半分，可傅念君也不想總是這麼應付她。看來得找個她的把柄，一勞永逸才行。

姚氏指著她離去的背影大口喘氣。「她、她……」

她現在是一點都不把自己當母親了嗎？算準了自己現在不敢向傅琨告狀嗎？混帳東西！

張氏一邊幫她順氣，一邊勸她，心裡卻暗道她糊塗。這母女倆的糊塗勁真是如出一轍。就是再恨傅念君，也不能什麼都往人家頭上栽啊。這件事裡，想讓傅梨華減輕罪責，肯定只能從傅允華身上下工夫啊！

讓傅允華承認自己起了歹心，而傅梨華是因為傷心加憤怒，這才失手推了她一下，這個解釋才比較合理吧，關傅念君什麼事啊！唉，這可真是……

傅梨華換了身衣裳坐在旁邊，十分侷促，眼神呆呆的。

姚氏厭惡道：「還不準備車架回府，這般丟臉了，還如何與許夫人開口提她們兩個的婚姻之事。」簡直成了個笑話。

傅梨華身上一抖，暗暗咬了咬唇，她本來一個好好的機會，又被自己毀了嗎？她再也嫁不了個如意郎君了嗎？最次連崔涵之那樣的商戶人家難道都是個奢望了嗎？

傅梨華突然急怒攻心，她不能輸給傅念君啊！

她一下撲到姚氏身上。「阿娘，阿娘救我！我沒殺大姊！沒想害她的呀，阿娘！」

姚氏被她嚇了一跳，叫張氏扶她起來，扶額十分頭痛。

「妳先住嘴，回府後我們再想辦法。現在去照管妳大姊，快……」

張氏一聽，卻又攔住了姚氏，壞主意又起。

「夫人，奴婢有幾句話要說。」

姚氏沉眉。「妳講。」

張氏便把自己的想法說了一二出來。為何從前傅梨華針對傅念君，卻沒有人為傅念君出頭，到了傅允華這裡，就極有可能毀了傅梨華。這就是因為名聲的緣故。

傅念君是個什麼人大夥都知道，先入為主厭惡她。此抑彼揚，讓傅允華的名聲也非白玉無瑕，世人自然對她少幾分憐憫，而對傅梨華少幾分厭惡了。

「還來得及嗎？」姚氏憂心。

傅念君從前是自己日積月累作出來的，可傅允華一直是大家閨秀的典範啊。

「亡羊補牢。」張氏看了一眼哭得滿臉涕淚的傅梨華。「權且一試了。」

將傷害減到最小，也是個法子。

姚氏點頭，沉眸對傅梨華道：「還不快快回府再商議此事。」

「那大姊呢？」傅梨華呆呆地問。

要讓傅允華也成個聲名不好的女子，她們自然也不能再去低就她。

「丟在這兒。」姚氏冷臉。「不過是撕破臉皮罷了，怕什麼。再說她還有傅念君的車架，也不用我們操心。」

傅梨華抹了把淚，彷彿又看到了希望，只道：「好。」

§§§

姚氏母女兩個如何想、如何做傅念君不甚在乎，她一出門，就見到陸婉容在等她，身邊還站了錢婧華。

傅念君對她們笑了笑，問錢婧華：「身體如何？」

錢婧華微笑。「水也不是頂涼，無礙的。」

傅念君還不及問她尋自己何事，陸婉容就擔心地過來拉了傅念君的手。

「如何？大夫人又訓妳了？想讓妳認罪？」

傅念君望著她的眉眼，彷彿看到了自己三十年後的影子。她在心中微笑，是啊，她的母親有時見事還是清楚的，大概糊塗的事只嫁了傅寧這一件吧。

錢婧華奇道：「這事和妳有什麼關係？」

傅念君也不遮掩，只說：「我家四姊兒常有一套異於常人的思慮方式。比如，我大姊落水雖是她推的，可她為什麼推？是我大姊鬆手了。而她為什麼會沒站穩被大姊拉住？是因為我與她嬉鬧。所以因由在我，癥結在我，自然全是我的錯了。」她既是在說傅梨華，其實又是在說姚氏。

陸婉容先前還覺得自己問那句話讓錢婧華聽去了不妥，可聽見傅念君自己都那麼說，又不免為她感到心酸。做人怎麼能這樣呢？這種強詞奪理到這種地步的說法，她還真是到傅家見識過了才知曉啊！

錢婧華倒是沒她那愁緒，反而笑了一聲。

傅念君也十分疏朗，從不會以姚氏母女這樣的人自苦，她道：「那錢姑娘可否說說，來尋我說什麼事？」

「有意思。」

錢婧華也嘆了口氣。「哎，也沒什麼，其實便想與妳說說適才連夫人所說那事，她對傅家……」

傅念君笑著打斷她：「我明白妳的意思，這不是你們錢家的想法，我明白的。當然，我想說，適才我母親那態度，也不是我們傅家的態度。」

她向錢婧華眨眨眼。意思即是，傅琨可不是會這麼軟性子的。錢婧華噗嗤一笑，果真是個聰明人，一點就通。

她們都能達成一個共識：適才那連、姚兩位夫人，不過是上了年紀的婦人無端端生點事而已。錢家不會因錢婧華救了傅允華而因此攜恩，而傅家同樣也不會因此就放軟態度。

兩個通透的人心裡一清二楚。

這裡頭的意思陸婉容在一旁就不是很聽得懂了，好在她一向性子好，也不好奇，只淡淡陪著二人散步。

傅念君抓住機會，便問錢婧華連夫人適才消失一事。

錢婧華也覺得奇怪。「我便不知了，不過我在京這些日子，她總是有些奇怪，對我和盧姊姊有時還有些遮掩。」

她私下會喚連夫人做姑姑，與她算是十分親近的關係了。連她也說不出個所以然來。

傅念君只好按下這個念頭，或許是自己想多了罷。

她又問起那個魏氏，錢婧華倒是知道一二。「她常來盧家作客，與姑姑二人獨處，便是她每次過來前後，姑姑都有幾分奇怪。」

她也說不出來什麼奇怪的地方，傅念君也不能緊逼著問。傅念君隱隱覺得，此次連夫人帶魏氏來見許夫人，或許也是有關些女人家極隱私的祕密。

錢婧華走了一段路就與她二人分別了。回去盧小娘子正在等她。「妳跑去哪裡了？薑湯也不肯喝。」

錢婧華只說：「與傅二娘子說了幾句話。」

「她！」盧小娘子說了這一個字，就住嘴了。

她心裡也知道，今日認識的傅二娘子，確實和傳聞中大不相同。

「她如何？」錢婧華問道，「姊姊是指那些莫須有的傳聞？」

盧小娘子反而勸道：「空穴必不會隨意來風，總歸是有所根據的，她確實名聲不好，如今妳斷不可與她走得太近。」

錢婧華倒是無可無不可。「我何必與她走得近，我自有妳相伴了。」

盧小娘子微微笑了笑。「妳呀……」

§§§

傅念君和陸婉容兩人本就對作詩寫文的興趣不大，傅允華和傅梨華出了這事後，她們更沒有多餘的心思，陸婉容便提議早些回去。

傅念君今日本就是衝著連夫人和魏氏而來，如今已沒有機會接近了，也只能暫且放下。兩人準備著回去，卻被通知姚氏已經先走一步了，由她們自己回去。

傅念君和陸婉容面面相覷。這是什麼道理？回話的趙家下人也攤攤手，表示很無奈。真是頭回見到這樣的夫人。

「那我大姊呢？」傅念君問。

下人道：「貴府大娘子還在廂房中休息……」

陸婉容目瞪口呆，傅念君則更加對姚氏刮目相看，她就這麼把傅允華給丟下了？她這是想什麼呢？

陸婉容說著：「那怎麼辦？要問趙家借車嗎？」

傅念君暗嘆她天真。「三娘，趙家許夫人難道會不知嗎？她沒有下令備車，就說明不想明擺著得罪母親，許夫人的態度很明確了，咱們家的事和她一點關係都沒有。」

陸婉容說道：「妳大姊也太可憐了……」

傅念君笑了笑沒說話。都是個人因果，傅允華自己素來就喜歡與姚氏來往，如果她沒有猜錯，這件事一出，大房和四房的和睦關係是徹底崩裂了。

姚氏和金氏兩人為了各自的女兒和名聲，一定會不管不顧地往對方身上潑髒水，最後就看誰在這方面更勝一籌了。

「那怎麼辦？」陸婉容問傅念君：「難不成我們也要把她這麼丟下嗎？」

傅允華嗆了些水，昏昏沉沉地又睡過去了，現在還沒醒。

若是傅念君一個人，她倒會甩甩衣袖走了，左右傅允華被丟在趙家，結果肯定是姚氏再派人來領回去。但是她一想，這樣鬧到最後，丟臉的還是傅琨和傅家。

「去問錢姑娘借一輛吧，她是個熱心腸。」於是就傳了人去問錢婧華借車。

錢婧華問了左右一句，就知道姚氏已經先一步驅車離開了。她在訝然之後，也欣然應允了。可真有意思，這傅相公的賢慧夫人，看來也不是外頭傳聞的那個樣子。這東京城裡的人，在她看來，睜眼的瞎子尤其多。

傅允華受了驚，陸婉容就和她一輛車方便照顧，傅念君自己坐了來時的兩輪小馬車跟在後頭。她卻沒想到，出了府門，有一架不起眼的桐木小車已經在等她了。

「可是傅二娘子？」有人在車中輕問。

傅念君一聽便知是魏氏，她掀開車簾與對方打招呼。

「果真是傅二娘子。」魏氏露出半張俏臉，笑得十分柔和。「今日也沒機會同您說一兩句話，咱們如此有緣，本該坐下共品上一壺香茗的。」

傅念君一笑。「若是夫人想和我喝茶，自可以來傅家，我家人都好客之至。」

魏氏的眸光閃了閃。「傅相的門邸豈是我能輕易踏足的，二娘子莫笑話我了。」

傅念君在心底冷笑，她還真是愛試探這一招，她以為能從自己嘴裡聽到什麼話呢？

「也是了，姊姊是和連夫人、許夫人交好的，自然不方便來我家中。」

魏氏望著傅念君的神色，反而倒定了定心。她以為自己是巴結許夫人和連夫人，因此不敢與姚氏來往。

「二娘子這可真是冤枉我了……」

傅念君一聳肩。「我從不會冤枉人。」

傅念君依然是魏氏在王婆子茶肆中第一次與她會面時的，那種不可一世的氣勢和態度。是她想多了嗎？魏氏總覺得對這傅念君不放心。

說了兩句，傅念君懶洋洋地放下了車簾，只說：「家中還有事，告辭了。」

說罷也不等回應，讓車夫甩鞭子走了。

魏氏自己在車中坐定，也罷，總歸她能做的事有限，顧不得其他了，這個傅念君只要不來壞自己的事就好。傅家那裡，用不著自己操心。

§§§

傅念君一回府，就立刻召了大牛大虎兩人。

「先前讓你們打聽大理寺評事鄭端的夫人魏氏，沒打聽出來什麼有用的東西，這次換個方向。許夫人、連夫人，所有和魏氏有聯繫交好的夫人們，有哪些共通點，叫手底下所有人去查。」

大牛和大虎有點懵。這要查多少事才能比照出來啊？

「去吧。」傅念君揮揮手，吐了一口胸中的濁氣。

他二人出去，正好遇到幫傅念君打理私產的苗管事來交帳冊。

傅念君又叮囑了他一遍：「上回讓你打發的糧，運走了嗎？入夏前要進了江南才行。」

苗管事一直不解。「娘子，江南從不缺糧，何況是夏季，您這……」

雖說最近幾個月生意好轉了，可也經不起傅念君白折騰。

傅念君卻不願意多和他解釋。「吩咐下去就去辦，路上有情況盡快回了我，我寫封信給舅舅，他在沿路能搭把手。」

今年夏天江南會發洪澇，雖然周毓白已經改善了治水措施，可依然會有災情，屆時市面上糧價會飛漲，那時是掙錢的好時機。

雖然靠著天災賺錢有些不厚道，可傅念君想不了這麼多，她要在京中辦事，就必須安排無數人出去，籌謀這些事都是要錢的。也好在江南富庶，不過是缺糧，不至於斷糧，不然她可真擔不起那奸商之名。

§§§

傅允華當天失魂落魄地回到府裡，見著了親娘就抱著她的腰痛哭起來。

金氏一見她是跟陸婉容回來的，就知道不好，搖著她的肩膀忙問：「怎麼了？啊？妳這是怎麼了？婚事怎麼樣，妳大伯母和妳說什麼了？」

傅允華泣不成聲，說話斷斷續續的，金氏把下人招來一問，得知了今天的事，她當下氣得兩眼上翻，差點生生把手指甲在手心裡摔斷了。

「她！她把妳當著這麼多人的面推下湖去了?!這惡毒的小賤人……」

傅允華只顧著哭，什麼都說不出來。

金氏一把拉住了她的手腕，冷道：「大姊兒，妳和阿娘說，妳到底有沒有故意鬆手？」

傅允華臉色一白，支支吾吾地道：「我、我沒有……」

金氏咬牙。「聽著，不管外人說什麼，妳咬死了不能鬆口。妳沒有故意鬆手，誰都沒看見，是傅梨華故意推妳，明白了嗎？」

傅允華點頭。「阿娘，現在可怎麼辦？」

金氏這麼多年來，也多少知道些姚氏的為人，她立刻拉起傅允華道：「為今之計，咱們先去找同盟。走，跟我去見妳二嬸。」

她主意打得好，誰知陸氏早已了然於胸，早吩咐關了院門只說自己身體不好，任憑金氏好說歹說都不開門。而在院子裡，傅念君正親自下廚準備晚飯，與陸氏和陸婉容一道吃。

她素來廚藝好，陸氏就好這口，幾人談笑愉快，誰也沒提一句金氏。

金氏不得門而入，只好退而求其次，去三房尋傅秋華和老姨娘寧老夫人，帶著傅允華又是哭求又是磕頭，求寧老夫人在傅琨面前替她們母女說兩句話。

寧老夫人自知自己是姨娘身分，也從來不敢太把自己當回事。她有什麼能耐去傅琨面前說話呢？還是要和人家的正妻別苗頭。她又圖什麼呢？

寧老夫人沒有答應，金氏就賴著不肯走，傅秋華終究看不過眼，請祖母幫她們一幫。

「我這幾日雖沒有和大姊說話，可她這次被四姊兒這樣對付，我心裡也不好受。太婆，我們就……」

寧老夫人看了她一眼，嘆道：「五姊兒，這府裡妳的姊妹們，哪一個都不好對付啊。」

傅秋華卻似懂非懂。寧老夫人終於點了頭，讓貼身婆子看著，一旦傅琨歸家就來通知自己，她自己要去見他。

金氏得知了寧老夫人的態度，心下就稍安，只是還沒來得及高興多久，就傳來了一件大事。

「夫人，四夫人！不好了……」有個丫頭倉倉皇皇地跑進來叫金氏。

「怎麼了？」金氏瞪了她一眼。

她生平真是最恨人家說「不好，不好」的，偏這些丫頭一開口就是「不好，不好」……

丫頭一個大喘氣。「是大夫人！她帶了人，抄檢了大娘子的閨房，東西翻得一塌糊塗，說、說是……」

「說什麼？」

丫頭突然支吾了起來，金氏急得一拍椅子把手。「妳倒是說啊！」

傅秋華此時也從後頭寧老夫人的佛堂裡出來，就聽見金氏在這裡大呼小叫的。

那丫頭被兇怕了，也把心一橫，顧不得別的，大聲道：「大夫人說大娘子年紀到了，思春了，與男子來往不乾淨，還意圖勾引自己的妹夫崔家五郎，她要去告訴相公、告訴四老爺、告訴族老！」

「什麼?!」金氏尖叫道：「她瘋了嗎？」

她真想知道現在是姚氏瘋了還是自己瘋了，金氏踉蹌了一步，只覺得一股子血氣往上湧，恨不得立刻去撕了姚氏。當初姚氏暗示她們崔涵之會與傅念君解除婚約，倘或可以成她家允華的夫君，這會兒就翻臉不認人硬往她女兒頭上扣屎盆子了？

丫頭見她這樣，怯怯地又接道：「四夫人，尤姑姑讓您趕緊回去……」

「小賤蹄子，妳不早說！」金氏心中怒起，當頭就狠狠拍了一下那丫頭的頭。說罷如一陣風般殺回自己院子裡去了。

那丫頭忍不住哭起來，捂著自己的腦袋，金氏那一下打得可不輕。

只是金氏走得急，卻沒注意到自己旁邊的女兒，一張秀臉白得如雪般，渾身發抖，似乎是又從水裡被人撈出了一回。

「大、大姊，妳不會……」傅秋華聽得也心驚，她望向傅允華，見她神色就猜到了七八分。她不會還留著崔涵之的詩詞吧？

傅秋華一直都知道傅允華對崔涵之有幾分心思，也一直覺得傅念君配不上崔五郎，合該傅允華才與他相得益彰。但到底這是姊妹間的私房話，傅允華更是從來不肯親口承認。

她知道傅允華一直偷偷藏著崔涵之所寫的詩文，時常品味揣摩，但也僅此而已。她突然覺得有些不對，這可都是只有她才知道的事啊，現在大伯母怎麼會曉得？難道說傅梨華也知道？

傅秋華頓時心裡又涼了半截。姊妹、姊妹，原來真是不過如此。

「五、五姊兒，我、我可怎麼辦……」

傅允華整個人抖得如篩糠一般，望著傅秋華全然是急切的神色。

哪怕傅秋華比她小好幾歲，以往也一直是她做傅秋華的倚靠。現在，傅允華的腦中卻只是一片漿糊，全都是一個詞在盤桓：完了！

傅秋華咬了咬牙，低聲說：「我怎麼知道……」

傅允華忍不住掩面痛哭起來。

寧老夫人終於走出了佛堂，見此狀又是一聲嘆息，吩咐左右：「走，去四夫人院子裡，看看她們還要怎麼鬧！」

這件事情迅速傳遍了傅家每個角落，畢竟姚氏的動靜就是要讓所有人都知道。

此時傅念君與陸氏和陸婉容正準備用晚飯。陸氏笑著擱下手裡的筷箸，索性延遲些時候用飯，把這事說一說。

她抬眼望了一眼傅念君。「聽說是真憑實據在房裡搜出來的，妳怎麼看？」

然而傅念君此刻想著一個很奇怪的問題，收藏人家的詩文稿，和偷畫人家的畫像有很大的區別嗎？一個婉約些，一個直觀些，思春的方式不一樣罷了。

她想到了以往傅允華清雅的模樣，突然就覺得有幾分諷刺。

陸婉容在旁也嘆道：「再怎樣，也不該存這麼個心思，崔五郎可是念君未來的夫婿……」

她也知道這事多半是真的，姚氏就算一手遮天，也不敢拿這種事冤枉個清清白白的傅允華。傅允華定然本就是被人捉住了痛腳。

陸婉容終於明白過來，為何早些時候姚氏敢這樣把她丟在趙家了，就是有這後手呢。傅念君心裡也很清楚。

「等傅允華的名聲一臭，母親和四姊兒對付她，就是叫做『為民除害』，唔，就和對待我一樣了。」這樣傅梨華今日想謀害堂姊的罪名，就能盡量減小到最低。

傅念君盯著桌上的飯菜，覺得這幾個人頗讓自己倒胃口，她倒是更想快點吃飯。

陸氏一笑。「真不是妳做的？傅梨華那個性子，傅允華不會那麼蠢把自己戀慕崔五郎的事和她說。」

傅念君搖頭。「我確實不知她存了這般心思。」又頓一頓。「或者說，若是那個崔五郎的話……」話尾一收，耐人尋味。她竟會看上崔涵之，也難怪能做出這樣的事來了。

陸婉容睜著雙大眼瞧傅念君。她怎麼一點都不生氣？當真半點都不在乎自己的未婚夫君嗎？

陸氏看了她們一眼，才道：「吃飯吧。」

§§§

姚氏這裡把傅允華房裡每一個角落都翻遍了，心裡除了幾分欣喜，對傅允華也越來越不齒。她原本只是拿了傅允華身邊一個小丫頭作耗，想揑個名目來汙一汙傅允華的名聲。這事她也覺得頗棘手，畢竟傅允華不似傅念君，她一直是個頗有才名、在府內也口碑極好的小娘子，自己那不成器的女兒和她槓上，還把人家推下水，誰是誰非別人心裡都有數。

可沒想到小丫頭不禁嚇，三兩句就把底給透露，真是把傅允華的把柄送到了姚氏手上。好啊，原先她倒是想著傅念君和崔涵之的親事壞了，或能助一助傅允華。她嫁了崔家，既不會壞了和崔家的關係，又能把四房握在手裡，可沒想到這小娘子早生了心思，惦記別人的夫君。既然也是個如此不要臉的，姚氏也不必和她客氣了。儘管鬧出來，金氏她敢有什麼話說？

「夫人……」張氏沉著臉過來，手裡拿著一樣東西，是一卷畫軸。

姚氏見她神色不對，微微蹙眉，湊過去一看，也不由大吃一驚。「這是……」

張氏握著那畫軸的手也有些顫抖，重重地嘆了口氣。「這可真是……」

姚氏的臉色鐵青。「她瘋了，當真是瘋了！」

好一個傅大娘子，竟是藏得那麼深，她這樣同那個傅念君有什麼區別！

這會兒恰好金氏帶著人殺了回來，她也顧不得等一等後頭的女兒，一進院子就厲聲高喝：「都住手！」

院子裡的地上散落著從傅允華房裡搬出來的大衣箱和書箱，衣裳和書本零落散亂了一地。旁邊已經有下人在點燈了，天色漸暗，可是沒有人敢提醒姚氏去用晚膳。

姚氏聽見聲音走出來，臉色極不好看，一張年輕美豔的臉布滿寒霜，好似突然老了五、六歲。

金氏從前一直笑臉迎人，對著年紀比自己還小的姚氏只有聽話恭敬的份，可是今天，是對方欺人太甚，她也無須再忍了。

金氏望著姚氏冷笑。「大嫂，妳這是什麼意思？」她指指滿院子的狼藉。

「什麼意思？」姚氏從鼻腔裡哼了一聲出來，直接側身把一疊紙張扔在金氏面前。紙片飛揚，落了滿地，金氏腳下也飄了幾張。

「這是……」金氏有些愣了。

滿地的書稿紙張，上面都是用娟秀的字體謄寫抄錄著不同的詩詞和時文。

「好好看仔細，這可是大姊兒自己的字？一會兒別說我做了假。」姚氏反問金氏。

金氏拾了一張看了幾眼，挑了挑眉。「大嫂在大姊兒房裡找的，自然是大姊兒的東西。我就奇怪了，大嫂今日此來，無緣無故將人房裡翻成這樣，可有沒有說法？」

姚氏不去理會她的問話。「先別急著興師問罪，妳好好看看這上頭的詩詞字句，是要自己派人去問還是我幫妳派人去問問。妳不認得，咱們家裡幾個郎君可都知道，這上面，全部都是崔涵之崔五郎的詩詞！」

金氏臉色一變，卻咬著牙強作鎮定。「那又能說明什麼？我們大姊兒素愛詩書，看些才子的詩文，見到好的就存下來算得什麼事？我就不信她只留了崔五郎一人的詩詞。」

姚氏就知她不肯死心，便又一五一十把這些東西是如何被妥善藏起來，如何讓小丫頭親自拿出來的，一一說明白了。很明顯，那小丫頭就是最好的證人，那可是傅允華自己身邊的人。

「何況她已這般年紀，明知崔五郎是二姊兒未來夫婿，她還要這麼做，四弟妹倒是和我說說，難道崔五郎的文采就真的好到了這般地步，讓大姊兒不顧廉恥，也要私自存留了這麼多妹夫的作品？」姚氏又是一句插心窩子的話。

金氏無言以對，心裡的火更是越燒越旺，燒得她整個人都哆嗦起來。

她不敢相信，竟是真的！她那個知書達理的女兒，竟對未來的妹夫有了這樣的綺思！

金氏見姚氏那鄙夷的表情，一時口不擇言，冷笑道：「大嫂也莫要提二姊兒，二姊兒不就是不知廉恥，肖想過妹夫嗎。好啊，這種罪名，如今您也可算是能安到我們大姊兒頭上來了！」

金氏講話也學了一副無賴腔調，不肯好好說道理，無非就是想用傅梨華和杜淮的事刺一刺姚氏。

被無辜連累的傅念君倒是在陸氏院子裡打了好幾個噴嚏。

她皺皺鼻子，還頗感無奈地對陸婉容說了一句：「那邊吵架，妳猜會不會把我罵進去？大概會的，因為她們罵人，就喜歡把『傅念君』這三個字當作『不要臉』來用。」

陸婉容咯咯直笑，只說：「念君，妳可真是太有意思了。」

此時寧老夫人也帶著傅秋華和傅允華，尋著金氏的腳步跟過去。

這傅家！她看得分明，四房人原本就如履薄冰一般的和睦關係就快要瓦解了。她一邊扶著身邊婆子的手走路，一邊催促下人一遍遍地去門口等傅琨。她身後的傅允華還在不斷發抖。

傅秋華緊緊握著傅允華的手，越來越覺得她這樣子不對。傅允華滿頭冷汗，走路甚至都有些不協調，連嘴唇都是白慘慘的顏色。

傅秋華心裡到底念著姊妹之情，低聲與傅允華道：「大姊，先別慌，就算是發現了也做不得準數。何況先前大伯母確實有意透露過，崔五郎和二姊婚事會黃，並將妳配與崔家。她自己也不公正，一樣沒資格站在高處羞辱妳。」

傅允華卻好像什麼都沒聽進去一樣，只不斷顫抖，喃喃地念著：「怎麼辦，怎麼辦……」

傅秋華微微蹙眉，見她此狀，突然腦中一道光亮閃過。她拉住傅允華的手腕，嚴肅道：「難道除了那些詩文稿，妳、妳還存了別的東西……」

傅允華的身形一晃，傅秋華哪裡還有什麼不明白的。到底是什麼東西？

而此時院子裡，金氏與姚氏依然劍拔弩張，寸步不讓。

寧老夫人帶著人走到院子門口的時候，適逢姚氏冷笑著把身邊張氏手裡的一個卷軸拉開。一幅畫在金氏面前展開，她細細一看，卻不由驚愕。

「這、這是……」

畫上是一個男子，豐神俊朗，眼尾微揚，笑意淺淡，這張臉金氏可是也見過的。是那個來過傅家一次，與她們有過一面之緣的壽春郡王周毓白！

姚氏見她此番，也冷笑道：「不僅僅是不知廉恥，還是膽大包天！皇子也敢肖想，妳且掂量掂量妳們自己是什麼身分，真是妄想！」

在她看來，這金氏就是不知道自己的斤兩，才縱得女兒連皇子都敢畫了畫像思春，存著這等妄心。這可不是像戀慕崔涵之這樣的醜事能比擬的，要是被傳出去，傅琨或許都會惹來流言和麻煩。

皇子們的親事都是由宮裡皇后和太后做主挑選，經由禮部核實，由尚宮們教導，最後由官家下旨賜婚，這樣的小娘子才有資格成為王妃，封正一品的誥命。

傅允華是什麼東西？竟敢做如此打算！當真是不知廉恥至極。

傅琨的女兒都未必能被宮裡挑上，她們四房不過是依附傅琨權勢存活的菟絲草，還真把自己當人物了。

寧老夫人領著人也在門口愣住了。

傅秋華張著嘴，心裡十分不解，大姊不是喜歡崔涵之嗎，什麼時候又改了心思，瞧上了壽春郡王了？她轉頭去見傅允華，傅允華卻感受到周遭火辣辣的目光，終於再也支撐不住，慘白著臉一頭栽倒在傅秋華懷裡。

金氏聽聞動靜回頭，見了此狀心裡也有數，她咬了咬牙，決定先不理姚氏，直接衝過去摟住了傅允華，大哭道：「大姊兒，可憐的大姊兒，一定是掉進水裡落了病根，這樣說暈就暈過去了，妳要嚇死阿娘了啊！哪個歹毒的害得妳這樣，可真是太可憐了……」

金氏嚎啕起來，一聲高過一聲，好像傅允華已經死去一般。

姚氏氣得發抖。所謂惡人自有惡人磨，她從不知金氏還有如此潑皮的一面。

「好了！」寧老夫人高聲打斷金氏。

她踏出幾步，望了一眼姚氏，又回頭看了一眼金氏，只道：「大夫人，我是這家裡沒地位的下人，可是到底也熬了這麼多年，有些話，老婆子今日就倚老賣老說上幾句。」

姚氏臉色很不好看，可是她知道這寧氏當年是老夫人貼身丫頭出身，頗得寧老太公和寧老夫人器重。老夫人生下大兒子後身體不好，下頭兩個小兒子幾乎都是寧氏替她養的。

因此這麼多年，傅琨對庶出的三房頗有照顧，從來沒有想把他們趕出去。

姚氏扯了扯嘴角。「怎麼會，老爺侍您如姨母，我自然也是一樣，有話您但說無妨。」

寧老夫人順了順氣。「這樣鬧實在不好看，小娘子們鬧了什麼不體面的事，關起門來說話就是了，何必白白讓下人看笑話。」

姚氏抬了抬眉毛。「正是。」

寧老夫人卻很平和。「四夫人，到底大夫人是長嫂，這般哭鬧也太不給她存臉面了。」

金氏眉心一蹙，這老婆子掉過頭來訓她算怎麼回事？

可她知道這會兒情勢對她們母女不利，只好嚥下所有氣，嗚咽道：「是我一時氣急了。」

寧老夫人便對姚氏道：「如此，不如大夫人讓人先收拾了這滿院的東西，吩咐了傳飯，等老爺回來再說與他聽……」

「不、不行！」金氏馬上要叫，傅秋華卻突然拉了拉她的袖子。

「四嬸，不能讓大姊這樣躺在這裡啊。」她指指暈倒了卻沒個地方睡的傅允華。

金氏終於也咬牙認了，總歸是傅琨比這個姚氏好說情。

姚氏的目的大致都達到了，也不在乎賣寧老夫人一個面子，一邊叫下人收拾了屋子，先把傅允華抬進去，一邊讓張氏把周毓白的畫像和崔涵之的詩文稿都收起來，留作「證據」，看得金氏又是一陣青筋暴跳。

此時天已經完全黑，廚房裡的廚娘等得快睡著都沒等到人來傳飯，滿府下人也都饑腸轆轆的。

這天還真只有陸氏院子裡，因為開了小灶，吃了一頓熱飯食。

傅琨今夜與朝中大員們約了酒局，他在酒樓門口醒酒之時就已經收到傅念君的來信，把前因後果都說了個明白。

他抬手皺眉地揉揉眉心。這個好妻子，又嫌自己的事不夠多，要來添堵了。滿府裡的女眷都在等著他回去主持公道，少不得又是一陣或哭或鬧。

他先命小廝立刻回府，派人去尋遊歷到不知哪齣的傅四老爺，請他盡快歸家。

總之傅大娘子的婚事是再拖不得了，把她快些嫁出去才是正經道理。他只是伯父，不是親爹，這件事只能讓四老爺去辦。四老爺若再辦不好，就沒下一次出府遊歷的機會了。

還有他自己的女兒……傅琨只覺得心裡一陣絞痛，四姊兒怎麼會變成了這個樣子？

從前只覺得她脾氣不好，卻也不見她如此闖禍。好像就是從念君突然變好開始，姚氏母女就越發不對勁了，越來越沒分寸，一次次讓他無法下臺。

傅琨望著空中一輪朗朗明月嘆了一口氣。

朝中之事千頭萬緒，他懷念起從前與先妻舉案齊眉之時，她總是替自己把府裡內外打理得妥妥當當。後來妻子過世，他不堪母親規勸、岳家苦求，又確實憐惜兩個孩子幼小，就迎娶了連自己都不甚懂事的姚氏進府。

婚後幾年，他一點點教她，她似乎學得很不錯，在外人看來府裡也是一片欣欣向榮，規矩甚嚴，可是傅琨到底是能感覺出差別的。

大姚氏在世時立下的規矩，培養過的人手都在，姚氏接姊姊的手治家並不太難。何況她又素來小聰明多，在傅琨面前常把一些事瞞得很好，不讓他看見。

但是不看見，不代表不存在。傅琨很明白這些事，否則從前的管事會接連告老還鄉嗎？從前家裡哪裡會有無故丟失的小物件？

因為姚氏苛待老人，費心奪他們的權。因而她節省開支買來的下人，才會出現手腳不乾淨的情況。

而念君呢？她即便再有能耐，會有本事總是偷溜出府丟人現眼嗎？她會到了十四歲連女紅師傅都沒有一個嗎？是因為姚氏從來沒把自己當作她真正的母親吧。

很多事情，他知道；他想管，卻管不過來。傅念君對他的不親密和疏離，受了別人挑唆和自己的親兄長置氣，這些，他身為一個父親，該怎麼管呢？

傅琨巴望著女兒終有一天能懂事，能立起自己的威信，能不依靠姚氏而活。現在她終於可以了，姚氏卻彷彿被人侵犯了權威般，一次次不顧分寸，想像從前一樣將傅念君摁在泥裡。

那是阿君為他留下的孩子啊！她本來就值得全世界最好的東西。

姚氏這幾次來對傅念君的算計，已經將傅琨心裡的不滿越積越深。現在，她更是將整個傅家都不放在眼裡，想搓圓揉扁誰就搓圓揉扁誰。

傅念君不行，就換傅允華。以傅琨的心計，他很容易就能想明白這裡面的前因後果。姚氏想犧牲傅允華的名聲，來保全傅梨華的名聲。

他秀長的眼睛裡閃過一道光芒。姚氏，不能再放任下去了。

傅琨多年混跡官場，做事不外乎圓融一詞。他心知急不得，如今不僅僅是為了傅念君，也為了傅家，他必須循序漸進。

姚氏手上的權，他得一點一點全都收回來。

§§§

傅梨華知道傅允華屋裡竟然搜出了周毓白的畫像，她也顧不得早些的擔驚受怕的情緒，當下就罵起來：「她！她看上了壽春郡王，什麼時候的事？」

丫頭回道：「許是那天邠國長公主到府來的時候……」

就那一面，就種下春心了。傅梨華此生最恨這等女人，自然全都是因為傅念君就是這樣一個女人。

「原來她同傅念君都是一丘之貉！」傅梨華冷笑。

不僅惦記著崔涵之，還敢惦記皇子，她怎麼不和傅念君生作親姊妹！她覺得自己做她們的姊妹簡直是恥辱，天大的恥辱。

「畫像是誰畫的？」傅梨華問道。

丫頭想了想。「夫人把大娘子身邊的阿素裡裡外外都細細盤問了一遍，她交代是……找了和二娘子同一個畫師畫的，好像說二娘子也找人畫過壽春郡王……哎，也不是畫師，是曾與壽春郡王有過幾面之緣的一個落魄學子，阿素說的。」

傅梨華瞠目結舌，好個傅念君，這都有本事把人家帶壞了。

而另一邊，姚氏聽那阿素跪在地上細細說這些時候，臉色也是越來越難看。

什麼都和傅念君扯得上關係？真是一顆老鼠屎壞了一鍋粥。

「去把她叫來！」她吩咐下去。

傅琨回來的時候，等候他的是意料之中的一屋子女眷。

他大步坐到上首，只淡淡說：「到底是怎麼回事，說說吧。」

姚氏和金氏便七嘴八舌地把今天的事都說了一遍。從趙家的文會開始，兩個女人說著說著，又不出人意外地當著傅琨的面吵了起來。

「大嫂！妳莫要血口噴人，我們大姊兒怎麼可能會想把四姊兒推下湖，四姊兒自己想害我們大姊兒，怎麼反把話倒過來說……」

「四弟妹！大姊兒如果不是意圖推我們四姊兒，她又怎麼會反擊！」

兩人接著又吵到不知廉恥這件事上。

「大嫂！隨便什麼東西放我們大姊兒房裡就說是她的，栽贓陷害啊！」

「四弟妹！這是大姊兒自己的筆跡，什麼栽贓陷害，她給傅家蒙羞你還想包庇縱容?!」

「大嫂！……」

「四弟妹！……」

整個屋子裡就聽見她們你一聲我一聲，此起彼伏吵得人頭疼。傅家可是很少那麼熱鬧的。

傅琨蹙了蹙眉。「都住嘴！」

兩人這才都安靜下來。

傅琨看了一眼旁邊一直閉目的寧老夫人。「姨娘，您怎麼看？」

寧老夫人望了一眼傅琨，她多少能瞭解他的想法，只嘆了一聲說：「早早打住為妙。」

這老虔婆！姚氏和金氏同時在心裡喊道。

傅琨揚了揚手，吩咐左右：「去把她們兩個都帶過來。」

金氏先反應過來，忙說：「大伯，大姊兒受了驚，被大嫂又嚇了一嚇，現在還沒醒呢。」

姚氏也立刻道：「老爺，四妹兒因為推了姊姊內疚得很，同時又因為姊姊想害自己傷心，已哭了大半日，這才剛睡下。」

兩個娘心裡都暗道自己女兒沒用，怕是來了爭不過對方，豈不是輸了一程。

傅琨一挑眉，只一句話：「誰先醒過來，我就聽誰一言。」

「大姊兒馬上該醒了！」

「妾身這就去叫醒四姊兒。」

兩個人又是互不相讓地一瞪眼，都要搶占這個先機。傅琨也覺得頗無奈，這兩個女人，實在是……

不久，傅允華和傅梨華都怯怯地站到了傅琨面前，兩人都還沒說什麼，傅琨就已下了判決。

「妳們二人是姊妹，血緣割不開的傅家人，想要從此以後成仇人嗎？」

兩人自然紛紛搖頭。

「既如此，就言和吧。」傅琨淡淡說著。

金氏和姚氏都呆住了，就這樣？就言和了？

傅琨的目光射向兩個呆立的小娘子。「怎麼？一個心思歹毒、謀害親姊，一個勾引妹夫、肖想皇子，這兩樁罪名，妳們想擔下？」

兩人立刻跪下，忙道：「不敢。」

金氏和姚氏自然想要說話，傅琨卻抬手制止。

「四姊兒的事，姊妹齟齬罷了，她年紀還小，豈會是那等歹毒之人。」

姚氏面上得意，金氏卻黑了大半臉。

「大伯……」她還想說話，就聽傅琨又發話。

「大姊兒知書達理，又怎麼會動那等腦筋，那些東西，一會兒就燒了吧。」

他指的是周毓白的畫像和崔涵之的詩文稿。金氏突然臉露笑意，姚氏卻又緊緊揪著自己的袖子，不肯善罷甘休。

傅琨的眼睛已經望向她了，帶了淡淡的笑意。

「夫人理家辛苦，孩子們多有不懂事的時候，妳要多擔待。」

和風細雨的一句話，把兩個人的錯全部歸結於不懂事。

傅琨定下了這樣的主意，姚氏也不能再說什麼。她心裡盤算著，總歸是得讓金氏母女付出些代價……

傅琨摸了摸鬍子，又說：「既然言和了，我就不想聽到外頭有關兩個孩子不實的傳聞。」

這話，自然是對金氏和姚氏說的。

金氏自然點頭應諾，她適才本就是靠著一口氣和姚氏硬抗，要論人手論錢財，她哪裡比得過姚氏，姚氏只要使壞拿捏了四房的用度，金氏就只能無可奈何。如今傅琨看似公正地把這件事就此打住，其實是她們占了便宜。

金氏看眼色還是會的，立刻就順坡而下，十分機敏地叫身邊婆子要去奪了張氏手裡的畫像和詩文稿，好等等馬上拿去燒了。

張氏看姚氏冷著臉不作聲，也只能乖乖地交出來。姚氏滿心的憤懣，傅允華做了這樣的醜事，傅琨卻選擇了包庇。

他是不是想到了從前的傅念君？以前每回有這樣的事，他都是這般在自己面前搪塞過去的！

傅念君是他的親生女兒倒還好說，可傅允華他也這樣……自己，自己究竟算什麼呢？

姚氏暗暗咬牙，想到了連日來的委屈，只覺得從胃底到舌頭，都泛著一層苦味。

可是出乎意料地，傅琨竟朝她招了招手，神態很是和顏悅色。

「夫人，一會兒有幾句話我要單獨同妳說一說。」

姚氏後頸汗毛倒豎。上次傅琨和她單獨說話的時候，還是讓她去解決崔家崔九郎和傅允華的親事。她可都還沒辦成呢。

可是一抬眼見到傅琨眼帶笑意，卻又不似以往那般冷清，姚氏心中也軟了軟，吩咐張氏準備回自己房，再去給傅琨煮上一壺醒酒湯。

寧老夫人抬眸看了這夫妻二人一眼，心裡卻知道這不對勁。

回去的路上，傅秋華親自扶著祖母，卻聽見寧老夫人嘆道：「妳大伯父這回恐怕，要出手了……」

傅秋華一驚。「太婆這是什麼意思？」

寧老夫人望了她一眼，壓低了聲音說：「再讓妳大伯母一直胡鬧下去，這家還有個家的樣子嗎？五姊兒，妳聽我說，本來咱們就是寄人籬下，萬不可再與她們多起紛爭，那幾個小娘子妳都避遠些。」

老夫人頓了頓，又強調一遍：「每一個。」

傅秋華點點頭，因為傅允華的事，她心裡也有些不是滋味。何況在今天之前，她一直以傅允華為自己的典範，誰知傅允華心底裡卻……

明明說過欣賞崔涵之，卻又因為壽春郡王生得俊俏而幾番惦記。她都不敢再去看傅允華的眼睛，今日過後，姊妹倆只會日漸疏遠尷尬了。

「我明白的，您放心吧，我躲遠一些，就陪著您好好過日子。」

寧老夫人拍拍手，只要她還肯聽自己一句話，安安靜靜地在這府裡等到及笄出嫁，就是她最大的福分了。若是不死心，想往渾水裡鑽，必然沒有一個好結果。

§§§

傅念君到這裡的時候，已經收拾得差不多了。她不太來四房的院子。

「咦？不是母親喚我嗎？」她問起院裡管事的婆子。

婆子拉長著臉。「夫人已同相公回去了，二娘子來晚了。」

傅念君當然是來晚了，她確實是故意的。姚氏叫她來，也不過是想拿她出出氣，她卻不能違抗母命，如此便當作夜遊散步，閒逛一回。

聽到爹爹隨姚氏回房了，她就開始琢磨這裡頭的意味了。

事情解決得十分爽快俐落。傅琨做的似乎是每一個家主必然會採取的措施，各退一步，維護家族團結才是首要。可是她也清楚，傅琨並不真是個糊塗人。他一再容忍姚氏，卻不代表會容忍一輩子。

她惹傅念君的幾次，都被傅念君報復回去了。這次她對四房，卻有些太過分了。傅念君心裡頭琢磨著，今夜親近姚氏，傅琨是故意呢。

「爹爹這是要用美人計呢……」她笑著搖了搖頭。

回頭間瞧見院子中央正架著火盆燒東西，傅念君一瞧，見是一幅畫像和一疊紙稿。

嗯，周毓白那清俊的臉已經在火盆中燒成了焦黑色。

管傅允華院子的婆子見她還不走，也沒好聲氣。「二娘子還不走，要人送送嗎？」

她見傅念君盯著那火盆一副可惜的模樣，忍不住咬牙。自家娘子就是她給攛掇壞的！

「說起來還要感謝二娘子了，『介紹』了位善丹青的『畫師』給我們娘子！」

她著重咬了咬「介紹」和「畫師」兩個詞。

這都怨我嗎？傅念君訝然。

傅允華去找那畫師，畫了這張畫也是她的錯？

她敢用自己房裡那本大宋美男冊發誓，那上面的周毓白並不好看啊。她只能認為，是那位畫壽春郡王越畫越上道的書生畫工精進，已能靠美男圖發家致富了。

§§

傅琨回房後，姚氏親手服侍他喝了一碗醒酒湯，傅琨似乎還是微微帶了些酒意，瞧著她的眼神漸漸柔和起來。

他執起姚氏的手，淡笑。「夫人，妳辛苦了。」

姚氏拿著碗的手一抖。她以為自己聽錯了。傅琨有多久沒對自己這般和顏悅色過了？

「老爺……」她心裡也是一軟，回握住了傅琨的手。

傅琨嘆了口氣，將她拉坐在自己對面。

「先別忙，有幾句話我想同妳說一說。」

姚氏一顆心又提了起來，不知道他要和自己說什麼。難不成他要開始問四姊兒的事？還是六哥兒學業的事？她、她可該怎麼回覆啊？

彷彿看出了姚氏的滿心忐忑，傅琨默了默，只說：「今天的事，我知道不能都怪妳……」

姚氏心裡先是鬆了半口氣，依然試探道：「四姊兒她，唉……」

「我是說大姊兒。」傅琨道：「我以為她一向懂事。」

姚氏心裡的還有半口氣也終於完全放下了，露出了一絲笑意。「是啊，妾身今日也是一時著急，不相信她會這般。所以才會……忘記顧全了四弟妹的臉面。」

傅琨微微笑了笑，讓人看不出這笑中深意。

「既如此，之前我讓妳去辦她的親事，就撂下手吧，讓他們夫婦自己費心。」

姚氏問道：「四叔是要回來了？」

傅琨道：「不錯，他自己的女兒，也該自己來管管了。」

「那麼老爺日前吩咐關於替崔家九郎說媒一事……」

姚氏想著，這一個可也是頗棘手啊。

傅琨摸著鬍子，好像十分體貼她道：「妳若沒有主意，不如去問問岳母的意思。」

這話聽在姚氏耳朵裡，就如同一道恩赦令了。他許她去見方老夫人，許她問方老夫人拿主意了！姚氏心中的憤懣驟散，看來這一局，是她贏了。

「如此，我聽老爺的。」姚氏欣然應允。

傅琨也淡笑，絲毫未提如何處罰傅梨華一事，只說要給她換個先生。姚氏也是滿口贊同，換個先生而已，這都不算什麼事。

這一夜，兩人說了很多話，傅琨也順勢歇在了姚氏屋裡。

次日清晨，傅梨華一臉忐忑地守在母親門前，等到被應允放進屋，見到姚氏正含著笑意看下人們擺早膳。

傅梨華大大吃驚，難道這就沒事了？她全身而退？

姚氏淡淡掃了她一眼，語氣也比往日輕柔：「還愣著幹什麼，坐下吃些東西。」

傅梨華怯怯地覷了她一眼，問道：「阿娘，爹爹他……」

姚氏斜睨了她一眼。「妳爹爹終究是妳爹爹，豈有幫外人的道理。」

傅梨華心頭一喜。「當真？」

姚氏點頭。「只是往後妳和四房，就不要往來了。」

傅梨華本就是涼薄之人，待傅允華如今只是厭惡和憤恨，哪裡還想著前頭這麼些年的姊妹之情。

「阿娘不說我也清楚，她不過是與傅念君一般不知廉恥、心思歹毒之人，我本不願與她再往來了。」

張氏在一邊幫姚氏布菜，也問道：「夫人，大娘子的事，還要透些風聲出去嗎？」

姚氏立刻道：「不行，去約束好下人，昨天的事一個都不許胡說，讓我聽到一點點不妥當的話，揑個罪名就把他們送官府去！」

張氏在心裡嘀咕，這才一夜呢，主意就改了，看來確實是被夫君給勸住了。

她面上奉承道：「正是，鬧得兩敗俱傷也不好，大娘子有什麼難聽的，也帶累了咱們四娘子的名聲。」

可姚氏吩咐是這麼吩咐，世上到底沒有不透風的牆，依然有閒言碎語漸漸傳出府去。

傅允華也知道輕重，忍受著金氏不斷地謾罵，在屋裡哭了好幾日。可是沒有一個姊妹來看她，只有陸婉容送來了一些補藥，怕她落水受了寒。

姚氏這幾日漸漸春風得意起來，傅琨沒有怪罪傅梨華，在她看來是護著她們母女的表現。就如他無條件護著那個不著調的傅念君一樣。他到底還是看重她們的。

她去了姚家，將崔九郎的婚事託給了方老夫人，方老夫人當即就提供了個人選，是她親姊姊的孫女兒，姚氏的外甥女兒。

「阿玲？」姚氏微愕。「怕是不成吧……」

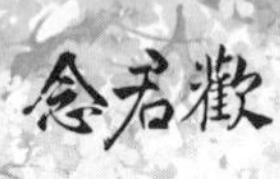

方老夫人自己就是市井出身，她的姊姊年輕時嫁了個紙錢鋪的夥計，後來等到她嫁了姚安信，她姊姊沾了她的光，自己開了一家紙錢鋪。

這種做死人生意的，尋常富戶都尚且會介意，崔家這樣的望族，崔郎中又是官身，怎麼能夠！

方老夫人對她的表現很不滿。「阿玲怎麼了？她是妳表嫂千嬌萬寵養大的老生女兒，怎麼配不上他們崔家了？妳爹爹可是榮安侯，我們這樣的門第，怎得還不能給阿玲添光？」

姚氏在心裡暗道，您這麼大年紀連個誥命都沒掙上，她這做女兒都沾不到光，別說去蔭蔽個親戚了。

「到底是差得有些多了。」姚氏還是想讓她打消這個念頭。

林家小門小戶，姨母和表兄表嫂都是市儈庸俗之人，沒見過大世面也沒多少銀錢，卻一直巴望著讓阿玲嫁個好人家。而阿玲不僅不好看，還自傲，尋常鄰里那些平民從來瞧不上眼，一門心思找個風雅的才子做夫君。

方老夫人哼道：「那個崔九郎是被人從衙門裡抬回去的，名聲都臭了，蒼蠅不叮無縫的蛋。他也不是什麼好東西，我可告訴妳啊，妳別和阿玲說他那個事，阿玲那丫頭，可是會瞧不上他的……」

姚氏覺得頭疼，可一時之間也確實沒有合適的人選。

想想那崔九郎也確實讓人噁心，她也懶得多操心了。阿玲就阿玲吧，想那崔家也不敢多說什麼。

「如此，阿娘就先去姨母家中探探消息，崔家蔣夫人那裡，我再做安排。」

方老夫人高興地直點頭。崔家喲，就算是個不成器到極點的庶子，也不知能分多少家產了！

§§

傅念君輕輕咬著筆桿子出神。

「娘子，可不行這樣！」芳竹過來一把把筆奪了過來。

傅念君感慨著搖搖頭，由得她去，又低頭看了一下眼前的紙。她讓人調查的關於連夫人、許夫人，還有其他幾位與魏氏交好的夫人，有何共同之處。蒐羅來的東西一整合，確實倒是有一處，卻也不知道能算不能算。可這一處讓傅念君確實相當在意。

這些夫人，都與自己的夫君感情不睦。

應該說，這些夫人的夫君們，都不是那等長情專一的男子。這世上的男子有很多種，有癡情不悔的，也有薄情寡義的。

何況國朝文人素尚狎妓養妾，更愛以姬妾互贈，他們以此為雅事，對於男女之事，就更加隨意了。有些大人在朝中勤懇正直，在女色上卻有著截然相反的態度。連夫人的夫君盧琰，和許夫人的夫君晉國公趙讓，都屬於此類。

自然也有傅琨這樣，不甚喜歡在脂粉堆中流連的，家中只有妻子和一、兩位妾室，但畢竟是少數。傅念君也知道，傅琨是因為與髮妻真存了一點「曾經滄海難為水」之情在裡頭，才對自己嚴於要求，不至於如此放縱。

這世道，男子放縱卻是常事，傅琨這樣的才屬罕見。

傅念君有些感嘆，也不知自己這一回，有沒有機會同那些嬌妾美妓的鬥上一鬥了。拉回思緒，這些夫人都是在夫妻關係上不融洽的，她們如此禮遇魏氏這麼一個身分不高的文官家眷，實在詭異。她們會不會是有求於她？畢竟實在想不到什麼別的理由了。

連夫人愛重魏氏，或許是因為欣賞，許夫人、王夫人、張夫人，所有夫人都喜歡她，哪有這樣的人呢？必然她們是想從魏氏那裡獲得什麼。

難道是馭夫之術？魏氏精通此道？傅念君覺得這念頭有些荒誕不正經，可就是揮之不去。

她是一個女人，自然不能體會到一個男人是怎麼感受到一個女人的妙處，她也總不能拉住個男人去問問。她只能猜。

這是個有本事在未來同時拿下荀樂父子和傅淵的人，對付男人的手腕必然十分俐落。前世裡傅念君雖嫁了太子，卻並未洞房，對於這事也不甚懂。她現下有了些頭緒，就更要細查了。

還有，魏氏周旋於這麼多朝廷大員的家眷中，必然不可能是為了她自己。她的背後，應該就是「那個人」……

芳竹的手在傅念君眼前晃了晃。「娘子，娘子？」

傅念君淡淡瞥了她一眼。「妳做什麼？」

芳竹有些不好意思。「看這兩日娘子有些恍惚，我是和您說話呢，是陸三娘子派人來了……」

「是嗎？」傅念君收了神色。「我這幾天是有些忙累了，為著準備及笄的事，妳讓人進來吧。」

及笄，以及就這兩、三日，那位崔家的奚老夫人就要到京了。

傳話的是陸婉容身邊的一個小丫頭，膽子不甚大，以前也沒怎麼來傅念君這裡傳過話，說是陸婉容請她去賞梅。

這幾天春梅開得正好，淡淡的玫紅淺粉汪洋一大片，將半個傅府都染了一層暖氣，把春意氤氳著籠罩在人的心頭上，只覺得望著這些花兒，四肢百骸都烘得暖融融又舒坦。

傅念君也不想在屋中久坐，稍稍收拾了一下，就去梅林裡見陸婉容。

枝頭燦爛綻放的春梅極易遮擋人的視線，傅念君踩著一地的花瓣，在樹杈掩映的斑駁間尋找陸婉容纖秀的身影。

她發現了一個人影。卻不是陸婉容。她心頭此時已經沒有什麼波瀾了。看見他，好像也不算什麼意外。

眼前挺拔的身影轉過身來，是帶著淡淡笑意的陸成遙。

傅念君望了望天。嗯，良辰美景，真是個把話說說清楚的好時候。她心念一定，就堅定地往前踏出了一步。

陸成遙見到了她繡鞋尖上一隻翻飛的紫色蝴蝶，不由笑意更大了。是因為這一道亮色，也是因為這一步。

「陸表哥，好巧，你在這裡。」

陸成遙從喉嚨裡滾出了一聲笑。「不巧，是我尋妳。」

他指了指自己頭頂，暗示傅念君。「這裡……」

傅念君伸手將自己頭頂上的幾瓣梅花拿了下來，扔在了地上，卻聽對面的陸成遙感嘆了一聲：「扔了未免可惜。」

傅念君忍住了想搓搓胳膊的衝動，抬眸肅然道：「陸表哥有什麼話同我說嗎？特地讓三娘的丫頭來尋我，如今我是有婚約在身的人，不該這樣與你單獨說話。」

陸成遙倒覺得她這般假裝正經的樣子十分有趣。

他說道：「二娘子，妳不必與我說這樣的話，我與妳三哥交好，也生了一對眼睛，妳父兄對妳這婚事的態度如何，我自然是明白的。」

言下之意，他是斷定傅家會與崔家退婚。他這樣就不算逾矩。

傅念君只說：「以後退不退是以後的事，現在還沒退就是了。」

「傅二娘子。」陸成遙突然露出讓傅念君為之一驚的嚴肅神情。他這麼喚了一聲，突然極禮貌地向她彎下腰，舉手施禮，抬手至額前，以頭就手，自上而下，行了極大的一個長揖禮。

他彎著腰道：「在下願以三書六禮，誠心聘傅二娘子為妻，只望傅二娘子青眼相待，莫予嫌棄。」

他確實拿出了十分恭敬的態度，誠摯不假，心意也未必假。

可傅念君早在心中斷定，她與他，是斷無可能。

即便抛開她前世與他是舅甥關係，也抛開傅家和陸家的影響，就以她傅念君和他陸成遙兩個人來說，她尚且身陷泥潭，始終無法與他在公平的位置上。他敢這樣約自己在梅林相見，便是料準自己不會不答應吧。

是啊，她一個這樣的人，還有什麼資格去嫌棄這樣一個優秀且懂得欣賞她的男人。但是只有傅念君知道，這不公平。對陸成遙不公平，對她自己也不公平。

她還不是一個完全的「傅念君」。

「陸表哥，謝謝你願意同我說這幾句話。」傅念君的話音也帶了幾分柔意和縹緲，可是絕不存綺思在其中。「這是……我這輩子聽過的少數幾句動聽的話了。」

她苦苦一笑，在心裡默默補充了一句。應該是兩輩子。

陸成遙直起腰，只是定定地望著她。

「二娘子……」

傅念君見他也無生氣之意，知他確實是個君子。

「君子垂憐，小女子斷不敢受，另擇佳婦，乃為上策。」

傅念君也用相同恭敬的態度回了他一個禮。她不喜歡欠別人東西。

「為……什麼……」陸成遙深深鎖著濃眉，胸中有些翻騰。她拒絕了自己，她竟真的拒絕自己！他不明白，她還會有更好的選擇嗎？

陸成遙的心裡也清楚，自己對傅念君說是有多少放不開和不捨，卻也未必，只是覺得她是一個合適的人。他不在乎她過去的那些荒唐名聲，他能比別人都看清楚一個不同的她。

他知道自己比崔涵之更適合她，傅念君也比任何一個傅家小娘子更適合自己。這就夠了。

她竟是不願意的，那麼她不願意的原因呢？

他臉色突然有些變了，想起來什麼似的。「妳……難道還沒改過來嗎？」

傅念君要說的話都給堵了回去，他這是什麼意思？

「那、那些美少年，妳還是放不下嗎？」

陸成遙自知相貌這一條上，與傅念君以往的審美確實相去甚遠。

「……」傅念君無言。他這是故意報復她嗎？

「陸表哥的人品才華家世，配我傅念君都是綽綽有餘的。」她很平靜地說著。

「妳並非心有所屬？」

這又是哪一樁傳言裡拆分的因果？傅念君淡笑道：「並無。」

「那麼妳又為何？」陸成遙素來不是個纏夾不清的人，是她太過古怪。

莫非她一直抱著那些少女綺思，還在等著一位天上掉下來的檀郎，等到了才算此生不負？不是的，這麼多日子以來的瞭解，陸成遙知道傅念君決計不會如此幼稚。

傅念君突然對她笑了笑，態度瀟灑俏皮，只一一與他說明白：「陸表哥的好意我領了，可是我並不是你以為的那樣處境艱難。我從來不期求用婚姻來改變自己的處境，我的名聲、我的荒唐，都是確然存在的汙跡，我沒有逃避，也不想掩蓋。」

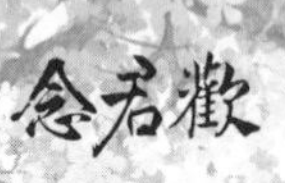

她迎著他的目光，十分堅定。「而是要去改變。」

她沒有一絲一毫的羞赧和不快，好像他適才的表白，和那幾句對她不適當的揣測問話，都不被她放在心上。

「我傅念君，會活成一個全新的人，在我達成所想的那日，或許夫君和別的東西，我才會考慮。我今日與你說的話都不是矯情，只是在請求你，圓我這個夙念罷了。」

「改變麼……」陸成遙喃喃。

她再活這一次的意義，她一直在想，是改變自己的命運，也是改變很多事和很多結局吧。她不需要同情和憐憫，再庸俗一點來講，傅念君眼下只需要權力和錢財。

「我要的東西，會給陸表哥帶來負累，而你要的東西，也會給我帶來負累。」這就是最直白的答案了。

傅念君微笑地看著陸成遙。他的未來，或許也能有變化也不一定呢？

陸成遙心裡鬆了鬆，似乎是身為男子的尊嚴保全住了。

他雖然不是太明白她的執念，可是卻又似乎能體諒這種個性。他是真的不瞭解傅念君。

「可如果在妳達成所想之時，妳的夫君和婚姻依然不能如妳所想呢？」

他自覺比她大好幾歲，總是更能勘破一些這世上的無奈。

傅念君笑道：「我大概會想盡辦法吧，凡事……總是有辦法的。」

像陸氏那樣，未必不是條出路。所嫁非人的苦，她已經嘗過一次了。

她用死成全了自己和一個太子妃的尊嚴。

這輩子，她只想要回自己的尊嚴，這決心，無人能阻。

陸成遙抿了抿唇，心緒漸漸平靜下來，只是看著她秀美的側顏色，覺得她眸中閃過的光芒確實讓他陌生。

是啊，她這樣受自己姑母的喜歡，一定是與他姑母有心意相通之處吧。如他姑母這樣的女子，個性都太強了。他不是不喜歡，而是這世道，注定這樣的女子和她們的丈夫必然艱辛。

陸成遙突然就有了兩分釋然，傅念君今日的拒絕是比他更早一步看清這個事實。他沒有她聰明。

他遙遙又向她揖了揖。「今日，是在下唐突了。」

傅念君搖搖頭，眼睛盯著手邊的一株淺色梅花，再次放柔了聲音。「陸表哥，我也是說真的。很謝謝你，那幾句話當真是動人。」

她這輩子，應該是再也聽不到了。

動人。被人有這樣珍視的時候，哪怕只是一瞬間，哪怕這一瞬間背後還有他自己都理不清的情緒，她卻覺得夠了。

那一瞬間裡，她不是上輩子被父兄當作工具，被太子作為玩物的傅念君；也不是這輩子被世人避如蛇蠍，人人都想踩一腳的汙泥般的傅念君。她很感謝陸成遙，帶給她就算只有一瞬間，如同其他妙齡少女一般無二的感動。

陸成遙深深地望了她一眼，低低嘆了一聲。

「如此，我便告辭了。」他轉身離返，毫不猶豫。

這麼輕易放棄嗎？他只是突然覺得放棄，才是對她的不唐突。

他是這世間普通的一個男子，也需要世間一個普通的妻子。妻子會向他要一輩子。傅念君這樣的女子，卻只想要男子的一個瞬間。

她的一輩子，都是她自己的。如此秉性，太過艱難。

陸成遙的心微微一抽，風拂過他衣裳下襬，有梅花花瓣飛過他耳畔。他控制著不讓自己回頭，把身後立在梅樹下的倩影抹去。

他是君子，君子之風，便是如此。她不曾給自己留一點可以迴旋的癡想，也是敬他重他。他又怎麼能回報輕浮和強迫予她。

是他唐突了，草草地用世俗眼光給她下了定論。他不瞭解她，她也不給自己機會去瞭解。

一別兩寬吧……不，尚且用不到這樣的詞。對她而言，自己不過是一個瞬間罷了，在剛才就已經結束了。

陸成遙搖頭笑了笑。如此，就罷了。

7 美色惑人

傅念君深深吸了一口氣，重新打量這一片梅林，又是一番新的意趣和滋味。

她覺得心情不錯，索性招來了不遠處等著的芳竹和儀蘭。

「我們再去採點梅花……妳們在看什麼？」

儀蘭嚇得揪緊了衣袖。「娘子，我剛才好像看到有人影閃過，妳、妳剛才的事不會被看到了吧？」

看著她的神情，傅念君道：「妳這樣子，就是擺明讓人家覺得心裡有鬼。我與陸家郎君把話都說清楚了，乾乾淨淨，什麼都沒有。」傅念君捏了捏她的臉。

儀蘭奇道：「當真如此？娘子，卻還會有這樣的人……」

傅念君覺得若被陸成遙聽見，他應該會哭笑不得了。

芳竹驚叫了一聲。「娘子！真的有人！」

傅念君半轉迴身，卻見到一個有幾分面善的青年男子站在自己十步遠處。落地無聲，是個高手，一副護衛打扮，卻不是傅家的護衛。

「傅二娘子……」那人拱了拱手。「我家郎君有請。」

傅念君默了默，制止了芳竹和儀蘭想要叫人的衝動。

「閣下，這裡似乎是傅家，為何是『你家』郎君有請。」厚顏無恥似乎也該有個限度吧。

可那人卻只淡淡道：「我家郎君是傅相之客，二娘子一看便知。」

「娘、娘子……不、不行吧……」儀蘭怯怯地拉住了傅念君的袖子。

傅念君心裡卻大概明白此人之主為誰了。

「沒事。」她拍拍儀蘭的手。「他沒有說謊。」

單昀淡淡退開半步，傅念君隨著他指的方向走了過去。穿過幾株梅樹，眼前景色一變，由滿眼的暖色變成了冷清的白色，原來是這裡有幾棵開花的玉蘭樹。

玉蘭開花之時有花無葉，此時枝頭上正如火如荼開著大片雪白如酒盞大小的白花，如雪海一般層層疊疊。

那紛紛落下的花瓣簌簌地落了底下人一肩。

靠著樹幹正閉目坐著一人，一隻手放在屈起的右腿膝頭。一片花瓣落在他的眼睫上，他微微張開眼，把抖落在自己身前的花瓣拂去。動作輕柔，似乎很是憐香惜玉。只是似乎。

傅念君望著這個與這般美好春景相得益彰的俊朗少年，這傅家後院裡的花木，襯著他這樣容貌，似乎才不算辜負。

上一次是滿城燈火，這一次卻又是滿園芳菲。他真是很會挑選出場方式。

傅念君微微嘆了一口氣，可是不論是灑落在他身上的是柔和的燈火，還是香軟的花瓣，從他的身上，她卻能感覺到金戈鐵馬的冷硬氣息。

他藏得很好，人人都以為壽春郡王也如東平郡王一般性情溫和，可傅念君知道，並不是那樣。

「落花與郡王甚為相配。」傅念君在他轉過來的目光中，盈盈朝他福了福。

「是麼……」周毓白撐著身後玉蘭樹的樹幹站起身來，撫平了衣裳下襬的褶皺，幸而這身水色的袍服不甚容易看出褶子來。

「我卻不是很喜歡白色的花。」他把肩頭的花瓣也一一拂去，抬眸對她笑了笑。

傅念君望望四周。「您來傅家作客，卻無人相陪，這是傅家失了禮數。」

周毓白道：「壽春郡王退筵後已在房中休憩。」所以，他是偷溜出來的。

傅念君突然眉心一跳，他難道還知道在傅家怎麼走不成？

「遇到妳卻是偶然，不過我與妳之間，總是有些偶然促成，讓我有些話不得不說。」

傅念君有些無言，問道：「您剛才都看到了？」

他微微偏過頭，只道：「非禮勿視。」

傅念君深吸了一口氣，她與陸成遙幾時又「非禮」了？算了，她大度，不與他一般計較。

「郡王為何來傅家？」

周毓白轉過頭，又笑了笑。「傅二娘子冰雪聰明，難道會猜不透？」

傅念君將他今日這有些過分好看的模樣，上下掃了一遍。「莫非是來傅家相看小娘子？」

她這樣一說，周毓白的笑意卻更甚了。

傅念君微愕。就她所知的情況，周毓白年少時一直都沒急著娶正妻，後來在他弱冠之年，就是朝局大變，他獲罪鋃鐺入獄，雙腿被廢，被鎖偏院十餘年。周紹敏是在崇王登基，他回復自由身後才有的兒子。

他當時娶了誰呢？傅念君一點都不記得了，淮王妃彷彿是個被世人遺忘的角色，沒人在意過，也沒有人記得。不同於周紹敏的聲名響亮，他的生母沒奪去世人半分注意過。

從傅念君記事起，她就沒怎麼聽說過淮王妃，似乎去世得很早。所以周毓白的妻子，可能現在都還是個孩童，要十幾年後才會遇到他。現在的他，絕對沒有任何想聘傅家女為妻的心思。

那他是來做什麼的？試探傅琨和傅家嗎？他想做什麼？

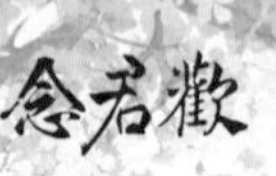

周毓白見自己一句問話就將她百思不得其解、定在了原地，也頗覺有意思。

「妳似乎很慣常把我說的每一句話都來回揣摩很多遍，自己想出千百萬種的深意。」

「這……」傅念君想否認，卻也沒法否認，只說：「和郡王這般神仙人物說話，我總是要小心謹慎些。」

周毓白無視她的諂媚之言，只勾唇道：「我年紀到了，娶妻生子是應當的。傅相的女兒，本就是在皇室為我甄選的王妃之列，這有什麼好琢磨的？」他頓了頓，補充道：「似乎聽傳言說，傅家女對我，也相當滿意。」

傅念君一噎。立刻就想到了先前傅饒華那大宋美男冊上首當其衝的壽春郡王畫像，還有傅允華火盆子裡那早就被燒為灰燼、他的進階版畫像。

她覺得臉上一陣臊意，只能訕訕地笑了笑，低聲嘀咕：「滿意滿意，相當滿意……」

那傅允華不是傅饒華的嫡親姊妹，這愛看臉的癖好卻是如出一轍。

周毓白一挑眉，又道：「說起來還有一樁事，正好同傅二娘子說道說道。聽說外頭如今出自樂山學子張栩之手，我周毓白的畫像，似乎還賣得不錯。」

傅念君的笑意就尷尬了，只能乾巴巴擠出兩個字：「恭喜。」

周毓白此時望著她的神情連眼角眉梢都帶了些笑。

恭喜？這是她道歉的態度嗎？他也沒曾想有朝一日，身為聖上的嫡子，還會有被人售賣畫像的時候。

這個學子張栩，就是首開先河替傅饒華畫畫之人，自傅允華那事被人或多或少傳出去以後，他這門生意眼看就做起來了……

那張栩曾與周毓白有過幾面之緣，傅饒華尋到他，出重金要他畫上一副壽春郡王的畫像，又諸多苛求。張栩落魄窮苦，雖覺得屈辱，卻也只能一遍遍聽從她的要求，仔細描摹周毓白的長相，如此精益求精，到了傅允華手裡的周毓白畫像，已經得幾分他本人的神態了。或喜或嗔，或悲或怒，竟只有那張栩畫周毓白畫得最為傳神。傅家這兩位小娘子，當真功不可沒。

傅念君知他已經尋到了那張栩，也索性不多做解釋了，只道：「如今那學子如何了？」

周毓白道：「他如此畫工，自是去他該去的地方了。」

他畢竟是皇子，這張栩私自售販他的畫像是重罪，周毓白對這件讓人又氣又笑的事也很無奈，但見他畫人物方面確實有些天賦，便將他舉薦進畫院去了。

「他還應該謝謝傅二娘子『慧眼識珠』。」

傅念君打量他沒有生氣的意思，總算也放心了些。這傅饒華，當真是會闖禍！

周毓白卻不是來和她說這樁事的，他跨進兩步，垂眸問她：「是妳讓齊昭若身邊的阿精來找我的吧？妳早看出來了，張淑妃的局，是要拿捏長公主母子……」

傅念君定了定心神，齊昭若的事她不想去關注，提醒阿精那幾句，就已是她能做的最多的事了，周毓白如何決定不是她的問題。

她問他：「您已經出手了？」

周毓白笑道：「自然不能讓張淑妃如意，也不能讓齊昭若死了。」

傅念君心裡也有些好奇，他還有妙計能兩全其美？不過這也不是她該關心的事。她明白他今日來尋自己問這番話，也是同焦天弘一樣，以為她會知道些什麼關於齊昭若的內情。

她道：「我能猜到，也是因先前焦天弘對我和齊大郎的關係有所誤解，追著我討要他的欠債。我覺得這兩件事有些關聯，才大膽揣測一番。若是郡王想問別的，我也不知道了。」

「哦？是猜到的，不是算到的？」他瞧了她一眼，似乎帶著兩分揶揄。

傅念君噎了噎。三十年前的事，她也不是樁樁件件能倒背如流啊。不過周毓白若是出手，必然有些改變也會應運而來。

「郡王也說了，我不過是比常人『冰雪聰明』一點，太難的事，我可就不知道了。比方您再要問誰人如何給齊大郎設局，我就真的黔驢技窮了。」

她這說的也是實話。臉皮倒是也挺厚的，這點和傳聞還算符合。

周毓白好笑。「妳把朝堂之事看得這麼清楚，也想做個傅相背後運籌帷幄的女諸葛？」

傅念君知道這人感覺敏銳，一點都逃不過。她攤攤手。「爹爹雖貴為宰相，處境卻相當不容易，若我有本事能勘破朝局的一點半點，能提醒他一句半句，也算是做人子女，不負骨肉之恩了。」

她朝周毓白十分俏皮地笑了一下。「就是不知道壽春郡王給不給機會了？」

周毓白似乎在琢磨這句話裡頭的意味。

傅念君向他尋求助力的目的很明顯，那麼他呢？他突然間覺得，似乎張九承提過的，與傅家聯姻或許並不是個壞主意。但也就只是一瞬間的念頭，在他心裡，這個傅念君還是太過古怪，是不是人家的餌尚且不知，斷不可能輕易就咬下去。

周毓白收了這心思，胸中也微微吁了口氣。他也不知何時起這口氣就堵在了心口，不上不下讓人煩悶。

「那麼妳，到底知道不知道齊昭若的前塵之事？」他定定地望著傅念君。

他相信，若不是齊昭若那日出了他的府門就被皇城司給帶走，他自己也會親自來問一問傅念君。如今，只能他來了。他在心裡是這麼對自己解釋的。

傅念君搖搖頭，再次強調：「我確實一點都不知道，所猜測的也是和您一樣，根據大小線索連繫起來。若是要我發誓，也是可以的。」

她舉起了三根瑩白纖細的手指，看似真的要發個賭咒惡誓。

周毓白望著它們，只道：「這又何必。」

傅念君怕他看出來自己其實也沒有傅饒華的記憶，這就不太妙了。以周毓白的聰敏，一下子就能猜到她是與齊昭若相同的情況吧。她就說苦肉計好用來著。

「我自然會相信妳。」周毓白突然道，說完了他自己卻有些蹙眉。

傅念君也笑道。「郡王以後說話可要慢些，免得咬著舌頭。」

周毓白抿了抿唇。這傅家的女子，果真要比別人家的女兒膽大些，打趣起自己來一點都不含糊。她怎麼就這麼能順桿子爬呢？這小娘子！她忘那張栩之事倒是忘得快。

傅念君也清了清嗓子，擺正了臉色。「郡王還不走嗎？恐怕在廂房裡休憩的您也該醒了。」

周毓白比她高很多，越過她的頭頂望向了傅家的梅林，只說：「傅家的梅林確實長得好。」

傅念君明白過來這意思，他現在溜出來大概已經被發現了，再偷摸回去總是惹人懷疑，還不如大大方方以賞景為藉口。

「如此，便不擾郡王雅興了。」傅念君微笑著退開半步。

周毓白最後看了她一眼，往她來的方向過去了。

「娘子，娘子……」很快芳竹和儀蘭就追了過來。

她們兩人一副驚弓之鳥的模樣，拉著她直往四周看，生怕被那雙暗中觀察的眼睛看了去。

「可是個男子？是誰？來拜訪的學子嗎？相公的學生還是郎君們的同窗？」

儀蘭十分痛心疾首，覺得傅念君又回到了從前的樣子。

都不是。傅念君只道：「妳們別猜了，走吧。」

傅念君身後的芳竹還在對手指。「一個陸家郎君，一個不知名的男子，這會兒工夫，娘子就會完兩個了……」不愧是她們娘子啊！

傅念君閉了閉眼，假裝沒有聽見芳竹的嘀咕。

她要那麼說的話……其實也沒錯。雖然她對這兩個，都沒有半點私情，不過要用「會」這個字眼的話，似乎也沒有什麼毛病。

剛步出梅林，她就看見了傅梨華急匆匆而來的身影。

「妳！」傅梨華狐疑地打量了一番傅念君。「妳從梅林來？」

「是啊。」傅念君很是老實。

傅梨華問道：「妳剛才過來，見了什麼人沒有？」

「沒有。今日難道有什麼人來府？」傅念君望著傅梨華顏色有些過濃的口脂反問。

傅梨華只留給她一個白眼，帶著丫頭們匆匆往梅林裡鑽，嘴裡還一邊嘀咕：「梅林，梅林，整日沒事就往梅林裡鑽，還想著會什麼男人呢……」

她是心頭怨恨，想到了當日傅念君在這裡「會」杜淮的時候。

傅念君又只能假裝沒聽見，心裡嘆了口氣。對呀，我都是會完了過來的，妳晚了一步。

她還沒有走回自己的院子，就見到娉娉嫋嫋走來的傅允華。

傅允華的臉色依然憔悴，整個人像是生過一場大病，不過倒是平添了兩分當世才子們喜愛的羸弱嬌怯，這一派風吹就倒的架勢，就是傅念君也很想上去對她呵護一番。

反而傅允華見了傅念君，卻露出兩分怯意來。也不知是不是因為偷偷去支使了傅饒華的「御用」畫師張栩而覺得不好意思。

「二姊兒……我是今日才出來走走的……」傅允華輕輕咬了咬嘴唇。

「今日天氣好，大姊是應該出來走動走動，悶在屋子裡也不好。」傅念君頓了頓，又補充一句：「梅林那裡風光極好，我瞧四姊兒剛才都過去了。」

傅允華一聽傅梨華的名字就抖了抖。

「我、我不去……」

「梅林這樣大，妳們總不至於在梅樹底下撞著頭的。」傅念君笑得十分體貼。

傅允華壯了壯心思。「二姊兒，妳知道不知道……」

「什麼呢？」

「沒什麼。」

傅允華也不再說什麼，扶著丫頭走了。

芳竹和儀蘭同時驚奇，望著傅允華走去的方向，問傅念君道：「好生奇怪，今日四娘子和大娘子都出來了……」

尋常日子，傅梨華怕曬黑，連臉都不願意多露一下。

傅念君嘆息，到底美色惑人。

§§§

周毓白十分巧妙地轉出了梅林，沒遇到任何一位傅家的小娘子。

他去見了傅琨，兩人下了一局棋，傅琨便親自送他出門。傅琨剛回到書房裡，傅淵就過來了。

傅淵問：「爹爹，今日壽春郡王為何突然造訪？」

傅琨坐在書桌後道：「前幾日我在朝上聽官家的意思，或許要為東平和壽春兩位郡王選妃了，立了妃，他們也成家了，該來的事都該來了。」

娶妻，封王，冊立太子，都是一條線上的事。

傅淵蹙眉。「難道宮裡還想我們家……」

傅琨點點頭。「總歸是存了這個意思在。」

傅淵冷笑。「早年倒是好說，自從二姊兒滿了十歲，哪裡還有人提過這話。」

傅琨不置可否，只說：「傅家也不是沒有女兒了。」

傅家還有哪個女兒呢？傅淵可沒發現。

「四姊兒退了親，雖說是杜家的錯，可她那個性子，爹爹與我都知道，是半分不能堪大任的，何況她身後……」他又冷笑了一聲。

姚氏倒也罷了，偶爾還是會看看大局的，方老夫人算什麼東西？若真出了個王妃外孫女，她必將姚、傅兩家攪得天翻地覆。

所以他一直建議傅琨再為傅梨華擇婿，必得擇一戶家教嚴苛，且出東京的詩書世家。

「還有大姊兒，原先倒也不是不能扶她，可是她如今鬧這樣的事出來……」

傅淵想來就頭疼，原以為傅家就個傅念君荒唐，可原來都是半斤八兩。他越來越懷念生母在世的時候，這些小娘子哪個敢這麼放肆；請了女先生到府，或是去別人家裡上女塾，功課女紅等，生母都會親自一一考量，十分嚴苛。

大姚氏死時他年紀尚小，可卻也記得族裡寄養在傅家的兩個小娘子是過得怎麼規矩的日子。到了姚氏手裡，該立的規矩全都廢了，嫡支幾個小娘子反而養得一個比一個不成器。

傅琨微微蹙眉。「大姊兒，四姊兒，五姊兒……」他一個個說過去，最後終於嘆了口氣。「卻都不如二姊兒。」

「爹爹！」傅淵想反駁，可一剎那之間，似乎覺得以現在的傅念君來說，確實她才是最合適的。

而與崔家退親，也是必然會進行的事，夏天之前，他們必然會將傅念君與崔涵之的婚書燒燬在傅家祠堂裡祖先的靈位前。

「即便她如今懂事了，過去的荒唐不代表不存在，又是退親之身，這不妥。」傅淵這麼說。

傅琨也明白。「皇室也不是什麼好的去處，就是她一直是這般性子，我也是不會讓她去的。」

他是真的心疼女兒嫁給皇子。他自己和傅家是避不開的，身為臣子，他必須輔佐君王，盡早確立一個各方面最合適的儲君，這是一個丞相不可逃避的義務。

可反過來說，自己圖謀一個國丈做做，傅琨是從來都沒有這份心。哪怕旁人都不信。

當年舒相公的例子還不夠嗎？現在皇后舒娘娘過的日子，就一定好嗎？幸虧舒相當年急流勇退，歸隱田園，舒娘娘才算確立起了中宮威望。否則張淑妃、太后和徐德妃，哪個又肯甘休。

傅琨在這一點上，早就堅定了心思。

「那若是官家再問，爹爹該如何應付？」傅淵問道。

傅家畢竟還有四個未嫁女，皇室要人，你卻一個都不給，這便是太藐視君上了。

「且先看看吧。」傅琨道：「今日我看壽春郡王只是存了些試探之意，他對哪個小娘子都是不顧的，大概東平郡王也是一樣。若到不得已之時，我只得尋個族裡的小娘子，給他們做個側室，也算完成了官家的囑託。」

出嫁做妾之女，娘家便不能再算作她的娘家，傅家進退也和她毫無相關了。

傅淵沉了沉眸，心裡比傅琨多了一分憂思。他冷眼瞧著那幾位妹妹的秉性，知她們哪是管得了什麼大勢大局的人，怕是真有那一日，讓她們以傅氏嫡女身分給皇子做妾都甘願。

他只求聖上在給兒子選妃一事上不會再逼迫爹爹，否則府裡後宅必然又是一場波瀾。

傅淵退出了傅琨書房，覺得心情不佳，也四下走動了幾步。殿試在即，他必然要奪個好名次，接著就是成家娶妻、入朝為宦，按部就班……

他突然聽見一陣喧嘩之聲，走過去卻見小徑之上有幾人在說話。應該說，是一人在大聲斥責，聲音嬌俏稚嫩。

傅淵定神一看，卻是打扮得花枝招展的傅梨華。他閉了閉眼，心裡冷笑，看來都不用等到那一日，人家壽春郡王不過是來府裡轉了一圈，就有人坐不住了。

傅梨華此時正扠著腰，訓斥眼前一個面貌清秀的少年。原來是傅寧。

「你好好的能不能看看路？這般與主人家搶道，又是什麼規矩？你家就沒有人教你嗎？」

傅梨華沒有在梅林中遇到周毓白，心裡正是憋屈，又突然聽下人說周毓白馬上就走了，心裡一時著急，走路也就快了些，正巧在這小徑上遇到了陪自己弟弟傅溶歸家的傅寧。她沒見過傅寧，嚇了一跳，腳不小心軟了一軟，如此心裡就更是一包火氣，忍不住對無辜的傅寧發作出來。

她的弟弟傅溶只站在一旁淡淡看著，眼睛定定的，沒什麼表情，好像一切都與他不相干。

傅寧微微垂著頭，雙手攥緊，只道歉說：「四娘子，是在下衝撞了妳，是在下的不是……」

傅梨華瞧他人模人樣的打扮，想起了姚氏曾抱怨過，爹爹給六哥兒找的伴讀家境很是貧苦，她心裡又不滿起來。

「你不是陪著六哥兒讀書的麼，這點規矩都不懂，聖賢書也是讀通讀透了的？當真是好笑……」

傅寧忍著怒氣，他書讀得如何，她又知道什麼！傅梨華不過十二、三歲年紀，讀過幾冊書？卻也用這種口吻來教訓自己！

傅梨華越說越舒心，瞧著把比自己大幾歲的傅寧說得抬不起頭來，便打心底裡得意。她是傅相公的嫡女，傅家的主子，這人再傲的風度也都該收了，不過是個窮學生罷了……

傅淵冷著臉，他雖聽不大真切傅梨華的每句話，端看二人表情卻也知道必然不是什麼好聽話。他抬步，正想過去替傅寧解一解圍，卻看見另一邊也正巧走過來一個小娘子，她倒是比自己先快一步去勸傅梨華。

陸婉容也是見天氣晴好，恰巧出門來，一出來就見到傅梨華在這兒訓斥弟弟的伴讀。她覺得這樣不好看，不由想勸一勸她。

「原來是陸三表姊。」傅梨華吊著眉梢，見傅寧咬著唇淡淡壓抑著的表情，十分得意地朝陸婉容說：「難道妳是和我二姊待久了，見到個人模狗樣的學子，就也想收入囊中？」

她很不客氣，傅念君從前就是最喜歡這類才子啊學生的。

陸婉容臉色不變，她只知傅梨華近日來越來越瘋，卻不知能瘋到這地步。她怎麼敢和自己說這樣的話?!

傅寧和陸婉容兩個人在一瞬間就都漲紅了臉。卻無關羞澀，全是因受了屈辱的惱怒。

「妳把這句話再說一遍。」

冷冷的聲音傳來，傅梨華渾身一個激靈，回頭就見到負手站在身後的傅淵。

「三、三哥……」

傅淵只盯著她，一字一頓道：「把剛才那句話，再說一遍。」

「我、我……」傅梨華舌頭打結，背心冒冷汗。

怎麼會這麼巧遇到三哥！她素日就怕傅淵，更別說剛才自己那樣的話被他聽去。

「一個未出閣的小娘子，張口就是這種難聽的渾話。四姊兒，妳若對男女之事這般嚮往，我替妳去和爹爹說一聲，也別等及笄了，即刻就把妳嫁出去，嘗嘗做人婦的滋味！」

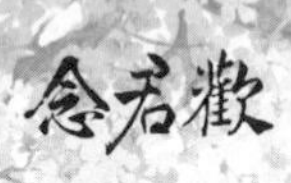

傅淵不說話便罷了，一開口就是刀刀扎心。他是真的生氣了，從沒想過傅梨華竟會在外人面前都如此丟臉。以往他只以為她是針對傅念君，卻不知她的粗鄙是發自骨子裡的。

傅梨華淚盈於睫，整張臉通紅，只覺得陸婉容、傅溶、傅寧的目光都火辣辣地盯在自己身上。她一跺腳，又想故技重施，捂著臉就要跑走。

傅淵身邊沒有帶人，可他僅是一個眼神朝傅溶身後兩個小廝兒丟去，他們就立刻警醒了。

「抓回來。」他話沒說完，她就敢走？一次兩次也就罷了，再不給點苦頭嘗嘗，他還做不做這個長兄了。

兩個小廝眼疾手快，根本管不得傅溶的阻撓，就把傅梨華拖了回來。

傅寧和陸婉容都愣住了，同時望向了傅淵，傅淵依然一臉冷肅，眼神都沒朝他們投去一個。

傅梨華還在嚷嚷著：「放開我，你們不許碰我！」

「兩個選擇。」傅淵開口：「第一，現在妳自己跪去爹爹書房門口請罪，今日跪足兩個時辰，妳剛才說的那些話，我會請他們兩人都忘卻了。第二，妳現在自可以逃回去，但是我不會善罷甘休，妳可以試試。這兩條路，妳自己選。」

傅梨華渾身一抖，再也不敢掙扎了，只能咬著唇怯怯地望著長兄，期待他的一時心軟。可傅淵居高臨下地望著他，一張瘦削的俊臉上只有讓人心寒的漠然。

「選！」他說一個字，傅梨華的腿就一軟。

「我、我去跪書房，三哥，我錯了……」

「好。」傅淵也不和她糾纏，向兩個小廝使了個眼色。「押她過去。」

傅溶見姊姊被拖走了，嘴一癟就想哭，傅淵一個眼神殺過去，他立刻就乖覺地自己捂住了嘴巴。他比傅梨華更怕傅淵，尋常在他面前話都不敢多說一句。也因著這層緣故，他對傅淵認可的傅寧，甚至都不敢隨意放肆。

今天……哎，是他們姊弟倆倒楣。

傅梨華被帶走了，傅淵才分神來看眼前這幾個孩子。

他對傅寧點點頭。「今日，是委屈你了。」

傅寧的臉色依然不好看，卻還是向傅淵拱了拱手。「多謝三郎替在下解圍。」

「是她不懂事。」只有這五個字，就是傅淵對他的交代了。

「勞煩你帶六哥兒回房吧，天色還早，尚且能讀幾個時辰書。」

傅寧立刻應了，傅溶卻如驚弓之鳥一般，生怕三哥再加一筆對自己的懲罰。

傅淵偏過頭，發現一雙水樣的眸子正閃閃地盯著自己。他回望過去，眼睛的主人飛快轉開了視線。他和這位二孀的侄女兒見過寥寥數面，印象也不深，不過他與陸成遙卻有同門之誼，自然也視陸婉容為妹妹了。

「陸三表妹，四妹兒不懂事，望妳海涵。」

這語氣已經比他平素與女子交談時的語氣，柔和了好幾分。

陸婉容暫態臉上飛起了幾朵紅雲，有些不好意思地低下頭。「沒、沒什麼……我不會說出去的……」

傅梨華自肯認罰，她也不會去搬弄是非。她本來就不是那樣的人。她不想被他以為自己是那樣的人。

傅淵點點頭，一向冷冰冰的臉上似乎是露出了一絲笑意，一閃而過。「妳比她懂事多了。」

陸成遙還是比他自己有福氣。傅淵微微一嘆，就告辭走了。

陸婉容愣愣望著他離去的背影，回想著似乎是她看錯了的那抹笑意，心裡不由一陣悵惘。

她長聲一嘆。就這樣了？就只能這樣吧……

她也不知道還能再說什麼、再做什麼，她本來也沒指望今日見到他的，還受了他的幫忙……不然傅梨華剛才那一句話，她又要在心裡憋悶好幾日了。

「娘子？」丫頭在旁邊喚她。

「我們走吧。」陸婉容有些失落地收回視線，淡淡地說著。

§§§

晚間時候，姚氏知道了傅梨華自己去傅琨書房前自請罪罰跪的事。

她對於女兒這行為頗不解，可傅梨華竟一反常態，什麼也不肯說，只說她今日犯了錯，與陸三娘子拌了幾句嘴，是誠心領罰的。

姚氏想不通，便在晚上詢問傅琨。傅琨這幾日倒是很願意歇在她屋子裡。

傅琨只淡淡地說：「這是好事，四姊兒懂事了，妳卻不開心嗎？」

「怎麼會呢。」姚氏回得尷尬。「我是怕她受委屈。」

「這裡是傅家，有我在，她還有兄長，又能受什麼委屈。」

姚氏聽他這麼說，也只好收起了好奇，她心裡多少也猜到讓傅梨華這麼怕的，應該和傅淵有關。可女兒和兒子都不說，傅淵也不提，她也不能多追究。

如今她與傅琨的關係逐漸緩和，多一事不如少一事好。傅淵這人，她也不想去管。

她按下了這話，伺候傅琨更衣，傅琨卻與她提了另一樁事：「許久都沒見到十三姊兒了，她可是已經很會走了？妳有空也抱到身邊教她認認人。」

這樣突如其來的一句話，讓姚氏的心情一下子就跌到了谷底。

「十三姊兒膽子小，素來怕見人，妾身是怕她一見人就哭鬧，反而惹得您心煩。」

傅琨只說：「我是她爹爹，妳是她母親，她見著我們怎會哭鬧？」

姚氏笑得僵硬，只好應承下來。「好，明日就抱來讓老爺瞧瞧。」

十三姊兒是傅琨妾室淺玉姨娘所出，傅琨唯一的庶女，在族中排行十三，如今才將三、四歲，一個丁點大的小東西。這母女兩人尋常在府裡就如不存在一般，不刻意提起誰都想不起來。姚氏十分忌諱這對母女，除了她本身器量不大，主要還是因為那淺玉是從前大姚氏的貼身丫頭出身。

說來也是一樁巧事。

那淺玉是個窮苦人家的孩子，七、八歲就差點被娘舅賣去妓院，因緣際會，正好讓當時出街遊玩的梅氏母女看見。那時大姚氏也才九、十歲年紀，梅氏見那小丫頭和自己女兒有幾分相似，就買下來給大姚氏做了貼身丫頭，一直陪著嫁到傅家。

後來大姚氏過世，把淺玉交託給了傅琨，她生得本就與大姚氏有七、八分相似，傅琨收了她做妾，也算是最後留了對亡妻的一個念想。

不過形似終究只是形似，傅琨對她也不甚喜愛，姚氏進門後，更是忌諱淺玉與大姚氏的關係，處處打壓她，這幾年來淺玉年紀也大了，姚氏才漸漸收了心思。

也算淺玉運氣好，這麼大年紀了，還得了一個女兒，晚來有個依靠。

十三姊兒年紀還小，尚且沒有取名字，只用個小名做「漫漫」喚著。

傅琨怎麼就突然想起了她們娘倆兒？姚氏心裡很不是滋味。不過想著這螻蟻一樣的兩個人，在自己手下也翻不出什麼花來，姚氏也就應下了。

想來是幾個嫡出的孩子都大了，傅琨漸漸念起了稚子的童趣吧。

肅王府內。

此時邠國長公主正冷著一張臉，盯著眼前一個三十來歲的男子。肅王皮膚生得黑，面目也不甚俊朗，肖似其母徐德妃，只有身量，倒還是遺傳了徐家人一貫的體格。

畢竟徐家是屠戶起家。當年徐家那兩個國舅，可都是在戰場上凶狠如虎的人物。

「如今可怎麼辦？大哥兒，我親自過來，你說。」

邠國長公主比肅王大不了幾歲，可威嚴依舊是姑母的威嚴。肅王沉著臉，大手緊緊扣著椅子把手。

「張氏與六哥兒，實在欺人太甚！」

邠國長公主冷笑。「就許你有那念頭，不許他們有念頭？」

肅王望著她道：「姑母，現在不該說這個，我們是一條船上的，如今還是得共同想個主意才是。」

「一條船？」邠國長公主臉色不豫。「傳國玉璽的事你怎麼不告訴我？現在好了，得到消息六哥兒要拆穿你的陰謀了，才曉得來找我商議。若不是我家若兒此時還在牢裡，你以為我會願意理你?!」

肅王臉色尷尬，咳了一聲，只好打岔：「姑母，我心裡頭有個法子，不知道可行不可行。」

邠國長公主眼梢一揚。「說來聽聽。」

「來一招賊喊捉賊，栽贓嫁禍……」肅王的眼睛裡閃過一道寒光，其中帶了幾絲興奮。

邠國長公主默了默，望著肅王道：「沒有把握的事，最好不要提。對我來說，你日後得了大位，還是六哥兒得了大位，總是會尊我這位姑母為大長公主，我不吃什麼虧。張氏想與我談條件，我也無所謂。你可明白這個道理？」

她又說：「我就這麼一個兒子，張氏也不過是捏住了我這軟肋。若兒再不成器我也不能讓他有丁點閃失，大哥兒，你心裡也清楚。」

打蛇七寸。長公主就是再噁心張氏，現在也不得不考慮她的聯盟計畫。

肅王心裡頭越聽越煩悶。他知道長公主的意思，這本來就是他求著長公主。

張淑妃用焦天弘為餌，長公主若同意幫助他們母子，她立刻就能把焦天弘推出去頂了私煤一事，齊昭若全身而退，自然是乾乾淨淨。

長公主雖不喜張氏，可到底對周毓琛觀感還不錯，她往日與肅王母子走得近些，也不過是因為生母徐太后的攛掇，並不是她就真的很看得上肅王。

這點自知之明肅王還是有的。所以長公主是他這次無論如何要爭取的，斷不能讓張氏陰謀得逞。

徐德妃也和長公主見了兩回面，衝著這兩回的面子，長公主才算肯低頭考慮與肅王再議一議，不這麼快與張淑妃妥協。

肅王做事從來就沒個章法，他原先想得好好的，用傳國玉璽和氏璧的事拉攏吳越錢家，一計不成，他也能把和氏璧獻給爹爹，再放些風聲出去，給自己弄個天命之子之類的說法添添光，這總是沒錯的。

這小心思他也沒告訴過旁人，自覺一切都安排得妥妥當當，可誰知道會被人截了胡。

先是自己的人在江南一帶突然斷了消息，他千方百計地打聽，才知他們受吳越錢氏圍剿，散落於賊窟，可這賊窟竟在去年好巧不巧，被下江南辦差的老七派人給端了，那東西於是也失了蹤影。

只能是被老七拿去了！肅王心裡這麼斷定，這些日子輾轉反側，就怕周毓白有什麼動作。可誰知道最後，最後那東西竟是落到了老六手裡，這可真是！

「誰知道世間之事就是這般巧。」肅王感慨道：「被個賊婦在賊窟裡還能摸了這寶貝去，如今這賊婦到了京裡，卻落到了六哥兒手上，我如何能知道！」

邠國長公主瞪著他，蠢貨一個。巧巧巧，在他看來什麼都是巧的！

「那刺殺七哥兒的人真不是你？上元節裡頭……」她問道。

「真不是！」肅王道：「我如何會這般莽撞！」

長公主聽得心煩，也懶得理這些彎彎道道的。

「那你說啊！現在怎麼辦！老六拿住你的把柄要對付你了，張氏又急著等我的回覆。是你要與我商議的，你就得給我保證，要把若兒完整無缺地從牢裡弄出來，那地方是人待的嗎……」長公主脾氣不好，說著說著又火氣上來了，猛灌了一杯茶下肚。

肅王也是滿心憋屈，可是他知道自己決計不能在這個關口放任長公主倒向張氏。

「姑母莫急，聽我說，這件事還真只有您我合作了。」他頓了頓。「我想過了，我先派人去把那偷傳國玉璽的賊婦殺了，來個死無對證，這樣老六就沒了人證。玉璽在他手裡，我們直接帶人過去他府上，說他私自藏了這寶貝，不進獻給爹爹，說他有謀反之意……」

長公主扶著額頭，聽得額邊青筋直跳。

「你不覺得太蠢了嗎？六哥兒可是比你精明，他必然早就能想好了托詞，因為這個要讓天家動怒，還欠把火候……」

肅王說著：「這還不容易，我再得使一把苦肉計。」

「何意？」

「對外就說，這六哥兒私訪玉璽之事我早已聽說了苗頭，四下尋求線索，因此遭他派人暗算受傷。這計謀如何？」

他與幕僚們商量了兩日，皆覺得只有如此辦法了。

長公主覺得並不怎麼聰明。比她去御前撒潑高明不到哪裡去。

肅王說著：「這樣的話，私藏玉璽，加之謀害兄長的罪名一掛，爹爹必然動怒。老六眼看這些日子就要封王，姑母和太婆再讓幾個言官把這事一攛掇，不怕張氏不急。」

「張氏一旦鬆口，與我們達成協議，用焦天弘來換六哥兒平安，我們自然再可以改風向，將我遇刺一事推到旁人身上去……」

「如此計中之計，一箭雙雕，兩全其美！」肅王抖著腿，因為這計謀顯得很是得意。

六哥兒一直是爹爹最喜歡的兒子，要害他可不容易，只有用這招苦肉計，讓阿娘、太婆、姑母都給自己助陣，還有百官們偏幫，他才能將髒水潑給老六。

他一定想不到自己有這樣的妙計！此時的老六必然還不知道自己已經全都大局在握了呢！

邠國長公主皺著眉，她也說不出來哪兒不對，可就是越聽越覺得這計不怎麼樣。

或許是因為肅王在她眼裡一直都挺蠢的？

長公主嘆了口氣，心裡琢磨著：六哥兒和張氏有這麼容易就範？事情真能如大哥兒所預料得這麼順利？

她抬手揉了揉眉心。「如今也沒有別的更好的計策，就先這麼施行下去吧。大哥兒你給我記住了，我隨時都是能變風向的。但是幾個侄兒中，你太婆一直都屬意你，你阿娘也是我親表姊，我自然更樂見你承了大位，只是你自己做事也要有分寸些，像這回那傳國玉璽和氏璧的事，你就屬於沒事找事！」

肅王挨著她的罵，可心裡卻不以為然，覺得長公主一介婦人懂什麼。吳越錢氏若肯支持他，那他可真算是成功了十之八九。

「是是，侄兒明白。」他表面上應承著：「這件事裡還請姑母多多幫忙了，侄兒定不忘您的大恩。」

長公主心裡煩躁，也不願多說下去，起身就要告辭。

「你動作快些，可不能再讓若兒在牢中吃苦了。」

「侄兒明白。」

§§§

「打聽得怎麼樣了？」周毓白單手撐著下巴，懶懶地聽單昀和張九承給自己回報。

「如郎君猜的一樣，長公主昨日去了肅王府，大概已與肅王殿下達成了協定。」單昀說著，「我隨時派探子盯著，肅王殿下似乎確實有意在六郎君府邸周圍派人，怕是這兩日就要動手。」

只是在他看來那些刺客水準都不太夠罷了。

「那商人妻子何氏是在六哥府上？」

單昀道：「是的，那日人被六郎君帶走後，就沒有安置在府外。」

周毓白勾唇笑笑。「他是早就準備好了。」

張九承在旁點頭道：「六郎君怕是等著肅王殿下有所動作了。」

周毓白低頭在紙上寫下了幾個地方，交給單昀。「這幾個地方是六哥素日的私宅，派人仔細去找，務必要找到傳國玉璽。」

玉璽在府外，人卻在府內。周毓琛早就準備好要來個守株待兔了。肅王做事這般蠢，周毓白只得自己出手助一助他。

他吩咐單昀：「這次你單獨行動，一定要在肅王府的人之前殺了何氏，免得他們打草驚蛇反落了六哥的套。」

單昀肅然領命。「屬下定不負郎君囑託。」

單昀的武功很高，尋常也不輕易出手，周毓琛府上卻沒一人有他這般身手。

張九承道：「郎君不捉活的？那何氏或許是人安排好的。」

周毓白道：「自然是安排好的，那布局之人心思縝密。他先用傳國玉璽和氏璧的風聲引大哥出手，又引吳越錢氏之人圍剿大哥的人。東西落入賊窟或許是個意外，但是他很快又調整布局，讓這個何氏出手偷了那東西消失於江湖。接著再派人在上元節時刺殺我，縱火燒蕃坊，引我查到波斯商人身上去，由我自己主動引出大哥在私訪傳國玉璽一事。」

「後來郎君沒有中計，他就又放出何氏，這才露了馬腳，讓郎君更加確定了他的布局。」張九承接道：「如此六郎君攬了這活計過去，與肅王殿下已成爭鋒之勢。」

周毓白悠悠說著：「這人布局謀畫得太多，以為自己勝券在握，同時算計幾方人馬，我們不能讓他如意了。何氏那樣的人，就算到手也盤查不出來什麼，殺了乾淨，死無對證。」

張九承點頭。「郎君確實英明。」

肅王會下怎樣的計策，不論是周毓琛，還是他自己，都早已了然於心。肅王這點的算計，周毓琛和周毓白對付起來還是綽綽有餘。

周毓白既要讓他們勢力平衡，最後又不傷及根本，現下只能出手幫一幫肅王。

否則結局要麼就是齊昭若一死來全這場局，長公主依舊中立，兩方勢力各自大損；要麼就是張淑妃和周毓琛大獲全勝，肅王從此元氣大傷，可接下來必然又是徐德妃和徐家變本加厲的報復。

哪一種場面他都不想看見。現在還不到兄弟之間你死我活的時候。

肅王的勢力，要一點一點廢，從上面的徐太后、徐德妃、徐家開始，而不能是現在就掐斷他繼位的可能。周毓琛做事還是有些不顧往後。

周毓白嘆了一聲，他想的，遠比兩個哥哥更多更遠。如果可以，他從沒想過要兄弟們的命。

「大哥做事素來馬虎，他要行苦肉計必然也使不到位，他自己動手又會留下線索給六哥抓。這裡我們還要再幫他一把，做乾淨一點，不必傷及心脈，但是一定要讓他兩三個月下不來床，讓徐德妃心裡真正痛一痛。」

張九承點頭。「郎君苦心，這才是最好的法子，這幕後黑手一日沒出現，皇子們之間的平衡關係斷斷不能破。」

哪一方失衡，都是早一步踏入了那人的道。

周毓白已漸漸轉換了位置，在守的基礎上，權衡皇兄們之間的謀算鬥爭。

他沉眉。「但願這次也能順利。」

必然會的。張九承比他篤定。

§§§

傅家這裡，終於迎來了北上的奚老夫人造訪。

這日天氣正好，奚老夫人只在崔家歇了一日，第二天一大早就來了傅家。

傅琨這日也休沐在家，正好迎接多年未見的老姨母。奚老夫人出行陣勢不大，卻很體面，她穿著沉碧色瑞錦花紋交領春衫，梳了雙蟠髻，面孔圓潤慈藹，看起來精神熠熠的，一點都不像上了年紀的人。

傅琨見到她也很高興，早已叫姚氏在幾天前就預備好了酒席為她接風。

奚老夫人出手十分闊綽，對傅家每個孩子都備了厚重的賞賜，給傅念君的尤其豐厚，光那一匣子的東珠南珠就晃得人睜不開眼。這還真視她為孫媳婦了。

奚老夫人打量著傅念君周身的氣派，笑得十分開心。「多少年沒見了，當年還是妳爹爹回京赴任，途徑晉陵時匆匆見過一面。二姊兒，過來讓姨祖母仔細瞧瞧。」

傅念君不太適應這般的熱情。

「這次姨祖母是特地來為妳的笄禮做正賓的，二姊兒，妳是好福氣。」姚氏在旁涼涼地道。

傅念君小小一笑，彷彿很是不好意思。

奚老夫人暗自納罕，不會吧？傅二娘子真有傳聞中這麼不堪？看起來一切都穩妥得很。她望向下首的兒媳蔣夫人，蔣夫人再來傅家怕得要命，畏畏縮縮的，根本收不到婆母的眼神。奚老夫人暗自罵了一句沒用的東西，便和善地與傅家人談起吃食來，這北邊吃什麼，南邊又吃什麼，什麼話經她嘴裡一說，就有滋味起來。

她這次北上，又帶了許多江南時新的鮮貨過來，她還邀請傅家女眷去崔府赴宴，嘗嘗她特地帶來的廚娘的手藝。

「我年紀大了，唯在吃食上留心些，也不貪圖個別的，妳們也別笑我。」

奚老夫人十分會說話，就連姚氏也覺得同她談話如沐春風，一句接一句應著她。

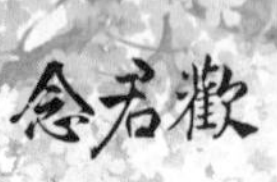

傅念君留神這個奚老夫人，心道果真是個厲害人物。眼明心亮，就沒一句糊塗話，隨時帶著笑意，對幾個孩子說話也沒分個厚薄來，問一句傅梨華，就也會問一句傅允華，耐心極好。

難怪傅琨都如此敬重她。傅念君暗忖。

傅琨、姚氏都在場時，奚老夫人斷不提一句半句傅念君的親事，只在吃食上打轉，一步步先拉近與傅家眾人的關係。

「說起來，姨母不曉得，我們念君的廚藝也是極好的。」姚氏微笑著朝傅念君拋去一個眼神。不懷好意。很明顯打算看她出出醜。

蟹釀橙她到底吃了沒呢？傅念君有些好笑。

她自然是不怕姚氏挑釁的，只是一貫不喜歡在人前出風頭，無論是文采、女紅，甚至廚藝，她不需要這些來為自己增光添彩。她知道，浪蕩這個汙名不除，什麼才藝放在她頭上都討不來別人高看一眼，所以又何必？

在暗處，在低處，做事才方便。

只見奚老夫人從容地接過姚氏的話：「擅不擅廚事是一回事，懂不懂就又另有門道了。傅家的小娘子們如此金貴，自然只要有識人的工夫。學得像侄媳妳這般，尋個如此對我老婆子胃口的廚娘，這份眼光放著，便是以後夫家的福氣了。」

姚氏聽了這話也笑道：「姨母可是誇錯我了。」

其餘的小娘子們聽了心裡也覺得舒心，而傅念君又被恰到好處地解了圍。

所以崔涵之肯定不像他祖母吧。傅念君不斷冒出這些想法。

奚老夫人捕捉到她臉上一閃而過的笑意，心下覺得奇怪，她這是笑什麼？

因為天氣好，姚氏又領著奚老夫人在傅家四處轉轉，傅琨原本也想作陪的，卻突然來了個下人把他喚走了，此後便沒再回來過。

傅念君預感到讓傅琨這樣急匆匆離去的事，必然是件大事，朝廷裡……她心頭一震，會和周毓白、齊昭若之事有關嗎？

那日聽周毓白的口氣，這一回必然會與她所知的三十年前之事，有極大變化。

周毓白會救下齊昭若。他打算怎麼做呢？

她急忙拉住芳竹。「妳去見大牛，讓他打聽一下爹爹去哪兒了，見了什麼人，外頭有什麼事沒有。」

芳竹點頭應了。

「二姊兒、二姊兒……」奚老夫人又在喚她。

傅念君只得上前去攙住老人家，傅梨華只好退開。她滿心不樂意，還瞪了傅念君一眼。

姚氏也見到了，眼神微微閃了閃，沒有說話。

奚老夫人卻狀若無意地嘆道：「我年紀大了，身子重，瞧我們四姊兒嬌嬌小小一個，壓著了我就該心疼了，倒是二姊兒身量與我差不多，妳便受累些吧。」

她說話妥帖，傅梨華跟在身後也消了消氣。

直到了六夢亭裡，姚氏打發孩子們自去玩耍，說要讓她們比一比誰給奚老夫人摘的花枝好看，她和奚老夫人、蔣夫人等三位長輩才能在亭子裡談起傅念君的親事。

奚老夫人的心頭大患，就是那張婚書。她早已聽崔郎中說了，崔涵之與傅念君的婚書，如今被押在傅家，由桐木箱子鎖著。箱子的鑰匙，自然已從崔四老爺手上到了她自己手裡。

該怎麼把婚書拿回來，奚老夫人也沒確定的主意。

她素來看人看事便很準，傅琨的心思她早就揣摩過，也與崔郎中見解相同，心裡知道傅家恐是看不上崔涵之，要退了婚的。

她只能先試探一下姚氏，姚氏的心思比傅琨好拿捏。

「說起來，都是二姊兒犯了崔五郎的忌諱，這才有了這樁事。」姚氏嘆氣感慨著。

她又道：「外頭關於二姊兒的閒言閒語本來就多，要讓人家閉嘴也是不能。五郎就是衝動了些，我知他是個極出色的郎君，才華橫溢，老爺也是常常誇的，還是蔣姊姊有福氣……」

奚老夫人聽得心頭氣悶。這姚氏都在說點啥？這怎麼是個這麼蠢的人，和兒子說的半點不差。

姚氏不明奚老夫人之意，還覺得崔家的態度過於熱絡，挖空心思想在字裡行間抹黑一下傅念君。

「我們五郎是個糊塗的，不然不至於傅家如今都不肯鬆口把二姊兒嫁來了。」奚老夫人只好挑明了說。

「這怎麼會！」姚氏忙道：「只怕是崔家心有芥蒂，我們二姊兒她……」

望著姚氏的嘴一張一闔，說的話卻沒一句到點子上，奚老夫人氣得要命。

蠢，蠢死了！真是和她浪費時間。

她抬手就要喝茶壓壓火氣，卻發現杯子空了，立刻一個眼神飛到蔣夫人身上。「兒媳，給我倒杯茶。」都是這蠢婦弄出這麼多事來！

蔣夫人像被雷劈中一般坐直了身子，戰戰兢兢地舉壺給婆母斟茶。

姚氏一愣，覺得怎麼好像是自己聊天聊進死胡同了？不能吧，自己一向是舌燦蓮花啊。

她立刻道：「姨母，讓丫頭來吧……」

奚老夫人又回到了和煦慈祥的神色，好像剛才驟然的冷漠刻薄只是姚氏的一個眼花。

「侄媳不知，我兒媳十分孝敬，對我事事親力親為，我也隨著她。妳說，我得了她，是不是我這老婆子的福氣？」

姚氏也笑。「是您有福氣得了好兒媳，蔣姊姊也有福氣，給您做兒媳……」

蔣夫人動了動嘴唇，什麼話都說不出來。她這婆母，豈是姚氏能招架得住的。

奚老夫人將視線遠遠落在不遠處的傅念君身上。看來姚氏這裡行不通了，還得從當事人身上想法子。

§§

這天傅念君等到很晚，才聽聞傅琨匆匆離去的因由。

「是……肅王殿下遇刺之事？」她喃喃把這句話念叨了幾遍。

當然不會是巧合。皇室這幾個皇子之間龍爭虎鬥的，沒有這麼巧。

芳竹給傅念君上茶，一邊忐忑地說：「到明日大概街頭巷尾也會有傳聞了。娘子，這天家骨肉原來也是這般凶險，聽說肅王殿下傷得很重，咱們相公這會兒都還沒回來……」

「是啊。」儀蘭也道：「娘子，肅王殿下應該不會就這麼……吧……」

讓傅琨這麼晚都還留在肅王府有家不能歸，說不定是交代後事呢。

兩個丫頭一向在這方面有很驚人的想像力。

傅念君只說：「別瞎猜。」

在傅念君的印象裡，肅王還不到敗的時候。至於他有沒有在今年遇到這麼嚴重的刺殺，傅念君並不記得。

她的記性算是很好，因為早晚會嫁入宮中成為太子妃，對於皇室中人也多少都有個瞭解。哪怕到她那個時候，肅王活著也與死了沒有太大的區別。

徐家都倒了，他的生母徐德妃被賜死，徐太后也被名為休養、實為軟禁在後宮，肅王身為一個褫奪爵位尊號的親王，死和活都已經不再重要了。

她不記得，或許是她遺漏了，也或許是上一世，沒有發生。

這一世改變的事情，除了她，就是齊昭若，還有因為他們而受到影響的周毓白。是和齊昭若那件案子有關吧。周毓白要救他，勢必要與控制著焦家的人，也就是最有可能的張淑妃對上。

從肅王開始的話……

應當是要由他入手，助邠國長公主之勢，與張淑妃母子打擂臺。道理是這樣一個道理，裡頭是怎麼樣的曲折，傅念君自然也不會很明白。但是那不用她管，只覺得心情甚好。

她低頭喝著丫頭們剛沏的熱茶，喃喃道：「有點意思。」

什麼意思？由此證明，三十年前的定數，也是能夠改變的。

人，也不是一成不變的。

起碼壽春郡王周毓白，是個極會順勢作為之人。她做不到的事，齊昭若做不到的事，周毓白，卻能做到吧。

§§§

那日回府後，奚老夫人就與崔郎中商議崔涵之與傅念君的婚事。

「我看傅家那裡，懸。」

崔郎中嘆了口氣。「好在母親不是有兩手準備麼……還是您想得周到。」

這次奚老夫人從晉陵帶了個孫女來，是崔涵之的堂妹，崔六娘子崔菱歌。可她一進東京，就水土相剋，病倒了，今日沒能去傅家見客。

「也是個沒用的，空有兩分相貌，繡花枕頭。」奚老夫人蹙眉。這樣不爭氣的孫女，能否被傅琨和傅淵看得入眼還是個問題。

崔郎中搖頭感慨，說起了傅念君整治崔九郎一事。「今時不同往日，那小娘子可是厲害的，我們五哥兒怕也是拿她不住。」

奚老夫人笑了。「厲害才好，那個庶子不成器，也由得他吧。我今日瞧傅二娘子，確實是最合適的。」

在奚老夫人看來，崔涵之的毛病，都是被蔣氏那蠢貨縱出來的。她生的兒子都不是糊塗人，崔郎中也是個識時務的，可偏娶了這個出自清流世家的蔣氏之後，崔涵之的骨子裡也浸潤了他們蔣家那股子酸腐氣。

這世道哪裡是他們想得那麼容易，他們蔣家活在崔家的庇佑下自然不覺得什麼，可脫了崔家的財力呢？

崔涵之難得有如此好的天賦，在才學上遠勝幾代長輩，他的出生可是帶著崔家一舉躍入士族的好機會。

奚老夫人在他很小的時候就琢磨好了，崔涵之必然是要成為崔家頂樑支柱的人，容不得他任性。他的親事，一定要能助他在仕途上事半功倍。

「原本傅二娘子不成器，這也是好的，我早已在老家為五哥兒相看好了一房貴妾，出身良家，能幹精明，是個賢妻，到時輔佐五哥兒仕途，也算是個好人選。不過我今日打量著，這傅二娘子主意大著呢，倒是這法子說不定不能用了。」

崔郎中嘆了口氣。「五哥兒性子倔，別說去討好傅二娘子了，就是繼續這門親事，我瞧他都心不甘情不願的。傅相公出了名地疼女兒，他這樣，翁婿關係可怎麼處得好……」崔郎中不如他母親這樣樂觀。

奚老夫人默了默。「總歸還有我老婆子，且能一試。」

崔郎中也摸不清母親的想法，嘆了一口氣道：「除了五哥兒的親事，九哥兒那事也麻煩。阿娘，傅家夫人攬了替他說親之事，竟、竟是要把她娘家方老夫人的侄孫女兒說過來……」

崔郎中越說越氣，這事在他心頭憋了兩天了。

奚老夫人本來不耐煩管崔衡之那個丟臉東西的親事，可一聽這方老夫人的侄孫女兒……她把茶杯重重在小几上一放。

「她？市井潑婦……」奚老夫人聽崔郎中仔細一說那林家小娘子，就連連冷笑。

崔郎中皺著眉。「這事也太不像話，我崔家便是再怎麼不濟，也不必要去低湊個紙錢舖裡嫁不出去的老閨女，品行樣貌脾氣沒一樣好的，真真是……」

奚老夫人嘲諷道：「十七歲的年紀比九哥兒還大，現在都沒嫁出去，就等著我們崔家呢。簡直是笑話了，我當那姚氏怎生這般蠢，果真由來已久，隨了她那個親娘。」

「方氏這等人，也配與我大姊做了親家，她足夠光宗耀祖八輩子了！我大姊若不是為了姚家，為了對大兒媳的虧欠，也沒那麼容易讓現在的姚氏進門。她死前那幾年，時時覺得以與方氏攀親為恥，現在倒好了，這方氏還要來不放過我。」

奚老夫人和她的長姊，就是傅家老夫人，都是名門出身，最瞧不慣方老夫人這種市井人家出身的俗婦。

崔郎中見母親如此生氣，也勸道：「阿娘莫氣壞了身子，這不光是九哥兒的事，這事辱了我們崔家，我便是拚了這張老臉，也要去傅相公面前推脫了。」

奚老夫人眼中眸光一閃，先壓抑住了火氣，抬手道：「不可！」

「阿娘……」崔郎中不解。莫非她真要那個方老夫人的侄孫女兒做孫媳婦？

奚老夫人望著崔郎中，只說：「阿娘出身低，崔家因為是商戶，難免與傅家相差懸殊。你與傅相雖是表兄弟，卻還不如與他那些同窗親……」

崔郎中道：「阿娘說這個做什麼……」

崔家與傅家，有如今這樣，還是多虧了奚老夫人。

「我想說的是，你如果與他關係到位，自然算不得什麼，可是如今是我們有求於傅家，想結五哥兒與傅二娘子這門親。他們高，我們低，再去求九哥兒這件事，我們還要不要臉皮了？」

崔郎中聽了老母親這話，臉色也黯然了些。「確實如此。」

他有什麼資格讓傅琨答應他兩個要求呢？崔家嫌棄姚氏的侄女兒，又要求娶傅琨的掌上明珠。彷彿他也是個嫌貧愛富之人。崔郎中確實沒這個臉皮。

奚老夫人到底是心思縝密，只道：「今日我以我這婦人之心，多揣度一回傅相罷。他或許根本就是縱著姚氏這般做，為的就是讓我們主動在傅二娘子這件事上退步……」

崔郎中訝然道：「果真如此？」

奚老夫人點點頭。「他如今敬我為姨母，不好直接推拒，這個法子已是最圓轉不過了。你去傅家一提，九哥兒不能娶林家小娘子，他下一句，說不定就是推了和我們五哥兒的親事。」

崔郎中叫了一聲。「這！這可真真是……」

奚老夫人眼中精光閃過。「我老婆子別的沒有，臉皮也算是這麼多年來練下來了。聽我說，這事兒你要去應下，就說同意和林家的結親，但是同時一定要放出風聲，就說九哥兒要回老家去侍奉他二叔二嬸，弄不好以後還會做了他們的嗣子，你今後的家產，都是要給五哥兒的。」

老夫人又微微笑了笑。「這樣一來，既給傅相公看看我們的態度。傅二娘子日後嫁過來就是

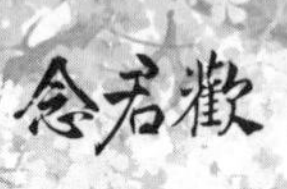

唯一的媳婦，握著崔家嫡系財權。若還不夠？二來，就把球主動踢回林家去。林家不是貪慕富貴嗎，九哥兒若是什麼都沒有的話，看她們還要不要嫁！」

以她對那等小人的瞭解，屆時恐怕林家第一個不肯把女兒遠嫁去江南。

「阿娘當真不輸大丈夫！」崔郎中再一次對母親佩服得五體投地，不愧是當了崔家這麼多年家的人。

奚老夫人瞪了他一眼。「我這一輩子最糊塗的時候，就是沒擋住你爹爹，替你聘了蔣氏為妻。這些事，原本都是她該籌謀的，現在呢，除了拖後腿還能幹什麼？」

崔郎中也明白，老娘總歸是要回江南去的，還有那麼大的家業等著她打理；京裡的事，她還是鞭長莫及。

「再添一樁。」奚老夫人道：「若是傅相有鬆口的跡象，我便會提出把蔣氏帶回老家去伺候我。京裡，傅二娘子嫁過來連婆婆都沒有，什麼都任憑她說了算，這樣我就不信傅家還挺著想為她找個更好的人家。」

崔郎中雖覺得此般自家吃虧太大，但是他相信母親的眼光遠甚自己，她老人家覺得值得，這就必然是值得的。

§§§

崔郎中將崔老夫人的話實行得很好，他讓蔣夫人跟著奚老夫人再去傅家時，就把與林家結親一事定下來。

姚氏心裡也很開心，只越來越覺得蔣氏此人沒用，半點主意都沒有，奚老夫人一來，當即就拍板定下了，且還如此乾脆。她原來以為崔家必然會看不上林家，誰知倒是她想多了。

如此姚氏也在傅琨和自己親娘面前都能掙個臉面。

她第二日就打發人請了方老夫人姊妹，帶著林小娘子到傅家來，也算是做個中間人，讓奚老夫人婆媳與她們相看一番。

方老夫人這還是在傅琨下令後第一次登門。

她這人有個好處，素來不愛記仇。但就算不記自己對別人的仇，依然將傅相老岳母的身分擺得很高。

她的姊姊大方氏是個市井婦人，生得體壯腰粗，一把年紀了還精神矍鑠，早上來之前還因為鄰居家的雞進了自家院子，當街把人家狠罵了一盞茶的時間，此時仍是神采奕奕，彷彿還能扠腰再罵一盞茶。

大方氏的兒媳王氏是個乾瘦黝黑、沒什麼主見的婦人，看起來比實際年紀大許多，只敢跟在婆母後面，頭都不敢多抬一下。

這可是丞相府邸啊！她一輩子都不敢想能往這裡頭進來一回。

林小娘子生得和她母親一樣黑瘦，蒜頭鼻，鼻子旁邊還有星星點點的麻子，今日好在用脂粉蓋住了，只是那脂粉廉價，就她們行路過來的工夫，臉上已掉得東一塊西一塊的，很是難看。

姚氏一見這三人這副樣子，臉當下黑了一半。

奚老夫人婆媳還沒來，這要是看見了她們這窮酸樣子，說不定當場反悔了！

尤其是林小娘子，也不知跟誰學的，渾身氣派沒一點富貴人家出身的樣子，眼神倒是學了個十成十，翻白眼瞟著下人的樣子要多矜貴有多矜貴，氣得姚氏恨不得上去挖了她的眼珠子。

她們家可曾請得起下人過？連一文錢賞錢都拿不出來的人，倒是會來這裡裝腔。

此時林小娘子正悠悠地放下一杯茶，點頭對姚氏道：「姨母這裡的茶倒是也不差什麼，想來也該值五十文一餅吧？」

大方氏臉一板，朝孫女罵道：「不說話沒人當妳啞巴。」

這裡可是傅相家！什麼五十文一餅的茶，也能拿得出手？

她隨即就接了一句：「少說也得一貫錢！」

姚氏的臉徹底黑了。她們認得些什麼好貨？什麼都是糟蹋，真該拿打發下人的粗茶招待她們。

她冷眼已瞧見幾個伺候茶水的侍女在抿嘴偷笑了，當下重重咳了一聲，只說：「阿玲，一會兒奚老夫人就要來了，妳先下去收拾一下。」

林小娘子瞪著眼，不覺得自己還有哪裡要收拾。姚氏不等她回話，立刻讓人把她帶了下去，重新換衣裳梳妝。真夠丟人的！

方老夫人見狀，也對女兒說：「阿妙，妳知道的，妳姨母家計艱難，阿玲這孩子又從小嬌養……」

嬌養兩個字真是害姚氏差點把嘴裡的茶都吐出來。

「……當然和崔家是不能比的，妳一會兒在崔家兩位夫人面前替她多說說好話，知道嗎？」

大方氏也在旁邊幫腔：「是啊是啊，阿妙，妳做了傅相夫人，姨母也沒求過妳什麼，就這一次！阿玲的親事成了，姨母感念妳一輩子！」

姚氏實在厭惡這個姨母，可也確實知道，自己這些年來為了怕傅琨生氣，從來是不大理睬方老夫人的娘家人。

也就只幫這一次了。

9 天家骨肉

林小娘子不一會兒就煥然一新地出來了，雖說也不是很好看，可跟她剛才的樣子完全是天壤之別。

林小娘子摸著自己身上錦緞的褙子，有些愣神。原來這就是錦緞？竟是這麼滑溜精緻，和那麻布穿起來真是天壤之別！

「姨、姨母，這送我了？」她第一句話就是問這個。

姚氏額邊的青筋跳了跳。

大方氏立刻接口：「這出息！妳姨母還會給計較這身衣裳不成？自然是送妳的。」

她倒會自作主張。姚氏實在懶得理她們的唱作俱佳，只說：「坐下等吧。」

林小娘子便又開心地坐下，喝著那她覺得起碼值五十文一餅的茶。

大方氏主意也多，望向了林小娘子空蕩蕩的手腕，索性又道：「阿妙，妳是傅相夫人，果真品味不一樣。瞧瞧，這人靠衣裝，我家阿玲立刻漂亮得如仙子似的，就是身上這首飾啊，太素淨了，和她這衣服反而不配，妳瞧妳有沒有什麼首飾借她兩件？」

姚氏緊緊攥著手裡的杯子。欺人太甚！說借，借了會還嗎？

她看見方老夫人朝她使眼色，又只好忍下，冷著臉吩咐張氏：「去我房裡取那套赤金喜登梅的頭面，再拿一對赤銀樓鳳瓔珞手鐲過來……」

給林小娘子的東西，她也不願意給太好的。

大方氏有些不樂意了，她望著姚氏頭上的紅瑪瑙說道：「阿玲年紀小，赤金怕是壓不住，妳給換一套……」

簡直把她當肥羊宰了！

姚氏後槽牙咬地喀吱作響，只好又改口：「換那套青玉藍寶石的頭面。」

東西過來後，林家祖孫三人嘖嘖稱嘆，摸這摸那，一整個忍不住，若不是礙著有人，大方氏就要把東西往自己頭上戴了。

姚氏氣得直喘粗氣，方老夫人也沒想到姊姊會這樣子。她還想著為什麼要來這麼早，怕是早想好了要來訛姚氏的東西。

方老夫人只好拉著姚氏的手勸道：「妳大姊走後留了這麼多寶貝，妳就漏漏手指縫的事，別和妳姨母她們計較了，她們也不容易……」

不容易妳怎麼不去幫襯？

姚氏壓下了這個大不敬的念頭，只硬聲說：「大姊的東西都進了傅念君的房裡，阿娘也不是不知道，這些東西全是我自己置辦的。您可想清楚了，給了她們，以後您自己孫女和外孫女東西就少了。」

方老夫人這才覺得有點心疼，只好狠狠罵了一句傅念君：「這摳門的小蹄子，占著妳大姊這麼多嫁妝！黑了心肝的小畜生，也不知道拿點出來……」沒頭沒腦地在嘴裡嘀咕了好一陣。

等林小娘子終於裝扮好了，崔家的車也到了傅家的門口。

奚老夫人帶著蔣夫人，一派雍容地出現在了花廳門口，姚氏笑著迎了上去。大方氏只愣愣地瞧著奚老夫人頭上那些雖不璀璨，卻價值連城的寶貝。

「細鈿上鑲嵌了琥珀和碧璽吧？這般好看……」

大方氏雖然自己沒有錢，卻有個愛炫耀的好妹妹，方老夫人有什麼寶貝，她比方老夫人本人都要清楚。因此什麼寶石珍珠的，她都能分辨。

她再一瞧蔣夫人手上那上好的羊脂玉手鐲，登時覺得姚氏剛才拿出來的東西太小家子氣。看看人家，乍一看好似打扮得樸素，可身上樁樁件件東西，可不都比什麼赤金鑲銀珍貴百倍！

大方氏看得心頭一陣熱。阿玲嫁進了她們家，這些東西不都是她的了？她的不就都是自己的了？

奚老夫人和姚氏寒暄完，就感覺兩道灼灼目光射在自己身上。確切來說，是射在她胸前掛著的一串的翡翠念珠上。這念珠十分珍貴，碧綠通透，顆顆滾圓分明，都是用上好的翡翠打磨出來的。

奚老夫人在心中冷笑一聲。

「我為兩位引見一下。」姚氏笑著給兩位「姨母」引見了一下。只不過一個是傅琨的，一個是她自己的。

接著是蔣夫人和她的嫂子王氏，最後才是林小娘子。幸好林小娘子被她祖母再三喝令不許開口，起碼還有了個端莊的樣子。

一行女眷便坐下來喝茶，大方氏表現得十分殷切，姚氏則時時觀察奚老夫人的神情，見她沒有嫌棄的意思，這才放心了些。

倒是方老夫人臉色很差。因她今日打扮得也算體面，可和奚老夫人就不能比了。她心裡暗道，這奚家姊妹可真都是一樣愛裝腔作勢！

從前傅家那位老夫人在的時候，就看不起自己這個親家，不許她上門來，現在她這個妹妹也不曉得來與自己說說話。這真是讓她相當生氣。

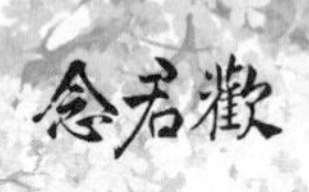

你們崔家一介商戶，能進這個門都是抬舉你們了，還以為自己是什麼人物了。方老夫人生起氣的時候，就是這麼不管不顧。

姚氏見她臉色不好，心中也叫苦。

自己這個親娘，自從做了榮安侯繼室後，幾十年來便喜愛做那貴婦圈裡的第一。只是正經老臣們的妻子不與她往來，她能往來的也不過是些地位不高，或是姚安信昔日舊部和下屬的女眷，那她自然可以聽人家奉承她一聲榮安侯夫人。

可這一套，在傅家，在奚老夫人面前就不好用了。

那邊大方氏已經自顧自講到婚期，而蔣夫人卻只是呆呆地盯著眼前的茶水，一句話都不肯理會。

姚氏正覺得場面有些尷尬，只聽奚老夫人道：「二姊兒和四姊兒呢？叫來一道說說話吧。」

姚氏吩咐下人去請傅念君和傅梨華。

奚老夫人抬眼望了一下林家眾人，這才微笑道：「這親，自然是要結的，不過有樁事得講在前頭……」

姚氏心裡咯噔一下，大概猜到她會說什麼。

「我們九哥兒是要回老家去的，他二叔二嬸年紀大了，也沒個子息在身邊，他回去盡盡孝，總歸在江南也不是不能出頭。」

奚老夫人一副她們早就知道的樣子，笑著說：「想來妳們也都聽侄媳說了，倒是難為林小娘子，得背井離鄉遠嫁……」

林小娘子驟然跟著臉色一白，大方氏聞言也跟著僵住了。

姚氏早就和她們說過，崔衡之犯了錯，恐怕沒那麼容易繼續留在京裡念書考舉人，可林家對這門親事太過狂熱，根本聽不進她這話。她們滿腦子想的都是崔家那朱紅大門，還有那門後那無數的金銀財寶，和往後在京裡呼奴引婢、前呼後擁的大場面……真要回老家去？

「這、這都成親了還要送回老家去？」大方氏問道。

奚老夫人點頭。「當然。晉陵才是我們崔家根本，這裡可不是。」

可這裡日子好啊！

林小娘子急得在桌子底下揪祖母的衣裳。大方氏一把拍開她的手，心一橫道：「嫁人就得有嫁人的樣子，我們阿玲嫁去崔家是我們的福氣，跟著九郎回老家也是應當的。」

江南的崔家錢更多，說不定可夠她家阿玲花呢！大方氏想著了不起她每年都去一趟江南，每一回就住個半年，不都回本了？

奚老夫人在心裡冷笑，真沒見過吃相這麼難看的。

傅念君和傅梨華已經到了。傅念君早就知道今日有這場相看，可沒想到還能和自己扯上關係。

奚老夫人見了她們倆就笑著起身過去，一左一右拉了朝林家眾人道：「瞧瞧，兩個漂亮的小丫頭來了。」

林小娘子瞧著她們兩個身上比自己勝過幾倍的新衣裳，不由眼中閃過一抹嫉色。傅梨華將頭一揚，她和這林表姊一比，那可真是九天玄女下凡好不好？

奚老夫人出手一向大方，今日也不例外，說著話就先拔下了頭上一對嵌著琥珀和碧璽的細鈿，插到了傅梨華頭上，接著把都快被大方氏盯穿的翡翠念珠取下，戴到傅念君的脖子上。

「瞧瞧妳們兩個，真是好看，可別嫌棄姨祖母的東西。」

林小娘子眼珠子都快掉下來了，她這個未來孫媳婦她怎麼不送！她也要這兩樣寶貝！或者是她未來婆婆的羊脂玉……

也不知是湊巧還是覺得一股寒氣，一直在旁邊默默無語的蔣夫人正好把袖子攏了攏，遮住了林小娘子打量她手鐲的視線。

一對摳門婆媳！林小娘子氣得把手裡還未剝殼的炒栗子給捏碎了。

傅念君也聽到了這聲音。

可以，手勁不錯。她望向林小娘子，眼神頗為贊許。

傅梨華完全顧及不得旁人，立刻開心地朝奚老夫人道謝，傅念君也微笑著道謝，卻有一種被人當了靶子的自覺。

果真，接下來她就聽奚老夫人轉身，笑咪咪地對林家眾人說道：「讓幾位笑話了。我這些東西啊，早晚也都是留給小輩的……」

留得好啊！大方氏含笑點頭。

「……只可惜我們九哥兒，以後入了二房的宗，我就是有好東西也難留給他啊。」

大方氏還沒來得及收起笑意，哐啷啷一道天雷就跟著這句話劈進她們祖孫三人的耳朵裡。什麼意思？她竟說以後好東西都沒法兒留給崔九郎？難不成庶出的孫子就不算孫子了嗎？

大方氏尷尬地抽了抽嘴角，也不怕直接挑明了說：「老夫人這是什麼意思？」

奚老夫人訝然。「我自認話說得很清楚了。九哥他二堂叔膝下無子，百年後缺個上香供奉的人，我們都是早就商量過的。」

崔衡之以庶子身分入繼，合情合理。

大方氏拿眼睛望向姚氏，彷彿在說，這麼重要的事妳怎麼不早說？

姚氏心裡也一驚，她雖多少知道崔家對崔衡之定然不可能像崔涵之那般看重，可說要過繼給別人家，是不是有點過了。

「姨母，這件事……」

奚老夫人卻眼皮一抬，打斷她：「這是我們崔家的事，想來應該也不用經過別人的同意。」

「我自然不是這個意思。」姚氏打量著林小娘子慘白的臉色，心道能嫁崔家就不錯了，崔衡之又不比崔涵之，是她們自己要得太多。

姚氏心裡依然還是願意促成這門親的，便試探著奚老夫人幾句關於這位二堂叔的事。

奚老夫人言笑晏晏。「說起來九哥他的二堂叔一家，可不比我們一身銅臭，人家是正經的耕讀世家，祖輩都是務農的。」

務農的窮光蛋！大方氏嘴角抽了抽。皇帝還有三門窮親戚，誰就說了崔家滿門都是富貴了？

奚老夫人繼續說：「家裡也有十來畝水田，農忙時一家子都顧不過來的，他就一個女兒出嫁了，以後只跟著兒子兒媳過日子，算算也是比我有福氣，子孫多，麻煩也多……」她好像頗為感慨。

林小娘子的嘴角抽了抽。什麼水田旱田的，難道她還要跟著人下地去鋤草耕地？她如今過的可是十指不沾陽春水的日子！

「難道說二叔一家就守著田地，也不願做別的營生？」姚氏表情很不好看地問道。

奚老夫人說：「他們一家清高，不愛操那些賤業，一身清名四鄰八里哪個不誇的。不像我們，庸俗得都不敢隨意登人家的門。我瞧林小娘子年紀雖小，卻也是這般清高雅致的氣度，侄媳妳說是不是？」

奚老夫人是卯足了勁噁心死她們。傅念君在一旁，笑意收都收不住。

林小娘子臉整個青了，卻還要強顏歡笑。「多謝老夫人誇獎。」

姚氏僵笑了兩聲，還是想做垂死掙扎。「九郎即便回了老家，想來也是住在晉陵方便些，每

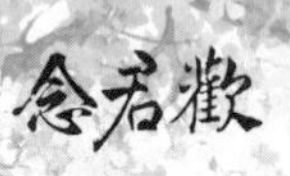

日念縣學上早課……」

崔家在晉陵丹徒鎮上，她曉得阿玲見慣了東京的繁華，必然不肯去那小鎮子上，若是小夫妻兩個在晉陵住下，倒是也還好。

奚老夫人卻道：「何必麻煩，田舍郎便不讀書了？在牛溝村裡便有個隱退的老先生，卻不比縣學裡的先生差，我正有意讓九郎拜去他名下，何況都在一個村裡，有屋有田的，去鎮上也方便……」

「牛、牛溝村？」林小娘子已經連笑都露不出來了，樣子如喪考妣。

奚老夫人還點頭道：「便是我們祖上的居處，依山傍水，很是漂亮，只他二叔一家還守著故地了……」

大方氏的臉整個都黑了，顯得十分凶神惡煞。她的寶貝孫女，嫁你們崔家那個名聲髒了的臭小子，可不是要去牛溝村種地的。

她還沒來得及發作，她的妹妹方老夫人倒是先快她一步，狠狠一拍桌子，怒道：「我們阿玲憑什麼要嫁去那般窮鄉僻壤做個村婦！」

聲如洪鐘，一個「婦」字回音繞樑。

方老夫人自覺氣勢如虹，一對眼睛狠狠盯著奚老夫人。什麼牛溝村豬溝村的，聽聽，那是人住的地方嗎?!

方老夫人倒是也不是說多想為了姊姊的孫女出氣，她就是逮住機會終於能逞逞威風了，給奚老夫人點顏色看看，以為她們姊妹好欺負了不成？

奚老夫人在心裡冷笑，眼皮也不抬一下。東京城裡開個紙錢舖的市井刁民，卻還看不起有地有屋的人家，貪圖富貴，寡廉鮮恥，怪不得現在還嫁不出去。

方老夫人等不來奚老夫人一句回應，只好氣喘吁吁地自己道：「又是什麼了不起的人家！」

「自然不是什麼了不起的人家。」奚老夫人微笑道。

「娘！」姚氏立刻拉住方老夫人，臉色頗為尷尬。

林小娘子這時也低泣起來，期期艾艾地拉著自己親娘的袖子道：「我、我不想離開阿娘和太婆，不想離開家裡，我捨不得妳們……」

她一聽要去村裡種地養雞，哪裡受得了。她在家裡過的那日子，每天日上三竿都不願起身，家裡自然有銀子供她花銷。日子不就該這樣嗎？她嫁人只為更好的日子，才不要去做個農婦。

「這……」她的親娘王氏拍著她的手安慰，又拿眼神去看婆婆。

大方氏也呼哧呼哧喘著粗氣，顯然也動了氣。她見姚氏把方老夫人拉回位子坐好，只好自己對著奚老夫人道：「老夫人，我們捨不得阿玲，崔九郎真的只能回老家去不成？」

奚老夫人淡淡道：「說親事，不都是兩家人有商有量的，買賣不成仁義在，可也沒見過強買強賣的。妳們既如此捨不得小娘子，何不早些為她尋個東京城裡的郎君，非得嫁與我家九郎？我們崔家本就落戶晉陵，我家九郎入繼也好回家也罷，何故要與妳們這無媒無聘的人家交代？」

幾個女人都閉嘴了。是啊，人家憑什麼要和妳們交代？又不欠妳們。

林小娘子停了哭聲，急得抓耳撓腮的。她不想去晉陵的什麼牛溝村，可又捨不得崔家富貴，這可如何是好？

她急得拚命拉親娘袖子，想逼她想個法子。可王氏哪裡有法子，一家子都慌了神。

方老夫人卻見不得奚老夫人居高臨下的氣勢，只很有骨氣地說道：「看來人家也沒有要結親的意思，不談也罷！」

奚老夫人從善如流，站起身，只淡淡地微笑著，讓蔣夫人扶著手臂。「那麼就請幾位先好好想想吧。」

姚氏還要拉住她，卻被奚老夫人笑著握住手腕。「我今日乏了，先回去歇歇，總歸來日方長。」

姚氏見她態度如此，也軟了下來，心想先與姨母一家人商量妥當了再議也好。

奚老夫人臨走前還不忘了請傅念君和傅梨華有空去崔家坐坐。傅梨華一口應了，滿心覺得這位姨祖母當真不像外祖母和母親曾說得那般低俗，反倒出手大方，十分和氣。

傅念君也無意應付比方老夫人更加低俗的大方氏祖孫三人，早早尋了藉口脫身；傅梨華也覺得和這表姊說話失了自己身分，只得留下姚氏一個人被她們折騰。

林小娘子在姚氏面前又哭又鬧的，大方氏也沒主意，又不能怪親妹子趕走了奚老夫人，只能去求姚氏。

姚氏今日本就見這一家人煩，三句裡也只應一句。

大方氏潑婦勁又起，恨不得當場叫姚氏立下字據按了手印，保證崔衡之在崔家的一份產業，讓她們阿玲嫁過去不會吃苦。

姚氏氣得要命，她是崔家的祖宗不成？哪裡敢做這種保證？

方老夫人則只會在邊上責罵奚老夫人，偶爾順便罵兩句剛才不要臉「拿」了一串翡翠念珠的傅念君，正經主意一個都沒有。

姚氏懶得理她們，藉口頭疼，也不肯留她們晚飯，全部打發人把她們送了出去。

「這叫什麼事！」她斜倚在榻上，由小丫頭給自己按摩。

張氏倒給她出了個主意，不就是個拖嘛。

「夫人索性用身體不適為藉口避著她們，總之要麼就是林家妥協算完，您也沒法子，讓她們自己決定，肯低頭了就嫁，不成就砸。纏著您有什麼用啊，您說是不是。」

姚氏蹙眉，恨聲道：「沒錯，讓她們自己折騰吧，若是阿玲實在不肯，這回事也就算了，我是攬不起她這活了。」

§§§

傅念君回房去後，讓人把翡翠念珠收了起來，自己細細把奚老夫人這個人琢磨了一遍。

「看來還是不死心的。」她喃喃地道。

奚老夫人是個很厲害的人，大概一下子就看出了傅琨的意圖。傅琨不想自己和崔涵之結親，想用這件事逼得崔家去求他，他便能順勢而為，把自己的婚事推了。

可奚老夫人也很果斷決絕。崔九郎固然犯下大錯，她卻說捨就捨了。

為了逼林家主動放棄這門婚事，她說要將崔九郎過繼給他族中二堂叔，未必是句假話。為了崔涵之，而徹底犧牲他的庶弟，都不會有一絲猶豫。

這老夫人，當真比男人都本事。

不過換句話說，傅念君也看出來，對方對自己的態度確實也很殷切鮮明，想聘她為孫婦。她很清楚，以她此身之名，日後恐難再嫁到如崔涵之這般家世人品的郎君了。

她從來不說什麼渴求一心人之言，若是不知道這因果宿命，若是沒有傅琨、陸婉容、傅寧、周紹敏等人，或許在這三十年前，她會選擇與奚老夫人妥協，嫁進崔家，做一個雖不被丈夫喜愛，卻能一手持家立業的妻子，在四十年後，成為如奚老夫人般裡外一把抓的老夫人吧。

可惜沒有如果了。

她要做的事，還有很多，沒有興趣賠上自己的一輩子，成全那個崔涵之。

§§§

肅王受傷一事很快就在東京城裡傳得沸沸揚揚。

先是徐德妃一路哭奔到太后的寶慈宮，接著婆媳二人又相攜哭奔至聖上的福寧殿，好一頓吵鬧，嚇得聖上當日都不敢坐下喝杯茶，差點向親娘發誓一定會找到加害大兒子的凶手，兩人這才算作罷。

倒也不是徐德妃和徐太后誇大其詞，肅王這回確實傷得不輕。周毓白派出的人下手乾淨且狠，讓肅王足足在床上躺了兩天才醒過來。

若說傷及肺腑，倒也不至於那麼嚴重，只是那刀口塗過特殊的藥，讓人昏迷醒來後只覺疼痛不堪，創口難以癒合。這一刀，是實實在在扎進肉裡，養尊處優的肅王殿下可怎麼經受得起。

如此他一醒過來，便不顧三十來歲的年紀，痛得哭天搶地、涕泗橫流。徐德妃是宮妃身分，無法隨意出宮，一連派了無數個內臣和女官去肅王府，恨不得讓他們替自己時時刻刻都盯著兒子。

徐德妃幾夜沒有睡好覺，滿心都是兒子的傷勢，肅王唯一的兒子周紹雍只能等父親一有好轉就進宮給祖母覆命，不敢有一絲耽擱。

皇帝雖一向不喜這大兒子，可遇刺這件事確實觸犯了皇家威嚴，姑息不得。上元節裡是小兒子差點遇刺，這回又是大兒子，他怎麼能繼續放任下去。

聖上當即下令嚴查，可百官心裡卻各自有琢磨。這天家威嚴，誰敢輕犯，竟敢膽大到刺殺皇子？除了他們五位皇子手足之間，他們也知道不會再有別人。

因此曉事的官員都知道三緘其口，只為肅王裝做個悲痛的樣子，送幾份禮過去也就罷了。連傅琨也不能例外。

天家骨肉，如此相殘，他見著著實不忍，此番是哪一個動手他也不想去猜。這樣的事知道了，對誰都沒有好處。他只是在心裡只默默地定下心意，擇日就要上一道摺子，請聖上必不能再優柔寡斷下去，早些立儲才是正理。

肅王這件事，能避的都知道要避，可自然也有那等膽大的，想投靠徐家之輩。有人可以放出過風聲，自然能查到的線索還是有的。如此，東平郡王周毓琛在自己都尚且不知的情況下，漸漸陷入了輿論猜疑之中。這也要多虧他那位得勢的囂張母親。骨肉相殘，如今最有資本的，也不過就是他和肅王了。

§§§

東平郡王府裡。

此時周毓琛正沉著臉和幕僚林長風商議對策。昨夜裡那波斯商人的妻子何氏已經死在了他府中。一刀斃命，不留痕跡。

「郎君，是我們低估肅王殿下了。」林長風神色間帶了幾分急切。

「他這一傷，何氏一死，咱們的計策……」

周毓琛眼皮抬了抬，問林長風：「先生真覺得大哥能夠……能夠這般俐落嗎？」

安排這樣一場聲勢浩大的苦肉計，再殺了何氏。

他在知道肅王受傷之時，就料定他必然要用誣陷自己這一招蠢辦法。他刻意放鬆看守何氏的守備，實則在暗中加派人手，只為逮一個肅王的手下拿下他的證據。可是無聲無息間，他安排的人全部被殺，包括何氏。

大哥手下幾時有這樣的高手？辦得這般乾淨且快，出乎他的預料。還有，就是他的傷並不是假的。

太醫院裡，並不是只有徐德妃的人，同樣也有他母親張淑妃的人。這一回與他交手的肅王，讓周毓琛覺得頭皮發麻。

林長風只問：「郎君是懷疑別人？」

「我只是……」周毓琛喃喃。他只是不敢確定。

林長風一嘆：「肅王殿下身後勢力龐大，本就不能排除他早些時候有迷惑我們的嫌疑，何況即便是旁人出手，您覺得又是誰呢？幾位皇子，他們圖什麼呢？」

周毓琛說不出來，腿殘的崇王深居簡出，在這世上活得毫無痕跡，他的同胞哥哥滕王是個傻子，他什麼都做不了。

要麼就是周毓白，可他沒有這樣做的理由。他若是早發現了肅王的動靜，就會先自己一步出手，傳國玉璽和氏璧、吳越錢家、肅王的把柄……

周毓白會不想要嗎？這些東西還不夠誘人嗎？他是沒有能力做到罷了。

周毓琛知道，在人和勢力方面，他一直都知道自己遠勝於周毓白。所以都說不通。只可能是肅王自己的安排。

周毓琛抬手揉了揉眉心，不再去計較為何肅王突然長進了，只問：「長公主那裡怎麼說？」

為今之計，是想個能擋住肅王的法子。

林長風皺眉。「長公主一直沒有給一個明確的答覆，恐怕她心裡還是偏幫肅王殿下的。」

「她竟會捨得用齊昭若的性命做賭注……」

這與他們預期的也太不一樣。長公主怎麼會如此沉得住氣？

周毓琛不知道的是，就是自他去牢中探過齊昭若後，齊昭若便想法子讓獄卒傳了信給自己的親娘邠國長公主。不是呼救，也不是喊苦，只是叮嚀讓她勿入東平郡王之局。

齊昭若毫不猶豫地選擇了放棄周毓琛遞過來的餌。他不知道自己還有沒有生的轉機，可是在那當下，他當機立斷，就選擇了放棄。

長公主本就猶豫，見到兒子此信，便覺得他大概心裡有了計量，由此便索性橫一橫心，再信一回肅王，與那張淑妃拖上一拖。

周毓琛沒有想到過，他當日那一場似有還無的試探，倒是讓原本不明就裡的齊昭若抓住了一點線索。本來最應該去看齊昭若的周毓白卻沒有去。

卻不知道為何，他們二人，彷彿冥冥之中達成了某種默契。

齊昭若不再是那個怕死的齊昭若，周毓白也不是那個想將他就此捨了的周毓白。

說不上信與不信，喜與不喜，或許世間緣法，講究了個湊巧，也是叫做注定。只是這一點，深陷囚籠的齊昭若不知道，而費心在背後籌畫的周毓白也不知道。

圍繞著張淑妃母子所作的這場局越來越大，漸漸地讓周毓琛和張淑妃自己都察覺到這場面的無法控制。

林長風還是保留著最後一絲清明。「郎君，傳國玉璽！此乃大患，肅王殿下恐要以此為藉口，您萬不能再和那東西扯上關係，依我看……」

他倒是覺得最好的法子，不如就此將那東西今夜就沉了江乾淨。可那到底是傳國玉璽啊！稀世珍寶，天命所歸的象徵，如何能輕易就捨？

周毓琛對自己藏匿傳國玉璽的地方還有些信心，便打斷林長風：「先生莫急，這東西藏得很妥當……」

林長風怎麼能不急？肅王肯定還有後招。

兩軍對弈，兵貴神速。他知道先機是斷不可失的，他們只有今天了。因為肅王或許在明後天就要發難了。

林長風想不到更好的法子，他們的時間太緊了。

「郎君，那現在您立刻進宮一趟，再怎樣，一定請張淑妃先穩住邠國長公主，最好留她在宮裡住上兩三日，待我再想想辦法……」

有兩、三日來安排，他應該就能有主意應對肅王了。

周毓琛道：「我明白，讓阿娘不能再端架子，盡快將焦天弘的罪證拿出來，長公主她那邊……」

他話還沒說話，一個小廝卻慌慌張張地跑進了門，話都有些說不清楚。

「郎君、郎君……來了來了……」

「誰？」林長風大驚。

「肅王！是肅王殿下來了！」小廝急得大喊：「帶著人馬圍府來了！」

林長風眼前一黑。這麼快，竟這麼快！連一天都不給他們留。

這一回，肅王比他們想得更加雷厲風行。他剛剛清醒沒兩日，甚至傷口一動就裂，就咬牙命人將自己抬到了東平郡王府門口。有這股子狠勁，肅王殿下如何會被兩個幼弟輕視至今？

林長風連連搖頭，他看走眼了，他真是小看肅王了！

周毓琛也手上一個不穩。「他已經……」

小廝滿頭大汗。「郎君，您快去看看吧！好、好多人……」

人家都亮了兵戈說是要搜府來的啊，更拿了敕令和官府的搜查令，這顯然是宮裡同意的！

周毓琛也知道這事的嚴重性，臉色一冷，忙道：「走！」

此時的肅王斜倚在軟墊上，痛得眉頭緊皺，要不是阿娘、太婆、長公主逼著他，他會上趕著現在就來找老六麻煩嗎？

真是疼死了！這畜生，竟敢下這麼重的手！這當然是周毓琛做的，除了他還會有誰？他早已在心裡篤定。

肅王想著就有些生氣，忙喚了左右：「不開門……就砸……」

「怕是不好看吧。」護衛的額上冒了冷汗。畢竟也是親兄弟。

大門開了，周毓琛穿著便服走出來，眉眼間不復往常的笑意，只有一片冷淡。他見著肅王的軟轎，只道：「還不請肅王殿下進去。」

「免了。」肅王在轎內冷笑。「六哥兒，你這裡現在我可不能隨便進的。」

「大哥這是什麼意思？」

「沒什麼意思。」肅王冷道：「你私藏傳國玉璽和氏璧，還想說什麼？爹爹已經知道了，這是他的敕令，搜你府中是他首肯的。六哥兒，你最好趁早讓開。」

「欲加之罪何患無辭，我沒什麼可說的，你要搜，就搜吧。」

周毓琛退開一步，依然保持著謙謙君子的風度。

林長風站在他身後，陡然一驚。「郎君，不可！」

他心中不安，肅王既如此信誓旦旦，必然是要來一齣栽贓嫁禍。不可能吧，郎君將傳國玉璽藏得這般好，定然不可能到肅王的人手裡。

周毓琛卻很淡然。「無妨。」

三衙裡調的親兵立刻進了東平郡王府，如大海撈針般尋找一個傳國玉璽和氏璧。周毓琛並不阻撓他們半分，由得肅王去作威作福，彷彿一點都不擔心，很是胸有成竹。

林長風見他這樣，心裡又是一突。難道說，他家郎君也有後手？否則何以如此大膽？

歷來栽贓嫁禍之事便是極方便的法子，有了髒物，就能潑髒水。他到底把傳國玉璽藏去了哪裡呢？

林長風望望肅王，又望望周毓琛，一個是勢在必得，一個是淡定自若。他突然也看不穿了。但有一件事他能肯定，周毓琛對自己並未盡言。

國朝歷代皇帝尚節儉，大內皇宮尚且不敢窮奢極侈，自然王爺們的府邸也並不算大，可這些人搜查之仔細，連井水、池子都不放過，如此一直從白日搜到了黑夜。

「找到了找到了！」傳來一陣喧嘩。

肅王勾了勾唇，往周毓琛身上投去不屑的一眼。

「這是在東平郡王房中床下暗閣下三寸找到的。」

一個親衛端著一個青布包裹的東西送到肅王面前。

肅王心中一喜，忙道：「打開！」

周毓琛微微凜眉。

緩緩打開的包袱中是一個錦盒，盒中一枚四寸方圓的玉璽，環刻「雙龍戲珠圖案」，一角以金鑲嵌補足。那傳國玉璽曾在王莽篡漢時期，被孝元皇后王氏怒擲在地，因此崩一角，後以金補齊，正是應了這傳言。

肅王眼睛一亮，隨即就睨上了周毓琛。

「六哥兒，你還有什麼話說？」

10 真真假假

周毓琛在林長風忐忑的眼神中跨前一步，只說：「大哥如何就說這是真的傳國玉璽？我若有真玉璽，豈會私藏而不進獻給爹爹？」

肅王冷笑。「虧你還敢提爹爹，私藏如此寶物，這分明是存了謀反之心！」

「大哥是想岔了吧。」周毓琛不急，反而一笑。「大哥不如找人來驗驗？」

「有什麼好驗的……」肅王嘀咕著，可是突然覺得蹊蹺。

老六的反應根本不怕，他怎麼會不怕？

林長風這時卻突然明白過來，這真亦假時假亦真，真真假假，原來是這般道理。早些時候他見到的傳國玉璽，和被送出府私藏的，都是這一塊！

可這一塊。卻斷然是周毓琛早就準備好的。防的，就是有朝一日被人擺這麼一道啊。

肅王的人從周毓琛的私宅中搜到了這寶貝，又重新放回他府裡，來一場賊喊捉賊，栽贓嫁禍。林長風瞠目，聽見周毓琛在自己身邊輕道：「先生莫怪。二手準備總是要有的，我心內自也不希望有這麼一樁破事發生。」他又輕輕一嘆。「那東西已在宮裡我阿娘處，安全得很。」

他這一句安慰，把真正傳國玉璽的所在告訴給了林長風。

這是免得林長風以為自己是因為不信任他，不告訴他這件大事，主家與幕僚生了嫌隙，此乃大忌。

林長風心裡一鬆又一熱，也輕聲說：「郎君做得太妙了！」不怕一萬，就怕萬一。傳國玉璽是何等寶物，把他藏起來，找人看管，終究是最下乘的保護之法。

只有再加這麼一道無形的保障，才能萬無一失。好計量啊！林長風感嘆，自己果真沒有跟錯了主子。

周毓琛望著肅王漸漸轉沉的臉色，勾唇道：「今日宮門已落鎖，不如明日一早大哥與我同去爹爹面前回話。正好我要交代這件事。」

周毓琛氣定神閒。「我早已得到消息民間出現傳國玉璽，因此尋人照圖紙打造出來，好方便為爹爹尋找。大哥，你說我這個假的贗品像不像真的，是不是可以以假亂真了？」

「假、假的……」肅王差點咬到舌頭。

怎麼可能是假的呢？這、這玩意兒……

肅王突然有些沒了主意，但是轉念一想，或許這是老六在詐他，且不能被他唬了去。

他當即道：「六哥兒，爹爹一向愛重你，可你卻這般巧言令色。我不與你多說，來人，把這東西給收了，明日送呈官家……」

周毓琛抬眉。「那我呢？大哥要如何處置我？」

肅王一揮手。「圍起來，一個人都不許進出！」

等明天，自然有你周毓琛的好果子吃！

「等一下！」突然有道聲音響起。

齊刷刷的衛兵分開兩列，行來一隊人馬，抬著一頂軟轎。那道聲音，正來自軟轎旁一個宦臣打扮的中年人。是邠國長公主身邊的劉保良，他恭敬地向兩位皇子行禮。

周毓琛臉色一沉，姑母這一遭，他有不祥的預感。

可邠國長公主的轎子已經越過他，抬入了府門。

「姑母，這、這……」肅王有些發愣，這和說好的不一樣啊。

「大哥兒、六哥兒，進去，我有幾句話和你們說。」語氣是她一貫不容置疑的威懾和任性。

邠國長公主的臉容被遮擋住，她的聲音卻透過轎子的幕簾傳了出來。

「姑母？」肅王和周毓琛同時都帶了幾分詫異。

那麼轎中人……

§§§

從周毓琛床底下搜出來的傳國玉璽和氏璧被規規矩矩地放置在桌上。

可是沒有人盯著它，所有人的目光都集中在長公主手裡的另一個包袱上。

長公主摸了摸手裡的東西，輕道：「傳國玉璽和氏璧，是這一塊。」

周毓琛大駭，肅王也吃驚地張大了嘴，不顧身上的傷口被扯疼，伸著脖子要去張望。

長公主把懷裡的錦盒打開，拿出了一塊與適才那塊一般無二的玉璽。只是這一塊，在燈燭映照下，透出一股世所罕見的溫潤玉色，通透純粹，散發著柔和的光澤，奪人眼球卻又絲毫不耀眼。這才是秦朝傳下的和氏璧啊！

瞬間，肅王都不用找人鑑定就能肯定，適才周毓琛床下挖出的那一塊暗淡無光的，自然是假的啊！

「六哥兒！你……」肅王一拍躺椅的扶手，扯到了傷口，痛得哀嚎一聲又躺了下去。

長公主橫了他一眼，只將和氏璧揣在懷裡，望向已經額頭上冒出薄薄冷汗、再也不能冷靜自持的周毓琛道：「六哥兒，移步，有幾句話我和你單獨說。」

次間裡，只有邠國長公主和周毓琛兩個人，格扇外是還在哀嚎的肅王。

長公主聽得一陣心煩，他除了哀叫還會做什麼啊？真是煩死了。

她冷著臉將傳國玉璽放在桌上，就在周毓琛的眼前。他只要一伸手就能搆到它……

周毓琛的眼神鎖著它，心裡不知在打什麼主意。林長風不在周毓琛身邊，沒有人能給他出主意了。

「你應該明白了。」邠國長公主勾了勾唇。

他當然明白了。周毓琛瞧姑母的穿著，猜測她應是從宮裡那邊過來，這是她從自己親娘張淑妃手裡拿來的！

「姑母，我阿娘她和您說了什麼？」

長公主擰眉冷笑：「六哥兒，到了此時，有些話也就不用再打啞謎了。這是你阿娘親手交給我的，她已經做出選擇了，你看不明白嗎？」

周毓琛只淡淡道：「姑母當真厲害。」

他一直以為長公主是個沒什麼頭腦的女人。邠國長公主確實沒有什麼頭腦，可是為母則強，這大概是她這輩子做過最聰明的一件事了。

「你阿娘把這東西交到我手裡，囑咐我告訴你一句，明日一早就同你大哥一起進宮，告訴官家這是你們聯手找到進獻給他的，是你們，兩個人。」

這意思，就是肅王和他們母子和解了。

「她這是為了你好。」長公主撇唇道：「那塊假的和氏璧自然可以大作文章，你讓誰去造出來的，我會不知道嗎？你起碼花了半個月的時間讓人雕琢吧？六哥兒，你固然要為自己留後手，可是這件事捅到你爹爹面前去，他會心裡不留個疙瘩嗎？」

看來一時自保，其實也自傷，終究做得不漂亮。

周毓琛一怔，聽長公主繼續說道：「還有大哥兒身上的傷，我們的安排自然可以讓線索都指向你，當然我相信你也有辦法為自己辯解。但是你記住，固然官家疼你，可你敢肯定他因此就不會收了幾分對你的信任？你要拿自己的前程去搏嗎？」

長公主一頷首。「目前有更好的選擇。」

就像她說的，張淑妃已經替他做出了選擇。

張淑妃愛子情切，並不輸長公主分毫，更重要的是，她追求的，是讓兒子永遠白璧無瑕。一個要繼位為儲君的非嫡長出身的庶出皇子，他必須是個賢德仁厚之人。

所以她把和氏璧交出來了。賣給長公主和肅王一個人情，而相對的，長公主也替肅王答應，不用這件事為難周毓琛。

「不止如此吧？」周毓琛輕笑：「這件事一環扣一環，姑母介入其中，不就是為了表弟？」

長公主勃然大怒，好個臭小子，竟敢這般放肆！又拿若兒來戳她軟肋。

可此時不是翻臉的時候，她冷笑道：「不錯，我要你們把焦天弘和販賣私煤的證據都交出來，抹平了這件事，我自然還會幫你們一個大忙。」

交易，是一樁一樁做的。

周毓琛暗自琢磨，自己的母親張淑妃若是願意把這個能挾制長公主的把柄交出來，就說明對方確實是用一件大事來交換的。

「吳越錢家。」長公主直言：「爭取我這麼一個未來的大長公主，還不如爭取全天下最大的錢袋子做岳家來得靠譜。」

她的眼神裡帶了幾分蔑視。是的，她心裡已經恨極了張氏母子，可她還是要去做，不做，這事就還是一個死局，所有的籌畫都沒有意義，她的兒子，還是不能離開那陰森森的大牢。

「六哥兒到了成親的年紀，錢家小娘子給你做媳婦，這個交換夠不夠？」

長公主這人雖然脾氣暴躁而任性，可確實是個言出必行的女子。

太宗皇帝教育她時就縱著她的脾氣，可在這字字千金上，她確實像個國朝的公主。

「我只幫你們這一件事，平等交易，你娶了錢小娘子，你們母子和我再無瓜葛，你們用若兒威脅我，也只有這一次！」

原本張淑妃想得好，想一勞永逸將長公主捏在手裡，可是形勢比人強，眼下張淑妃母子、肅王、長公主三方勢力糾纏陷入僵局，各退一步，也沒有必要把對方都往死路上逼。

用錢小娘子和錢家的背景來換齊昭若一條命，這才是長公主和張淑妃的交易。

長公主作為肅王和周毓琛之間的緩和，一手將這件事情攬下。她允諾張淑妃母子，肅王將不再追究自己受傷一事，並撤出搜查東平郡王府的人手；而張淑妃也允諾她，肅王派人私查和氏璧，以圖謀聯結吳越錢家一事，也將就此塵封。

兩方人馬戰成平手，點到為止。似乎看來無虧無損，肅王到底還受了傷，也算他的懲罰了。這是個最好的局面。

可周毓琛就是沒來由心裡一陣煩悶。怎麼會到了這個地步呢？他定定地看著長公主。所有的一切，都是姑母算計好的嗎？她為了救齊昭若，且不受張淑妃挾持，想到了這麼個複雜的法子嗎？

不，不可能。他立刻否定。長公主沒有這樣的能耐。

邠國長公主見他不說話，以為他是還不肯甘休，又冷哼：「六哥兒，你現在別無選擇。要知道，如今最大的目標，你們幾個兄弟都想爭奪的目標，是與吳越錢氏的聯姻，你又何必咬著大哥兒不放。你們兩敗俱傷，你聲名受損，一身汙淖，那麼你覺得本與你實力相當的七哥兒，錢小娘子會選誰？

「你阿娘比你清楚，現在不是爭一時長短的時候。你與七哥兒旗鼓相當，我還能幫你籌畫一次，若你在官家面前丟了眼，他不過一念之間賜了婚，錢家就成了七哥兒的岳家，你懷著和氏璧也沒半分用處了。」

道理是這個道理，周毓琛是聰明人，早就看得明明白白，可他見邠國長公主如此急躁，心想她果真還是原來的性子。

他淺淺一笑。「多謝姑母指點，我自然是明白的。我也不想與大哥兩敗俱傷，姑母肯幫我們斡旋，這是再好不過。」

長公主一顆心終於定下來，總算有點上道了。

兩人說些話的工夫，肅王又在那兒哼哼唧唧地找不痛快。

周毓琛見狀，只說：「姑母打算如何讓大哥為今日做個解釋？」

他是世人一向認可的性子好，要低頭是不難的，難的是肅王。肅王現在占著上風，自然在弟弟府上作威作福，要讓他明天一早轉頭就去給爹爹磕頭給這混帳說好話，豈不是要了他的命？

和氏璧是他派人私訪了那麼久才找到的，現在什麼都撈不著；自己受傷了不說，還要轉過頭給爹爹說，是他和老六一起找了這寶貝來討他老人家歡心的。

這要他怎麼忍？何況他一直覺得是周毓琛派人下手刺殺自己，分明要置他於死地。

「蠢貨！」

長公主和周毓琛談完，就和肅王談，談著談著就忍不住一個空茶杯砸了過去。雖為肅王受了這麼重的傷，還能避開了。

「我告訴你，別給我把事情攪黃了，現在這樣就是最好的結局。我的若兒能出來，我也還站在你這邊，你還想怎麼樣？不就是個吳越錢家麼，給他們就給他們，徐家這幾代累積的財貨還不夠嗎？你阿娘、你太婆都在幫你，還爭不過個張氏？」

他自己要是爭氣點，早沒老六什麼事了。

肅王卻梗著脖子道：「我和姑母先前說好是一回事，可我這次差點死了，就是老六派人來殺我的！」

「我說了不是他！」長公主氣得跳腳，周毓琛哪有那麼笨？

「那會是誰？」

肅王一句話把長公主問住了。那會是誰？她心裡突然有一種和周毓琛適才一樣的無所適從。這件事看似巧合地走到了如今這田地，可他們這些人卻彷彿是被一雙無形的手推著。

長公主不是個聰明人，卻也有最直觀的感受。比方說，她湊巧抓到了替周毓琛造假傳國玉璽的匠人，湊巧知道了真傳國玉璽在張淑妃宮中，湊巧就這麼輕而易舉地看破了張氏母子的一著後手……真的是湊巧嗎？

她不想再想了，只要她的若兒平安，只要沒被那個可惡的張氏威脅挾制，她才不想管到底是巧還是不巧，更不想管是誰刺殺肅王。

「反正就這麼定了。」她煩躁地對肅王道：「明日一早，你就和六哥兒進宮，按我說的去做，今夜你就歇在這裡。」

肅王盯著她，一句話都說不出來。長公主咬牙，她不能再容許一點變數了。

§§§

「成了？」

周毓白此時正安然地一手撐著腮，一手用小銀匙餵著眼前的獸頭銅爐換香，纖長的手指在陽光下好似透明的白玉。

他總是很有耐心做這些事。看著懶散，卻又不是真的懶散。

張九承笑咪咪地坐在不遠處。

「今日一早，兩位王爺就進宮覆命了，獻上了失傳多年的傳國玉璽和氏璧，官家很高興，立刻通告天下。歷來這東西就被視為帝裔正統，太祖就是沒有得到這東西，一直以來叫周邊藩國有道理說嘴，如今這寶貝回歸正位，官家如何能不高興，想來近日宮中要開一場大宴了。」

周毓白對這樣的話不置可否。在他看來，傳國玉璽這東西，不過是可有可無的一件擺設罷了，難道有了它就是正統，沒有它就是逆賊嗎？

周毓白知道聖上是年紀漸大，這東西能哄地他一時開心也算不錯。

「昨天肅王殿下在東平王府門口這麼一場鬧，倒是成了雷聲大雨點小。」張九承哈哈地笑了一聲，彷彿很是痛快。

皇帝並非真糊塗，兩個兒子的鬥法他其實很不樂見，或者說是，極為厭煩看到這樣的事。私心裡，他肯定是偏向周毓琛，可是肅王這次受了這麼重的傷，又加上徐德妃和徐太后糾纏不休，聖上也不好受，若真是小兒子犯了這樣的大罪，他肯定是不會姑息輕饒的。

對皇帝來說，這十幾年秉承的願望，就是幾個兒子能夠和睦相處。人心都是偏的，可他依然不希望偏心這件事被反應到政治上。

皇帝還是太子時起就是個溫潤的謙謙公子，性格仁厚和善，對百官下士也很禮遇，正是這一點，成就了如今言路廣開，士人勤於論政、勇於一展抱負的風氣。

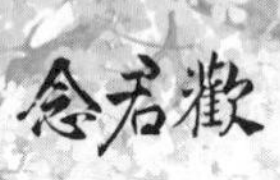

可到了與朝廷相反的後宮，身為皇帝，身為一個擁有這麼多兒子的帝王，也是他這個性造成了如今這樣的局面。

幾位皇子之間和睦相處早就不可能了，可皇帝寧願他們擺出一個樣子，而不願去撕破這層表相。立儲之事，彷彿是一件能拖過明天就拖過明天的事。

周毓白就是太瞭解自己父親這性子，才能布下這步棋，讓自己的大哥和六哥握手言和。

皇帝是不會計較他們今早的說辭是有多麼漏洞百出。只要兩個兒子私下議和了，就是一個好結局。皇帝自己會說服自己，他的大兒子並不是被小兒子派人刺殺，他的小兒子或大兒子都沒有私下藏匿和氏璧，這都是一個誤會，他們都是敬愛自己這個父親的。

看吧，皇室是和睦相處的，百官和臣民都應該放心，他們一家都很好。

皇帝追求的，不過如此而已。所以他會這麼高興。

「一時的自欺欺人……」周毓白放下了手中的銀匙，目光盯著獸頭香爐中的幾縷青煙，喃喃道：「會縱養出多少禍心呢……」

張九承感慨。「天家情分，本就是淺薄。」

皇帝是難得的長情之人，他視張淑妃為妻，這麼多年不離不棄，對她幾個兒女真心疼惜，連頭一胎的傻兒子滕王，儘管再不喜也都封了王。而張淑妃待他，又有當年的幾分真情，這樣的話，不用他張九承來問。聖上求一個平安喜樂，和睦溫馨，可天家永遠都不會是普通人家，也不可能是。

周毓白淡淡嘆了口氣，他不想妄論自己的爹爹。這件事，到這裡也就該了結了。

他早就多留了個心眼，知道周毓琛不比肅王，多半還有後手。果真就發現他還準備了一塊假的和氏璧迷惑視線，他便放線索給邠國長公主，讓她能先一步入宮去和張淑妃談條件。

張淑妃愛子心切，半點不比長公主少。

為了不讓周毓琛沾染半點惡名，她一定會答應。

其實辦這件事是有些冒險的，畢竟長公主那裡若有個稍微聰明些的人，順藤摸瓜就能找到些線索指向自己。可好在長公主一向不愛使心眼，只要救出齊昭若，其餘的，她什麼都不想管。

如今和氏璧歸於聖上，肅王從中沒有得到半點好處，可畢竟這件私派殺手入江南、意圖用和氏璧勾結吳越錢氏的事被抹平了，他也不算虧；而周毓琛，大概也能通過長公主搭線，迎娶錢家小娘子，長公主那裡再由焦天弘出面，齊昭若的罪大概這幾日就能改判了。

最重要的是，這件事裡，周毓白半點都沒有沾身。

周毓白勾唇笑了笑。「現在，就要看看那幕後之人做何反應了。」

張九承也含著笑意。「他布局齊大郎一事，老朽粗粗一算，花了不少銀錢，如今他目的沒有完全達到；而另一局，肅王與和氏璧又被您巧妙化解了。哈哈，他想來應該是氣得暴跳如雷吧。」

張九承孩童心性，此時如戲耍別人成功般，很是開心。

「他定然始料未及，這兩個局，竟造成了肅王與東平郡王暫時的握手言和，實在是妙啊。」

兩個局……

「先生，」周毓白突然眼神一黯，打斷他：「我想，這不是兩個局。那人的最後目標，是我。」

他以前一直以為的錯覺，或許根本不是錯覺。

張九承也收了笑意。「郎君，這有點說不通……」

兩個局。一個是長公主與張淑妃母子。另一個，是肅王與周毓白。

在張九承看來，幕後那人很擅長玩弄權術，挑撥離間，只為最後坐收漁利，是個心計高手。不過是後來周毓白想了個法子，將這一局套入另一局，才將這渾水徹底攪翻了，斷了對方的意圖。

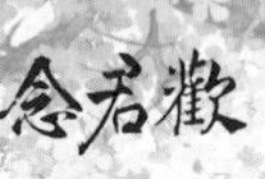

「說得通。」周毓白篤定，手指輕輕扣著桌面，對張九承十分嚴肅地道：「請先生仔細想想，如果我沒有防備，入了他的圈套，那麼我定然會準備要用和氏璧一事對付大哥，而此時正好出了長公主與張淑妃一事，這麼恰好，那麼我會怎麼做呢？」

張九承瞇了瞇眼，覺得周毓白這話有點奇怪。

周毓白提出了另一種假設。這一種假設，其實就是張九承先前打算為周毓白籌謀的事。

張九承不明白，事已至此，為什麼還要去猜測一件沒發生過的事呢？

不過他還是仔細地想了想。「若說郎君早前的話，老朽勸過您，首先齊大郎，他就……」

他就該死。

周毓白的手倏然握成拳頭，閉上眼睛想了想，若是他沒有改變想法，走了另一條路，會是怎樣的局面？他會將肅王拖入張淑妃母子和長公主母子的鬥法。

齊昭若會死，他必須死。還要用肅王的名義去殺了他。

他一死，長公主和張淑妃結成死仇，再將齊昭若之死推與肅王，肅王又與長公主結成死仇。

他想那人一定會朝這個方向去安排。

和氏璧一事不過是拋磚引玉，他早就明白。他若要對付肅王，定然不可能像周毓琛這樣。隨後的局面，就是與今日截然相反。

那三方勢力，不是握手言和，而是不死不休。他周毓白，就真正成了那個坐山觀虎鬥的人。

倏然間，很少會有什麼震驚情緒的壽春郡王，突然感受到一股冷意。

是啊，幕後之人的目標，從始至終，都只有他一個。根本就沒有兩個局，一切都是為了他周毓白而設。

這算什麼事？對方設好了局，讓他去對付旁人。

為了讓他成為暫時的勝者，而往後，再承受來自不論是長公主，還是肅王、張淑妃母子，或者更多的人，他們的明槍暗箭。那個人要把自己，放在所有人的對立面。

可為什麼是他呢？

周毓白深深蹙眉，他想現在的他，比起肅王和周毓琛來，很明顯是他們更具實力爭奪大位吧。如今的他在外人看來，勢力和財力，都輸了他們不止一截。

他胸中突然一跳，有個不可思議的念頭冒了出來。

那人用太湖水患來謀算自己，說明他能夠預測未來。若他確實是獨獨針對自己的話……難道那人預測的未來裡，他最後才是……周毓白臉色僵硬。

是他承了大位。

「郎君、郎君……」

張九承急喚：「你怎麼了？有什麼事不對嗎？我們中計了？」

都這樣了，還能中計？

「不。」周毓白的聲音沒有一貫的冷靜，帶了幾分急促。

他閉了閉眼。是啊，有什麼好奇怪的？

這條路布滿荊棘，可他一定要走下去。不管是肅王勝或張淑妃勝，他的母親舒娘娘，都不會繼續活下去。他的皇帝爹爹或許不清楚，可周毓白很清楚那兩位是什麼樣的性子。只有他勝，才能保下母親一條命。

所以周毓白不得不去做，他身為嫡子，本就是順理成章擁有帝位，可是在視張氏為正妻的父親面前，這嫡出地位只能成為別人的阻礙。

他最後會勝，他當然一直有信心。那幕後之人就是知道了這一天，所以才處處圍繞著自己布局吧。

周毓白頓覺不妙，敵暗我明，他可能下一次就看不透那人的布局了。

「郎君你……」張九承此時已是訝然大過於急切。

多少年沒看到周毓白有這個表情了？

是啊，他不能敗……他不能敗……周毓白在心中默念。

傅念君。他的腦海中突然閃過這個名字。

她是那個變數，因為她，周毓白才在這件事裡脫身而出，能夠與那幕後之人站在了平等的擂臺上。

周毓白抬手揉了揉眉心。可惜她是個小娘子，若是個男子……

「先生，傅家最近可有什麼動靜？」

張九承愣了愣，見他突然就恢復了正常的神色，話題還轉得如此之快。

「傅家……郎君說是傅相公家嗎？」

周毓白點點頭，眼中的神色突然黯了黯。

「他們怎麼了？前不久您不是剛去過嗎？」

張九承很是不解，周毓白沒有聘傅氏女為妻的意思，又要去盯著傅家做什麼？怕傅琨成為周毓琛的泰山嗎？這不可能，張淑妃和周毓琛中意錢家遠勝過傅家。

「郎君，你若是現在改主意，還來得及……」張九承又老話重提。

畢竟總歸是娶妻子，還是娶個有用的好啊。

可周毓白的神色看起來實在不像是突然對傅家哪個小娘子起了意。那他留意傅家是為什麼？

張九承想不通了。親王私自結交宰輔等級的重臣乃是大忌，就權力地位來說，他們比宗室要來得高。周毓白沒有這麼蠢，直接去拉攏傅琨。

「傅家、傅家……」周毓白不斷重複這兩個字。

那個在花樹下巧笑倩兮的小娘子，傅念君。

她是傅家女，她也向自己承認過，她所能預見的未來，傅家似乎有難。若她沒有說謊，說明接下來的時間，圍繞著傅相的事不會太平。

他是朝中重臣，又是宰輔，必然繞不開很多大事。這些事，有多少和自己有關呢？

傅家……周毓白翕長的睫毛微微動了動，他閉眼，又睜開。

他想到了一種可能，傅琨會不會和自己一樣，因為在不可知的某人以為的將來裡，將會成為勝利者，繼而被算計進陰謀中，所以傅念君才會說傅家的結局不好……

當然也或許是他想多了，傅家的情況並不像自己這般複雜。

此時他的腦中一片紛亂，望著張九承狐疑的眼神。周毓白不知該怎麼把這些念頭說出來，總歸多做一些事，比什麼都不做要好。

「傅家，一定要盯著，每一個人都要細細查一遍，我要知道關於他們的所有事。」周毓白鄭重地下了這條命令。

幕後之人的痕跡，他半點都抓不住，他現在唯一能做的，也只能從傅家入手了。

張九承微微張口，最後還是把話都壓了下去。「郎君，老朽這就吩咐下去，若是您想，咱們能安排個人手進去，不多，一個兩個還是可以的。」

「好。」他沒料到周毓白一口應承下來了。「盡量安排去傅二娘子身邊。」

張九承又呆住了。

誰占便宜

傅念君這是第一次到崔家來赴宴。

她心裡當然不喜歡，不喜歡崔涵之，也不喜歡崔家。但這是奚老夫人親自邀約，她推脫不得。

此時一行女眷正用畢了飯，圍著圓桌喝茶。傅念君用茶杯擋住了唇邊的笑意，黑漆漆的眼瞳裡閃著光芒，彷彿對某些事大感興趣。她此時的笑意，只因坐在她對面的兩個小娘子這情狀，實在讓人忍不住。

此時傅念君的對面，坐著的不是旁人，就是傅家四娘子傅梨華，和她的表姊林小娘子。

兩個人正像烏眼雞一樣妳瞪著我，我瞪著妳，互相不肯讓，恨不得咬牙把對方吃了。這林小娘子究竟為何也坐在這裡，這就說來話長了。

原來，幾日前奚老夫人匆匆離去後，那一場相看也就只能不了了之。姚氏聽了身邊張氏的話，索性推脫生病不想管這事，由得林家自己去思量輕重。

誰知道那位方老夫人的長姊真真是個狠角色，她不過回家想了一晚，就琢磨出了姚氏的態度，第二天就直接帶著孫女又去了傅家。她不肯就此甘休，讓孫女嫁給一無所有的崔九郎，但是又搭不上奚老夫人，因此只能去逼姚氏，可姚氏不肯見她怎麼辦呢？

這大方氏想了招極損的主意，藉口解手，竟一溜兒逃出傅家去，將個孫女丟在了傅家。

姚氏氣得兩眼一翻，想叫人把林小娘子送回去，她又是暈倒又是生病的，自然是早就和她祖母串通的，大方氏也關了紙錢舖子，和兒子媳婦避去城外鄉下幾日，說是走親戚，實際就是讓姚氏狠不下心把這林小娘子趕回去。

畢竟這麼一趕，姚氏和林小娘子的名聲都不好聽。

姚氏還真是見識到了這麼不要臉的人，這林家就是賴上她了唄？最後沒有辦法，她只得安排著這個表侄女就近和傅梨華住一個院子。

誰知道這一住，又出了問題。

林小娘子本就眼皮子淺，早惦念著傅家小娘子們那些新衣裳和漂亮首飾，傅梨華又是個愛顯擺的性子，每日都要在這表姊面前打扮地花枝招展，就恨不得對方羨慕得眼珠子掉出來。

第一日，林小娘子就忍不住了，去偷穿了傅梨華的衣裳。可她年歲身量都比傅梨華大很多，常年吃了不動，腰身那裡又堆著一層肉，一下就把傅梨華新做、準備夏日裡穿的一件鳶色白蓮紋對襟襦裙給撐破，揉成一團破布塞到了傅梨華床底下。

傅梨華那性子，當夜就是一頓好吵，好不容易才被姚氏派人勸住。

第二日，林小娘子存著些報復的心思，竟去偷摸了傅梨華幾件首飾寶貝。傅梨華一點自己的東西知道少了，更是氣得暴跳如雷，偏對方還嚷嚷著「我是妳表姊，拿妳兩件東西又怎麼了」。這回就不是吵了，傅梨華帶著兩個貼身丫頭直接上手打，到現在林小娘子脖子裡還有幾道血痕未褪。不過這林小娘子畢竟是市井裡從小打到大，四鄰街坊裡就是腰似水桶的殺豬官家娘子都打不過她。她以一敵三，不僅踹得兩個小丫頭哭爹喊娘，也扯得傅梨華的頭皮好幾天不能梳髻。

姚氏氣得要命，當下就要把這潑婦趕出去，可那林小娘子卻不知怎麼機靈萬分，先求去了傅琨面前。

傅琨對她卻是和顏悅色，春風化雨，只讓姚氏把那幾件首飾都送給她，別傷了姊妹和氣，依然還是住在傅梨華的院子裡。

兩人天天上房揭瓦，雞飛狗跳，給府裡平添了許多笑料。終於今日，林小娘子的纏功再現，又黏著跟到了崔家。

奚老夫人的臉色終於也有些不好看了。這個林家屬什麼的？真是又噁心又棘手。

誰都不喜歡她，林小娘子也不在乎，脖子依然仰得老高，她記著祖母對她說過的話，和姚氏的關係壞了就壞了吧，只要她能嫁給崔九郎，以後也不用和姚氏怎麼往來了。

只要姚氏幫她說服奚老夫人這老不死的，讓崔九郎留在京中，往後她就是這家的少夫人，誰還樂意再去傅家。

崔家如此門戶，今日看得她心裡又是一陣熱，恨不得立刻住下來。

哼，姑母要是不幫她，她就賴在傅家、天天和她女兒打架，反正有姑父袒護，姑母能如何？打著這麼個主意，林小娘子就算收到無數個白眼，她都能輕易地頂回去。其耐性和堅韌，也算是十分讓人佩服了。

喝完了茶，幾個年輕小娘子循例，被崔家的侍女領著要去參觀後宅花園。

傅念君更衣出門，卻被一個姑姑攔住了說話。

「二娘子，那頭的風景好些，崔家不如貴府氣派大，好在占地高，您往東邊走，登樓遠望能瞧見半個東京城呢。」

傅念君上下來回打量一番這個姑姑，了然道：「是嗎？那就多謝姑姑了，我這就去，您要一道嗎？」

那姑姑看著她巧笑倩兮的模樣，也頓了頓。「我就不去了，您自便吧，就當自己家一樣。」

破綻百出。傅念君微微笑，故作不知地「哦」了一聲，只道：「我那幾個姊妹不知在何處，我尋了她們一起去吧。」

傅允華今日是沒臉來的，只有傅梨華、傅秋華、林小娘子那三個來了。陸婉容則是因那日去了趙家，還被傅梨華用外祖母的事刺了刺，心裡不大舒服，說什麼都不肯再出門了。

那姑姑一愣，傅二娘子與自家姊妹間關係都不好，她怎麼突然就要去尋她們了？

她不敢忘了主子的囑託，只好說：「其他三位小娘子許是走遠了，自然有旁人招待，二娘子不用擔心。」

傅念君點點頭，心裡更加確信了。

「好，多謝姑姑指點。」說著就帶兩個丫頭往她所指的方向去。

儀蘭悄悄拉了拉傅念君的袖子。「娘子，您覺得有地方不妥？」

傅念君又不是瘋了，還想著和傅梨華等人一起登樓望遠，她們兩個不琢磨著把對方推下去已經不錯了。

不妥嗎？也不算不妥。傅念君想著。

無非是奚老夫人的安排，讓崔涵之在那等著她罷了。老夫人必然叮囑了孫子要好好和她相處，相處相處，感情自然就有了。

傅念君忍不住笑了一聲，想到崔涵之那大概如同吃了蒼蠅般的神情，就沒由來地有些痛快。

奚老夫人的念頭其實很清楚擺在了傅家的面前，她對崔衡之的處理，對傅念君的關照愛護，都向傅琨展現出崔家聘她的決心。

傅念君想到了幾日前，傅琨甚至親自又把傅念君叫去書房談過一次。

「念君，崔涵之待妳確實不上心，可換句話來說，他確然是個君子。難得的是妳姨祖母的態度，她老人家的能耐妳大概也清楚。蔣夫人糊塗，她卻不糊塗，她既用這樣大的誠意來聘妳，必然日後會給妳極大的權柄。崔涵之喜歡妳也罷，不喜歡妳也罷，妳都會是他堂堂正正、唯一且權威的夫人。」

傅琨疼惜女兒，可到底也要從實際為她想一想。一個女人，一輩子嫁個如意郎君，情投意合還要後宅和睦，這是極難的。

有很多夫妻，本就是相敬如賓，甚至冷淡如冰的。可如果那夫人有能耐，不管夫君日後納妾也好，宿妓也罷，她都能將整個家族捏在手裡；子孫出息，她老來就是誥命加身，無限風光。這樣總也好過被人棄如敝履，枯萎終老。

這樣的事不用傅琨說，傅念君早就想得清清楚楚。嫁崔涵之，他們夫妻情分必然淺淡，可她卻能一步步握住崔家的權力，活得肆意些。

這就是讓傅琨猶豫的原因。畢竟在這世間萬千男子中，尋一個完美的夫婿，太難了。如他自己和髮妻如此情分，終究也是天人永隔，不得圓滿。這世間哪裡有什麼圓滿呢？閱盡人事的傅相少不得要在這上面教一教自己的女兒。

傅念君掛著淺淺的笑意，對自己的爹爹滿是理解和信任，再無以前的狂妄和不馴。

「爹爹，我不嫁崔涵之，不是因為我自己，是因為您，因為我們家。」傅念君說著。

傅琨微愣。「念君，妳此話怎講？」

傅念君當然不能說她要留在傅家，是為了了斷自己，還有傅琨宿命裡的那些因果劫難。她用了另一種說辭，這也是她的真心話。

「爹爹，您沒有說過，但是我能感覺到，人人都說在朝堂為官做宰是多麼光鮮的一件事，可是居高位已久，卻不見得是件好事。」

她幽幽一嘆。「爹爹這般年紀就已經到了如此地位，很是不容易。您不像那些鬍子花白還留在朝上的老大人，您比他們，危險。」

她用了危險這個詞。傅念君知道，傅琨日後是要主持新政的，這是他這輩子最重要的一件事，甚至說，幾代宰輔裡，也只有他能做這樣的事。

他用聖上給他的權力，去做這個皇朝的一把劍，割裂開新舊法度，劃出一個時代新的方向和道路。

布滿荊棘的路，卻總有一個人要去走，傅琨是再合適不過的。所以他也是永遠不可能像那些德高望重的老大人一樣，活到七老八十還安然無恙留在朝上。做完那件事，傅琨也該退下來了。

如果沒有人趁機在風口浪尖扳倒傅家的話，傅念君想，他應該就會那樣退下來吧，雖然有無數的仇家，卻也會被無數人擁戴著離開朝堂。

傅琨的臉色變了變，訝異女兒如此敏銳。「念君妳……」

傅念君當然不能說關於新政的話，只笑了笑。「爹爹不喜歡爭權奪利，一旦儲位確認，爹爹身為影響了官家決議的人，必然處境就有些尷尬。所以女兒斗膽猜測，爹爹想早一些致仕，等太子勢硬，新舊交替，三哥也能頂上您為新君鞠躬盡瘁，成為傅家的頂樑柱。」

這樣的打算，才是聰明人的打算。

其實傅淵憑藉傅琨的聲名和自己的能耐，早已能夠入仕，可傅琨卻一再讓他拖到了今年殿試後選官，其實也有這份考量在。

「念君……」傅琨再次訝然，都是怎麼看出來的？

「妳能理解爹爹，當真不易啊！」傅琨的眼中有光閃過，這是他的女兒啊！他的心裡有些驕傲的情緒翻湧。

傅念君重重地點點頭。

「爹爹為我操心，我自然也要為爹爹操心。」她的聲音沉穩堅定。「崔家圖謀甚大，崔涵之也有能耐入朝為官，他們想借傅家的勢，可他們卻不是爹爹最好的選擇。兩、三年，女兒再等兩、三年，官家定會擇一位合適的太子出來，爹爹屆時為我選一位寒門士子下嫁，也能給文武百官看看您的態度。」

等傅琨下定決心要放權之時，她再出嫁是最合適的。

傅念君頓了頓，臉上的笑容十分溫和純粹。「最重要的是，我也想過那樣的日子。爹爹，我們不是早就說好的嗎？」

平淡和睦的小家庭，偶爾會去西京住幾日。夫婿有些小出息，卻又不是那麼有出息到如傅琨這般，權勢太大卻也拖累太多。

傅琨微哂。是啊，他們早就說好的……念君不過是圖一個平安喜樂罷了。她從來就不想做什麼高官能臣的夫人，做那些抬手就能夠生殺予奪、不留情面的夫人。

「好。」傅琨重重地吐出了一口濁氣，覺得喉嚨口微堵。

她是這麼懂事，他這個做爹的怎麼能辜負她這份期望？

「等過幾年，爹爹再為妳擇一門良婿，能讓妳去過輕鬆的小日子。爹爹致仕後，也能去妳府上小住的……那種小日子。」

傅琨臉上的神色慈祥和藹，看著女兒的目光充滿了希望和關切。傅念君心裡一酸。

幾年……還有幾年……

她會做到的，這一次，她能讓傅琨完成他的抱負後，全身而退吧？

歸隱田園，含飴弄孫。不再是身敗名裂、被人無限唾罵，一身才華和新政政績都被人淡淡地從史書上一筆帶過。

不會的。傅念君攥緊了手。

「娘子，娘子？」

儀蘭的聲音將傅念君的神思拉回。

「娘子，您怎麼了？我們還要過去嗎？」儀蘭望著傅念君的眼神有些憂心忡忡。

傅念君對她笑了笑，抬頭望了望天色。今日不是個好天氣，烏雲密布，可能隨時都要下雨，可奚老夫人就是挑了今天。

她當然知道奚老夫人不會用骯髒齷齪的法子來算計自己，那是姚氏那些蠢人的法子。若奚老夫人真想算計自己什麼，只會將傅、崔兩家的婚事推入死胡同。

她不過是想造越來越多的機會，讓傅念君與崔涵之能好好相處，彼此接納對方而已。可傅念君對於被崔涵之認同和接納，並沒有任何興趣。同樣的，崔涵之討好或不來討好自己，她也根本無所謂。他只要不出現在自己眼前就好了，還能少些厭煩。

「娘子，可能會下雨，咱們現在怎麼辨呢？」芳竹伸出手去探了探。

「下雨啊……」傅念君笑了笑。「下雨可真是個好事……」

她的眼睛裡有狡猾的光芒閃過。

她輕聲對儀蘭道：「去吧，讓孫婆婆出馬。妳就這麼告訴她……」

儀蘭聽著就點頭，越點越頻繁。

「娘子，我明白了！」

芳竹笑嘻嘻地說：「娘子又想教訓她們了？」

芳竹雖然性子上有很多地方不討喜，倒是有一個好處，便是對傅梨華那些人從來就不心軟。

傅念君無奈。「我在妳眼裡這麼壞？」

芳竹指天發誓。「是替天行道！」

嗯，這話還中聽點。

§§§

林小娘子正百無聊賴地用腳尖踢著地上的小石子。

雖說她死皮賴臉地跟來了崔家，可傅梨華和傅秋華自然都不會願意理她，姚氏更是把她一個人丟下自生自滅，就是話都不肯再和她多說一句。

林小娘子只好自己在園子裡無聊地兜圈子，不遠處還有幾個崔家的婢女正在說話，似乎瞧著她指指點點地在笑話。

其實人家倒也未必是說她什麼，只是林小娘子想到今日的委屈，心裡很是憤恨，不由惡向膽邊生，隨手就抄起地上兩個石片往那幾個婢女砸過去。

「讓妳們說我！」她解氣地拍拍手，看著她們四散而去。

「滾！都滾遠點！」

她咬牙冷笑。算她們運氣好，自己腳邊的不是青磚。她在心裡狠狠地想，等自己做了這裡的女主人，都要先把這些小妖精打一頓，看看她們穿的衣裳，竟敢比自己的都好……

話說回來，崔家還真是有錢啊。這麼一想，她連看院子裡的假山湖石都覺得彷彿鍍了一層金光。

林小娘子心情很複雜，此時崔家的婢女也都被她趕走了，本身也沒個貼身丫頭，只能自己一個人繼續東摸摸西瞧瞧。此時一個熟悉的人影晃過了自己的眼前。

「孫婆婆？」

那人是個四、五十歲的婆子，好像正四下尋什麼人，見到林小娘子，當即便熱情地小跑過來。

「林娘子，我這正到處找你呢……」

孫婆婆大概是林小娘子在傅家唯一算得上「熟」的人了，否則她也不會主動打招呼。這孫婆婆是傅秋華身邊的人，按理說和她也算是八竿子打不著，不過上回發生的那件事，林小娘子就在心裡默默認定，這孫婆婆必然是傅家少有「有見識」、「慧眼識珠」的人，自己日後也不是不能稍微提拔一下她。

當然，只是稍微，畢竟等她做了崔九郎的夫人，身分可就不同了，怎麼能去和個下人親親熱熱。林小娘子覺得自己要從現在開始要學著保持身分了。

她梗著脖子，像隻大鵝般十分驕矜，眼神帶了幾分睥睨，問孫婆婆：「妳尋我做什麼？豈非有要事？」

孫婆婆還真被她這腔調噁心了一把。真把自己當回事啊這位。

原來上回林小娘子和傅梨華打架，姚氏不管不顧要把她給打出去，就是這孫婆婆來給林小娘子支的招，讓她去尋傅琨。

林小娘子從小在市井長大，哪裡有什麼見識，還只覺得人家是來巴結討好的，也不疑有它，只把孫婆婆當作自己的僕人了。

自然，孫婆婆是傅念君的人，三房裡傅秋華那邊容易安排，她便早請陸氏尋了這個孫婆婆過去。倒是這一回派上用途了。

不消說，傅琨那裡也早就是父女兩人合計好的。就怕奚老夫人不肯死心，那這林小娘子用處可大著呢。多好的一塊擋箭牌啊。

傅念君知道傅琨不屑於這後宅的陰私之事，便早就給他做了保證，只要爹爹相信她、不管她，她自然有主意能讓崔家鬆口，不再緊咬著要結親。

傅琨對她，其實早已脫開手由著她。

這林小娘子如此卑劣，又是姚氏自己弄過來的大麻煩，不順道使一使，就不是她傅念君的風格了。

孫婆婆還是笑得很諂媚，壓低了聲音對林小娘子道：「正是有樁事要尋林娘子說一說。適才我聽傅家的婢女說，崔家郎君此時正在天水閣……」

「天水閣是什麼地方？」

林小娘子愣愣地問，聽起來感覺非常華貴的樣子。

孫婆婆眼中閃過一絲慍怒。她以前是跟著陸氏做事的，哪受得了眼前林小娘子的蠢。重點明明是崔家郎君好不好？管天水閣幹什麼，她忘了自己是來幹嘛的？

孫婆婆咳了一聲：「是崔家一處宴客奏樂的高閣，十分敞亮漂亮，林娘子要不要去看一看？」她頓了頓，又把話說得更明白一點：「與崔家郎君偶遇一番，也很是不錯的。」

林小娘子終於回過神來，喜道：「我能見到崔家郎君？」

她的未婚夫崔九郎嗎？

孫婆婆微笑著點點頭。「林娘子，機會可不能錯失啊，難得妳來一回崔家，不去見一面豈不是很可惜？」

「正是正是。」林小娘子點頭。

她們市井女子，本就對男女大防不是很看重，她又聽祖母說崔九郎生得俊，早就想先看看清楚了。也得為新婚之夜做個準備不是？不然乍一看陌生夫君，她也會不習慣呀。

林小娘子此時已熱切地拉住了孫婆婆的手腕，急切道：「既如此，我們就快去吧。」

她的心思就差直接寫在臉上了，孫婆婆看得心裡一陣冷笑。

「哎喲。」孫婆婆面上還是笑著，輕輕撥開她的手。「我還要等我們五娘子的吩咐，林娘子，妳只能自己去了。」

她又湊到林小娘子耳畔低聲道：「何況被人看見了不妙，難免說不清楚。」

林小娘子點頭。「不錯不錯，確實如此。」

孫婆婆一笑。「林娘子只要往東邊走就是了。」

她細細地給林小娘子指路，說完就一拍腿。「我不能離開太久，免得遭人起疑。林娘子，妳自去吧……」

林小娘子點點頭，心裡還埋怨這婆子跑得快，只好自己尋路往天水閣去。

孫婆婆邊走心裡邊冷笑，這不知廉恥的厚臉皮勁兒，可真是世間少有了，如此只等二娘子那裡的安排了。

§§§

崔涵之正冷著臉盤腿坐在天水閣樓上一張羅漢榻上，背後靠著一座雕花憑几，榻上擺案，上有一盤殘局，旁邊燃著一爐香。

他正面朝著大開的窗，風不涼，迎面打在人臉上。崔涵之閉著眼，任由帶著濕意的風拍著自己鬢邊髮絲，一張斯文清秀的臉上卻似外頭的天空，蒙著一層陰翳。

他心情不好。因為祖母的囑託，因為即將到來的人。

他是崔家嫡子，也是將來要繼承崔家、將家業發揚光大之人，他知道自己不能任性，自然會和祖母妥協。

他必然是要這麼做的。他要娶傅念君，他一定要娶她。

今晨祖母的話還不斷圍繞在他耳畔。

「……必得先讓她喜歡上你，比任何一個男子都要喜歡你。五郎，太婆知道你這般人品，從小到大，就沒有低就過旁人的時候。可是她不一樣，她以後會是你的妻子，你且先放軟些身段吧。」

崔涵之低著頭，不敢去看祖母的眼睛，耳邊老邁卻蒼勁有力的聲音卻陡然變得冷硬：「你記住自己的身分！如今，要娶傅二娘子只能從你們二人身上下工夫了！你明白了嗎？」

他當然明白。崔涵之的嘴唇抿成一條直線，下頷微抽，顯出一股傲氣和倔強。

竟要通過這種方式嗎？他崔涵之，竟要為了一個這樣的女人……

為什麼偏偏是傅念君？他常常這麼問自己。隨便哪個人都好，為什麼偏偏是她？

他悠悠嘆了口氣，手裡一直攥著的白子落在棋盤上。想來若是娶了她，他便只能過這樣下棋都無伴的日子了吧……

雨終於落下了。絲絲細雨飄進大開的窗戶裡，崔涵之起身去關窗，他心疼自己案几上的墨寶。

她還沒有來，會不會淋濕了衣裳？

他頓時又打住這念頭，如此嬌貴的傅家二娘子，自不用他去操心。

甫關上窗，樓梯上就傳來了咯吱咯吱的聲音，崔涵之擰著眉，回過頭去。因為預先的安排，這裡除了他，一個伺候的人都沒有留。

樓梯口此時已站了一個女子，生得不是很好看，頭髮微亂，樣子有些狼狽，顯然出行沒有帶傘。此時那女子正愣愣地盯著自己，面色有些不自然的潮紅，一雙眼睛卻直勾勾的，不說話也不行禮。

這舉止在崔涵之看來是十分不雅和失禮的。

這不是崔家府上的侍女，那就是跟著傅家來的吧。他在心中立刻肯定了。

雖然心中不喜，可崔涵之一向以禮待人，即便是傅家的侍女無意驚擾了自己，也不能如此將人家呵斥回去。

「待雨停了，妳再下去吧。」他的聲音很平靜淡然，絲毫不露喜怒。說罷就又重新轉過頭，不再看她。

可就這麼一句輕輕的、平平無奇的一句話，就重重地扣在了林小娘子的心扉上。

她只能聽見自己的心撲通撲通彷彿要跳出來般，完全不受自己的控制。

世上竟有這般美好俊秀的郎君！長身玉立，身姿挺拔，從烏黑的頭髮，到無一絲皺褶的寬袖展袍，還有潔淨得彷彿從未沾地的鞋襪，甚至放在窗戶上還來不及收回的手，連著的一段線條優美的手腕，全都透露著一股讓她癡迷的優雅和高貴。

就算那人只是以背影對著，林小娘子依然挪不開視線，上上下下將這人看了個仔細。

這個人，就是崔九郎嗎？她未來的夫君？她會嫁給這個人……一想到這裡，她就控制不住自己那滔天的喜悅，恨不得立時跪下叩頭謝一謝林家的列祖列宗。

崔涵之聽到身後微微有鞋底摩擦地板的聲音，心裡微微有些不喜。

傅家竟有如此不知進退的侍女？或許是傅念君的侍女吧。

她素來就是上樑不正下樑歪，她身邊有一個小丫頭，似乎就很是沒規矩又凶悍。

崔涵之壓抑著心裡的不悅，轉身回到羅漢榻上，見那女子還是愣愣的，只道：「莫非妳想喝一杯熱茶？」

他的茶具茶器都是他私用的，有專人侍奉伺候。問這麼一句話，他心裡也存著幾分彆扭，想看看這傅念君的侍女還能無禮到如何地步，是不是同傅念君一般讓人無語。

沒想到林小娘子卻點點頭，踩著她那雙還帶著泥水的鞋子緩緩走了過來。崔涵之驚愕，猛然抬頭對上了她的視線，對方目光中的火熱頓時讓他渾身一悚。

這是怎麼回事？這吃人的目光是怎麼回事？

一向自恃鎮定自若的崔五郎，突然有一種頸後寒毛倒豎的感覺。

林小娘子本就膽大，如此走近了細看他的面容，只覺得這少年眉眼唇鼻，沒一處不讓她心折；多看他一眼，她就多神魂顛倒幾分，真恨不能立刻委身給他。

這就是自己日後的夫君了，這樣漂亮出色的人物啊！

其實也不怪她這般失態，林小娘子活了這般年紀，本就是恨嫁的時候，可成日在市井裡見些九流人物，她這輩子見過的最出色的郎君，也就是賴在傅家這段時間，偶爾能瞥見一個背影的傅淵。可傅淵素來冷漠，她又不敢真去肖想傅相的兒子，自然沒多的心思。

如今見了崔涵之，她以為這就是崔九郎，自己未來是能與這麼俊的人成好事的，心裡頭自然就開遍了花，春心一發不可收拾了。

她下意識地搓搓手，手心裡熱得好像著火一樣。這粗俗的動作被崔涵之一看，他終於發覺不對了。

這人不是傅家的侍女，侍女哪有這樣沒規矩的。

「妳究竟是誰？」崔涵之緊盯著她，目光一瞬間冷如冰霜。

林小娘子被他這驟然冷卻的目光一瞧，也立刻覺得身上溫度降了幾分。她先是心裡不滿，卻又想到這人還不知自己的身分，這才自覺風情萬千地給崔涵之行了個禮。

「妾身見過郎君了。」說罷柔柔地朝他投過去一眼，隨即道：「妾身姓林，是傅家姚夫人的表侄女。」

這麼一說，他就明白了吧？自己可是他未來的妻子呢。

林小娘子輕撫鬢邊，覺得這般姿態正是嬌弱十分，一看就會讓人喜歡，心道也不曉得他對自己這般嬌豔俏麗的容貌滿意不滿意。

林小娘子一向自信，她一直覺得自己與傅家小娘子們之間，差的也不過是幾身衣裳、幾套頭面罷了，何況自己比她們大這麼幾歲，在風情這回事上，那幾個小丫頭可不如她。

如此想著，她那過於燦爛笑容又添了幾分，眼睛裡的光芒灼灼地瞧著崔涵之。

崔涵之是真的被噁心到了，她這樣子不由讓他想到了當時傅念君調戲自己的種種。他不是笨人，自然明白女子對自己露出這番表情是個什麼意思。

他不願意去想姚夫人的表侄女是什麼人，一時怒上心頭，只冷著臉呵斥：「滾下去，否則就不要怪我不客氣了。」

他第一次對一個女子如此出言不遜，多少年來清高自持的氣度，彷彿在這一瞬間就被他撇下了。他只是再也忍不住罷了。

林小娘子愣了愣，他這是在兇自己呢？他竟敢讓她滾下去?!

林小娘子也不是省油的燈，她撫著鬢邊的手頓時一收，一下子橫眉倒豎。「你……再說一遍？」

崔涵之只冷笑。「滾！」

這個字，他以為自己是這輩子都不會對別人說了，何況是個女人。說罷走到窗前，就要拉開窗喊人。

林小娘子見他此狀心中怒起騰然。好個崔九郎，敢侮辱她至此。她忙一個大跨步上前一把攔住他。

「郎君想做什麼？」

崔涵之頭一回遇到這麼不要臉皮的女子，竟還敢動手拉扯男子，他冷道：「妳不走，我就讓人請妳走。」

雖說這天水閣裡沒有留下人，可在這南窗底下還是守著幾個小廝的，就怕他一時有吩咐。只不過是門口沒有留人守著罷了，才讓這膽大的女子闖了進來。

雨絲淅淅瀝瀝地飄在兩人身上，可是沒人顧得了。

林小娘子狠狠抹了一把臉，也不管脂粉有沒有糊，這番形容看在崔涵之眼裡，更是如惡鬼般凶狠。

她盯著這個對自己毫不掩飾厭惡的「未來夫君」，陰惻惻道：「你真要叫人？」

她似是在牙縫裡擠出的這幾句話。崔涵之想給她留最後一點臉面，微微偏轉過頭，推窗戶的手卻不停。

「阿敏……」可嘴巴剛喊出聲，還沒來得及說完話，他就感覺到身上突然貼上來了暖融融的一具身體，還朝自己身上磨蹭了兩下。

崔涵之大駭，頓時被釘在了原地，還來不及退開，卻被林小娘子一把摟住了腰。

沒錯，是腰。林小娘子猙獰地貼上了他，一隻手緊緊扣著崔涵之，另一隻手豪邁地一把將身側的窗戶推開，隨即朝樓下大喊道：「來人啊，登徒子！來人啊！」

崔涵之只覺得腦中「嗡——」地一聲，根本來不及反應。他到底是造了什麼孽，會遭受這樣的無妄之災。

林小娘子的手勁奇大，人又生得高，崔涵之因她是女子實在無處下手，只能糾纏著想甩脫她那隻手，掙扎之間那原本服帖飄逸的寬敞道袍都凌亂起來，顯出一種狼狽。

好個惡人先告狀。

「妳、妳住嘴！」

他急得一張秀白的臉通紅，額上冷汗也冒了出來，恨不得伸手去捂住對方的嘴，卻又半點不想碰到這瘋女人。

林小娘子卻只挺了挺胸膛，勾著唇角繼續往他身上貼，一副「你敢碰我算你膽子大」的樣子。反正也是她的夫君，早點讓他見識見識自己的厲害，以後才不敢翻了天去。

崔涵之終於甩脫她那隻手，可還來不及鬆口氣，林小娘子就已經一把攫住了他右手，竟直接往自己的衣襟裡探。

她手上動作如此霸道，嘴裡卻還不斷地喊：「登徒子，登徒子啊！來人啊！」

樓下已經起了人聲，崔涵之若是此時肯分神往下探看一眼，就能見到不知何時，底下已經多了一位被油紙傘擋住的纖秀身影，旁邊正帶著幾個僕婦，像是恰巧路過要進來避雨的。

林小娘子將自己的衣襟越扯越大，身子不斷往崔涵之身上貼，眼裡閃著勢在必得的光芒，還輕聲挑釁崔涵之：「崔九郎，你乖乖就範吧。」

崔涵之被她扯得手腕生疼，這一句話，猶如一盆冷水澆在他頭上。

崔九郎……可他不是崔衡之啊！

樓梯上已經有人快步上來了，驚叫了一聲：「郎君！」

崔涵之顧不得和林小娘子說什麼，急急忙忙要把自己的手掙脫。他一點都不想回味適才掌心下的柔軟，那種感覺反而讓他作嘔。他只想去洗手，狠狠地洗上一百遍。

急急跑上來的小廝一見這纏在一起的兩人就愣住了。

這是怎麼回事？這女子是誰？不是傅二娘子啊？

林小娘子反應比崔涵之更快，她這也是急中生智，見他掙脫了手，她不繼續去拉，也不拉攏自己的衣襟，馬上就嚎叫著：「我不活了，我不活了，我死了算了……」

竟然半個身子迅速就往窗外探，不顧雨水已將她半個身子淋濕，作勢要從二樓跳下去。小廝忙匆匆地跑過來，要去拉她。

崔涵之在旁邊衣裳凌亂，臉色鐵青，呼哧呼哧喘著粗氣，平時謙謙君子的形象蕩然無存。小廝根本也顧不得別的，也不知這女子是怎麼跑過來的，只能先勸住她：「妳……妳別跳啊！」

林小娘子自然是在裝腔，她不耐煩一個小廝來拉自己，輕輕「嘖」了一聲，厭煩地用手一推，反而把個小廝推跌在地。

那小廝年紀不大，瞪著一雙眼坐在地上，看著林小娘子繼續要死要活地探出半個身子出去哭喊，但沒打算把下半身挪一挪的。

那妳倒是跳啊？只在原地蹦躂算什麼事？

他有些無言，轉頭望了一眼自家郎君，頓時心裡咯噔一下震住了。

他從來沒有見過郎君這種表情。隱忍、憤怒、壓抑著劇烈的怨恨，甚至連身側緊緊攥著的拳頭都在發抖……他懷疑，郎君會毫不猶豫地把眼前這個小娘子一把推下去！

這可不是他的郎君啊！小廝反應很快，一把衝過去先攔住崔涵之。

「郎、郎君，底下，底下好像來人了……」

所以不能衝動啊！林小娘子適才就是見到了底下有人，才敢這麼放肆的。

此時她絲毫不顧自己釵環散亂，衣飾凌亂，只如瘋婆子般朝樓下喊道：「可是傅家之人？快快來為我主持公道！」

樓下有個姑姑仰起頭。「樓上何人？」

「我是姚夫人的表侄女，快來救我！」

林小娘子故意帶著裝出來的泣音喊著，還作勢要去抹臉上的淚珠，伸手一摸卻全是雨水。雨水也好，淚水也罷，她此時只慶幸這裡有傅家人，管她是傅梨華還是傅秋華，哪個都行，她只要有人來做見證。

傘下的女子輕輕笑了笑，對左右道：「走吧，我們上去。去吧，給各位夫人通個信。」

她往上一瞧，伸長了脖子的林小娘子就恰巧見到了一雙黑漆漆閃著靈動光芒的眼睛。竟是傅念君。

傅念君身上沒有怎麼弄髒，除了繡鞋有些濕，儀態依然很端莊。

她淺笑盈盈地走上二樓，等著她的就是一身狼狽的崔涵之，和更加狼狽的林小娘子。

崔涵之當然知道傅念君為什麼會出現在這裡。他偏轉過頭去，不敢去看她，手攥得死緊。他沒有想到，會讓傅念君看到這樣的場面。

林小娘子卻比他主動很多，見到原本就不熟稔的傅念君，竟哭著撲過去，還好被芳竹一個閃身給攔住了。

「二娘子，妳、妳可都看到了，妳要為我做主啊……」

傅念君看著林小娘子悲痛欲絕地哭坐在地。

嗯，比她想像的場面還要更上一層樓。這個林小娘子，真是個妙人。

「林娘子，我實在是幫妳做不了主的，好在一會兒母親和蔣夫人都會過來，妳有什麼話就和她們說吧。」

林小娘子心裡一喜。這個傅念君，還挺上道的。

那邊崔涵之遠遠站著，由著小廝急得給他整理衣衫。

「郎君，這、這可怎麼辦呢……」

崔涵之垂眸。「實話實說。」

他這沒有什麼力量的四個字，早就被林小娘子一浪接一浪的哀嚎掩蓋過去。傅念君走到北視窗，正透過一條窗縫望向外頭出神，崔涵之偷眼望去，她卻沒有一句要來和自己說話的意思。

他突然間有些憤怒。傅念君自己都是那樣的人、那樣不知廉恥，就和今天這個瘋女人一樣。可現在，她擺出這副架子又算是怎麼回事呢？

他根本不是那等輕浮放浪之輩，她是不是也想藉此事就這麼看輕自己了？就因為她昔日被自己看輕，所以她今日見到這麼狼狽的他，難道就很得意嗎？

崔涵之也不知自己在想些什麼，就是覺得心煩意亂，無端惱怒，很想大聲地喊叫出來，想將自己的委屈統統發洩而出。

這些情緒全都堆積在他的喉嚨口，一時都堵住了，但他只能如往常一樣，把它們都嚥回去。

傅念君當然不知道崔涵之在琢磨這些沒來由的想法，只覺得林小娘子可真是吵，吵得她不把心思放在窗外，恐怕會忍不住叫人捂了她的嘴扔下樓去。

傅念君身邊的人要幫林小娘子整理衣裳，重新梳頭，畢竟她現在像個瘋婆子一樣，實在不好看。

可沒想到林小娘子多留了個心眼，想著自己要是收拾齊整了，等奚老夫人她們過來了，自己豈不是沒有「證據」了？崔九郎調戲了她不認帳怎麼辦？

她一直深切記著祖母對自己的教訓。

這世上的東西，都是要自己去爭的，管別人幹什麼，為了自己好的事，那都是對的，管旁人怎麼看怎麼說的，都是庸人。

她深以為然，名聲、面子這種東西，可不就是旁人嘴裡眼裡的東西？她又不在乎，她被這

「崔九郎」占了便宜汙了清白，那自然要順理成章嫁給他，誰都擋不住。

因此她左閃右躲地避著兩個姑姑，作勢又要跳樓，一邊嚷嚷著：「妳們碰我做什麼？我要等奚老夫人過來為我做主，妳們別碰我！」

「娘子，我是給妳梳頭的……」

「娘子，讓我先把妳的衣服擦擦乾……」

於是幾個人前前後後地如貓捉老鼠般，繞著天水閣二樓跑，把平日裡乾淨的地板踩得全是泥水印子，咯吱咯吱地從樓下聽來像在地動。

崔涵之的小廝都沒眼看這場面，他們崔家怎麼會發生這種事？果真和這個傅家沾上、和這傅二娘子沾上，準沒好事！

崔涵之也在一邊緊緊咬著牙，這些女人，全部、每一個都讓人如此生厭。她們侮辱了天水閣，更侮辱了自己，她們踐踏著這方屬於他的清淨之地，也踐踏了自己的尊嚴！

12 不敵無聊

奚老夫人很快趕了過來。

其實她本就一直關注著天水閣這裡的動靜，此時正好雨也小了些，她一直等消息，卻沒料到會等來這樣的消息，也顧不得儀容，由左右扶了深一腳淺一腳地往這裡來。

她心裡只覺得憋著一股子邪火。為什麼會發生這種事？這個林小娘子，她怎麼敢?!

姚氏原本找了個客室小憩，由於天色漸不好，傅梨華和傅秋華就沒有去逛園子，轉而和崔涵之的堂妹崔六娘子一起坐在外間吃茶下棋。

這崔六娘子生得體弱多病，到了京裡就斷斷續續地沒停過藥，到了今天還是第一次出來見客。

崔六娘子閨名喚菱歌，人如其名，是江南典型的小家碧玉。可人雖生得窈窕秀美，卻實在太過羸弱，傅梨華和傅秋華也不喜與這樣弱柳扶風、說一句喘半句的女子說話，幾個人坐在一起也只能有一搭沒一搭地閒談。

誰都沒問一聲林小娘子的去處，她去了哪裡，根本沒有人關心，因此傅念君的人跑過來要尋姚氏時，她們全部都驚住了。

林小娘子要在天水閣跳樓？她又要幹什麼？

傅梨華直覺這個不省心的女人又惹了大事，既帶了幾分怒火，又很想看看好戲，都不用人招呼，當先就忙叫了丫頭們收拾了往天水閣去。姚氏也被驚醒，一聽林小娘子又發瘋了，急得也立馬要過去。

如此三三兩兩，前前後後的，林小娘子期待的人終於全部都到場了。她就不信，這般情狀，她們敢不讓自己嫁進崔家？

她側眼望了望那位即便衣衫有些不整，卻依然玉樹臨風的崔郎君。諒他也翻不出自己的手掌心。

天水閣從來沒這麼熱鬧過。這一處，原是屬於崔涵之自己的清淨地，可是此時卻烏壓壓擠滿了女人。

剛下完雨，窗外傳來的草泥腥味摻雜著她們各色香粉味，崔涵之垂下眼，忍住呼吸，只覺得心情與這嗅覺一樣，如一團亂麻。

他聽見祖母帶著憤怒的威嚴聲音，在自己耳邊響起：「這到底是怎麼回事？」

他動了動嘴唇，卻什麼都說不出來。

林小娘子的哭聲震天，早蓋過了他想說的話，一個勁地跪在地上要讓奚老夫人主持公道。

「我被輕薄了，老夫人豈能這樣護著孫子。我的清白啊，傅二娘子的人都看到了，老夫人，您可不能顛倒黑白啊……」

奚老夫人活了這麼多年，第一次有衝動想親手用拐杖把人捶死。她悔不當初，這大方氏一家真就是比那汙泥還噁心難甩脫的一家人，她當時就不該和傅家耍這個心眼！

原以為林家人愛慕虛榮，知道崔衡之要做個田舍郎後必會放棄這親事，可誰知她們卻掉轉矛頭，一步步欺侮他們崔家，不滿足於庶子，卻要這樣玷汙她最得意的嫡長孫！

奚老夫人當然相信崔涵之，他絕不可能對這麼一個如臭水溝鼠般的女人動手輕薄，何況就算是美若天仙的女子往他面前一站，他這個品行高潔的孫兒，都不會有半分輕薄之舉。

這林小娘子，簡直、簡直……奚老夫人覺得什麼難聽的話都無法來形容了。她鷹隼一樣的眸光落到已經退到姚氏等人身後的傅念君身上。

難道會是她？是不是她指使了林小娘子過來的？

傅念君的眼神淡淡望過來，還朝奚老夫人露出了一個安慰似的笑容，好像在勸她不要太生氣。

奚老夫人閉了閉眼，不再去想到底誰才是始作俑者，目前她要了結的是眼前這亂象。她那對清明的眼睛，如尖刀一樣的目光驟然又釘在林小娘子身上。

「閉嘴！」她冷聲一喝。

林小娘子的哀嚎頓時哽在了喉嚨口，肩膀開始有些發顫。

奚老夫人的樣子，像要活吃了她一樣。不至於吧，崔九郎本來就是她的夫君啊！

姚氏在一旁看這好戲，心裡倒有些痛快。她這表侄女這些日子把她噁心得夠嗆，而礙於自己親生母親方老夫人的叮囑，不能拿她怎麼樣。今天一看林小娘子這副樣子，她就解氣了。

可到底是自家人，姚氏要維持好她自己的面子。

她只道：「這事發生得突然，姨母應該讓兩個孩子都說說是怎麼回事，才能下定論呢。」

她看著林小娘子敞開的衣襟，還能隱隱見到一抹胸衣的翠綠色，心裡連連冷笑，可腳步卻走過去，蹲下身親自替她攏上了衣襟。

姚氏嘆口氣，有些心疼地摸了摸林小娘子的臉，轉頭對奚老夫人說：「姨母，這孩子平日雖頑劣了些，可畢竟是清清白白的大姑娘。她現在這樣，我們這麼多雙眼睛都看見了，怕是……」

怕是什麼？怕是怎麼樣？奚老夫人心裡對姚氏陡然恨極。

果真是她的表侄女，一脈相承地不要臉！她想把這小賤人塞給他們家五郎嗎？他們崔家最出色的兒孫，要被這麼一個賤貨拖累嗎？

姚氏心裡當然是這麼樂見的。她希望林小娘子再過火些、鬧得更大些，讓崔涵之睡了她才好。她雖不喜林小娘子，可比起來，她更不想讓傅念君嫁入崔家。她見不得傅念君去過那樣的好日子。

「誰輕薄誰恐怕還很難說吧，侄媳婦。」奚老夫人冷笑。「我知道這林小娘子是妳帶來的，妳得為她說話。可是妳們最好也認認清楚，這裡不是你們傅家，是我們崔家！」

姚氏臉色一變，這老婆子終於露出真面目了吧？前些日子的和顏悅色都是裝的，她現在竟敢對自己這麼不客氣？她可是傅相的正妻！

姚氏心頭起火，也冷道：「這麼說，姨母既然不想聽我的話，不如就讓我們家老爺來斷斷。我們傅家的親戚在你們崔家受了委屈，您到底想怎麼打算，可不能說就包庇了寶貝孫兒啊。」

奚老夫人不動如山，只嘲諷道：「傅家的親戚？她姓林，也不知到底是誰家的親戚。」

姚氏臉色泛白，手指緊攥在一起。是啊，姓林的是她親娘方家的親戚。

林小娘子癱坐在地上，見到姚氏突然出言幫她，心裡也是又驚又喜。

「姨母……」她期期艾艾地要去拉姚氏的衣裳下襬，卻被姚氏一把甩開了，只吩咐身邊侍女給她整理好衣服。

傅梨華在一旁看著這場景，只默默咬牙啐道：「真不要臉。」

她同情地望了一眼崔涵之挺直的脊背。真是難為這個出色郎君了，先是傅念君，如今又是這個姓林的，他一朵鮮花就要活該先後被兩坨牛糞玷汙嗎？當真可惜。

傅梨華下意識轉頭看向「另一坨牛糞」，卻發現傅念君依然是一副事不關己、高高掛起的樣子，斜倚在窗邊發呆。

「二姊，妳怎麼會在這天水閣出現？」

傅梨華眼珠一轉，突然問得很大聲，不懷好意。說不定她本就是抱著和林小娘子一樣的心思，只不過被別人捷足先登罷了。

傅念君微轉回頭。「我怎麼會出現在這裡……」

那邊的崔涵之因為這句話，渾身更是一僵。

傅念君聳聳肩。「來避雨唄。」

崔涵之緩緩地把一顆心放下了。如果她要說，是祖母和自己叫人請她過來的話……

幸好她沒有說。不過，他想著，她說了大概也不會有人信。

傅念君望著窗外，想的卻是，怎麼還不來呢？雨停了，她等的人怎麼姍姍而遲。這個姚氏，她估計得沒錯，遇到要她發揮的大場面，真沒什麼太大用處，還是要請人來助助陣。

傅念君笑盈盈地越過傅梨華，望向林小娘子的脊背。

這一位這般妙，自己也不妨幫幫她。

那邊廂，姚氏已漸漸抵擋不住奚老夫人的攻勢。奚老夫人庶女出身，年少時就是在後宅裡吃過苦頭、磨過心眼的，又這麼多年在商場縱橫、大權在握，姚氏這點斤兩就快要被她繞進去。話說現在，奚老夫人就已經要命人把林小娘子請下去了。

傅念君心裡暗叫不好，林小娘子一被奚老夫人的人帶下去，緊接著一定是送她們的客，林小娘子留在崔家，必然不會有個好結果。

死，或許不至於，可奚老夫人一定有法子讓她服軟。

姚氏依然在爭辯，可奚老夫人卻顯然已經沒有那麼多耐心了。姚氏本就是頭腦不清之人，此般情況，讓林小娘子嫁給崔涵之自是不可能，她一開始就該咬死了讓她給崔涵之做妾，否則就一死來全清白。

以退為進才是上策，此時咄咄逼人，以傅家之勢相壓，才是愚蠢。姚氏在這點上，永遠都學不會。

傅念君沉眉，她得想法子再拖一陣子。她注意到一件事，在姚氏和奚老夫人的力爭中被人忽略的一件事。她緩步上前，下人們給她讓出一條路。

傅念君微微帶著笑意望著姚氏，只道：「母親，我是崔五郎的未婚妻，林娘子身上發生了這樣的事，我也該來說幾句……」

姚氏眉一皺，立馬就要出口。有妳什麼事啊？

奚老夫人見傅念君突然從袖手旁觀到主動開口，心道必然有隱情。

傅念君的原意就是提醒一下林小娘子。林小娘子愣了愣，終於反應過來。

「妳說什麼？崔五郎……」

傅念君點點頭，指指她旁邊的崔涵之。「就是崔五郎啊，我的未婚夫君。林娘子以為呢？」

林小娘子張大嘴巴，她能怎麼以為？

「他不是崔九郎？」她大聲尖叫出來。

從剛才到現在，竟沒一人提及這是崔五郎還是崔九郎。也不怪奚老夫人她們反應不過來，崔衡之那個庶子，如今頂著「淫賊」的名聲，哪裡還有臉出來見人。

可崔涵之自己早已麻木，在一旁一句話都不想多解釋。他知道今天無論自己是崔五還是崔九，對於不要臉皮的人來說，都是一樣的。

奚老夫人和姚氏同時愣住了。她這是搞錯人了？

奚老夫人先姚氏一步醒悟，一拍手邊的案几，呵斥道：「妳既提到九郎，就說明妳是早知道的！好啊，果真是不要臉皮倒貼過來，還非說自己受了輕薄！」

林小娘子也自知失言了，她、她嘴太快了……

姚氏轉頭問她：「妳怎麼會過來的，再說明白！」

說罷朝林小娘子使了個眼色。

好在這會兒林小娘子突然就機靈起來，只道：「有個丫頭和我說崔九郎在這裡，我想著與他是未婚夫妻，便想過來看一眼。誰知道遇上下雨，就來二樓暫避，然後、然後這位就……」

林小娘子說著又哭起來。「是我行為不妥，可他汙我清白是真的，姨母，妳要給我做主啊！」

說罷又哭倒在姚氏腳邊。

奚老夫人咬牙。「妳有本事，就把給妳指路、對妳說這話的丫頭給我認出來！」

姚氏卻不接她的話，只道：「五郎如何不早說？她與九郎要訂親，又不是與你，你為什麼不早說，你早點說啊……」

總之話題就開始圍繞著「你為什麼不早點說」開始，無限地來回重複。

傅念君在心裡偷笑，姚氏在強詞奪理和纏夾不清這上頭的功夫倒是不錯。她把罪責推給崔涵之，說他是蓄意隱瞞自己的身分，就是有不軌企圖。可是誰又會見著一個突然闖入的女子，就自報家門呢？

奚老夫人和她們講道理講不通，氣得恨不得立刻把她們趕出去。

崔涵之啞著嗓子，聲音中滿是無力，他緩緩勸自己的祖母：「太婆，算了吧……」

有這場面，原就是他的錯。怪他，一直保持著什麼君子風度；怪他，沒有立刻把這女人趕出去。這都是他的報應，被這樣的女人纏上，都是上天給他的教訓啊！

姚氏聽他這一句話，便好似贏家一般，只道：「崔五郎，你肯認了就好……」

「我可不認！」奚老夫人倏然站起身子，目光直直瞪著姚氏，似乎一點都不怕兩家這幾十年來和睦融洽的關係，在今日分崩離析。

「她還想打我們五哥兒的主意，除非我死了！」擲地有聲的一句話。

奚老夫人的兒媳蔣夫人一直縮在旁邊不敢說話，聽到這句話差點昏過去。

「娘、娘，您不能、不能說這樣的話啊……」

奚老夫人一把甩開她，中氣十足。「我看還有誰敢來糟踐我們五哥！」

「太婆……」崔涵之眼中有水光閃過，心中情緒激盪，無以為表，他直接撩袍朝奚老夫人跪了下去。

姚氏咬著後槽牙，這一幕，倒像是她挾威逼迫崔家了。

此時樓梯上又響起了吱嘎吱嘎的響聲，這回卻刺耳又急促，是個跌跌撞撞的小廝，崔家人一看便知他不是後院裡常伺候的。

「太夫人、夫人，門口來了一夥人，自稱是林家和姚家的，要、要來討公道……」

奚老夫人瞪大了雙眼，林家?!她當即便以為是姚氏的主意。

姚氏此時卻也驚詫地望向地上的林小娘子。可以啊，她幾時變得這麼機靈了？不過她又是讓誰去報信的？

林小娘子卻瞪著一雙眼睛，迷茫地望著姚氏。

這呆相！姚氏真是多看她一眼都嫌煩。

「夫人！」小廝急得抓耳撓腮。「那些人都是市井裡的刁民，拿著棍棒，說是我們家老爺仗著官身，縱容兒子欺負他們的姑娘，不給個說法就要打進來了！」

奚老夫人氣得直翻白眼。好好好，這林小娘子還不是她家最無賴的一個。

「娘，娘，這可怎麼辦啊……」蔣夫人瞬間就慌了，拉著奚老夫人的袖子直晃。

因崔家是商戶出身，原本崔郎中在朝中就要被那些書香世家、清流門第看輕一些，如今若再出了這樣的事，他的官聲豈不是要大受影響？

「夫人，他、他們還說要去告官，去敲登聞鼓，一路告到官家面前去！」小廝口齒伶俐地把那些人的話轉達了一遍。

奚老夫人見著蔣夫人和下人們惶惶的樣子，怒喝道：「慌什麼！」

滿室寂靜。

「太婆，這事因我而起，讓我去說。」崔涵之站起來，臉上的神色異常堅毅，就算他知道和那幫無賴無法說理。

「我就是被人指著鼻子唾罵，也不能讓爹爹因為我而損半分清名！」

十分大義凜然。

「誰說要讓你去了！」奚老夫人只覺得頭疼，整個人一時腳步有些不穩，幸好身後的下人立刻扶住了她。

奚老夫人順了順自己的胸口，吐出一口濁氣，才對那小廝道：「去把他們請進來，先讓他們放下手中的棍棒刀槍，不許胡鬧，不許嚷嚷，好茶招待著。等我馬上帶林小娘子過去，要說法是正經，傷了人這筆債就算不清了，我們崔家也不是什麼軟性子。」

奚老夫人是見慣風雨的人，這點場面還嚇不倒她。

她吩咐完一串，小廝就一溜煙跑下去覆命了。所有人似乎都在等著奚老夫人繼續發話。

奚老夫人居高臨下地望著林小娘子，充滿厭惡地說著：「妳家裡來人了，要這麼衣裳不整地去見人，還是打發乾淨了去。」

林小娘子被她眼神中的威懾嚇到了，一時竟愣住了不敢說話。

姚氏去扯她的手臂，只對奚老夫人道：「姨母放心，我在這裡，自然要她收拾好了。」

一時間這裡的人似乎都散去了。傅念君是最後一個離開的。

崔家人無聲的落寞，和傅家人吱吱喳喳的吵嚷，她不想去留意半分。甚至崔涵之在走前向她投來的複雜的一個眼神，她都沒有看見。

她把手橫在窗臺上，纖秀的手指輕輕點著窗沿，只對芳竹說：「孫婆婆做得很好，回去以後記得贈她些賞錢。還有冒雨騎馬去林家送信的那個護衛，看著些，不要淋出風寒來了……」

這些事，看來比她料想得還順利。

§§§

來崔家的一幫人，都是平日走街串巷的潑皮無賴，大方氏帶著林小娘子的舅舅打頭陣，已經在崔家門口叫罵了有一陣了。

大方氏去城外躲了幾日，在得知林小娘子終於在傅家住下後，就又急切地回城了，就怕錯過什麼大事。今日可總算有她的用武之地了。

她今天一接到消息，知道是傅家的人來通報自己，心裡自是喜不自勝，在心中暗道姚氏上道，便迅速糾結了這幫子潑皮，要來崔家尋麻煩了。

好得很啊，輕薄了她的寶貝孫女還不想娶嗎，世上可沒那麼簡單的事！

大方氏早在路上就想得好好的，要讓崔家見識她的厲害。此時她豎著一張臉站在堂中，很是凶神惡煞。

林小娘子在姚氏的示意下，立刻朝自己的祖母撲了過去，幾句話把前因後果說了一遍。

大方氏扠腰瞪著奚老夫人。「我家裡清清白白的姑娘，被你們崔家的兒郎玷汙了清白，這是怎麼個說法？」

她眼睛瞟到崔涵之身上，心裡不由多了兩分欣喜。還是她的阿玲有法子，這崔九郎生得可算是不錯的。

「崔九郎……」大方氏一開口，自己身邊的孫女先抖了抖。

「太婆，他、他是崔五郎。」

崔五郎？大方氏想了一下，似乎有些印象，她也不多說別的，只把手一揮道：「管他是五郎還是九郎，只要是姓崔的就行了！」

她這句話竟能說得無恥到這樣的地步?!奚老夫人又是一陣血氣上湧。今天若不是崔涵之在天水閣，而是她兒子崔郎中，她們是不是也要如法炮製？就差直接說穿她們是看中崔家的銀子！

「欺負了我家阿玲還想賴帳，可沒這種道理！」

大方氏也不要什麼臉皮了，態度很是蠻橫，彷彿崔家不拿個說法出來，她就要叫那些沒被請進來的潑皮繼續打進來。

蔣夫人終於忍不住了，漲紅著臉爭辯：「自己的閨女不知廉恥、又無證據，如何說是我們五郎輕薄於她？」

她受不了有人如此侮辱她優秀的兒子。

大方氏冷笑，拉了拉衣袖，對著蔣夫人的樣子更凶了幾分，把她嚇得倒退了兩步。

「聽聽，這摸也摸了，看也看了，轉頭就不認帳了？吃白食的也沒你們囂張！」

這粗魯的幾句話，讓崔涵之整個耳根都紅起來。

大方氏一邊說著，還一邊去扯林小娘子的衣服，把姚氏幫她重新整理好的衣襟往外拉去，破罐子破摔一般。這般撒潑的醜態，傅家和崔家的僕婦都不敢去看。

大方氏耍起無賴時駕輕就熟，當即就拉響了喉嚨：「這裡，這裡，都被看光了，還怎麼嫁人啊？一個清清白白的姑娘，你們讓她以後怎麼活……」

邊說還邊擰了林小娘子一把，用眼神示意她。

林小娘子會意，當即哭道：「孫女沒臉面再活著了，我對不起太婆，我這就死了吧！」說著要掙脫了大方氏的手去撞柱。

自然這裡圍著這麼多人，不可能讓她去撞柱的，大方氏也不拉，只拍著腿在那裡哭嚎，話裡話外彷彿是崔家草菅人命，欺負她們平頭百姓。

奚老夫人知道她們是訛上自家了，可恨這裡還礙著個傅家，她們還確實不能那這些人怎麼樣。

林小娘子自顧自演大戲，哭嚎著從一個僕婦懷裡撲到另一個懷裡，就是不去撞柱子。就這樣你來我往，好不容易吵到一半，大家休整喝茶。

美其名曰，商量對策。

姚氏身邊到底跟了個有些心眼的張氏，她忙勸著姚氏：「夫人，姨老夫人糊塗，您可不能糊塗。林家什麼門第，林小娘子什麼樣的人，就是配崔九郎都是高攀，如今可是崔郎中的嫡長子，這崔家如何會肯！」

以己度人，也不能這麼難為崔家啊。

姚氏口乾舌燥地灌了杯茶。「我如何能不知道她們是癡心妄想，可我也不能看著阿玲身敗名裂啊。現在我姨母她是撕破臉全不顧了，估計此時她們四鄰八里都已曉得今天的事，若是不成，阿玲還能嫁什麼人去？」她也覺得頭疼。

張氏心道夫人果真還是不明白，只好說明白一些：「夫人是沒想過讓林小娘子做妾？」

姚氏盯著她，可大方氏如何會肯！她是打定主意要沾這個孫女光的，做了妾，她這個祖母連登門認親家的機會都不會有啊。

姚氏說：「做妾……她們雖說是庶民，可斷不到送姑娘去做妾的地步啊！」

張氏道：「這妾與妾可是不一樣的，姨老夫人未必不肯，您不如去問問。」

張氏頓了頓，看著姚氏不解的神色。「您可是忘了，崔五郎今後會娶誰？」

「傅念君……」姚氏總算有點反應過來了。

「是啊夫人！」張氏說：「二娘子嫁給崔五郎，林娘子給他做妾，有夫人護著，她豈會受主母欺負，您可是二娘子正經的母親。」

姚氏突然覺得這主意似乎也很不錯。

「讓崔家給林娘子抬抬身分做個貴妾，夫人，好處可大著呢！」

張氏笑道：「以後二娘子嫁過來，要讓她過得不如意，這林娘子不就是最好的幫手？您和她可是一家人，再加這回的事您鼎力相助，她日後想在崔家站住腳與二娘子相抗，還能倚仗誰？」

這做妾，才是最最妙的一招啊！既能噁心傅念君，姚氏自己也能得不少好處。

姚氏眼睛一亮，只說：「還是妳有辦法。」

她先前只顧著想毀了傅念君這樁親事，也算是解恨，可這會兒聽張氏一說，得叫她嫁了崔五郎才是好啊。大方氏和林小娘子這無賴性子，要她一輩子甩不開去，才是對傅念君的折磨！

「我馬上去見姨母！」姚氏欣喜地站起身。

如同張氏料想的，大方氏在這方面比姚氏腦子清楚，她本就是貪慕崔家的富貴，姚氏說出的這個提議是最好不過了。有傅家和姚氏做後臺，她的阿玲才能在崔家挺起脊背。

以後的主母是那個傅念君，她們還不能拿捏住她？就是不讓她生孩子，自己也有的是辦法。

如今和崔家正談到僵局，她們適時地退步，崔家一定立刻就應了。

貴妾也是妾，可若崔五郎日後繼承家業的兒子出自那個妾的肚子，這可就大不一樣了。崔家以後偌大的財產都給了阿玲的兒子，大方氏一想到就怕自己從夢裡笑醒。崔衡之要過繼走最好，崔郎中就剩五郎一個兒子了，可不就是唯一的繼承人了？

大方氏越琢磨越覺得這筆買賣合算。要說算起來如今的張淑妃也是妾，可人家不比皇后過得風光？不就是一樣這個道理。

大方氏與姚氏如此打定主意，就去和崔家繼續談。

林小娘子那裡，也沒人問她一句願意不願意，可她心底裡自見了崔涵之後，還哪有什麼不願意的。

大方氏對待奚老夫人的態度依然十分囂張。說了一番話，話裡頭的意思，我們退一步做個妾就好，你們趕緊答應下來快點籌備親事吧。

奚老夫人氣得夠嗆，可她確實又沒有什麼好法子能解決這件事。

崔涵之整個人已經木然了，好像這件事和他無關，只是個局外人罷了。他還能怎麼樣呢？像林小娘子一樣大哭大鬧尋死覓活嗎？他只覺得耳朵裡嗡嗡的聲響把外頭所有的話都隔絕，明明是他被人輕薄，可是卻要反過來被打倒一耙。

都說這世道對女子多苛待，可對他又何曾有半分憐恤？到哪裡，都是有理的抵不過無恥的。

奚老夫人心裡恨不得活剮了林小娘子，這樣的貨色，給她的孫兒倒洗腳水都不配。妾？妾也是不成的！因此她一時咬著也不肯鬆口。

可有人卻先扛不住了。內室裡婆媳二人單獨說話著。

蔣夫人跪在地上低泣。「娘，您就應了吧。娘，不過就是個妾，當個奴婢也就是了。五哥兒他殿試在即，他這樣好、這樣聰明優秀，前天老爺還說朝中好幾位大人問起他的學業，他不能再這當口出這樣的事啊！林家要是鬧，有傅家夫人相幫，娘，我們崔家占不到便宜啊！」

就算是她們受欺負，可是欺負也就欺負了，能怎麼樣呢。

可是崔涵之白璧無瑕的名聲被這樣一個女子拖累，蔣夫人絕對無法容忍啊！

蔣夫人嚶嚶地哭著，嘴裡如含著黃蓮般苦澀，她的五哥兒，為什麼永遠這麼命苦啊。

奚老夫人氣得手發抖，指著她道：「進門容易，一句話的事，可是進門後，妳以為她們會安分嗎？今天鬆了口，他日就是變本加厲，妳明白不明白，妳這蠢貨！」

蔣夫人哪裡想得了什麼以後，她只知道不能讓兒子在此時聲名受損，和崔衡之一樣被毀於一旦。她哭著就要給奚老夫人磕頭。

奚老夫人終於忍不住一口唾在她臉上。「就妳是五哥兒親娘，我就不是他祖母嗎？跪我？我當不起妳書香門第出身蔣夫人的一跪！」

蔣夫人只道：「娘有什麼氣就衝媳婦來吧，可是五哥兒的前程斷斷不能拿來開玩笑啊！」

真是個糊塗東西！奚老夫人覺得今天是要被氣得駕鶴歸西了，不僅外頭那姓林的一家氣她，這個好兒媳也來氣她，真是沒法活了。

她氣吼吼地朝格扇外喊道：「來人，再去看看，老爺回來沒有！」

妻也好，妾也罷，她一點都不想沾上林家這個破落戶，為今之計只能讓崔郎中先回府，還是得讓他去和傅琨說話。

外頭的大方氏也不急，反正她就是賴上崔家了，不僅自己坐著大吃大喝，還要崔家招待她帶來的那幫子潑皮無賴，大有今天沒個說法就要住在崔家的架勢。

傅念君是覺得最輕鬆的一個人了，她親自去見了還在細談的奚老夫人、蔣夫人婆媳倆。

她進屋時看見蔣夫人紅著眼睛站在旁邊，神色哀淒，下裳膝蓋處還有些褶皺。這般情狀，她

心裡自然明白，這對婆媳看來是談得不太愉快，

她向奚老夫人淺淺地行了個禮，含著些微笑意。

奚老夫人此時臉色鐵青，對傅念君也沒有了往常的和顏悅色。她比許多人都看得明白，知道林小娘子斷斷不會一個人有本事尋到天水閣去，什麼人幫她，想了一圈，也就只有傅念君了。

是她低估了這傅二娘子。

奚老夫人只冷道：「二娘子可是很樂見如今的境況？」

「姨祖母言重了。」傅念君雲淡風輕地說著：「出了這樁事，您也明白怎麼怪都是怪不到我身上的。」這話裡含了幾分譏誚。

若不是奚老夫人自作聰明，想兩全其美，既甩了林家又拿下傅家，林家和林小娘子也不至於這樣死咬著崔家不放，鬧出今日這種事。傅念君不過是幫林小娘子搭橋牽線罷了。

是奚老夫人低估了她們對富貴和權勢的貪婪渴望。這是崔家人自己的選擇。

本質上來說，奚老夫人確實是個出色的商人，甚至勝過大多數男子，可是她太慣常精打細算，時時刻刻想做不虧本的買賣。

傅念君知她斷斷容不得林家這樣後患無窮的蛀蟲攀咬上崔家，就一定會開口求傅琨出面，這樣傅琨提出為傅念君退婚，也是順理成章的事。

奚老夫人摸索清楚了傅家的用意，卻不肯順梯子下，依然執著於傅念君的親事，是她的自作聰明造成了今日這種局面。半點由不得旁人。

奚老夫人暗自咬牙，只對傅念君說：「我特地從江南進京，只為妳十五歲笄禮做正賓，給足了妳面子，妳就是這麼回報我的？」

傅念君朝她笑了笑。「姨祖母，咱們的話就放明白了說吧。我不會嫁給崔五郎，不管是有了

林娘子這事還是沒有，都不會嫁的。這是我的態度，也是我爹爹的態度。」

她頓了頓，十分從容。「不過您放心，我爹爹馬上就到了，這件事，我們會想個妥善的法子。」

「妥善？還能有什麼妥善？」奚老夫人恨不得罵他們幾聲白眼狼，可是又不敢。傅琨是什麼身分，豈是她能罵的。

傅念君道：「自然會妥善的，不過大概和您想的就有些出入了。」

崔涵之聘了林小娘子為妾，還想再娶傅念君為正室嗎？莫不是以為傅琨瘋了。

傅念君和她們也沒什麼多解釋的，只把這話說明白了，也好讓她們做個準備。退婚，就在今日了。

蔣夫人紅著一雙眼睛，露出了十分強烈的恨意，對傅念君怒道：「我們家裡、還有我們五哥兒，究竟是哪裡得罪妳傅二娘子了，妳要這麼不客氣，半點餘地也不留……」

傅念君覺得有些好笑。大概這世上的人，都是慣常把自己想做天下第一委屈和無辜之人，而忘了對別人的傷害。

她傅念君的餘地，有誰給她留嗎？

這位蔣夫人，飛快地就忘記了，她曾是怎麼和李夫人聯合著想毀了她的名聲；她的兒子崔五郎是怎樣大張旗鼓地到傅家退婚，指責她與齊昭若有私，更在出了崔九郎那件事後，只認她傅念君惡毒狠辣，而未曾想過，若是讓其得手後她會怎麼身敗名裂。

甚至奚老夫人，大概也覺得自己辜負她一片慈心，是個沒有良心的白眼狼，卻忘了她自己是如何籌謀著想讓孫兒靠著她踩著她，去利用她的爹爹和傅家，為他的仕途鋪路搭橋，並且這其中，還伴隨著蔣夫人母子還對自己無限嫌棄。

這些話，傅念君都不想多說。

她不覺得生氣，也沒有什麼好氣的，她從來不對不值得的人和事生氣。

她只是朝蔣夫人淡淡地看了一眼。「我不客氣麼？夫人，我傅念君是個心胸狹隘、粗淺鄙陋、自私自利且沒有良心的人，因此配不上貴府磊落高華的門第，尤其配不上令郎那般清正如松柏、皎潔如明月的品格，所以，我還是不耽誤他了。」

她的表情滿不在意。「僅此而已，不用謝。」

嗯，她真是快被自己感動到了。這麼愛成全別人。

在蔣夫人的目瞪口呆之中，傅念君揚唇笑了笑，心情很不錯。她親自拉開格扇，就看見了面對著自己站立的少年。

傅念君對面的少年臉色煞白，嘴唇也是一樣毫無血色。他直勾勾地盯著傅念君，眼神中的情緒在翻湧。

說起來，這還是傅念君頭一回與這位未婚夫打照面，是能清楚看清對方表情的這種照面。畢竟難得的幾個場合，崔涵之遇到她，首先便是會將眼神撇開半寸。他連看都不想看自己一眼。

傅念君早就發現了。這是她的未婚夫君第一次這麼嚴肅認真地看著她吧。因為聽到了那句滿是調侃的「品格清正如松柏，皎潔如明月」嗎？

她微微朝崔涵之笑了一下。這是她的未婚夫君，也是最後幾個時辰了。

傅念君越過崔涵之的身旁，也不去管他會有如何反應。她對他的情緒，並不在意。

崔涵之緊緊握著拳頭，終於相信了一個令他覺得驚詫的事實。他嫌棄傅念君，卻遠不及傅念君嫌棄他。她根本就看不起自己，從心底裡……看不起他的母親、看不起崔家，用一種高高在上的態度……她憑什麼?!

他胸中的憤怒如滔天巨浪，可是卻無處發洩。

是啊，她為什麼要看得起自己……她為什麼要看得起自己呢?!

「五郎、五郎……我的五哥兒……」

蔣夫人原本又打算哭，看到了站在門口的兒子突然笑起來，突如其來，忙驚詫地走過去握住他的手臂。

「你、你怎麼了?」

崔涵之望著自己母親，只是笑了幾聲，又在她困惑的目光中啞聲說：「阿娘，和傅家退親吧。」

和傅家退親，這樣的話，崔涵之不知說過多少遍。可是蔣夫人身為他的母親，她知道這回不一樣。他說這話的神情，太不對了，彷彿受了極大的打擊。

蔣夫人見他這模樣不好，還要再問幾句，突然就有一個侍女來報信了。

「老夫人，老夫人，老爺終於回來了……」

奚老夫人疲憊地由身邊侍女攙扶從椅子上站起身。

「回來就好，讓他……」話卻被打斷。

「老爺和傅相公一道回來了。」

奚老夫人渾身一僵。她心裡十分明白，剛才傅念君所說的話，半句都不假。

傅琨，是來退婚的。

崔郎中得知了家裡的情況，臉色早就很不好看，可是在傅琨面前，他卻不敢表現出來。

姚氏聽說傅琨來了，心裡更是喜不自勝，以為他是來給自己和林小娘子撐腰的，興沖沖拉著林小娘子要跑去傅琨面前，卻只被下人們淡淡地擋了回去，讓她心裡不由又憋出一股悶氣。

崔郎中的書房裡，只有奚老夫人、崔郎中和傅琨三個人。

傅琨緩緩嘆了口氣。「姨母如今打算怎麼辦？」

奚老夫人沉著臉，語氣不善。「傅相何必再來問我，我們難道還有什麼轉圜的餘地嗎？」

她心裡認定了是傅念君安排了今日之事，對傅琨態度自然不好。傅琨當然是裝作什麼都不知道，奚老夫人又無證據，確實也不能把話都說死。面對傅琨，其實還是他們崔家理虧。說完這句，奚老夫人心裡其實就後悔了。

好在傅琨也無畏她這番辭令，依然神態平靜，對奚老夫人保持著禮儀。「姨母覺得我能休了姚氏嗎？能不顧與榮安侯府、還有我舅兄多年情分嗎？」

奚老夫人不知他怎會有此一問，只說：「自然不能。」

「姨母也是明事理之人，旁的不說，眼下當務之急，就是那個林小娘子的事。」

他提姚氏，就是想說下面的話。

「您也明白，她是姚氏的表侄女，我岳母和她姊姊，您也都見識過，我自然不能休了姚氏。

她是我的妻子，頂著這層名頭，即便我今日出面壓了一時，日後麻煩還會不斷，崔家從此門楣不休，上上下下都會被林家、方家盯地死死的。」

他很清楚方老夫人和大方氏是什麼貨色。

「我知道姨母是聰明果斷之人，知道這其中的害處。蝗蟲不除，地裡的莊稼就始終長不起來。」

奚老夫人的心思平了平，她知道傅琨這話沒有說錯。

崔家被奚老夫人握在手裡這麼多年，上下約束得妥妥當當，可是攀扯上這個林家和方家就大不一樣了。日後崔涵之必然是要入仕做官的，被他們這麼在後頭牽絆手腳，就太難看了。

在這被家眷牽絆一點上，她相信沒人比傅琨更有體會。姚家還畢竟有個姚隨撐著場面呢，可僅僅一個方老夫人和姚氏，給傅琨丟的臉就夠多了。

因此奚老夫人一直秉承的想法，後宅必須要穩，不可讓男人們有後顧之憂。

「那麼不知傅相有何高見？」

傅琨說：「我自會讓姚氏寫下一封切結書，她從此與林小娘子、林家斷了親屬往來，如她不肯，林小娘子自然只能送去官府，讓官府來判判今日之事了。」

送官？那就是崔、林、傅三家丟臉，傅琨當然說是這麼說，可他和奚老夫人都知道，大方氏必然不會讓自己的孫女被送去官府。她要的，只是讓林小娘子來做妾。

「姨母放心。林娘子送過來，就只是個妾，孑然一身，別的什麼都沒有。」

沒有那噁心的大方氏，沒有姚氏和方老夫人的支持挑唆，更沒有傅家做後臺。

一個愚蠢貌醜又無半點勢力的賤妾，當然對崔涵之和崔家構不成任何威脅。等時日一長，甚至一碗藥就能斷送了。

奚老夫人知道傅琨答應下來的事，必然是他能做到的。崔郎中辦不了的事，對他傅相公來說，卻是輕輕鬆鬆。

斷了這些無賴日後長長久久的糾纏，又保全住崔涵之的名聲，這個法子，確實是個好法子。

奚老夫人閉了閉眼，隨即長嘆一聲。「你要的，不過就是退親啊。」

傅琨卻淡然反問道：「出了這樣的事，我們傅家的女兒還要嫁進崔家，姨母覺得合適嗎？」

奚老夫人心中徹底一片冰涼，知道此事是斷無迴旋餘地了。林家，好一個林家，生生斷送了她的五哥兒一個好岳家啊。

崔涵之成親前就先定了要娶妾，是聲名不乾淨抬進來的，還被傅念君目睹了「調戲」現場，這樣崔家還要讓傅琨把傅念君嫁進來，這種話，崔家就是有再大的臉，也說不出口啊。

奚老夫人畢竟還算頭腦清楚，知道傅琨說這些話，是給他們留著情面，她也不會直接與他道，這是傅念君害的崔涵之，甚至蔣夫人原本想要朝傅琨哭訴此事，也被她勒令人帶回了房。不管這是傅琨父女合謀，還是傅念君自己的主意，現在都已經不重要了。

目前的局面看來，就是崔家負了傅念君。

奚老夫人知道恰到好處地打住，才能與傅家依舊保持著良好關係，才能讓傅琨在往後的日子裡不至於對他們絕情。他若是個絕情的，早在以前就直接來與他們退親了。

傅琨，畢竟是個念舊情的人啊。

奚老夫人想到這裡，心裡哪裡還有什麼不明白的。她吁了心中的一口悶氣，轉瞬就換了副表情，只感慨道：「罷罷罷，我如此喜歡二娘子，如今看來也是沒有緣分啊。」

崔郎中在旁瞧自家親娘這番神態，心裡也不由感嘆。這自如的態度轉換，自己到底趕不上她老人家。

奚老夫人喚了自己的貼身婆子，取了當日鎖崔、傅兩家婚書的桐木箱子的鑰匙來，親自交給傅琨，不無遺憾道：「尋個好日子，正式解除婚約吧。是我們崔家沒福分，可惜了這段緣分，我這個做姨祖母的，願二娘子日後覓得如意郎君。」

崔郎中是知道自己親娘的，她這是心裡的氣還沒有完全解呢，這兩句話裡明顯帶了兩分酸意。如意郎君？傅念君還會有什麼如意郎君呢？比他們五哥兒優秀、家世又好的人家，若看得上傅念君，也不會等到她及笄也沒有動靜了。

日子總是過得快，小娘子們一及笄，日子就過得更快了。

傅琨聽了這話心中倒微微也有些酸意。

念君，往後可能就真的只能嫁她一直期許的寒門士子了……

他一定會為她挑一個不輸崔涵之半分的年輕人。

§§§

傅念君從來不擔心傅琨親自出馬後，這事還會起什麼波折。

看到傅琨的身影出現在門前，正負手對她微笑時，她突然有一種如釋重負的感覺，好像身上的擔子終於能卸下來了。

她終於不再是崔涵之的未婚妻子了。

傅念君的心情突然有一種孩童的雀躍，她站起身來朝傅琨迎去，可是還來不及和他說上一句話，就有人先一步把她擠開了。

「老爺……」姚氏彷若受了極大的委屈，快步走向傅琨去拉他的袖子。近來她自覺傅琨待自己很好，因此有時也想顯得與他親密些。

傅念君只好無辜地站在門邊，給自己爹爹擠擠眼睛。傅琨的臉上的表情只有無奈，原來姚氏等人也都在這一處等著他。

見他終於出現了，早就等得抓耳撓腮的林小娘子眼前一亮，這位待自己格外親厚的姑父，要來為她撐腰了！

可是傅琨接下來說的話，卻無異於把她們一把推入了寒冰窟窿。

「切、切結書？」姚氏瞪著眼睛，她身後的大方氏和林小娘子同樣傻了。

傅琨悠悠點點頭。「若是要做妾，自然是要有妾的樣子。妳是我的夫人，若是今後與崔家晚輩的妾室當作正經親戚來往，我在朝中的臉面又該如何擺放？妳可曾為我想過？」

他一提朝中之事，姚氏就慌了。「老爺，我不是這個意思，可、可這切結書也太……太過分了吧？要她和林家人、和她的親姨母斷了往來，這怎麼行？方老夫人不會放過她啊。

「夫人若是不願，就只能另尋法子了，開封府衙大概現在還未關……」

「府、府衙？」

姚氏沒想到，傅琨和崔家談了半天，竟是這麼個決斷！大方氏不敢直接與傅琨說話，只能急得不斷去拉姚氏的衣袖，姚氏哪裡還有工夫去理會她。

「難道就沒有別的法子了嗎？」姚氏還是不肯死心。

傅琨望著她的眼神漸漸冷了，瞧得她一陣心驚。

傅琨揮揮手，讓其他人都退下，幾句話親自對姚氏交代：「是念君發現的這事，如此，她也不能嫁給崔五郎了。妳的表侄女去做她未來夫君的妾室，夫人，妳在京中的名聲是徹底不想要了嗎？」

姚氏整個哽住了，只能乾乾地說：「怎、怎麼會。」

傅琨話音輕柔，只說：「因此，念君的親事我已與崔家商量，退了。」

退了？退了！

姚氏胸中突然邪火竄升，她在這裡上竄下跳這麼久，傅琨一句話說退就退了，把她當作什麼？她不由有些氣悶。

「老爺可還把我當作念君的母親，這麼大的事也不告訴妾身……」

「妳要先把自己當作她的母親。」傅琨打斷她。「妳也不用繼續說。我的女兒，沒有理由委曲求全至此，四姊兒當初和杜家是這樣，念君如今也是這樣。妳若要護自己的表侄女而委屈她，今後與別家夫人往來，看妳是否抬得起頭。」

姚氏愣住了，她適才沒有想到這一層。是啊，關於她的風言風語如今漸多，這惡毒後娘的名聲她可不能背，何況傅念君還不同別的繼女，是她親姊姊留下的女兒啊。

「老爺，我、我……」姚氏有些慌神了，四下裡打量著張氏的身影，可此時哪裡有什麼張氏。

傅琨看出她的眼神閃爍，說著：「切結書若是妳不簽，要麼，妳不做傅家的夫人，去做林家的親戚；要麼，把這樁到底是誰調戲誰的案子送去府衙審審。妳也不用擔心丟人，左右夫人大義凜然，我就是頂著滿朝眾臣的嘲笑，也會鼎力支持的。」

傅琨朝她微笑。「夫人，妳自己選吧。」

姚氏突然有些腿軟，怎麼會這樣呢……這事態，竟與她想像得完全不同。最讓她心驚的，是傅琨二話不說就幫傅念君退親了，傅念君退了崔家的親，她還能去嫁誰啊？他是不是糊塗了？

她原本打算的計畫，就這樣毀於一旦。

眼下已經別無選擇，姚氏只好迎著夫君冷冷的目光艱澀地說：「老爺，我、我簽切結書。從此後林家，與我、與傅家，就再無瓜葛！」

§§§

大方氏知道傅琨的決議後，氣得咬牙跺腳，可是到底沒有別的辦法。

傅琨是誰，與她不止是雲泥之別，他做的決定又豈是她能置喙的。

大方氏心裡只好琢磨著先與崔家成了這門親，總歸日後有麻煩，她再求去傅家就是，想來姚氏對自家也不會不聞不問。

她心裡想得好，只當那切結書是個擺設罷了，卻不知在日後的日子裡，它會發揮多大的作用。

傅琨當然也不在乎林家如何、大方氏如何，她們根本不值得他費心。這個林家，待林小娘子過門後，他自然也會兌現與崔家的承諾，讓他們沒有辦法再像今日一樣隨意登門耍無賴。

傅念君退了親，姚氏說不上心裡是開心還是不開心。

崔家是門好親事，哪怕出了今日這樁事，她依然覺得對傅念君來說，崔涵之配她是綽綽有餘的。傅念君撈不著這麼好的夫婿，她理應是高興的，可是這樣一來，傅念君的親事卻又突然沒了著落，留在家裡也是徒惹些麻煩。

姚氏心中不痛快，正想找張氏說說，可是張氏從自崔家出來、到回傅家，都一直沒有露面。

姚氏心裡起疑，張氏從來沒這樣過，她會去哪裡了？她沒等來張氏，卻先等來了傅琨。

傅琨要和她交代的話也很簡單。

「近段日子妳事情也多了，四弟要歸家，先收拾一間院落出來，他性子怪，不喜與妻兒同住。大姊兒的親事妳也不用操心了，由他們夫妻自去託了媒人相看吧。還有張氏，我見她做事不錯，便讓她去管府裡的衣裳針線。夏日裡要做許多新衣，她也事多，後院裡妳身邊再換一個人吧。」

姚氏目瞪口呆。對於四房的事，她可以毫不關心。可是張氏，為什麼這麼突然？

「老爺，她是我身邊跟了這麼多年的老人了，調去外面我實在捨不得……」

傅琨微微笑了。「我看夫人近日面色不好，聽聞張氏是屬豬的，與妳是屬相不和，多有衝撞，待過了這陣子再說吧。」

姚氏心裡不舒服，可聽傅琨也沒把話說死，就沒敢再爭辯。

傅琨卻又繼續說：「我憐惜夫人事多，身邊也確實要有個得力的……十三姊兒和淺玉今日已搬到左進東廂，以後後宅的事妳讓淺玉多處理吧，她那裡通去前院也便捷些。」

姚氏瞪大了眼睛，這就是明擺著分她的權了！

「老、老爺，是、是妾身做錯了什麼事嗎……」

奪人又分權，為什麼會這樣……是因為今日崔家的事嗎？

姚氏急道：「老爺，妾身可什麼都沒有做過啊，今日在崔家，林家會這樣我、我也不知道。出了那事，阿玲畢竟是我的表侄女，您知道的，我不能看她身敗名裂，就只能對不起姨母了，您是不是因為這個氣我？妾身、妾身實在是……」

傅琨微微嘆了口氣，走近她身邊，握住了她的手，輕聲說：「妳想多了……」

他自進門起，就沒有說過姚氏一句不好。語氣平和，態度從容。

姚氏心裡害怕，自己這段時間與傅琨的關係日漸緩和，她正覺得似乎與他能像當年大姊一樣做到舉案齊眉，可是突然又發生了這樣的事。林家畢竟是自己的親戚，他肯定要生氣啊。

「我並不怪夫人，這事和妳無關，我自然是知道的。」

傅琨輕輕拍了拍她的手。「我瞧妳近日心緒有些不寧，是不是煩擾之事太多？也怨我，先前把大姊兒和崔九郎的婚事都交給妳去照拂，妳辛苦了。」

這幾句話一說，姚氏頓時便舒坦了很多，朝傅琨搖搖頭。「比起老爺，妾身這點辛苦又算得了什麼呢。」

傅琨道：「我明日請個大夫來給妳調養調養身子，暫且先緩緩情緒，不要因為林家和崔家的事著惱，反耽誤了自己。念君剛剛及笄，四姊兒也還有幾年工夫，孩子們的親事不急在一時。」

傅琨話說得很慢，聽在耳朵裡似是涼涼的泉水滑過，撫平人的心緒。

姚氏竟也慢慢地接受了他這副說辭。她心中只想著，待過兩日把張氏要回來，那個淺玉姨娘也得意不了多久。

她抬頭望進傅琨狹長帶著笑意的秀目中。是啊，老爺是明事理的人，怎麼會真的和自己置氣呢？萬事都還有轉圜的餘地。

§§§

第二天傅念君知道傅琨把張氏與姚氏隔開，又把淺玉姨娘母女挪到正院，開始讓淺玉接手管事後，她就知道，爹爹這是終於行動了。

她微微嘆了口氣，傅琨的行事一如他的脾氣性格，在朝堂上是這樣，在後宅也是如此。從來沒人見過傅相惱怒紅臉、急切躁進時的模樣。

他處置人和事都是這般，緩緩而動。溫柔的一刀。

她從以前就和傅琨提過，姚氏身邊這個張氏心眼極多，姚氏很多主意都不是她想的，都是出於張氏。

昨日她又和傅琨多說了一句，姚氏想鼎力支持林小娘子入崔家做妾，以圖謀日後用貴妾身分壓制自己這個正妻，這法子，大概也是張氏提出來的。當時傅念君就在傅琨眼中看到了一絲極濃的陰鬱閃過。

這是她重生以來，第一次見到傅琨有這樣明顯的情緒。他一直都是雲淡風輕的，哪怕先前處置方老夫人時，被杜淮的事噁心時，他也不曾這樣。

林小娘子露出貪婪本性，傅琨和傅念君都能揣測到，可是在那種情況下，張氏還不忘攛掇著姚氏再算計傅念君一把，傅琨就真的忍不住了。

那女人實在太過惡毒。

他從之前就與姚氏親近了一段日子，姚氏才漸漸放鬆了警惕，接著一步步把姚氏身邊的勢力和權力瓦解，讓她成為一個徒有虛名的傅家主母，這才是傅琨真正的目的。

傅念君微笑，還不錯，這樣的結果她能接受。姚氏是不可能被休的，害她性命又太損陰德，折了她羽翼才是最好的法子。接下來，傅琨應該還有布局。

傅念君嘆了口氣，但願這次能夠一勞永逸吧。

§§§

傅琨和傅淵將傅念君與崔涵之的婚書在祠堂的靈位前燒燬，看著隨著那一縷青煙化為灰燼的婚書，傅琨心中終於定了定。

傅淵靜立在父親身旁，只緩聲說：「爹爹，如今二姊兒的親事，您可有籌謀了？」

傅琨聽他這話，只道：「你先前從不會問這個。你對這事上心了？可有主意？」

傅淵的臉色突然有些尷尬。他並不想承認自己對傅念君的事上心。

他清了清嗓子。「如今住在府內的陸家大郎，是孩兒的同窗，爹爹以為如何……」

傅淵是聰明人，陸成遙也不笨，先前傅淵向陸成遙透過底，言明與崔家退婚之事，便是因察覺陸成遙對傅念君有幾分與旁人不同的心思。

傅淵知傅念君如今性情大變，倒是有幾分傅家女的樣子了，陸成遙若說對傅琨和傅家之勢完全沒有攀附之心也不可能，可是他比起崔家的兒郎來說，對傅念君起碼還談得上「尊重」二字。

陸氏家族也很是不凡，按底蘊來說，傅家還是低了一截的。只是陸家雖為頂級世家，本朝卻漸漸在朝中顯得有些疲憊無力、後繼不足，如今這一輩出了個嫡子陸成遙算是有些前途作為的。可陸家眾人心思都太雜，汴京距他們本家潮州又千山萬水，陸成遙若要在這裡做一番大事，恐怕傅琨助他，比起崔涵之來說，出的力只會多不會少。

傅淵曉得父親如今的處境，與陸家聯姻，其實不算是太好的買賣。

當年聘陸氏也是個緣分，傅家二爺體弱，也不是傅家掌權之人，而陸氏正好因相貌殘缺被家族嫌棄，傅家聘她也算合適，但對兩家拉近關係一事上也並未起太大作用。

但是傅琨的嫡長女嫁陸成遙，這意義就不一樣了。

「不妥。」傅琨揉揉眉心。陸家還是太複雜了。

即便不考慮別的，只考慮傅念君的幸福，他也不會與他們聯姻。

傅淵卻就事論事：「爹爹覺得何處不妥？陸兄與他的妹妹如今住在傅家，未必不是陸家打的算盤。畢竟如今朝堂漸穩，他們要觀望也觀望夠久了，他們想要重回前朝時的輝煌，必然要做一些改變。」

聯姻新貴大臣，就是必不可少的一步。

「陸家兩個孩子怎麼打算，自然有你二嬸去操心。他們不放到明面上的打算，我就權當不知道，陸大郎的事你就休要再提了。」

傅淵斂衽。「孩兒明白。」

傅淵頓了頓，又叮囑了一句：「馬上就要殿試，旁的事你且放在一邊，近日來多在書本上花些工夫。等殿試一過，你的親事也要琢磨起來了。」

「是。」傅淵當然知道，成親是自己避無可避的一環。

傅琨見他此般神色，似是有不願，心裡不由起疑。

「你可是有中意之人？」

「斷無。」傅淵答：「爹爹這話自不用多說，我心裡有分寸。」

他是傅琨的嫡長子，是要與父親在這政敵林立、雲波詭譎的朝堂上並肩同行的。在女色上，他知道尤其不能放鬆。多少百煉鋼，都為女子化作繞指柔。

傅淵不敢說自己心性堅定，卻只知道嚴於律己總沒有錯的，因此在如今妓館遍布，人人狎妓的風氣下，他依舊逼迫自己隨時保持一分警惕。

「沒有就好。」傅琨緩緩道：「你阿娘去得早，本來這些話都該由她來說的，可是如今只能我來講了。」

姚氏，是根本不能指望的。

「我與你阿娘少年相識，共過甘苦，歷過劫難，她最後命薄棄了我們而去。」

傅淵聽他說到親娘，喉中不由有些哽住。大姚氏走得時候，傅念君還小，他卻是能記事的。

「多少恩愛夫妻也逃不過天人永隔，可見人與人之間的緣分宿命本就淺淡，成了夫妻的，已是不容易。」傅琨的目光恰好望向了亡妻的牌位，那鋥亮的檀香木泛著悠悠歲月的光澤，旁邊留了一處空，是傅琨給自己留的。

他望著那牌位的眼神柔和，一如當年望著溫柔淺笑的妻子。

傅琨嘆了口氣，收回目光。「我是你爹爹，自然願你在婚姻一事上圓滿，與你的妻子做到既有緣，又有情。」

傅淵微愣。

「這也算，是我對你阿娘的交代了。」

這是一個對傅淵的承諾，即是他日後挑妻子，傅琨一定會盡力為他選一個與他「有緣又有情」的。這對一個居高位，握大權的丞相來說，實在太不容易了啊。

傅淵很清楚，他和傅念君的婚事，本就是該拿來按斤兩稱了賣的，可是傅琨卻這麼說……

「爹爹……」傅淵的聲音，壓抑著一種他自己都說不上來的情緒。

所以，爹爹才會這麼費心地與崔家退親吧。不是因為崔家「不合適」或者「不夠格」，傅琨僅僅是身為一個父親，做出這樣的決定，想讓傅念君嫁一個有緣又有情的夫君。

傅琨如今對傅念君是這樣，以後對他，亦然。

傅琨淡淡笑了笑，對於平日一向冷漠寡言的長子露出這樣的情緒並不詫異。

「三哥兒，以後你妹妹、這傅家，都會交到你手上，爹爹希望你能做得比我好。」

傅淵垂眸望著地上，光可鑑人的青磚上透過花格漏窗間灑下的薄薄日光，這宗祠裡總纏繞著一種木香，如水流般漫溢，緩緩流淌，盤桓不散，揮之不去。這種木香，悠長綿延而又含蓄內斂。

就如他的父親傅琨一樣。

傅淵知道自己生性冷漠，在這個家裡，除了父親，他對誰都是漠然不顧的。可父親他不一樣……

即便居於朝堂多年，浸潤了無數陰謀算計，他依然保持著一份純心，對他逝去的生母，對他們兄妹，對這個家……

也是因為這純心，傅琨才不至於被高位厚爵、權力物欲蒙了眼。這一點，傅淵很清楚，他自己就做不到。

傅淵只拱手長揖，緩緩彎下腰。「爹爹所言，孩兒謹記。」

§§§

「娘子，那位您一直留意著的魏夫人近日病了，已經許久沒有出門了……」

儀蘭乖乖地向傅念君傳遞外頭人盯著的消息。

「是嗎？何時病的？她病之前去見過誰？」

「已有十日了，最後見的是登聞檢院朝請大夫荀樂荀大人的妻子，王夫人。」

儀蘭比芳竹有心，她知道娘子今時不同往日，在這些事上尤為用心地去學了學，否則以她從前的工夫，恐怕連囫圇地把荀樂的官銜說出來都做不到。

傅念君眼睛裡閃過一絲寒光。

終於來了。這件改變傅淵人生的事，終於要來了嗎……魏氏去過荀家了，想來應該是已經與荀樂有些首尾。

稱病不出。為什麼突然就病了，還一病這些時候。難道魏氏是被強迫的？非心甘情願與荀樂父子有私？

傅念君不是不知人事，她在嫁入皇宮前，很多事都是多多少少知道的。關於男人，關於一些男女之事。有些齷齪，遠超過她一個小娘子能想像的範圍。

魏氏、荀樂父子、傅淵……這些日子她想破了頭，也實在想像不出這三者之間有什麼必然的連繫。

傅念君閉了閉眼。她從前不知傅淵的情況，可如今看來，他在私事上處理得格外小心，與魏氏的夫君鄭端相處也不算太親密，更別說他的妻子魏氏了。

若說傅淵對魏氏真有些什麼，傅念君頭一個不信。若說是魏氏單相思傅淵，倒還有點道理。

不過也不像，魏氏上頭是有主子的，對方豈會容忍她被這點兒女私情耽誤。

傅念君的手指一下一下敲在反光的花梨木圓桌桌面上，敲得儀蘭心裡有些忐忑。

屋內一片靜謐。恰好因為春和日暖，往外的窗開著，芳竹的聲音從廊下傳來，她正在訓斥小丫頭。

「……這茶具和茶具也是不同的。這套定瓷和這套汝瓷，都會混了？雖說都是白瓷，瞧著相似，可也都是大不同的。定瓷泛淺光，而汝瓷則透著釉色青，更為溫潤。質地不同，洗它們的水溫自不同。妳們兩個，別以為偷懶把兩套茶具混著洗我就不會發現了，娘子這些東西可比妳們都金貴，瞧瞧妳們做的好事！」

小丫頭們被訓得不敢爭辯，間歇傳來嗚嗚的低泣聲。

傅念君和儀蘭這裡聽得一清二楚。儀蘭心裡只埋怨芳竹不知輕重，為兩套茶具就和小丫頭們纏夾不清。她上前去就要關窗。

「等等。」傅念君喚住她。

「娘子？」

儀蘭以為她是有什麼吩咐，卻見傅念君眸光閃閃，也不再煩惱地用手指點著桌面。

「是啊，應該是這樣，我怎麼會沒想到呢……」傅念君喃喃自語。

她覺得自己有時真是挺愛鑽死胡同的。就像那個兩個小丫頭一樣，把汝瓷和定瓷混在一起洗，因為相似，因為理所當然。

其實魏氏這件事，或許根本沒有她想得那麼複雜。

她一直都清楚，幕後之人比她知道更多的事，他能比她布更大的局，甚至把周毓白都算計地死死的。

她就在心底一直存著幾分害怕忐忑，事事往複雜的地方去想。

其實局面早就已經很清楚了，魏氏只是一個女人，常年與後宅女眷們來往交涉，她幕後之人恐怕只是讓她負責打探消息、放做眼線耳目，並不是用她來做什麼美人計。

要美人，何必這麼拐彎抹角，還給她弄一個鄭端的夫人這層身分，這就太多餘了。所以對方放魏氏這枚棋子的初衷，並不是算計傅淵。是傅念君她自己把這兩件事硬要連繫在一起，如此才怎麼都想不通。

現下分開琢磨，她心裡自然就豁然開朗了。

這魏氏必然有什麼獨特的手段，接近那些與夫婿關係不和的夫人，例如盧璿的夫人連氏、趙大人的夫人許氏等等，幫助她們、獲取她們的信任，來為她的主子謀事。

這樣的人，那幕後之人定然不會只安排了一個，而荀樂父子也許就是個意外。魏氏接近荀樂的妻子王夫人時，踢到了鐵板。她有理由猜測，那荀樂本就是個極好色之徒，魏氏在去荀府時就惹了麻煩。

傅念君無法猜透魏氏的心思，但她可以揣摩。那人如果知道自己的手下遇上了這樣的事，他會怎麼做？

殺了魏氏？最蠢的方法。

任憑魏氏被荀樂父子作踐？反而可能暴露魏氏的身分。

設個局犧牲魏氏。這才是順勢而為，是最好的辦法。這是上位者處理手下人意外時，最常用的解決手段。

本來就是一件工具，在無法繼續使用的情況下，自然要徹底地用一次再扔了。

或許是那人本就不想留荀樂父子了，也或許是因為後來牽扯出來的大理寺丞王勤、知諫院正言張興光等人。他用這件事順便算計了很多人，包括傅琨父子。魏氏再一死，也算是物盡其用了。

傅念君呼出胸中一口濁氣。

儀蘭見傅念君臉色轉圜，一顆提著的心也稍微放下了。

「娘子可要喝茶？」她輕聲問。

傅念君點點頭。「要的。」她頓了頓：「讓芳竹別訓那兩個小丫頭了。還有，分些賞錢給她們三個。」

儀蘭愣住了。兩個小丫頭做事不規矩，竟然還要賞她們？

傅念君只說：「事情做不好，下次繼續罰。這賞，是謝她們幫我想通了一個問題。」她微微笑了笑。「賞罰分明。」

儀蘭無言。您這也是挺任性的。

「對了。」傅念君又在她身後囑咐：「讓大牛去給阿青帶個信，我有件很重要的事要讓他去辦。」

阿青就是正月十六那日放狗咬崔九郎的少年，他在城外替傅念君養狗跑腿，什麼都做。這孩子逃災到東京城，無父無母，從前一直在瓦肆裡混日子。陸氏身邊的蘇姑姑從前偶爾照拂他一下，傅念君當時正缺一個伶俐又會養狗的小廝，就請蘇姑姑說項，雇傭他給自己做事，讓他守著自己的私宅，不用賣身，一日三餐都有著落，更還有工錢，阿青別說多感激她了。

芳竹和儀蘭怎麼都不會想到娘子要讓阿青去做的，會是這樣的事。

她們是真的越來越不明白娘子的主意了。

幾日後，在茶樓的雅間裡，傅念君端坐著，面前卻有一個十分侷促的少年郎站著。

他穿著嶄新的白細布襴衫，圓領大袖，下施橫襴，腰間有襞積，頭戴儒巾，皂靴潔淨，正是京中進士、國子生慣常的打扮。

傅念君身後的芳竹和儀蘭望著這挺拔身影臉色很難言。

傅念君身前的阿青漲紅著臉，甩了甩兩個大袖子，十分不習慣。

「娘子，我、我是粗人，穿這、這個太不習慣了，也不好看，就叫做那個，像貓不像虎那什麼的……」

「畫虎不成反類犬。」芳竹得意地接下去。她也是個飽讀詩書的丫頭好嗎。

「對！就是那個！」阿青尷尬地搔搔頭，這樣一撓，原本整齊地掖在儒巾裡的頭髮又調皮地冒了兩撮出來。

傅念君道：「別慌，你這樣很好看。」

阿青的臉更紅了。原本他那常年曬得小麥色的一張臉不容易看出臉紅，可此時兩個丫頭都能看出來，他那臉都快能燙熟雞蛋了。

芳竹忍不住問：「娘子，您讓阿青打扮成這樣，到底要去幹嘛呀？」難道要去坑蒙拐騙？阿青原本是這市井裡最下九流的人，幾時學著士子穿過這樣的衣裳了。

「阿青。」傅念君的聲音悠悠如泉水，很能鎮定人心，阿青突然覺得沒有那麼慌了。他生得並不難看，穿著這樣的文人衣裳，也並不顯得如他所說畫虎不成反類犬，反而有一種難得的健康活潑，是成日在書房裡窩著的那些才子們所不具備的活力。

「我要委託給你一件大事，這件事其實不難，只問你願意不願意。」

阿青忙道：「娘子待我恩重如山，萬萬不能說委託這樣的詞，您讓我去上刀山下火海，我也是沒半句話的！」

少年這話說得響亮又赤誠，說完又害羞起來。「可是我會的事太少了，娘子，我也就會幫您養養狗……以前混在瓦子裡，跟著伎人們學的一些雜耍手藝，也不能汙了您的眼啊……」

他說著說著，好像覺得自己說太多了，話音戛然而止：「所以，您究竟想讓我做什麼啊？」

傅念君微微笑了笑。「不太難，身為男人應當都是會的。」

在場兩個丫頭加阿青都是一臉懵相。身為男人都該會的？那是什麼啊？

阿青心裡琢磨，難道是站著小解？這個女人們的確做不來。

可是一瞬間，他在心裡又狠狠搧了自己一巴掌，竟然在傅二娘子面前這麼低俗，誰知傅念君說的話，卻比他的想法更石破天驚。

「我要讓你去……狎妓……」

什麼?!兩個丫頭和阿青更呆了。他們沒聽錯吧？娘子身為傅相嫡長女，一個身分極高的貴女，竟然說出了這樣的話。

竟然自己花錢讓手下人去狎妓……這是什麼愛好啊？

傅念君無視他們的呆若木雞，鎮靜自若地說下去：「春風樓知道吧？裡頭有位頭牌娘子，我要你去尋她探個風聲。」

說到探個風聲，阿青終於有些回神了。

「去去去去妓館探風聲？」

從前傅念君常有任務讓大牛帶給他，不過是打聽些街頭巷尾的消息，可讓他去妓館裡打聽還真是駭人聽聞。

「阿青，你不願意嗎？」傅念君問道。

阿青聽見她這一句，立刻站直了身子，收回了適才不恰當的震驚情緒。真是的，都怪他想法太齷齪！

「我願意，娘子讓我去，我就去！」

「好。」傅念君笑笑，又讓芳竹取出一袋錢來遞給阿青。

「這裡頭有幾張銀票，由你塞給那名叫絲絲的官妓，剩下的零碎，你自進了門就要賞人，別心疼。」

阿青掂了掂那沉甸甸的袋子。怎麼會不心疼啊。

「具體的我讓大牛大虎來教你，總之過幾天過去，你不能露怯。」

阿青傻傻地點點頭。芳竹忍不住和儀蘭小聲嘀咕：「大牛哥、大虎哥還經常去逛窯子啊？」

儀蘭也覺得奇怪。「不能吧，每日娘子安排下去的事那麼多，他們哪有這閒工夫……」

傅念君咳了一聲，對兩個不解人事的小丫頭道：「有些事男人懂，妳們不明白。」

芳竹和儀蘭投過來的眼神有些不敢苟同……說得好像您也是男人一樣。

§§§

四日後，經過大牛、大虎特別訓練的阿青，換上了傅念君準備的士子打扮，懷揣著沉甸甸的錢袋子，忐忑地踏進了春風樓的大門。

這是他頭一回見到如此金碧輝煌的地方，甚至有些害怕地想往門口退，可是一想到傅念君，他又刹住了腳步。娘子對他寄予厚望，自己怎麼能來個妓館還如此左右踟躕的。

阿青整了整神色，擺正姿態，學著那些不可一世的世人，用眼角睨著笑臉迎過來的鴇母，心中只有一個念頭：用眼角看人，可真夠累的。

此時，傅念君正在春風樓斜對門的一處茶樓稍坐，等著阿青出來覆命。

那官妓絲絲也算是東京城裡名頭比較響亮的一個，也常有些達官貴人來尋她，不過她性情古怪，十個裡倒有八個不肯接待。

「娘子就這麼肯定那個絲絲肯接阿青？阿青看起來呆呆的，他大概是一輩子都沒進那樣的地方……」

傅念君抬眸看了看問話的芳竹，沒有接話。

她當然有七八成把握，才會讓阿青去。這個絲絲的入幕之賓，有一個就是荀樂的兒子荀仲甫，只是自去年八月後，荀仲甫就不再光顧春風樓了，轉而頻繁去邀月樓的蘇瓶兒處。這蘇瓶兒在東京名聲比絲絲大多了，也最受達官貴人喜愛。

荀仲甫為何突然冷落了絲絲，這裡頭是什麼緣故，傅念君也猜到了一二。

聽說八月到九月，一整個月絲絲都沒接客。如果真如傅念君所想，那這女子還是個性烈的，派阿青去這趟必然不會無功而返。

除了阿青，她手底下也不是沒人，只是思來想去還是阿青最合適。

回到阿青這邊，他這是第一次坐在這樣華麗漂亮的屋子裡。

單絲羅、孔雀羅，尋常人家都捨不得做衣裳的金貴羅錦，就被人這麼隨便糊了窗屜、做了帷帳，長及曳地，也沒人在意這些東西會不會髒。

那青色疊著秋香色的羅帳，層層紗幔，風一吹，極盡風雅纏綿，襯著屋裡花梨木、沉香木上品家具的幽幽光澤，一股淺淡的檀香往他鼻子裡鑽。

帷幕蔭榻，左經右史，彰顯出主人不凡的品味。

阿青第一次知道，原來勾欄裡是這樣地別有洞天。這是尋常人家多少年都置辦不起的行頭吧。

他默了默，怪道這東京城裡頭，那麼多鱗次櫛比的妓館勾欄，還個個生意頂好。是誰都願意待在仙境裡頭，不願去那庸俗勞碌的凡間吧，就在這裡待個半日，怕是也能忘卻許多凡塵俗世，想來是划算的。

阿青正發著呆，聽見一串悅耳的釵環噹啷聲響起，眼前紗幔被兩個小丫頭一左一右挽起，從內室裡出來一個身形窈窕嬌媚的女子。

她的容貌和這間屋子一樣，像是只有仙境裡才有的仙女。

朱唇青黛，鼻若瓊瑤，下巴是尖尖的一個小弧度，一雙眼睛盈盈如水，嬌豔卻不媚俗，冷清卻不疏離。阿青愣愣地盯著她。

那女子嗤地一聲笑了。「當真是個愣頭青，誰把你請進來的？」

她話裡雖含著兩分嫌棄，可眼神卻從適才的冰涼轉暖了兩分。

阿青紅著臉，按照這兩天學的向她行了個禮。

「問絲絲姑娘好。」

「郎君這是做什麼？斷沒有你向我行禮的道理。」絲絲極詫異。她心裡很清楚，即便不是那些達官貴胄，就是普通的文人士子，自己也沒有資格受他們的禮。她不過是最下九流的娼妓，人家願意捧著妳，就當妳是個寶貝；不願意了，連堆溝渠裡的汙泥都不如。

這些如今不算什麼的學子，誰知他日會不會一朝成為天子門生，若是有一、兩個念舊情的，還能記得她們這些迎來送往的賣笑人，也算她們這輩子沾了些好運氣。

也是衝著這個念頭，一些名聲夠響亮的官妓，如蘇瓶兒、絲絲之流，也會三不五時會一會幾個有才學的貧苦學子，也不要他們多少過夜金，只當結個善緣。

絲絲命小丫頭去端酒來，她以為阿青必然也是那等貧苦士子，想來尋一夜風流的。樣貌倒是不錯，是她喜歡的，可就是太害羞了，一對眼睛不知往哪裡放似的，侷促不安。這風度放在士子裡，可是要被恥笑的。

阿青確實覺得尷尬，雖說他在市井混慣了，可從來就不和那幫閒漢一樣，沒事往那些廉價的私窯子跑。他一心記著過世阿娘的囑咐，好好存著錢，指望娶一門正經的婆娘、成一個家。這宿妓，對他來說是奢侈昂貴、根本犯不著的一件事。

阿青記著傅念君的囑咐，和絲絲說了幾句話、喝了一些酒，絲絲本想與他論一論詩、彈琴耍趣，可是阿青卻絲毫沒有回應她的意思，只對她道：「姑娘能否先讓侍婢退下，在下有幾句話想與妳說。」

絲絲執杯的手一頓，眼裡閃過冷芒。男人，不都是一個樣！

「好啊。」她依然笑得妥帖，心裡卻琢磨，等這小子也像以往那些客人不管不顧地像狗一樣撲過來，她自然有招數對付他。

她不願意接的人，就是不接，管他日後會不會是新科狀元，她厭了，就是厭了。

誰知等了半晌，阿青也沒有動作，反而猶猶豫豫地掏出一個錢袋子，把裡頭疊得薄薄的一張銀票塞給她。

「姑娘，我是來向妳打聽個事的。」

絲絲怒起。「你把這兒當作什麼地方了？」

她拍桌子就要喊人，阿青想去拉住她的手，卻又不敢，只能道：「請妳聽完在下的話，再把我趕出去不遲。」

他額頭上冷汗直冒，心裡想，幾位大哥說的果真不錯，這名妓的脾氣和她們的名聲都是一樣大的。他還什麼都沒說呢。

絲絲抱臂冷笑，好個醉翁之意不在酒，來她這裡的，可從沒有過是來打聽消息的。

「絲絲姑娘。」阿青正色道：「這是我家主子的意思，她進不來，只能讓我跑一趟。她說她知道妳的苦楚，知道妳的病，問妳想不想治？」阿青盡量長話短說。

絲絲蹙了蹙黛眉。「什麼意思？」

阿青習慣性地搔搔頭，也是這個動作，讓絲絲終於確定他根本就不是什麼學子。

阿青並不知道來龍去脈，只知轉達傅念君的話：「荀樂父子。妳……不想報復他們嗎？」

絲絲的臉色突然慘白，帶翻了手邊的酒杯。「你、你說什麼……」

阿青只示意她眼前的銀票。「絲絲姑娘，我家主人只是想與妳合作，若是妳不願意，她也不勉強。」

絲絲咬了咬唇，神情顯出兩分掙扎。「你的主人，到底是什麼人……」

阿青只道：「若姑娘願意，可以隨我去見見我家主人。」他頓了頓，補充了一句：「我家主人是個女子，請妳放心。」

絲絲煞白著臉，仔細地盯著阿青。「你、你也知道？」

「什麼？」阿青愣了一下，隨即又「哦」了一聲，一副恍然大悟的模樣，有些憨地笑了起來。「我只是個遞話的。」

少年爽朗的笑容讓絲絲覺得有些刺眼。她垂下了眼睛，手緊緊攥成拳頭，蔥管一樣的指甲陷進手心裡，要是被伺候她指甲的小丫頭見了，必然要心疼地無以復加。

絲絲覺得心亂，那樁事，有人知道……是啊，必然是有人知道，而且不止一個人吧。

她只是個低微的官妓，貴人掌中的玩物，她有什麼資格抵抗？

居於這膏粱錦繡之中，她如公主般高貴優雅。可就算這屋子再怎麼華麗精緻、如貴胄之家，也遮掩不了是個妓館的事實。

她就和這屋子一樣，哪裡有什麼風雅？

偏世上的文人才子不愛家中糟糠庸俗，而愛妓之風雅，在她看來，真真是可笑的一件事。

「我……不會去的。」絲絲咬牙拒絕阿青。

阿青卻只感嘆娘子的預料果真沒錯。絲絲的反應，在她預估之中。

他只說：「絲絲姑娘，妳是女子，我家主人也是女子。她說，如今有一個女子的性命就維繫在妳身上了，可否請妳救一救她？」

絲絲冷笑。「什麼女子的性命要我去救？無親無故，我何必？」

阿青頓了頓。「或許是……因為妳是個好人吧。」他又有些不好意思地補充了一句：「這句是我說的。」

絲絲有些愣住了。阿青清了清嗓子，繼續轉達傅念君的話。

「我家主人想問妳，還記得不記得紗紗姑娘？」

絲絲一愣。紗紗……很久不敢想起的一個名字。那是她的好姊妹，她們兩個是一起長大的，共同在春風樓裡謀生。後來，紗紗死了。

因為與一位大人相好，先被那家大婦捉回去拷打了一頓，打得遍體鱗傷，再也無法接客。後來絲絲把自己和紗紗的積蓄全拿了出來，去求春風樓的鴇母媽媽，由她出面託了一位豪強說項，搭上了那位大人。一番斡旋之下，紗紗才除了妓籍，成了人家的妾室。後來那位大人犯事貶謫，女眷跟著發配，紗紗還沒到發配地，就死在了路上。

她的夫君享福時沒輪到她，可是落難時卻是她先死。做她們這行的，不過是命如草芥。

絲絲想起來鴇母媽媽曾和她感嘆，說紗紗是惹了事，至於到底是什麼事，她也說不上來。只知道那家夫人這樣狠辣地對待她，左右與他們家的陰私脫不開關係。

絲絲此時覺得當頭被澆了一桶涼水。

他為什麼要提起紗紗？他的主人是什麼意思？是在暗示她，自己知道的事，也終究會成為禍根嗎？還有，他們竟已把她調查得清清楚楚了！

絲絲的臉色帶了些蒼白。「你、你家主人還說什麼了？」

阿青道：「她只說，如果不想成為下一個紗紗的話，應當考慮一下她的提議。妳的命，妳自己到底要不要救？」

絲絲渾身一震。她自己的命……像紗紗一樣死去嗎？

她望著阿青，咬了咬唇。「我又怎麼知道你不是在騙我？」

阿青默了默，囁嚅道：「我為什麼要騙妳……」他又指了指南窗。「我家主人就在對面恭候絲絲姑娘。」

絲絲暗嘆，這回自己大概是遇上個厲害的主了。恰好這時外頭的小丫頭來扣門。

「娘子，可有吩咐？要上熱菜嗎？」

絲絲對外頭道：「時辰還早，先等著。」

阿青的臉又有些紅了，好像突然又想起來這畢竟是妓館。時至日暮，若是再拖下去……

絲絲沒有空再打量他，只沉默地垂下了眼睫坐回錦杌上。

她心亂如麻，到底要不要相信他？如果他們是另有所圖怎麼辦？

可是她確實怕，他提到了紗紗，就像把自己積年的傷口又翻了出來，她才看清，那傷口血淋淋的根本沒有痊癒。

紗紗的後塵，自己難道也會步上嗎？

她抬眸，望向阿青，只重重點點頭。「好，我跟你去見你家主人。」

§§

絲絲在春風樓這些年，早就算半個主子了，她要做什麼事，不至於一點自由都沒有。

很快，阿青就從春風樓的側門裡閃出，身後跟著一個戴著青布小帽的小廝。

分明就是做了男裝打扮的絲絲。

絲絲在這附近也算是個惹眼的人物，好在傅念君的茶樓就在春風樓斜對面，走幾步路的工夫，她沒那麼容易被那群蹲在酒樓茶樓和妓館門口的閒漢認出來。

上了二樓雅間，傅念君已經恭候多時了。

絲絲第一次見到如此相貌出眾、氣質清華高貴的小娘子，不用阿青說，憑她這幾年的眼力，也能瞧出來這位小娘子的家世必然不凡。

「絲絲姑娘？」傅念君微笑，誇讚道：「果真是個美人。」

絲絲低了低頭。「見過娘子了。」

傅念君眸中閃過一絲欣賞，還不錯，是個識抬舉的人。名妓的派頭，此時在這茶樓中，她身上一絲都沒有存留下。那一套對付男人的手段，在決定踏入這裡時，絲絲就收起來了。

「絲絲姑娘。」傅念君請她坐，對方在猶豫了幾番後，終於順從她。

絲絲心道，這小娘子氣度不凡，教養也屬上乘，對自己這身分的人還如此禮遇，實屬難得。

「想必阿青已經與妳都說明白了。」傅念君道：「我有個忙想請妳幫一幫，這忙，既是幫我，也是幫妳自己。」

絲絲的眸心有光閃過，沉默了半晌，卻沒直接答話，反而問傅念君：「娘子是如何知道的？」她問的，是荀樂父子那件事。

傅念君揮揮手，讓芳竹和儀蘭也退下，屋裡只留她和絲絲兩個人。有些話，是芳竹、儀蘭兩個也不能聽的。

「本來也不是很確定，妳答應過來，就確定了。」

傅念君微笑舉杯飲茶，動作十分漂亮。

絲絲頓了頓，心道這小娘子果真有算計，只是不知她對自己有幾分真假了。

「荀樂和荀仲甫……」

「他們二人……」絲絲接口，咬牙切齒道：「當真是禽獸不如！」

「這話，出了這個屋子就不要再說了。」傅念君只淡淡道。

來不及壓抑，心中所想就衝口而出。

「我、我……」絲絲突然紅了眼眶，似是許久壓抑的情緒突然找到了宣洩的口子。

她知道這不是適當的時候，面前這人也不是適當的人。

傅念君打斷她：「我都知道。所以，別說了。」

絲絲察覺到她留在自己身上的目光十分柔和，雖然這小娘子年紀不大，可身上就是有一種安定人心的力量。

荀樂父子的事傅念君一直在猜，她其實不太敢往這方面去想。

但是從開始查這個絲絲之後，荀樂這對父子，除了在她模糊印象裡的人影，終於漸漸有了具體的輪廓狀貌，她也就完整地猜到了這回事。

荀樂和荀仲甫父子，毋庸置疑自然是貪花好色，且德行敗壞之徒。

而要敗壞到什麼程度，讓連一個吃慣風月飯的官妓在應荀仲甫荀的邀約後，竟病了一個多月不接客？蛛絲馬跡之中，絲絲自己就間接地告訴了傅念君真相。

荀仲甫平時狎妓都是自己一人，可是在別莊上，絲絲受邀而去，必然就不止是他自己一個人了。這對父子熱衷於禽獸行徑，二人與一個女子……當然還有沒有別的癖好是不得而知。

傅念君停了思緒，不願再想那些齷齪事。

她見面前的絲絲神情恍惚，說的話也斷斷續續沒有首尾，就可知那對父子時至今日給她帶來多少恐懼和痛苦，依然難以磨滅。

那些事，對一個女子來說，尤其不是自願的女子，該是多大的傷害，傅念君無法想像。今日絲絲再走這一趟，傅念君就更確信了。

傅念君只問絲絲：「妳想不想讓他們罪有應得？」

絲絲只苦笑。「他們，如何會罪有應得……」

她隱約聽荀仲甫提起過，近來認了一個乾娘，就是那成餘郡君，這位成餘郡君不是旁人，就是那位張淑妃的堂姊。

絲絲混跡風月場多年，接待過的達官貴人不計其數，就算沒那謀士之才，可粗淺的見識還是有的。搭上了張淑妃的荀樂父子，要讓他們罪有應得談何容易？眼前這小娘子難道就有辦法？

傅念君輕輕放下手裡茶杯。「妳做了一個正確的選擇，妳來見我，心裡必也是對那兩人存了幾分恨意的。」

絲絲說著：「娘子說我若是不來，會與紗紗……步上同樣的後塵？」

傅念君望著她，不管絲絲來見她的初衷是什麼，她總歸來見她了。

「是。」傅念君微笑。「本來也不會。但是我必然要扳倒荀樂父子，絲絲姑娘不站在我這邊，豈不就是礙我的路了？」

絲絲大駭。這小娘子這般年輕，說的話卻如此狂妄。

她要扳倒荀樂父子？擋她的路就沒有好下場？她是這個意思吧？

傅念君忽而神色一轉，神情多了幾分俏皮。「嚇到妳了？」

絲絲搖搖頭，只問：「娘子要讓我做什麼……」

傅念君的手指只點了點桌子。「也不用做什麼，很簡單的一樁事。」

她的眸光閃了閃，看在絲絲眼裡，只覺得有別樣異彩。

絲絲定下心來，細細聽傅念君對她的吩咐。

……

「只要這樣就好了？」絲絲有些詫異。

傅念君點點頭。「是。」

絲絲應承下來，最後問了一句：「娘子貴姓……」

傅念君貝殼般的白牙在她眼中閃過。

「我，就是那位名聲赫赫、傅相公家中的二娘子啊。」話中帶了幾分調侃，幾分自豪。

絲絲瞪大了眼睛。那位傅二娘子吧？不會吧！

傅念君卻不以為意。她既然露面了，就不打算隱瞞絲絲，對方若去四處打探自己反而不好。

「嗯。」傅念君點點頭。

絲絲噎了噎。「妳……您、您就這麼放心？」

「沒什麼不放心的。」傅念君說著：「讓自己放心的方法有很多種，我還不想對絲絲姑娘這樣的美人使。」

絲絲覺得身上一寒。這是威脅了吧。

傅念君偏頭想了想，不顧對方不怎麼好看的臉色，突然岔開話題，問道：「武烈侯盧璿盧大人可曾光顧過春風樓？」

絲絲搖頭。「盧大人雖常往錄事巷走動，卻未曾來過春風樓。近來……聽說也極少過來。」這一帶都是林立的秦樓楚館，她們做妓的，對各位常來走動的貴人當然熟知。

傅念君默了默。是麼，盧璿近來很著家啊。

「好，謝謝絲絲姑娘。」

絲絲一頭霧水，她也沒答什麼出來吧。

「既然絲絲姑娘答應了，我就與妳做這筆買賣。阿青給的銀子妳且拿著，日後有事要我幫忙，可以來尋我替妳辦一件事。」

傅念君的儀態端莊大方，有種一言九鼎的威懾。

「當然，此時絲絲姑娘大概還是對我存疑的，待不日妳自會看明白，屆時妳若有所求，我會應允。」

絲絲就這樣迷迷糊糊地出了茶樓，回到春風樓。適才像做了一場夢，傅家二娘子在自己面前說的那些話，都虛幻得不真實。

阿青已經離開了，留在桌上的酒菜還沒有動。她這屋子裡，還很少有這樣的情況。

絲絲握著筷箸，想起了自己受盡侮辱的那一天。她是賤籍，是不值一提的官妓，可卻要被人這麼對待嗎？還不如死了！

可是她知道她不會去死的。畢竟死了，就什麼都沒有了。

其實她在心中對自己說，若是傅二娘子真有本事懲治了那對禽獸父子，她根本不在乎什麼銀錢，她都願意去做！她想要報復他們的念頭一直都在！

鴇母媽媽說得沒錯，她依然是小時候那個餓怕了就去搶人饅頭，還死死咬住別人手腕不鬆手的野丫頭。她的烈性，在這麼多年的風月場中一點都沒有磨平啊……

恰好小丫頭進來添熱水，對她道：「娘子，適才邀月樓的蘇姑娘給人送頭花給您，您要不要……」

「呸！」

絲絲被她打斷了思緒，橫眉怒目，狠狠地將手裡的銀箸往桌上一扔，帶翻了盛著酒的杯盞，灑了滿桌的酒水。

「誰要她的東西，妳們什麼腦子，髒的臭的也敢往我這兒拿！都扔了去！不，給我燒了！」

絲絲突然發了這樣大的脾氣。

小丫頭嚇了一跳，卻不敢不從，只道自家娘子奇怪。從前她與蘇瓶兒相處極融洽，斷沒有為哪個郎君公子爭風吃醋過，就是同時作她們恩客的官人，也曉得她們兩人感情不錯。

可是近來，絲絲卻聽不得關於蘇瓶兒的一句話，彷彿是要與她徹底斷了聯繫。絲絲心裡卻冷笑，蘇瓶兒素來長袖善舞，可終究是個沒骨氣的。荀仲甫再不來尋自己，而去尋她了，是什麼緣故，旁人不曉得，她還不曉得嗎？

蘇瓶兒忍得住，她絲絲可忍不住。

§§§

傅念君坐在悠悠晃著的馬車裡回家。

「連夫人、許夫人，這些夫人她們近來似乎過得都不錯……」她喃喃道。

儀蘭和芳竹曉得這些事，儀蘭忍不住想提醒一下傅念君：「娘子，查探的人只說這幾家都平常得很，查不出什麼來，沒有好也沒有壞。」

所以這「過得不錯」一言從何說來？

傅念君望向儀蘭，眼神中的意味很不明。儀蘭懵懵懂懂地回望過去。

小姑娘們自然不懂。這過得好與不好，外頭人可怎麼知道？傅念君笑了笑。

如她適才問絲絲的那幾句，盧璿近來少來花街柳巷，就是一個很大的提示了。他不狎妓，自然是留在府中陪妻兒，其餘幾位大人似乎也是差不多的情況。

這自然不是什麼顯眼的大事，可是連接到魏氏當日在趙家與許夫人、連夫人鬼鬼祟祟消失的情形，傅念君不得不去往那些女人家極私密的方面去猜。

這個魏氏，或許與幾位夫人密切交往的立身根本，就是幫助和教授她們籠絡夫君。這幾位的夫君無一例外，都是風流人物。

雖然魏氏年紀輕輕不像精於此道，那幾位夫人年紀也都比她大上許多，又是貴夫人風範，這推測看來似乎有些不合常理。

但是男女之間的事，本來就不能用常理判斷。

如連夫人，她那烈火般張揚的個性，年輕時必然也是個敢愛敢恨的小娘子，從她當日上元看燈時的颯爽表現就可見一斑，不過是這些年京中的貴人生活，讓她不得不壓抑本性吧。

若有機會同自己的夫君鴛鴦交頸，纏綿恩愛，她定然會去嘗試的。

至於在床笫之間，魏氏是如何教幾位夫人的，傅念君這個從未實踐和目睹過的未嫁小娘子就不得而知了，她也就會紙上談兵而已。

基於這個推測，那日在晉國公趙家，傅允華落水被錢婧華救起，許夫人匆匆趕來時會換過衣裳、重新梳過頭髮，就說得通了。

魏氏大概就是趁著那機會，正在教授她一些祕術。

不過趁著文會，大小姑娘這麼多人齊聚趙家，許夫人還有這興致，可真是個妙人。傅念君想到許夫人那端莊慈藹的面容，還有溫和怡然的風度，不免微微彎了彎唇角，卻不知許夫人對趙大人是這般「情深意重」。

「娘子笑什麼呢？」儀蘭替傅念君沏了茶。

「沒什麼。」

傅念君打斷某些不正經的思路，人家夫妻的事，她猜那麼多做什麼。她只是想到魏氏，那個幕後培養她的人確實不易。

那人應該是很早就豢養了如魏氏這樣的一批人，或許有男有女，讓他們學習精通這些「旁門左道」，好安插在京裡各個地方，為他打探消息做事。

傅念君想想就覺得心驚。

魏氏的背景乾乾淨淨、清清白白，連她嫁給大理寺評事鄭端一事，都是水到渠成順利成章。傅念君知道，幕後之人若要做到這地步，肯定不是一時起意為她安排身分的，一定是從很早很早以前就開始……甚至是在她年幼時。

若不是因為傅念君對荀樂父子這件事有很深的印象，她才注意到魏氏；這樣一個人，隱沒在人群之中，她怎麼可能發現得了？

甚至，這樣的人可能不計其數。

傅念君頭皮發麻，對方比她回來得要早太多；他開始籌謀布局，比她開始得也早太多。

如她現在這樣，已盡快地去謀銀子、養人手確實太費心費力，依然還有很多事力所不能及。

對方卻早就準備好了。所以他能這麼毫不顧忌地躲在背後算計周毓白、算計傅琨。

因為他已經有足夠的本事來隱藏自己，只操縱著一些難以暴露他身分的傀儡為他做事。

傅念君從魏氏這一件事，就分析了這麼多因由。可是她知道，這遠遠不夠。

她的心情又漸漸沉重起來，無論如何，一定要阻止他把傅琨父子再次拖下水。唯一的辦法，就是先對魏氏和荀樂父子下手。

這一仗，如果她還不能勝，那以後更多的危局，她要如何應對？

15 投懷送抱

魏氏慘白著臉正躺在自己屋裡的榻上，榻邊小几上燃著檀香，濃郁得令人發昏。

「夫人，這香……」

「再濃一點。」魏氏淡淡地吩咐。

丫頭忍著鼻端的不適，勸她：「夫人，太濃的香對您身體不好，您病了……」

魏氏閉了閉眼，清麗的臉上閃過一絲茫然。

「病？我會有什麼病？我好得很。」

她只是覺得只有濃濃的檀香燃著、熏著，像是佛寺裡那股味道，才讓她覺得心安。才讓她覺得，自己在檀香繚繞中，沒那麼齷齪。

「夫人喝藥吧，喝了藥，病就好了。」

魏氏搖搖頭。「妳出去，我自己喝。」

丫頭有些不放心，可還是擱下碗退下了。

魏氏的臉色慘白，抬頭望著高高的房樑。她多想一根白綾懸在上頭吊死自己算了。可她不能死。不，不是不能死。是還不到時候死。

完成了郎君的吩咐，三尺白綾，才是她的歸宿。

魏氏早已心如死灰，在去荀府時被荀樂帶入房內的那一刻起，她就沒什麼想活下去的希望了。

她沒有想到，荀樂的夫人王氏根本不是要向自己討教什麼房中之術。她對自己的夫婿言聽計從到外人無法想像的地步。

夫君要什麼，她就給什麼。魏氏常常出入貴人門戶，早就被盯上了。

荀樂聽妻子說魏氏床上功夫好，時常有法子教得那些久旱婦人重討男人的歡心，魏氏手裡取悅男人的花招也是百般千般，都不帶重複的，早就想試一試了。

不止他，還有他的兒子……

魏氏木然地盯著頭頂的承塵（注），一張臉死氣沉沉。

她當日也是這個反應。她沒有想過要去抵抗，她當然不會抵抗，抵抗不能給自己帶來任何好處。

魏氏一直都知道，自己本身就是一件工具。身為一個工具，她不需要在乎自己的意願，這一點，她骨子裡有清醒的認識。荀樂父子這麼對待她，她只能接受。

事後，再公事公辦地請示郎君接下來如何吩咐。果真，很快的，郎君就有新的命令遞給她了。

魏氏心裡很明白，她在郎君的眼裡，甚至自己眼裡，她都已經不是個人了。既然都不是人了，還論什麼生死呢？

等做完了郎君交代的最後一件事，她也就可以解脫了。

她的手摸進被子裡，摸出一瓶藥。她用手指摩挲著細長的瓶頸，眼中閃過一絲決絕的光芒。

格扇被推開了，是魏氏的丈夫鄭端下衙門回來看她。

注　床前橫木之上的小帳幕，用來阻隔落塵。

鄭端在魏氏的眼裡，一直都像是個淺淡的影子。自己嫁給他是命令，是任務，卻無關情愛，哪怕是成親這麼久之後。她的心裡，也早就沒有感情了。

「妳的身體好些了嗎？」

鄭端是個年輕溫和的年輕人，雖然相貌普通，性格卻是難得的寬和大度。難怪傅相公家中那位元傅東閣都會與他交往。

魏氏心裡重重地一刺。

鄭端望見她的表情，只微嘆：「還是覺得不好麼？」

魏氏搖頭笑。「夫君，我沒事，再歇兩天就能好全了，難為夫君牽掛。」

鄭端只是凝視著這個妻子。成親近三年，他與魏氏的感覺卻是一樣的。兩人之間，永遠像隔著一層紗，看得見彼此的輪廓，卻始終不能真正靠近。

她固然是個好妻子，管家理事，經營私產，都十分能幹。雖說常愛與貴夫人們來往，卻從來不曾貪圖過對方的金銀。但是她對上自己的眼神，卻是有溫柔而無情意。

鄭端嘆氣。「若是身子不好，也不用急著去荀府，王夫人這幾日總是會等妳一等的。」

魏氏聽她提到荀家，心中狠狠痛了一下。

她在被子下的手已經緊握成拳，面上卻還是含著笑意，對丈夫說：「無礙的，約好了的，怎麼能失約。」

鄭端深深看了她一眼。「如此，隨妳吧。」

魏氏頓了頓，問他：「夫君今夜可還要與傅東閣赴宴？夜裡風大，記得披件衣裳。」

鄭端笑了笑，只應承下來，還道：「原本傅三郎就不愛外出去酒樓，他常說我們家的廚子手藝好，我想等過幾日，再請他過府一趟，妳認為如何？」

魏氏面上平淡。「自然是好的，傅東閣也許久未過來了。」

魏氏心中暗道，廚子的手藝如何會不好呢？那是郎君親自安排到他們府上來的。鄭端不通庶務，也從來不會思量，以自己微薄的俸祿，如何坐擁這樣一個堪比外頭大酒樓鎚頭的家廚。

他更不會發覺，自己與傅淵交好後，恰好府上就換了這麼個好廚子。用吃食引人入府，是很難，卻是最不著痕跡的一種方法。

魏氏在心中猜，或許郎君在知道鄭端入了傅淵眼的時候，就已經將他的計畫徐徐鋪陳開來了。如今，正好因為自己身上發生了這件事，郎君的心意改了，才決定要動手……

多麼可惜啊，傅三郎。

§§§

傅念君這裡，該交代的已經讓絲絲去辦了。

絲絲好好地噁心了幾天，才終於能扮出一副嬌弱纖纖的模樣，派人去給荀仲甫遞了信。

荀仲甫心裡訝異，這女人那日都要死要活的，還以為她斷不可能與自己往來了，這會兒卻又想通了？男人嘛，這樣一個嬌滴滴的舊日相好投懷送抱，荀仲甫自然也不與她計較，且去看看她賣什麼關子。

一到春風樓，就見絲絲收拾好了陣仗，正等著他呢。

一對眼睛含羞帶怯，藏著幾分幽怨嬌嗔，直把荀仲甫半邊身子都看軟了，一時顧不得旁的，心肝寶貝叫個不停摟了上去。

絲絲雖恨不得一巴掌搧死這豬頭，可嘴裡卻只能嬌聲道：「什麼壞人敢來抱我，不是不記得我了麼，還來做什麼？」

說罷粉拳在他胸口捶了兩捶，更是把荀仲甫捶得心花怒放。天知道她心裡想著的是，恨不得手上多把榔頭。

「寶貝，妳不是不願見我了麼？我怎麼會不想妳，想得脾肺都疼了，不信妳摸摸？妳那日不是……哎……」

「還提那日！」絲絲風情萬種地睨了他一眼。

「女子嘛，總歸是臉皮薄的。你卻當真了，荀郎，你是不是覺得妾下賤？」說罷揪著他的袖子紅了眼眶。

荀仲甫忙去摸她的小臉。

「哪裡能夠？我這不是，怕妳生氣麼。」他一聽絲絲竟不生氣，還挺懷念那日的意味，當下更是起勁。

「那日……好不好？」他賊兮兮地往她耳邊吹氣。

絲絲胃裡翻江倒海地噁心，他怎麼還有臉問出這種話？

可是一想到傅念君的吩咐，她卻只能點點頭，嬌羞道：「荀大人他好不好？近來……可會想起我？」

語氣小意溫柔，像羽毛輕輕撓過心尖。

荀仲甫一把把她抱到懷裡，親了一口美人豐嫩白皙的臉頰。

「好啊，妳可惦著我爹，不關心我了！」似是吃醋，可卻並無半分醋意。

絲絲望著他飛揚的眉眼，心裡重重地一沉。這對禽獸父子，恐怕熱衷此道早已不是一年兩年了。他們怎麼能……怎麼能這麼噁心？他們是父子啊！所以荀家後宅該是個什麼齷齪樣?!

絲絲臉上染了一層紅潮，是因為心裡怒意和厭惡翻騰不休而致，荀仲甫卻只當她是憶起了那日的甜美滋味。

「怎麼？還想著我爹爹呢？小狐狸精……」說著就要抱著她往床上滾。

絲絲哪裡肯讓他得逞，閃身就從他懷裡跳出來，嘻嘻嬌笑著：「荀郎好急的性子，你近日不是疼上了邀月樓的蘇瓶兒，你去找她吧。」

「她哪裡能同你比。」荀仲甫立刻反駁：「半點滋味都沒有！」

這世上說蘇瓶兒沒滋味的男人可不多，那位邠國長公主家裡風流的齊家大郎可都是蘇瓶兒的裙下臣，絲絲何嘗不知。

話還要說回來，在沒有定這個三日之期前。

傅念君這裡早就注意著傅淵的動向，如今他就是去一次國子學，她都會派兩個人盯著，他與同窗會文喝酒之時更是觀察得緊，傅淵卻不知道，自己這個妹妹，已經盯著他好些時候了。

好在近來準備殿試繁忙，傅淵會友的時候也不算多。雖然不多，卻還是會有的。

因此當傅念君得知傅淵要去鄭端家中赴宴，還是晚宴之時，她立刻收到了消息，出於警覺，當下就做了判斷。她盯傅淵那麼緊，還不就是因為那個魏氏。

如果這麼長時間以來，她都摸不到魏氏是通過什麼方法接近傅淵的，那麼只能用最樸實的方法了。例如每日跟蹤。

儀蘭和芳竹也覺得不太理解，覺得娘子是不是有些瘋狂？

以前的傅饒華對哪個生得好看的年輕學子格外上心時，也會派一、兩個小廝去盯著他們。可現在的物件卻是傅淵了，這就太說不過去了吧。

「鄭家……去不得。」傅念君只這麼說，有那位魏氏在的地方，一次都不能讓傅淵去嘗試。

她想了想，就吩咐大牛、大虎兄弟倆：「明日挑個好時機，去把我三哥打昏再扛回來吧。記住別打太重，他還要考試。」

大牛大虎默了。儀蘭芳竹驚了。

他們都在等傅念君開完這個不好笑的玩笑後，說一說正事。可是沒有回音。

傅念君蹙著眉，神情好似極為認真。

「娘子是說認真的？」大牛試探地問了一句。

「我幾時不認真過？」傅念君反問。

幾人一瞬間無言以對。儀蘭和芳竹彷彿重新看到了，那天十分囂張地指使他們去打杜淮、給他頭上扣糞桶的娘子。

這性子，該是說她剛柔並濟好呢？還是正經了一段時間，就定時發作一次……

傅念君沒空想下人們對自己的諸多揣測，她也覺得頗為無奈。

她心裡也想要個柔順些的法子吧，可是想來想去，要將傅淵騙得不能去鄭家也不是不行，卻有些麻煩。

傅淵是個極敏銳聰明的人，他很可能就看破了，來個偏向虎山行怎麼辦？

而且傅念君也不確定這次魏氏會不會對傅淵下手，勞心勞力還要布個局，最後什麼也沒有，豈不是太傻？

這打暈一下，也能讓傅淵在家中待個幾日休養休養，不要到處亂跑。

若是他好了還要去……那可能……就只能再打一下了。傅念君扶額嘆息。

「娘子，這、這打壞了也不成吧？」大牛漲紅了一張臉，結結巴巴地勸傅念君：「三郎是您親哥哥，就這麼一個親哥哥，說打就打，您這以後還得靠著他呢……」

不然難不成去靠著傅梨華的親弟弟傅溶嗎？

傅念君想想這話也覺得甚為有理，這後腦去打一記，畢竟要控制好力道。輕了，會被傅淵逮住，他怕是會怒火沖天，反過來把自己關在家裡。重了，萬一將個才名遠揚的傅東閣打得到殿試還未好全，她也無法對傅琨交代。

原本是想著幫他避劫的，可不能本末倒置。

傅念君反問大牛：「那你有什麼好法子？乾脆些的，讓三哥無法出門會客，卻也不至於有大毛病。」

芳竹儀蘭嚇得拍拍胸口，娘子早這麼說就正經些了。突然說要去打自己的親哥哥，還以為是有什麼血海深仇的。

她們兩個知道傅念君在查那個大理寺評事鄭端的夫人魏氏，而傅淵正好與鄭端有些交情。兩個丫頭明白過來，娘子這是擔心三郎呢，不想他去鄭家。

大牛想了想，要能阻止傅淵出門，又不傷害他的法子倒還真有。

「娘子，小的曾認識一個伎人，他手中有一種藥，只要往人臉上這麼一撒，能讓人一、兩日內流眼淚、連連打噴嚏，鼻水不休，去瞧病也瞧不出什麼來，過幾日自然就好了，您看這種可以嗎？」

傅念君眼睛一亮。極妙極妙，高手在民間，這些東西可是寶貝得緊。

大牛又有些猶豫。「娘子是世家貴人，這種手段，豈不是不太光明？」

傅念君卻道：「既不是做那害人之事，又何必在乎這些小節。」

眾人同時想著：都要用這藥粉去對付自己的親哥哥了，還不算害人？

幾人雖覺得傅念君怪誕，可這些時日也多少有點習慣了。

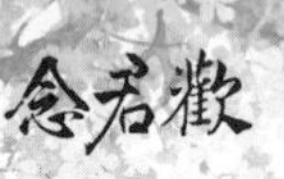

大牛應諾：「娘子放心，兩日之內，小的必然能將那東西弄到手。」

傅念君點頭。「如此就辛苦你了。」頓一頓，又補充了一句：「多拿些，以備不時之需。」

眾人：「……」

大牛大虎雷厲風行，很快就弄來了藥粉。除了要拿去對付傅淵的，其餘悉數都上交給了傅念君。

芳竹因此十分心有戚戚，生怕自己以後做錯事，娘子用這個來對付自己。

最可憐的還要數傅淵，他不過是如往常一般，下學後與兩個友人討論了幾篇文章，出來透透氣而已。平時他的護衛小廝不會等在茶樓的雅室門口，就這短短走幾步路的工夫，他就被人撞了一把，當頭往臉上撒了一把粉末。

那人遁走的背影，看在他眼裡還有幾分熟悉。

接下來的兩天，一向風度翩翩、高貴冷傲的傅三郎，就是不斷在打噴嚏和流眼淚中度過的。

為了維持往日體面尊貴、芝蘭玉樹的形象，傅淵從那日下午起只能躲在房內，不出房門半步。

因此傅家下人們也都深以為憾。

誰都沒能目睹三郎君涕泗橫流、眼睛紅通通如兔子的模樣。

當然最奇怪的是他的態度，不止是他的手下，連歸家後得知此事的傅琨也覺得奇怪。有人害他，為何不查？

傅淵只暗自在心裡頭咬牙，邊打噴嚏邊搖手示意父親。「無妨……」

等他好了，他非剝了她的皮不可！

傅念君！她到底是哪裡不對勁，突然發瘋惡作劇到此般程度？

他當然能夠猜到是她。除了她，還會有誰那麼大膽，有誰敢這麼無聊？

§§§

一天半過後，傅淵卻沒有能如期尋回他的場子，找回他的尊嚴。剛剛能夠重整儀表，板著一張臉踏出房門的傅三郎……又中招了。這次直接是在自己家裡。

傅念君反正也是破罐子破摔，她自己心裡恐怕也說不好，到底是怕傅淵再去鄭家赴宴，還是就是想借著這機會整一整這位總是不苟言笑又愛維持君子體面的哥哥。

其實她也知道，傅淵對她算不錯了，原主從前是那個樣子，能指望旁人無條件包容嗎？從她頂替原主後，傅淵雖然對她依舊表現出很濃的厭惡，態度卻確實變了許多，不僅幫她說話，在與崔家的婚事上，也統一了與傅琨的看法。

他或許私心裡儘管不想承認，卻還是想要護一護這個妹妹吧。

傅念君承了他的情，自然也會回報，哪怕只是因為傅琨，她都不能坐視傅淵身敗名裂。可幫他是一回事，他那個態度她照樣很不喜，幫他的基礎上讓他吃點苦頭也是好的。

所以這次的藥粉，劑量比上回要大一些。

總之結果是，傅淵都還沒來得及走到傅念君的院子，伴著一路嘖嘖聲，只能略顯狼狽地原路返回了。此時他早就沒有心情去管鄭家一再催促的請帖了，他一遍遍地琢磨，待他好了要如何和爹爹說，得管一管傅念君。

她這樣子，實在是不像話。

傅琨聽到兒子又中招了，竟是哈哈一笑。

他已經知道這是兄妹倆無傷大雅地鬧著玩，自然也不會去管教。他腦中閃過的畫面，是當年妻子剛過世，傅淵抱著年紀尚幼的妹妹，雖皺著小眉頭，卻依然很耐心地替她撿拾胸前掉落的糕餅屑……這兩個孩子啊。

老僕給他上茶，見傅琨心情很好，也笑著說：「三郎君和二娘子近來似乎感情不錯，相公可以放心些了。」

傅琨微笑著捋捋鬍子，聽著這話很是受用。

原本這次的分量，傅淵是要難受上三天的，可他還沒等到第三天去找某人算帳，罪魁禍首自己卻先出現了。

傅念君不意外會見到傅淵這副狼狽的樣子。往昔一直如青松冷泉般從容端正的面容，此時卻罕見地染上了一層薄怒，連眼睛和鼻子都有些泛著狼狽的紅色。看起來十分地……楚楚可憐。

想到這個詞的時候，傅念君不禁彎了彎嘴角。還真是一個與傅淵很不相配的詞啊。

傅淵眼尖地望到了這一抹笑，更是氣得很。放她進來，就是想問問她到底是在打什麼鬼主意。

「如果今天不能給我一個合理的交代，傅念君，妳再也別想踏出傅家大門一步！」

傅淵冷著嗓音，聲音雖沙啞，卻依然帶著往日的威嚴。

傅念君卻不怕，淡淡地笑了笑。「三哥別急，等我說完了再罰我也不遲，我一定不會有半句怨言。」

傅淵見她這般，也哽了哽，但隨著又是一聲噴嚏，他立刻惱羞成怒。「妳說吧，若說不出來……」

若說不出來就怎麼樣呢？這種幼稚的威脅……

傅淵突然閉了嘴，冷冷地盯了一眼傅念君。

傅念君覺得很是無辜。她之所以現在來見傅淵，不是因為歉疚，更不是因為解釋。而是今天，剛剛好。剛剛好有一些事情會發生。

她可從來不是秉承著「做好事不留名」信仰的人，既要幫傅淵，也該讓他知道欠了自己的恩情。她一向在這方面算得很清楚。

「恐怕得先要讓三哥移步，出去走一趟了。」傅念君點頭說著。

傅淵冷笑。「以這副模樣？」

傅念君卻覺得他實在是太過注重形象。

「三哥可以不露面。」她給出了一個建議。若他不喜換拋頭露面，自然多得是辦法。

欺人太甚！他堂堂傅家郎君，還要藏頭漏尾不成？

傅淵騰地站起身，再也忍不住：「傅念君，妳可知妳在做什麼？從前荒唐胡鬧也就罷了，如今這般瘋瘋癲癲沒規沒矩……」

傅念君有時覺得，傅淵在某種程度上比傅琨更像個父親。

她打斷傅淵：「三哥，這話解釋起來麻煩，你若親眼去看一看自然就會明白。你又不肯去，又無端來怪我……」

她覺得很無辜。

無端？她真好意思說這兩個字。

傅淵的眼睛紅紅的，忍住了再打一個噴嚏的衝動，聲音如寒冰一般。

「若非顧及過世的阿娘，妳這般樣子，我豈能容妳繼續留在府內。」

若往常他這句話一說，如傅梨華、傅溶這幾個小的，哪個不怕他。

可傅念君卻直接挑釁道：「只有千年做賊，沒有千年防賊的。三哥嘗過這藥粉的厲害，若往後我三不五時地用一用，你該如何？」

傅淵額邊青筋跳了跳。他出身名門，從小便以冷淡驕矜的君子風範自處，因此傅念君身上，有一點最鮮明的性子讓他無法忍耐。爹爹管這叫伶俐，他卻覺得分明是無賴。

傅念君心道：傅三郎這模樣，大概是她有生以來難得能見一回的。

「三哥，事關你自己，且聽我一言吧。」她整了整神色，眼睛明亮有神，透著靈動的光芒，整個人看來充滿了生機。

傅淵閉了閉眼。從前的傅念君讓他覺得厭煩，可是現在的，讓他在厭煩之外，又添了一些……無可奈何。

但他對這樣的情緒卻沒有從前的厭恨和生氣，他也沒有像以前一樣，連看傅念君一眼都覺得是對自己的褻瀆。甚至兩人你來我往，吵了幾句毫無意義的嘴。

總之，當傅淵坐上出門的牛車時，連他自己都搞不清為何會被傅念君說服了。難道他也瘋了不成？

牛車駛出傅家時，車外的下人還能聽見車內明顯的噴嚏聲。

在前頭伺候的下人不知傅淵近來的「病情」。

一個穿粗布的小廝只道：「天候變得快，連我們郎君都染了風寒。」

對面拿著掃帚的另一個也點點頭。

「郎君到底是郎君，身體有恙還如此勤勉，都快日暮了啊……」

兩個小廝眼神中滿是敬慕之情。

§§

魏氏在接到信的時候就覺得有些詫異。

荀樂和荀仲甫父子，竟讓她去春風樓一敘？

春風樓是什麼地方？東京城內有名的妓館。魏氏氣得手發抖，他們真把自己當做那下等的娼妓了?!

她抿了抿唇，問貼身丫頭是誰來傳信的。貼身丫頭也是一知半解，支支吾吾地說似乎人從春風樓來。

此時魏氏心中早已一片悲涼決絕，便沒了往日的敏銳。何況她和荀家父子之事，她也一直斷定是不會有旁人知道的。

魏氏緊緊攥著拳頭。她還沒來得及完成郎君的囑託、郎君的吩咐，是讓她一定要使個法子讓人覺得傅淵與她有私，且還要暫時按而不表，等個機會一起發作。

魏氏知道，這個機會就是荀樂父子，因此她才撐著這口氣忍受他們的折辱。郎君定好的計策，魏氏已經是注定要被犧牲的廢棋。那麼自然不能白白浪費了。

可是事情卻往往沒這麼順利，她這裡萬事具備，只欠東風，誰知傅淵卻遲遲毀約，明明定好的晚宴他卻無法前來。

一連幾日，魏氏等得心都焦了。她總不能親自跑到傅家去吧？在外面，且不說她有沒有機會接近傅淵，她一個已婚婦人，又是傅淵友人之妻，他對自己是避之又避的。當然很難辦。

這裡傅淵吊著他們，郎君也只能按兵不動，再等兩日。

魏氏越等越覺得心灰意冷，她如何能一再忍受荀家父子這畜生般的行徑？他們不把自己當人看，她自己也不把自己當人看了。她只想快些替郎君辦完事，早些去見下了陰曹的妹妹。

她們姊妹倆一輩子忠心耿耿，死也是為郎君而死，也不枉郎君當年的救命之恩了。魏氏心中情緒翻湧，可終究還是回歸平靜。

天已入暮，魏氏乘著輕便的小馬車去春風樓。

她對丈夫只道某位夫人又請她赴宴。鄭端不疑有他，從前這樣的事也很多，魏氏就是宿在某位夫人家都有好幾次。

魏氏第一次到春風樓。春風樓雖叫做「樓」，卻是幾間寬靜的房宇，三四廳堂，還有庭院，裡頭有花卉假山，怪石盆池，一點都不輸那些員外人家。

此時天色漸漸暗了，魏氏按約定到了春風樓後門處，自有人等著她。

「夫人且住。」一個中年僕婦攔住魏氏去路，將她引到一間小室內。

「此處方便，掩人耳目。」那冷酷的中年僕婦只這般說著：「請夫人稍後我們郎君和老爺片刻。」

魏氏從心底裡騰生出一股屈辱，卻只能點點頭。

「有勞了。」

坐了片刻，就有人來帶她去沐浴更衣。

只是有一點奇怪，沐浴完畢之後，那中年僕婦又出現了，手裡卻拿了一塊素綾，只說要讓魏氏蒙住眼睛。魏氏心裡狐疑，那婦人卻先一步拿出了荀樂父子的信物，正是荀仲甫前日夜裡派人送來給絲絲的。

魏氏與他們兩人也相處過兩次，這信物真假還是能辨得清。

「夫人請配合些，免得僕下自己動手。」那中年婦人依然板著一張臉。

魏氏也知道荀樂父子多有怪癖，只將她蒙住眼睛還算輕的。

等她被那婦人蒙住眼睛後，卻來不及反抗，很快又被在嘴裡塞了絹布。

魏氏想要掙扎，對方冷冷的聲音又響起：「夫人此時且鬆快些吧，留些力氣等會兒掙扎也不遲。」

魏氏手腳一僵，卻也真停下了動作。是啊，她又何必還惺惺作態地反抗呢？她自己都看不起自己，又何怪乎這婦人。

如此，魏氏很快地手腳被都綁了起來。那婦人的技藝純熟，用的也是輕軟的綾羅，不會讓人覺得痛。

魏氏像個沒有知覺的木頭人，靜靜、乖順地等待著會發生的一切。

她披散著的濃密黑髮垂下，擋住了她半邊臉。那婦人望過去，眼裡閃過一絲不忍，卻只有短短一瞬間，接著她就立刻抬步出去了。

魏氏一個人看不清屋內的燈火，也說不了任何話。沒有多久，房門就被推開了，腳步聲響起。魏氏後頸的汗毛倒豎，她聽得出這腳步聲。

荀仲甫摸索著到床邊，床上影影幢幢地映出了一個人影，他一把撲了過去，嘴裡喊著：「乖乖，我可等不及了，偏偏妳作怪，讓我白等了這些時候，這屋裡還不許點燈……」

他原本都與絲絲這小蹄子酒酣耳熱了，她卻硬生生把自己推出去等了這些時候，說要給自己些驚喜。

這就是她的驚喜？當真是會玩。

荀仲甫胸中一把火燒得越來越旺。

魏氏卻完全聽不明白他的意思，因為她看不見。

她不知道的是，其實這屋裡的燭火早已被取走，荀仲甫也不甚看得清她的面容。魏氏只能在嘴裡嗚嗚地咕噥了兩聲。

荀仲甫也不拿出她塞口的絹布，相反很是憐愛地搔了搔她的下巴。

「妳等會兒想怎麼玩？嗯？這打的是什麼主意，真是會作怪啊妳。」

說著他的手在魏氏身上不規矩起來，卻一點都沒有想解開她身上纏著的綾羅，甚至用手指一點點順著那綁縛她的綾羅邊緣緩緩摩挲，似乎對她這可憐模樣很是中意。

「好心肝，等我爹爹來了，讓妳快活快活……」

荀仲甫的話只教魏氏噁心。她強壓下這牴觸的情緒，漸漸覺得他這些淫詞浪語聽來有些不對味，聽他這意思，怎麼這還是自己的主意？像是她邀約他的？

她掙扎著想說話，卻一個字都說不出來。

荀仲甫還不肯甘休，她越掙扎他越興奮，一邊更奮力地在她身上掐弄，一邊問：「要不要先讓我把妳那些寶貝用在妳身上試試？妳床底下的這麼多好東西……」

魏氏渾身一悚。

這根本不是她的床啊，床底下怎麼會有她的東西！難怪荀仲甫會如此態度……

她漸漸明白過來一個驚人的事實：他，根本就不知道自己是誰。

16 李代桃僵

魏氏心中大駭，腦中竄過無數個想法。

從自己接到這父子二人不合常理的口信開始，到這幾乎無人的春風樓，再到自己被蒙住眼睛堵住嘴巴抬來床上，這樁樁件件讓她一直頗為在意的事如今一接起，她立刻明白過來。

這是入了別人的套了！

她心裡此時除了惶然，更有無限的恐懼。

看來不僅僅是這春風樓的主人與荀樂父子有私，對方是也知道自己與他們……所以才敢做此局請君入甕啊。若是一個下賤的娼妓，何敢有這麼大的膽子將她誘騙至此？最壞的情況，就是背後有個知曉這一切且權勢頗大的人在籌謀啊！

這個猜測，讓魏氏的身體一瞬間陷入僵硬，她只覺得自己的心跳都快了十分，渾身的肝臟都已經碎裂了。

她、她該如何是好？

「心肝，怎得如此緊張？又不是第一回了。」

荀仲甫有些奇怪，伸手摸了摸魏氏的臉，卻摸到了她額頭上的層層薄汗。

魏氏回過神，拚命掙扎扭動著，想讓荀仲甫快些拿開塞自己嘴的絹布，好讓自己提醒他幾句。可荀仲甫根本無法理解，還覺得這是她的情趣。

魏氏正想辦法再好好提示提示他，此時門卻又被推開了。這會兒來的，正是登聞檢院朝議大夫荀樂，荀仲甫的父親。

荀樂頗有文人氣度，長髯隨著微風輕擺，很是仙風道骨。他見這滿屋子黑漆漆的很是不悅。他悠長的嗓音響起：「如何不點燈？」

魏氏頓住了。是荀樂來了……

誰能知道這位擁有如此嗓音和翩然風度的荀大人，其實私下裡會有那樣多的怪癖？魏氏心裡對他這衣冠禽獸的不齒更勝其子。

好在月光明亮，沒有燈火也不礙事。可就是這樣昏暗的光，即便他們與魏氏面對面，也只能看個形貌大概，不能分辨出蒙著眼睛的她到底是誰。

荀樂與荀仲甫父子做這樣的事已經很駕輕就熟，當下沒有多說話，兀自解了衣服就要去擺弄魏氏。

魏氏不斷掙扎，可這兩父子卻絲毫沒有察覺此人不是絲絲。

荀樂一隻手甚至還探進了她的領口，只說：「這絲絲，怎麼肌膚不如上回水嫩？」這話裡還帶了兩分嫌棄。

絲絲在官妓中並不是姿色最美之人，可她一身雪肌玉膚，卻是極有名的。加之以色侍人者，常重保養，為了自己的肌膚，她時時都要花大價錢照管，自然不是魏氏可比的。

可荀樂就是發現了這處不同，也沒有多做深究，反而立刻與嘿嘿笑著的荀仲甫低語了幾聲。

好在荀仲甫終於願意拿開魏氏嘴裡的絹布了。他一邊還在口中說著：「心肝，還是聽妳的哭喊來得給勁，且輕些，不要讓旁人聽見……」

魏氏額上的冷汗早已滑入自己的眼睛，又很快被眼睛上蒙著的布擋住。

等嘴巴終於重獲自由，魏氏覺得自己的下顎都已經有些僵硬了。

一股熱氣撲面而來，也不知是誰俯身以口就她。

魏氏忍下噁心，忙偏頭到一邊，尖聲喊道：「我是魏氏，荀大人請看看清楚！」

這一聲叫，直刺進色慾上頭的父子二人心裡。

兩人暫態呆住了。

荀樂如一盆冷水罩頂，比兒子先一步反應過來，忙大叫：「點燈！」

可這裡哪裡有燈？荀仲甫也呆若木雞。

倏然間，房門被大大地推開，帶進了一陣輕風。荀樂父子眼睛一花，被驟然耀眼的光芒閃得睜不開眼睛。

門外已有響聲，還有男子呼號吹口哨的聲音。

魏氏愣愣地張著嘴，腦中空白一片。除了口中絹布被拿去，她的眼睛、手腳依然不得自由，自然也不能看清這陡變的形勢。

荀仲甫回過神來，驚叫了一聲，忙湊著這光亮要去尋自己的衣裳。他的父親荀樂卻比他聰明些，忙捂住自己的臉要蹲下去。

門外的人嘻嘻哈哈地開始笑：「當真齷齪，哪裡來的匹夫，兩人玩一個女子，還捆成個粽子樣，真真是……」

「我等不如他們啊……」

幾人說著葷話，好整以暇地堵著門口。他們不是別人，就是平時遊手好閒，哪裡有熱鬧便往哪裡擠的閒漢們。

「他們喜歡摸黑行事，來來，我們且照他們一照。」

有人如此提議，他們便提著手裡的燈魚貫進屋來。當下屋裡的情形更是看得一乾二淨，甚至被荀仲甫倒在床上的，那些絲絲私藏的猥瑣器物都暴露在人前，更是引來一陣嬉笑。

荀仲甫驚得大叫：「站住！站住！爾等豈敢私闖入此！」

眾閒漢哪裡肯聽他，有人啐道：「絲絲姑娘今日不在家，卻被你們這不知羞恥地摸進來行事，好不要臉，不知是哪家的衣冠禽獸。」

其實他這話也沒說對，荀仲甫此時哪裡有衣冠。

隨著室內的燈火通明，躺在床上掙扎扭動著身軀的魏氏被人照了個一清二楚。她還未來得及被解盡衣裳，門就被人撞破了，時間掐得很準，因此不至於春光外泄，相較而言，倒是荀樂父子更顯狼狽。

有人嘖嘖地透過帳幔望著床上女人的身姿流口水，有人嬉笑拉扯著去用手上的燭火照荀樂父子。屋裡亂成一團。

荀樂一把年紀了，遮臉的手被他們扯下，一張臉皮漲得青紫。

有人呆了呆，立刻驚叫：「這是登聞檢院的荀大人！」

登聞檢院和登聞鼓院本就是設置為庶民直接上書伸冤、求賞、獻策，與天子溝通的地方，因此比之別的衙門，更貼近百姓，也難怪百姓之中有人能一眼就認出荀樂。

旁邊一人也驚叫。「這確實是荀大人之子！」

閒漢們都驚住了。他們還以為趁夜摸黑在絲絲房中行樂的，是膽大包天的賊人，卻不知會是朝廷大員和其公子。饒是在市井見多識廣的閒漢們，此時也都驚了目瞪口呆。

乖乖，這貴人們玩起來還真是葷素不忌，比他們庶民奔放多了。

這些人，當然是絲絲和傅念君早就安排好的。

說起來，絲絲不過是用了極簡單的一條計策。她早就以重金聘那閒漢領頭之人，只說她近來夜不成寐，似覺得自己屋內進過宵小，可是財物卻無有所竊，讓人睡不踏實。

對其言道，為求心定，她想了這法子，這幾夜故意放鬆警惕，調開院中人手，自己宿於別處，等那宵小賊人來了，若出了響動，就請他們衝進去抓人。

閒漢們本就是為官人、娼妓們跑腿打雜之人，有這樣的買賣自然不會拒絕。為了求逼真，絲絲已經讓他們在此處守了三日。

前兩夜都一無所獲。今夜，正好是第三夜。

那些閒漢興奮異常，完成了絲絲姑娘的囑託，就能領取工錢，還能把宵小之徒扭送去官衙出出風頭。

自然，這法子也是傅念君的交代，絲絲去辦，如此作為誰都查不到她傅念君身上。

同時，這幫閒漢裡，也安插了個把傅念君的人，什麼時候衝進來，不讓荀樂父子逃脫，必要之時「認出」他們父子，提醒眾閒漢……一切都在傅念君的掌握之中。

閒漢們以為自己不過是來捉宵小匪類，誰知一衝進來竟看到這香豔場面。一個堂堂的朝議大夫，竟和自己的親生兒子，在這裡嫖一個不知哪裡來的女子，這真真是駭人聽聞的一樁大醜事！

朝議大夫荀樂也不算多頂破天的大官，何況此時的風氣，為官者不敢做那些豪強之舉，得時時小心謹慎，出了這樣的醜事，百姓是隨時能夠去揭發他的！

那些閒漢中又有幾個是痛恨貴人、心態擺不正的刁民，立刻就大呼小叫起來：「真如畜生！禽獸行徑，令人髮指！」

有人也咋咋呼呼地去扯開魏氏的手腳和蒙眼的素綾，魏氏終於在燈火下露出面容，只是一臉的懼意。

那人見她臉生，忙喝道：「快來認認，此婦人是誰？看來並非是妓啊！」

荀仲甫顫顫地回頭看了一眼，差點昏倒。怎麼會是魏氏，她怎麼會跑到絲絲床上來了！怪道適才的覺得她肌膚與絲絲差別甚大，竟、竟真的是一招李代桃僵……

突然有人一聲高喝：「且把這淫蕩婦人拖去當街上讓四鄰認認，官人與良家婦人私通乃是大罪！」

這顯然是個有見識的人，還知律法。

國朝不管官員狎妓，可與良家婦女有私卻是削除官銜的罪責。傅念君所知的記憶裡，荀樂被削官放歸，並不是因為他與親生兒子同宿一女，畢竟這只能作為道德層面上的譴責，而是因為魏氏是個良家婦女。

傅念君就是因為這一點，才要如此費心地做這個局。

如果今日在榻上的是一個賤籍之妓，荀樂父子的事只會被當作一件醜聞，不會上升到律法層面。

那句話提醒了眾閒漢，他們抓住了貴人的醜事，立刻起勁地要把荀樂父子往街上拖。屋裡熱火朝天地充斥著吆喝和調笑聲，根本沒人去管那三個面無血色的當事人，更有人扯著魏氏，不顧她衣裳不整，邊拖還要邊罵兩句「蕩婦」解氣。

魏氏只渾身瑟瑟發抖，滿臉淚痕，全程不敢發一言。

她和荀樂父子都已然明白，他們是入了別人的局，中了別人的套。她害怕的，也不是自己身敗名裂，而是無法與郎君交代啊！

想到這裡，她心一橫，就要甩脫握住自己手腕的那人，往旁邊柱子上撞去。

「不能讓她尋死！」有人大喝。正是適才那個提醒他們要把幾人拉扯去街上的人。

「快用綾羅繼續捆縛住她，去喚絲絲姑娘。這賊婦人要護狗官，一死以解危局了！」

幾人聽到她要與狗官相護，更是氣急，魏氏根本無從申辯，就被人俐落地重新綁了起來。眾閒漢有了領頭出主意之人，再也不是適才一窩蜂的雜亂樣子。很快就把荀樂父子二人與魏氏隔開來了。

絲絲很快就到了，與幾人商議後先去通知衙門，畢竟涉及到朝廷命官，他們都是庶民，無法做這個主。

荀仲甫已被人搭上了外袍，他此時雖手腳被制，卻依然赤紅著臉大聲叫喚：「絲絲這賤人，害我如此！賊婆娘，妳不得好死！妳這千人騎萬人壓的母狗……」

他的叫罵被一個壯漢當頭甩了一個巴掌打斷，臉上也被對方唾了一口唾沫。

「呸！你個入娘的小賊，人模人樣，卻敢與老子一道幹這檔齷齪事，還敢說旁人汙你？你豈不是連自己親娘都玩過了，當真是狗都不如……」

荀仲甫目眥欲裂地瞪著他大罵：「好個賤民，我堂堂荀家郎君，你敢說這樣的話！」

旁邊打了酒、邊喝邊等官府衙役過來的眾人都笑起來。

「待明日，你與你老子的醜事被揭發出來，看誰還認得你這個荀家郎君！」

他們敢這麼無所畏懼，也是因為絲絲已經請了臨街一個官媒來認魏氏。那官媒認得的人多，見到魏氏就嚇得不輕，眾人才知，原來這同時與父子二人有奸的婦人竟也是官家夫人。

「想必是性淫，一個男人滿足不得她！」

「黑燈瞎火，自己摸過來讓人玩，可真是下賤！」

「可不是，想喊冤都不成了，有人看見她是自家坐車過來的。」

「當真風騷，可憐她那做官的夫君只得做個龜兒子了。」

這樣的話，他們說的時候一點都不避諱魏氏。魏氏手腳被縛，做不出任何反應，眼淚乾了流，流了乾……

絲絲正在門外與那官媒說話，話語中帶著惶恐：「從前荀郎也常問我借地方，我這幾日因宵小之事神思倦怠，一時忘了曾許諾他今夜借春風樓給他，真是無意撞破了他這事。誰知他、他竟用我這裡偷人……」

絲絲彷彿再也說不下去，滿臉不可置信。

那官媒也覺得今夜之事駭人聽聞，可是捉姦在床，已經什麼都清楚了。

「姑娘莫怪罪自己，荀大人自己犯了事，自有官府處置，就難為妳這地方被人弄髒了。」

絲絲倒也從善如流，一嘆：「我倒是不在意這地方，就是裡頭那位夫人……」

官媒眼露不屑。「這就更不該妳管了。這位鄭評事家的夫人，本就不是個安分人。」

常常往那些大官宅邸跑，誰知她安的什麼心。身為官媒，也沒別的長處，就是見的事多，認的人更多。因此絲絲送她下樓時，心中便已篤定，明日，這件醜事定會飛快傳遍大街小巷。

絲絲嘆了一口氣，那位魏氏，是活不了了。但她來不及管別的，飛快地閃身到後門，親自去迎進來的人。

他們的時間很短，只有在官府衙差來之前的這一段時間。

傅念君扯下蓋住頭臉的兜帽，沒有帶丫頭，身後只跟著一個挺拔高瘦的身影，那人也用帷帽擋住了臉。

絲絲一愣。「二娘子，這是？」

傅念君朝她點點頭。「我兄長。」

絲絲也不再追問，立刻引路。「二娘子要快些了。」

傅念君領著身後的傅淵疾步到了魏氏所在的內室。這裡就是絲絲住的地方，荀樂父子被拖了出去，魏氏卻被留在了這裡。

屋裡的人已經被絲絲遣走，她命人去買了新鮮的酒肉外食招待那幾位「出了大力氣」的閒漢。

魏氏的樣子很不好看，頭髮凌亂，衣襟鬆散，橫臥在榻上，整個人看來毫無生氣。

傅淵扯開兜帽，淡淡地朝傅念君看了一眼。「這又如何？」

固然他已在馬車上知道了事情的始末，也對荀樂父子這般禽獸很是不齒，可對他來說，這只是一件別人的事。這件事牽扯進了魏氏，他也僅僅是為那位友人鄭端惋惜了一下。別的情感，他都沒有。

他與荀樂父子不熟，與魏氏更是不熟。所以和他有什麼關係？

傅念君做了個微訝的表情。「三哥見她此般，竟沒有一絲憐惜和不忍嗎？」

傅淵皺了皺眉，還有些紅的眼眶和鼻頭沖淡了他往日的冷肅之氣。

他只是朝傅念君淡淡地看了一眼，帶著警告意味。她怎麼會以為自己對她心存憐惜？

如此，傅念君便放心下來了。她從前一直以為，傅淵也許會對魏氏這樣清麗的美人存幾分好感，可是現在知道，對傅淵來說，當真美人與白骨，皆不能撼動他心神半分。

傅念君近前，迎著魏氏的目光替她拿出了塞口的絹布。

「魏夫人，好久不見……」

魏氏無神的目光漸漸聚攏到傅念君臉上，又轉而移到她身後傅淵的臉上，臉色瞬間慘白。傅念君微微嘆了口氣，揭過被子蓋在她身上，又在她背後墊了枕頭。

「多謝。」魏氏沙啞的嗓音響起。

起碼，這舉動讓她顯得不至於那麼狼狽。

傅念君也知道時間不多了，開門見山道：「魏夫人，妳早已知道今日，我們也就長話短說吧，我只問妳一句，妳背後之人究竟是誰？」

魏氏心中大駭，傅淵則是把眉心皺得更攏。

「很奇怪嗎？」傅念君微笑。「魏夫人也並非那等浪蕩不要臉之人，在第一次荀樂父子對妳施如此獸行之時，我相信有氣節的女子都會一死來成全自己吧。」

她望著魏氏越來越白的臉色道：「魏夫人並非沒有氣節，而是身為一個忠心之僕，此身非為己用，不敢擅死，要等有朝一日為主賣命吧。」

傅念君安然坐在榻前的一張錦杌上。「而妳的主子等的機會，就是我三哥。」

她用手向後指了指，不顧這屋內還有其他兩人的神情，緩緩說道：「你們的計畫，在荀氏父子的事被揭發後，再汙我三哥與妳有私，一箭雙雕；妳死了，妳的郎君卻能收穫頗豐啊。」

她身後的傅淵將那雙與傅琨一模一樣的細長秀目瞇了瞇，似在思索傅念君這番不知何處來的言論，有幾分真假。

他一向冷靜，面對這混亂的情況、令他驚訝的言語，依然保持著沉默。看不穿的東西，就繼續看；不問，也不說，靜靜地聽。

傅念君見魏氏動了動唇，冷笑，「我說的話，對也不對？」

魏氏閉了閉眼，無力的聲音響起：「妾不知傅二娘子這番無稽妄言是從何處聽來的。」

傅念君平靜地雙手抱胸，只道：「要證據總是不難的，妳鄭家府上那個廚子，明日就能得到結果了。」

魏氏渾身一震，開始瑟瑟發抖。

「妳的主子知我三哥好食，便用名廚作餌，鄭家前幾日多番相邀，是想準備動手了吧？只要我三哥被妳算計一次，與妳躺在一處，這場『私通』罪名也能落實了。」

傅念君望著傅淵被她拆穿「好食」時有些尷尬的臉色，微微抿抿唇。「我三哥是君子，名聲上有一點私他也不會強辯。借荀家父子的東風，妳家主人再做一番安排，我三哥的名聲也能徹底被妳帶累。這幾句話，我是不是又說對了？」

魏氏的雙手發抖。怎麼會，怎麼會呢？這些事都還沒有做，傅二娘子怎麼會知道得一清二楚？她究竟是人是鬼，怎麼會把郎君的意圖猜得這麼一清二楚。

傅淵心中也明白，傅念君這幾句話，也是向自己說明了她向自己下藥的因由。他想起這魏氏，曾在鄭端府上見過幾面，聽聞她似乎慣常愛出入貴夫人府邸，確實古怪……

魏氏連嘴唇都開始發抖，她不知道該怎麼回答傅念君。

傅念君勘破了所有的事，自己所有的祕密在她眼下都無所遁形。她做了這場局，不過就是讓她與荀家父子的私情提前被拆穿，讓自己再也沒有機會算計傅淵，也讓郎君的這個連環計策徹底胎死腹中。

好厲害的小娘子！她除了不知郎君的真面目外，其他幾乎全都知道了。

魏氏想到了第一次在王婆子茶肆見到傅念君時的情形，只第一眼，她就看出傅念君身上那不同尋常人的氣質。

冷靜從容，靈敏狡黠。

她果然從那時候起就盯上了自己吧。是她太早收回了戒心，而郎君也沒有重視她的提醒！

魏氏此時誰也不怪。她把差事辦成這樣，早已沒有臉面回覆郎君。

傅念君見她咬緊了牙堅決不肯說話，站起身重新立到魏氏面前。她的身形纖長秀美，此時卻有一種不容忽視的強勢。

她將魏氏從頭到尾掃了一眼，只道：「妳說出來，我還能滿足妳最後的願望。」

魏氏倏然瞪大眼。

「二娘子知道我最後的願望？」

傅念君點點頭。「我可以幫妳解開手腳，讓妳……」她頓了頓。「用自己的方式赴黃泉。」

這話一出，連傅淵都不由腳尖往前動了動。這樣的人怎麼能放過？

傅念君適才說的每一個字都重重敲在傅淵心上。她都是怎麼發現的？這樣幾乎無跡可尋的線索，布局在自己身邊的危局，她竟能就這樣識破，還反過來將了對方一軍。

若說適才他還對傅念君對付魏氏的手法有些不以為然，此時，他滿心卻是沉重。有人要對付傅家，且還是個高手。他或許，真的就差點被……

畢竟對友人的妻子設防，這樣的事很少會有人去做。因此，魏氏應該要留著的。但是他沒有打斷傅念君，此時的她，不是自己能去左右的。

魏氏的眸光閃爍，緊緊鎖著傅念君，彷彿真的被她說動了。

「當真？」

傅念君道：「自是當真。」

魏氏陷入了沉默。沒錯，她現在，連死都沒有權力啊。

傅念君說：「妳該知道，落到我手上、傅家手上，就別想這麼容易死了。且不提聲名，明日這事就會傳遍大街小巷。妳不在乎，但是之後呢？妳那聰明的主子定會想到，有人已設局將妳握住，妳活命就是對他的威脅，他或許會派人來取妳性命、不留證據，而我又自然斷斷不會讓他得逞。如此一來二去，痛苦的是妳，在生與死之間來回搖擺，妳想這樣過下去嗎？」

魏氏渾身一怔。

「對妳這樣未完成使命的死士而言，死，才是最好的歸宿，起碼他最後還會記妳一份情義。」

這樣的一句話深深戳進魏氏心裡。這個小姑娘，不僅聰明得能窺破危局，甚至能窺破人心啊！

魏氏明白，她現在死，起碼還是體面的。

傅念君要的，不過就是追查郎君的線索。這線索拖到最後，她一定還是會找到。魏氏想著，可是現在，她卻能用這機會換來最後一次體面。

「好。」魏氏吐出這個字。

傅念君眸中一亮。傅淵聞言卻眸中一黯。

原來，真的有幕後之人；原來，傅念君所言半點不虛……

他自己都未意識到，垂在身側的手已緊握成拳。

魏氏閉了閉眼，輕聲說：「郎君的真面目，我一次都沒得見。見過他的唯一一次，是剛受命進汴京，遠遠地拜了他一回，只見到半個側顏。」

「他年歲幾何？家住何處？」傅念君追問。

魏氏搖搖頭。「我們是被郎君的親信帶去的，並不知那是何處。只是聽聲音可辨，郎君尚且年輕。」

年輕。傅念君心頭一震。竟是個年輕人！

那他要從何時起就豢養魏氏這些人？

魏氏知道的東西並不多，只說了自己的經歷：「我與我妹妹幼年時就被人所救，只知救我們的人乃京中高位之人，時時誠惶誠恐，以期待有朝一日能報效郎君。後來滿十五歲，才被安排各種使命。」

她頓了頓。「如我們這樣的人有很多，且遍布各地，無跡可尋。」

傅念君又一次震住了。這人，還是個巨富吧……

要從小培養這麼多為自己賣命的眼線和死士，若非坐擁金山銀山，何以填進？

「妳妹妹如今呢？」傅念君問她。

魏氏卻苦苦一笑，啞聲道：「不久前已死於東平郡王府。」

竟然就是那攜傳國玉璽和氏璧回京的波斯商人之婦。這件事傅念君知道得不清楚，暫時也不去細想。

「妳說妳家主人位高，如何位高？」

魏氏淡淡望了她一眼。「郎君待我們警惕甚重，我又如何會知道他的姓氏身分。但是私以為……比二位，有過而無不及。」

身世家族並不輸傅家。不輸傅家，其實從適才的線索中也能得出一二。國朝世家雖多，既要有權勢又要有錢財，如傅家這般其實也不容易。比傅家還要位高富裕，細細去尋，也縮小了極大的範圍。

現下再問也問不出什麼來了，傅念君也信守承諾，將綁縛她手腳的綾羅解開。

傅念君感覺到一直不曾挪步的傅淵突然走到了自己身後，只道：「讓我來，小心這婦人手腳。」

他是怕魏氏會武，反而出手制住了傅念君。

傅念君心中好笑，這便是傅淵對自己的歉意吧？

「無妨，她不會武。」

她盯了魏氏這麼長時間，不至於對她這點防備都沒有。傅淵頓了頓，再沒說一句話，退到了幾步外。

魏氏扯了扯嘴角。「傅二娘子不愧是傅家之女，外頭人都是瞎了眼睛。」

傅念君沒有被誇的喜悅。「多謝。」

魏氏從懷中掏出一瓶藥，就是她壓在枕下常摩挲的那瓶。

這是郎君命人親賜的毒藥，服了它，就連仵作也難檢驗出是何種奇毒。

「今日，總算能用上它了。」她微微一笑。

魏氏拔開瓶塞一飲而盡，望向傅念君的眼神閃著水光。「傅二娘子，多謝了，我去陪我妹妹，當真是件好事。我比她運氣好，死得舒坦……」

說著她緩緩閉上了眼睛，像睡著了般，胸膛還有起伏並未立刻斷氣。這種死法，痛苦最少。

傅念君默然。她的那位主子，也不知該說是冷酷還是良心未泯。

傅念君嘆了口氣，轉身望向傅淵。「三哥，我們快走吧。」

她是第一次這樣直視傅淵的雙眸。那雙眼睛，也是第一次對自己沒有流露出厭惡輕蔑，滿滿的只有疑惑和不解，甚至還有半絲……愧疚。

他很快又偏轉開視線。

傅念君以為他是想道歉，點頭說：「無妨，藥粉的事，我們扯平了。」

傅淵眸中滑過一絲難言的情緒，又回過頭來時，面上似是已帶了幾分惱怒神情，對傅念君沉沉道：「妳到底有沒有把我當作兄長，把爹爹當作妳的父親？」

傅念君因為這句話愣住了。她望著傅淵的神情很是不解，彷彿在問，他這是為什麼要生氣？

傅淵當然有理由生氣。

雖在前唐之時，有女子能幹，幾番能與男人並駕齊驅，甚至為天下之主。可是如今，男人們怕再出武周時牝雞司晨之事，世家女子們漸漸就被教養成小意溫存，一家之中，必然是父兄頂樑。

可是傅念君呢，她一個女子，卻做了這麼大的事！她誰也沒有說，誰也沒有求。調查魏氏，調查那幕後之人，買通那個名妓，算計荀樂父子……這樁樁件件，皆是她一手攬下，待一切塵埃落定時，就用如此雲淡風輕的表情回應自己嗎？

傅淵咬了咬牙。她到底知不知道她在做什麼？

她是一個未嫁的小娘子，在傅淵長久以來的觀念中，未嫁小娘子唯一為家族出力的機會便是結親，而自傅琨與他長談過後，他們父子已然決定，不會再將傅念君的親事當作貨品一般與人交易。

當然彼時的傅淵也認為傅念君並不能夠再結一門「像樣」的親事了。他對她最大的期許，就是她不要再像以前那樣不知檢點地胡鬧。

可是她帶給自己的震撼，往往是無止歇的。

荀樂是朝廷命官，而魏氏口中「所言」郎君，或許更是連他們的父親都難以對付之人，傅念君自己一個人卻暗暗追查籌謀，到了今天把這件事辦好，才來知會自己。

她何曾把自己當作長兄來倚靠啊！

傅淵心中一片涼意。也是，自己待她，也從未當作妹妹來相護過。這一次，她反而幫了自己這麼大的忙。

一向以君子之道處事的傅淵，陡然間便陷入自厭之中。

傅念君眨眨眼睛，眼中頗有不解，看到傅淵眼中的神色幾番掙扎，更是不明所以。

她前世雖有庶長兄，可是對他來說，自己不過是個惹人嫌、占著嫡出之名的麻煩，是他與傅寧日後與皇室交易的東西罷了，她從未體會過旁人口中那些兄妹情深。

因此對於傅淵，她自然沒有多少期望，也不明白他身為長兄的責任。

絲絲已經悄悄地扣門了，她在外催促道：「二娘子，官衙的人到樓下了……」

沒有時間了。

傅念君只道：「三哥，走吧。」

傅淵只能依然像來時一樣，跟在她身後離開春風樓。坐到車上，傅念君也不由有些心頭發虛，只因坐在她對面的傅淵臉色，竟比來時更不好了。

按理說，自己為他解決了這樣大的危機，他怎麼一點高興的神采都沒有？想必是不信吧。

傅念君只好清清嗓子，道：「三哥，魏氏府上的那個廚子，明日聽說魏氏殞命的消息大概就會倉皇而逃，我已準備妥當，只差時機將他捕獲。若三哥不信，等抓來了人你可親自問問……」

一個廚子罷了，自然不會從他那邊揪出幕後主使，可也算是個人證了。足夠用來說服傅琨。

傅念君知道，自己如今從魏氏身上總算抓住那幕後之人的一點線索，不再是毫無頭緒的妄自揣測了。而接下來的路，只會越來越難走。

除了周毓白這樣強大的同盟，傅琨和傅淵父子，她也必須慢慢引導他們生出些危機意識，畢竟對於三十年前的事，她只知道個脈絡，他們父子才是真真實實活在當下的人。

只有齊心協力，才能挽救傅家日後的命運。

傅淵的反應卻是一掌拍了車壁上，他緩緩抬頭，沒有溫度的眼睛盯著傅念君。

「妳覺得我不信妳？」

傅念君抿了抿唇，直覺傅淵這是又想和自己吵架了，當下也沒有什麼好看的臉色。

「若是三哥要指責我手段毒辣、行事狠厲，也不用再說了。早在當日我算計崔九郎身敗名裂時，這話我就已經聽厭了。」她這話裡帶了幾分淡淡的嘲諷，一如往昔。

她和傅淵的談話總是沒有幾次是善始善終的。他必然覺得她如此對付魏氏，太過心腸狠毒。

魏氏可憐嗎？她固然可憐，可是卻輪不到傅念君來可憐她。她為她的主人賣命，早晚都會死，醜事也早晚會被供之於眾，傅念君做的，不過是讓這件事提前罷了。

傅淵聽她這話，反而收回了手掌。他張口結舌，畢竟該怎麼同傅念君相處說話，從來也沒有人教過他。

他們兄妹二人，十幾年的隔閡已在，又豈是一朝一夕能越過的。他想告訴她的，其實只是一句話，讓她不要再將自己置於這般險地，讓她能偶爾記起一下他這當哥哥的，也有該背負的責任。

傅淵撇唇，壓抑回自己的心緒。罷了，這樣的話，何苦說來。

如此兄妹倆在車上便一直安靜無話，直到回了傅家，才一道去書房裡去見傅琨。

傅家眾僕無不驚詫地托著下巴，以為自己眼花了。

幾時開始三郎君會和二娘子並肩去書房見相公了？真是太陽打西邊出來。

傅念君自把這件事告訴傅淵後，也就沒打算瞞著傅琨。傅琨聽完了她的話，只摸著鬍子，神色稍微有些凝重。

傅念君心裡也有大概的分寸，如今那幕後之人只是順帶著向傅淵出手一下，還未真正向傅家下手，她也不能指望傅琨將全部的心思放在這上面。對傅琨這樣政敵林立的人來說，對他和傅淵有心思的人，實不在少數。

傅念君也總不能說，日後這人會算計到你身上，會讓整個傅家走向覆滅。

因此在傅琨看來，這事要查，卻不是頭等第一要事。讓兩個孩子自己去做也無可無不可，只是他在某些地方覺得太過奇怪。

「念君，妳當日又是怎麼察覺出魏氏有異的？」

這麼個女人，在偌大的東京城中，並不惹眼，傅念君是怎麼發現的？

傅念君對傅琨也算是實話實說：「在上元之時偶遇魏氏，便覺得她十分古怪，見的夫人們都與她身分差異極大，便多留心了一眼。

「後來在趙家文會上相遇，她更是行蹤不定，與兩位夫人同時失蹤，出府門後，她又尋我試探，言中多有提及三哥與父親之事，我便知她不是個普通的婦人。」

這話裡後半句就摻了假，好在魏氏已死，死無對證，傅琨也不會知道當日的真相是什麼。

傅淵蹙眉道：「爹爹，這魏氏卻是與一般夫人不同，大概是某人安插在各府夫人身邊的眼線。」

傅琨點點頭。

傅念君繼續說：「我從那日起便派人時時盯著她，後來發現她每回出入荀府時，都有些異常……」

她畢竟是未嫁小娘子，說到那三人私情之處，也就停住了。

傅琨也對這般齷齪事並不感興趣，他臉色一僵，只問：「那個春風樓的絲絲，妳……妳又是如何……」

自家的女兒突然和一個官妓扯上關係，傅琨的臉就有些掛不住了。

此時他和傅淵兩個心裡竟不約而同都是同一個念頭：幸好他們都不愛狎妓，沒去光顧過什麼春風樓，免了許多尷尬。

對於傅琨的這個問題，傅念君也早有計量，這時候只好把絲絲吹得聰明厲害些了。

「這個春風樓的絲絲實在不凡，謀算甚多，我因查荀家父子偶然派人入春風樓查探，她便向我投誠合作。原來那父子二人的惡癖已讓她不耐，又知荀大人身為官員，與民婦魏氏有私，便想尋個機會將他的惡行告知於眾，這才有了今日之事。」

傅琨和傅淵雙雙沉默。要說風塵之中有奇女子是必然的，可是敢有如此膽量報復當朝官員的，恐怕還真是不會有。娼妓與仕宦，又豈是雲泥之別。

父子二人心裡都明白過來，傅念君這是不願意盡實交代，才推到那絲絲身上。

傅琨長嘆一聲。「念君，妳有發現時就該稟告於我，何故自己以身犯險？我和妳三哥，難道不是可託付之人？」

傅念君心中卻默然。這事，做完了還能勉強找藉口，沒做之前，她的話就只能算作胡言亂語。畢竟她的心中萬分篤定魏氏會對傅淵下手，卻毫無由來。

今日之前，就算傅淵自己知道那廚子的事，恐怕也不會從魏氏用廚子引他到府一事，想到這背後這麼多關節。

因此傅念君的話，在傅家父子這樣的人面前，是很難經住細細推敲的。

傅琨抬手揉了揉眉心，不再追問這些事究竟是從何安排，只把話拉回源頭，問傅念君：「當日偶遇魏氏的茶肆可有古怪？」

傅念君點頭。「我懷疑過多次，只是派人去查，依然一無所獲。」

傅琨望著她的眼神和緩了幾分，微微笑道：「何必捨近求遠呢？人帶到了，自是都能審出來一些的。」

傅念君知道，傅琨和傅淵定然對這些事比她老道。想她前世的父親傅寧，若是要查一處可疑，自然是能翻天覆地查乾淨的。傅琨手握大權，當然也不在話下。

傅念君只能旁敲側擊去查，傅琨卻能找到由頭，一一盤查那茶肆中的夥計小二。是了，傅念君想到，若那處真是魏氏與她的同伴接頭的地方，肯定會有中間人。

傅念君也朝傅琨輕輕地笑了笑。

傅琨對她卻是一貫地溫和。「今日也累了吧？且快去休息休息。三哥兒你留下，我還有幾句話要交代。」

傅念君退出書房，心裡清楚傅琨父子定然還要為此事再做一番計較。可是總歸，他們是不會來害自己的。這樣想著，傅念君的腳步也輕快了些。

傅琨單手撐著額頭，臉上越顯疲憊，問傅淵：「你對今日之事怎麼看？」

傅淵老實交代：「爹爹，念君她……才智與手段，都強於我。」

他這是第一次隨著父親喚她做「念君」吧？傅琨微微笑了笑，眼神中都是寵溺。

「她啊，確然是越發聰明厲害了。」

傅淵蹙眉。「爹爹對她的話信了幾成？」

傅琨搖搖頭。「說不上。念君一個小娘子，豈會把外頭那樁樁件件的事都摸得那麼清楚？魏氏雖有破綻，卻是經過培訓的死士，不會輕易讓人察覺。念君固然聰明有膽識，可她又不是神仙，難不成能掐會算？」

傅淵點頭。「爹爹是懷疑……」

傅琨接道。「這孩子說不定是受了人指點。」

一個比她更厲害、更聰明，此時卻不方便出面讓他們父子知道的人。

傅淵抿抿唇，也覺得這說法最合乎常理。「多半是個男子。」

傅琨聽他這麼說，以為他對傅念君的行止又有微詞，可抬頭一看，長子臉上卻是一片平和，再無昔日的厭惡之情。

傅琨心裡一鬆。這兩個孩子，終於能夠化解開矛盾了吧……

「可何人要助我們傅家，卻又不欲讓我們知曉？」傅淵反問父親。

傅琨也搖搖頭，表示猜不出來。

「總歸對方並無惡意。而如今的念君也非昔日吳下阿蒙，若是對我們有所企圖要來算計，實在不必要走她這條線。」

想來想去，父子二人皆想不出個結果，只好暫時放下這念頭。

「再行觀望吧。」傅琨說著：「相助與相害之人，必然都不可能從此偃旗息鼓，靜待日後。」

傅淵拱手應了。傅琨見他眉間鬱鬱之色，怕他因被傅念君所解困而覺得慚愧，只好多勸一句：「你是念君的兄長，有些事，實在無須太過介懷。」

傅淵在心中苦笑，爹爹他竟和傅念君一樣這麼想他嗎？他傅淵在他們眼中真是這般器量狹小之人？

他沉靜地對傅琨道：「她是我的妹妹，我自也是她的親哥哥，爹爹豈是忘了？」

傅琨微訝，隨即歡暢地笑起來。這是發自內心的愉悅，彷彿等這一刻，已等了很久。

傅淵見父親此時神態，心裡對自己更加責備，過去他不僅對妹妹不悌，更是對父親不孝啊。

§§§

傅念君完全沒想到她的那一番說辭不僅沒有糊弄過傅家父子，還讓他們誤以為她背後有高人指點，造就了這麼個讓人哭笑不得的誤會出來。

畢竟這說法，比斷定她有預示先見之能，來得更合理靠譜，更讓人容易接受啊。

隔日傅念君起得晚了一些，一起便聽說了外頭的大事，荀樂父子之事果然已鬧得街知巷聞，甚至聖上也出面了。

傅念君穿妥衣服鞋襪，就往傅琨的書房衝去，卻先在書房門口遇到了傅淵。傅淵的臉色早已恢復如常，並不似昨日那般略有失態，而是像以往傅念君所見的，高傲自持，冷靜漠然。

他淡淡地望了傅念君一眼，只說：「在府中疾步不顧規矩，被旁人看去了，該如何議論我們傅家的嫡長女？」

傅念君噎了噎，他從前可沒有這般心情和閒工夫來管教自己啊。

她只問：「爹爹可在？」

「爹爹今日疲累，現在剛歇下，妳不許再大呼小喝的。」

果然是在管教自己啊。傅念君望了望今天的日頭，也沒看出什麼奇怪的啊。

傅淵見她舉動，心裡也是一陣無言，挺拔的身影往前緩步，行了幾步，見傅念君還站在原地似在躊躇，便蹙眉道：「還不過來，想打擾爹爹？」

傅念君心中微微一嘆，只好跟上傅淵的腳步，與他並肩行在廊下。有的事問他，也是一樣的。

「三哥可知這回是誰主理審斷荀樂父子之案？」

傅淵的眸光閃了閃，她倒果真是敏銳異常，知道這事並未昨天就此結束。

「半個時辰前剛得到的消息，官家今早已欽點了大理寺丞王勤主審案。」

傅念君心下一沉，果然與前世一樣。

荀樂身為朝議大夫，也不是特別了不起的大官，犯的這樁醜事雖在朝野上被人諸多議論，可按律例，卻也不是特別重的罪，因此不會由大理寺卿和少卿主審。大理寺丞往往置四到六人，可偏偏是這個王勤。

在傅念君所知的情況裡，就是這個王勤私自糊塗結案，自以為是地「包庇」傅淵，被檢舉後又當場認供受傅琨指示。這王勤或許也與那幕後之人有牽連。

傅念君微微抬頭，問傅淵：「這王勤，從前與我們傅家可有往來？」

傅淵的眉心一蹙，說的話倒是有些出乎傅念君意料。

「這人說起來，還真與我們傅家有些淵源。他的祖宗往上數幾輩，與妳我高祖母攀了些親，早年時他曾指望著這層關係求爹爹提攜，爹爹彼時也未到此高位，說提攜不敢，卻也幫過他一、二次。」

傅念君點點頭，如此說來，傅琨竟還是對他有恩的。

「誰知這人卻是個小人。此後便常常拿這事來說，還大張旗鼓地幾番想『報恩』，自認做爹爹的門生，與人喝酒到酣暢時還要痛哭流涕，往傅家方向泣拜，作態真真教人噁心。」

傅淵冷笑一聲。「他比爹爹的年紀小不了幾歲，卻敢這般不顧臉皮地說自己是爹爹門生？他不過是想藉著恩情攀扯上傅家罷了，但即便是這樣一個由頭，也能由他在那位置上撈不少好處了。」

原來也是一個恩將仇報的無賴小人。傅念君不由感嘆一句：「這世道，竟是『施恩』與『欠恩』的一般，要能躲就躲了。」

僅僅是傅琨順手幫過他一把，也能順桿子爬上來，這種無賴品行，還真不是市井裡的林家人獨有，做官的也大有人在啊。

傅淵聽她這評價，也勾了勾唇，露出一個他特有的「笑容」。

「妳打聽他，可是覺得有古怪？」

傅念君此時聽傅淵講過原委，倒是不確定這王勤到底只是小人心態作祟想害傅家，還是真的是那幕後之人的棋子了。

傅淵直覺她這話不盡實，她這麼著急來尋傅琨是要打聽王勤，一定是怕這案子再生事端。

「妳怕這王勤是那幕後之人所安排？」傅淵一語中的。

「我只是心裡有一絲隱憂，也沒有別的想法。」

傅念君苦笑。「這是官家親下的決議，若那人有本事左右官家的決議，能耐也算是通天了。」

傅淵卻留了個心。「這件事我和爹爹不會放鬆的，畢竟妳也牽扯在內。恐魏氏之死也被人拿來做文章，等荀樂父子量刑之後，我們再逐漸放鬆警惕。」

傅念君心中沒來由地一暖。她先前的安排布局，都只能靠自己手底下有限的財力和人力，可是傅琨畢竟是堂堂宰相，浸潤朝堂多年，他盯著的事情定比她穩妥百倍千倍，那幕後之人想在這件案子裡再鬧花樣，是不太可能的了。

那人現在得知魏氏已死，自己的計畫沒有順利進行，不知可否有些不豫和慌亂。

傅淵頓了頓，說：「鄭端今日在春風樓門口燒紙錢祭奠亡妻，他雖赤誠，卻著實眼瘸。」

鄭端在春風樓前失態地大哭大叫，害得那整條街的妓館今日都無法開門攬客，各官妓直呼晦氣。

傅念君一愣，傅淵竟也會說這樣的話？他對昔日友人也是有一分憐，一分怨，一分無奈的。觀他神情，似是堵著氣說出這句話，讓她第一次覺得，傅淵到底也是個活生生有血有肉的人。

她輕輕一嘆。「改日我以我和三哥的名義捐些錢給寺裡吧，願禱魏氏在天之靈，畢竟我們，也是見她最後一面之人。」

傅淵心裡也軟了軟，她終究也不是什麼冷硬心腸的女子。

「罷了，留名就不用了，免得圖惹是非，心意在即可。」

兩人說完了話，就在遊廊上分別，這一走，傅念君卻發現竟走出了好遠。回頭一瞧，許多僕婦小廝張著嘴像看怪物一樣地看著她。

傅念君抖抖渾身的雞皮疙瘩，想到若是往日，若有人說她會和這個渾身冒寒氣的傅三郎一道走完了整條遊廊，她自己必然也是頭一個不信。

§§§

傅淵回房後，毫無意外地又見到了這幾天來，日日都能夠見到的藥膳。

他「生病」在房內閉門不出好幾日，是傅家人人都知道的事。出於禮儀，他底下那些弟弟妹妹們也會派人來問詢，如傅瀾、陸成遙這般平日能夠與他說上幾句話的，自然也遣人送藥過來。

傅淵用不用是一回事，總歸也是個心意在，可這藥膳就大大不對了。

二房裡送來的，不可能是出自陸氏之手，她素來就性冷，哪裡會自降身分做這樣的事。也不可能是傅瀾和陸成遙，君子遠庖廚，他們想不到這層面。更不可能是只有幾歲年紀的傅七娘子。所以，只可能是一個人，陸成遙的妹妹陸婉容。

傅淵看著那些精心準備的藥膳，眸光閃了閃。

小廝垂手問他：「郎君，可否與前兩日一樣處置？」

傅淵自然是不會吃的，他默了默。

他不是根呆傻不通事的木頭，一個小娘子，這樣的暗示已經相當明顯了。對於陸婉容，他沒有多過什麼別的心思，在他印象裡，她不過就是代表著「陸成遙的妹妹」這個身分罷了。不管她是何模樣，是何性情，是否心靈手巧，她都只是陸成遙的妹妹。

傅淵那日在祠堂裡就與父親說商議清楚了，傅琨的態度也很堅決。

陸家，並非良配。陸成遙不會娶傅念君，那麼同樣的，自己也不會娶陸婉容。這是目前來看，傅家並不會變的立場。

身為傅琨的嫡長子，傅淵從小到大都沒過過一天隨心所欲的日子，他這種時時對自己行為舉止強烈束縛，任何事都憑理智而非感情的習慣已深深刻進了骨子裡。既然與陸家毫無可能，他對陸婉容那就是半點情思都生不出來的。

傅淵揮揮手，與前兩日的反應不同，只說：「退回去。」

小廝愣了愣，這樣是不是有點難看？前兩日好歹不吃也會擺一下裝作個樣子，直接退回去……就太打人臉了。

傅淵一個冷眼過去，小廝立刻渾身一凜，將東西收拾了躬身出去。

傅淵吐出胸中一口濁氣，抬手揉了揉眉心。

如今國朝的風氣比之前朝已然內斂了不少，但是女子們對男子稍有暗示也都是很正常的情況，只要不像從前的傅念君這麼瘋就好。

傅淵這樣做，確實有些不客氣，畢竟顧及著陸氏的臉面，他也該再轉圜些。只是他前後一想到與陸婉容為數不多的幾次接觸，就知她的性情並不膽大熱烈，而是羞怯內斂的。

她會對自己表現出這麼明顯的示好，恐怕是傅淵最怕的一種情況。不是他想自作多情，而是他也見多了，也知道一個平素膽小含蓄的女子，在怎樣的情況下會如此勇敢。

最怕是動了真情。

陸家與傅家是一回事，陸婉容若真對自己動情，越拖必然傷害越大。傅淵如此決絕的做派，是希望她能在現在就斷了念頭。

傅淵坐在書案後苦笑，他這般冷硬如鐵石的個性，竟也會招來如此桃花嗎？

門外小廝提著裝藥膳的食盒出去，正好與傅寧錯身而過。傅寧是約好了時辰來見傅淵的。

傅寧問小廝道：「這是什麼？聞著好香……」

他因時常來這裡向傅淵報備傅溶的功課，傅淵這裡的人也多數都認識他，加上他待他們客氣有禮，下人們待傅寧也漸漸親密起來。

小廝苦笑道：「二房裡送來的藥膳，郎君不肯吃，讓立刻送回去。」

傅寧的眸光在食盒上掠過，眸光閃了閃，若有所思。

「三郎可讓你帶話過去？」

小廝搖搖頭。「未曾。」

傅寧笑了笑。「快去吧。」說罷自己抬腿挪步進去找傅淵。

傅淵昨夜裡因想的事情多，一早神情也顯得有些疲憊，正撐著額頭在桌案上閉目養神。傅寧的腳步很輕，見傅淵沒抬頭，就主動給他輕輕倒了杯茶。

傅淵張開眼睛，蹙了蹙眉道：「你何須做這些事？」

傅寧微笑。「三郎院子裡伺候的人少，熱茶都續不上，不過舉手之勞。」

傅淵神色還是不豫。「你的手是提筆寫字的，做這些，不妥。」

傅寧卻有些慚愧地低下了頭。「掙功名之日尚且無有指望，何必此時計較這些？在家中時，便是下田也是做得的。」

傅淵默了默，只問他：「八月秋闈不可懈怠，爹爹提拔你，並不只為六哥兒的功課，往後傅家用人，你也可使上一份力。」

傅寧聽他這「傅家用人」一語，耳朵裡便「嗡」地一聲響。看來這幾日是有大事，難怪傅淵如此神色。他面上表情不變，只說：「寧，願為傅家鞠躬，功名於寧乃是浮雲，若得為三郎日後一幕僚，已無憾矣！」

傅淵緊緊盯著他，眸光銳利，只緩緩道：「這話就不必了。」彷彿輕帶了幾分不滿。

傅寧一愣，驚覺自己是太急迫了。傅淵這個人，試探起來是極不容易的，胡先生早就和他說過，這一時心急竟忘了！

傅寧微微赧然道：「是我妄言了。」

功名對一個讀書人來說，尤其是他這般年紀的少年人，當是最看重、拚命也要爭取的東西。何況他連鄉試都還沒過，卻敢說甘為傅淵身邊一幕僚這樣的話。

傅淵撇開視線。他究竟是對自己太過敬仰一時失言，還是另有隱情？

傅淵是個極小心的人，有一點不尋常也會放在心頭細想。這個傅寧一直安分，在敦促傅溶學業一事上也盡心盡力，人又確實有幾分才華，他與爹爹內心裡是欣賞他的。

可就如剛剛那般的情狀，讓傅淵覺得太過異常。傅寧這人總有股說不上來的奇怪。

傅淵淡淡地頷首，不動聲色，只例行問了他一些傅溶學業上的事，又親手布置了一些題目，才命傅寧退下。

傅寧出了院門，一吹涼風便清醒過來了。

傅淵與自己還未親近到那般地步，他適才的表現確實略為不妥。他暗下決心，接下來一段日子，還是要靜觀其變，再不能像今日這樣唐突了。

§§

正如傅念君所想，此時魏氏的那位「郎君」正罕見地朝下屬們發著脾氣。

「蠢貨！」年輕的嗓音中有些顫抖。

他一把掃下了桌上的茶杯，叮鈴噹啷灑了一地。

室內沒有一個婢女小廝，只有清一色身穿青黑色袍服的高大身影。隨著茶杯落地，他身前立刻跪下去一片烏壓壓的暗衛。

他冷冷睃視過他們一圈。「先前何氏被殺，你們沒有派上任何用場；昨日魏氏被殺，你們依然沒有用。我養你們這麼多年，連這點事都辦不好嗎？」

眾暗衛心中叫苦不迭。何氏與魏氏，自然都不是她們本來的姓氏，這對姊妹是郎君自己屬意授命的人，他們如何能逾越？此時不過是遷怒而已。

無人敢說一句話應對。他們都知道，何氏與魏氏不是一般的眼線探子，是花了多少工夫心血培養出來的，這樣說死就死了，郎君自然會生氣。眾人大氣都不敢出。

那年輕郎君轉回身，面上沉沉如水，卻無人知道此時他心中是一片鬱火焦躁，他不耐煩地揮手叫他們退下，眾暗衛才悄悄鬆了口氣。

他選了一張太師椅緩緩坐下。何氏之事，已讓他如吃了蒼蠅一般噁心。

周毓白不僅沒有入套，連肅王和周毓琛都無所折損，他所籌謀的事一件都沒有完成，連齊昭若那沒用的東西都被放出來了。

白白浪費他這麼多銀子布此大局。他不由猜想，難道是周毓白發現了什麼，因此及時收手掉轉矛頭，直接將此局攪渾，讓他無所作為。

他心中一凜，可周毓白究竟是怎麼發現的？他藏得這麼好，從來不曾露過一次面，對方如何會知道？

他心裡覺得一陣不安，立刻開口再喚了兩人進來。

「周毓白負責江南太湖的水利，如今應當竣工了，去看看做的如何了……」

底下人早已習慣他直呼壽春郡王大名，應聲立刻出去了，腳落無聲。

夏日時江南地區就會發生洪澇，這是他早已經歷過的事，他心中一清二楚。可周毓白不知道，他還是繼續用著他的圩田之法吧？這一招，應當是萬無一失的。

年輕人勾勾唇，他真是期待看到滿朝文武爭相指責壽春郡王的場面。

他頓了頓，又吩咐另一個身後下屬：「讓胡先生有空來見我一見，傅寧的事……他該給我個滿意的交代了。」

傅家，同樣不能放鬆。他剛說完這句話，就有一下屬急匆匆地進來。

「郎君，不妙，王婆子茶肆被圍。」

他猛然轉過身來。

「何人所為？」

那下屬跪在地上咬了咬唇。「大約是傅相。今晨一早，他親自去了三衙，後由三衙直接調人。」

年輕人攥緊了拳頭，咬牙暗恨。桌上卻已無茶杯可砸。

「可有說法？」他又問。

下屬微微頓了頓。

「此時街邊人潮洶湧，聽說是捉拿逃犯。」

傅琨到底身居相位，他要有名目搜人，自然早已做好準備，從刑部調的案底，逃犯一事誰去查都是一個結果，並無虛妄。

他只用了一夜一天，就上下疏通了關係，讓王婆子茶肆陡然間如網中之魚，再難掙脫。年輕的身影漸漸在斜照的陽光下，漸漸露出了面容。

兩個下屬微微抬頭，驚訝地發現他們郎君一向從容的面孔上，頭一回露出了這般神情，隱隱還能見到額上薄汗。他們立刻低下頭去，不敢再看。

傅琨已經發現了……他內心雖極不願接受，卻也不得不承受，他自己，確實已然暴露在傅家眼中。

否則傅琨何須親自走一趟三衙？他是在警告自己這個幕後之人！

警告自己即便他是文官，即便是權不能逾，可他身為宰相，並非與三軍是毫無連繫的。軍權與政權，想要同時挑戰傅琨，他應該先看看自己的能耐。

果真是傅家，殺了魏氏的果真是傅家！可魏氏對傅淵都尚且毫無動作，他們竟然就發現了。先下手將魏氏廢了，並反過來警告自己這一回。

那年輕人突然意識到，傅家比自己快一步，和周毓白一樣比他快一步啊！可這快的一步，到底是自哪裡而來？他到底是做了什麼會讓傅家發現了他？

「傅家、傅家……」他喃喃重複著，神情中有著狂亂和焦躁。

「傅家的眼線呢？安插去傅二娘子身邊那個丫頭，讓她盡快查出個結果來！」

他陡然提高了聲音，兩個下屬渾身一顫，忙低頭應是。

「是她嗎？會是她嗎？怎麼可能……」他蹙著眉，滿滿都是不解，和幾分慌亂。

他其實並不懼怕傅琨父子，他本就有強大的信心，可以慢慢在接下去的年歲裡，把如今權高勢大的傅家瓦解得乾乾淨淨。

只有傅琨的嫡長女，在他印象中站在周毓白身旁絲毫不輸他半分的，有能力指點江山的這個女人，讓他覺得不安。

可是這一次如他所願，這女人早就不存在了，她自出生始，就不再是那個「傅念君」。她是早就被排除的障礙，她和傅家都再無可能成為周毓白登位的助力。

這輩子就是個按照他思路而走的人生啊！他回來不就是為了這個嗎？

因此最早魏氏給他留口信，說在王婆子茶肆偶遇傅二娘子、覺得她大有文章時，自己是不以為然的。早就沒有用的人，已經被粉碎的絆腳石，還去管她做什麼？

直到上元再遇後，他心中才也漸漸起疑，強烈的不安此時一股腦湧了上來，那些恍若隔世的記憶讓他覺得陌生又恐怖……

若不是她，他想不到傅家還會有哪個變數。若不是她，魏氏豈會這麼容易暴露？

如果，是「她」的話……他的眼中閃過一絲狠厲。

「若有不妥，備好人手，隨時準備暗殺。」

下屬們倏然一驚。對一個小娘子嗎？

他緩緩地笑了，他不需要確定什麼，也不想去賭這個萬一，現在的他有足夠的能力隨心所欲。一個女人罷了，殺無赦的命令一下，她就活不長了。

§§§

傅念君趕到書房的時候，傅淵和傅琨正在說話。

「爹爹……」傅念君輕喚了一聲。

傅琨點頭，依然是她熟悉的溫煦表情，柔聲問著她：「用過飯沒有？」

「已經用過了。」傅念君抿抿嘴，走上前來，開門見山地問道：「王婆子茶肆失火一事，爹爹都知道了？」

傅琨微笑。「妳都知道了，我如何會不知。」

傅念君微微蹙了眉。傅琨見她有模有樣蹙著眉的樣子，輕輕笑了一聲。

「看來對方是挺急躁的。」在旁的傅淵說道。

原來這王婆子茶肆不過是歇業了一夜，還未等官府判出個長短來，今早便一把火被燒成了灰燼，連帶著燒了看門的一個老頭和住店的兩個夥計。

「爹爹昨日可有查到什麼可疑人物？」傅念君問道。

傅琨只微笑不答。

傅淵卻打斷她：「妳糊塗了，這不是爹爹的管轄職責。」

這話問出口便不大妥當。帶人封圍王婆子茶肆的不是傅琨，審查這裡的更不是傅琨。

這人！傅念君撇撇嘴，忍不住嘀咕，還真是夠嚴格的，這裡又沒有外人。

往日說一些事，都是傅念君和傅琨兩人，如今再加上個傅淵，她難免也覺得有些不自在。不過在找出幕後之人這件事上，他們三人必然要統一陣線，這點毋庸置疑，她只得學著習慣。

傅琨微笑。「我也考慮了一番，昨天沒有打算請官府押人提審，做個樣子罷了，對方果然沉不住氣。」他頓了頓，很快就對那幕後之人的性子下了大概的判斷：「年輕氣盛，不是思慮不當，便是從前贏慣了；行事銳利，偶爾遇一出乎意料之事，便有些氣急敗壞。」

這倒是暗合了魏氏所說，那郎君是個年輕人之言。

傅淵接著說：「他也不願意多想幾回，爹爹如此性情，又豈是喜歡耀武揚威之人，一個三司就把他嚇住了，是他太過急躁。」

傅念君很快就想明白這裡面的門道。「爹爹知道那等人培養出來的死士，即便捉來也問不出來什麼，反倒耽誤自己的名聲，不如這般試探一下他的深淺？」

傅琨點點頭，有些驕傲地看著兩個孩子。他的兒女，竟都是這般聰明。

「我走了一趟三司，也有那麼多雙眼睛盯著，魚龍混雜的，聰明人更不在少數。」

傅念君暗道這一招高明。王婆子茶肆先是入了傅琨的眼，接著又是一把大火燒了個精光附帶三條人命，固然是什麼線索都留不下來了。

可那些緊盯著傅琨的人，都會因此轉移視線。這麼多雙眼睛盯著，那幕後之人也得小心些了。

「爹爹，我一直懷疑，那處地方是魏氏與那幕後之人接頭遞消息的地方，有她就會有旁人。如今王婆子茶肆已毀，他那些散落的手下若要再聯繫他，恐怕會換個新的地方。」

那幕後之人擅於隱匿，可這隱匿也有隱匿的不便之處。連魏氏都說不清他是什麼來路，其他的眼線探子必然也是。他們沒有收到任何指令，驟然間卻見王婆子茶肆被一把火燒燬，心中必然焦急，此是最易露出馬腳之時。

傅琨頷首。「此事做來要極大的力氣，明面上有府衙調查茶肆失火一事，也不過是唬人，暗地裡還是要我們自己來。三哥兒，這件事就交給你去辦。」

傅念君道：「三哥要籌備殿試，難免分神，還是我……」

傅淵卻從旁邊瞪了她一眼，把那未盡的話給她瞪了回去。

「爹爹放心，我會派人搜尋王婆子茶肆附近出現的可疑之人，還有京裡這些可疑的茶坊酒樓，那幕後之人狡兔三窟，必然置產頗多，須得費些工夫。」

話不能說得太滿，也不能太過喪氣。傅淵說話一向都是如此中庸。

傅念君在心中嘆氣，這東京城裡的酒樓茶坊又何止千家百家，要去查也只能查個大概了，也不能太抱指望。她原本想接下這事，也是因為能估摸估摸傅琨手底下的人手，以便日後再做打算。

傅琨點頭，只叮囑兒子：「萬不可怠慢正事。」

傅淵垂手應了。傅念君在心中不禁道，不愧是傅家嫡長子，確實任重道遠。

「還有一樁。」傅琨又說：「那幕後之人既已知我發現了他，必對傅家多有試探，你們近日更要謹慎才是。自然，適時也能做一二應變，或可尋得線索。」

府外交際畢竟有限，他這話的意思，恐怕那人會安排探子進府。

這就由傅念君應下：「府裡下人採買訓練一事，如今已移交淺玉姨娘處理，要仔細盤查並不太難。」

若還是姚氏主持，恐怕又要平添一堆雞毛蒜皮的煩心事給傅念君添堵。饒是她最近被削了權也不安分，整天還想著將張氏弄回自己身邊繼續興風作浪。

這件事是他們父女兄妹三人的祕密，自然不能節外生枝，淺玉姨娘那裡的工夫只能傅念君去下。

其實傅念君倒是還有幾句話不能說出口。那幕後之人算計傅家並不是一朝一夕之事，怕是早就籌謀了不知多久。有眼線，或許早就放進來了。

傅念君微微吐了口氣。有眼線在她的身邊嗎？若是有的話，即便從前祕而不發，如今也是時候該動了。

如此商議妥當，傅琨便讓兩個孩子退下。傅念君臨走前還向傅琨請示了一下，要出門一趟。

出了書房，傅淵也不知怎麼想的，竟脫口而出：「幾時妳出門還知道要向爹爹報備了？」

原本也算是普通的一句話。說出來以後他自己又覺似乎含了幾分輕蔑，卻又不知如何糾正。懊惱轉頭，就看見傅念君睜著一雙秀目在看自己。傅淵突然生出了幾分狼狽之意。

「哼。」他的反應竟是一甩袖子走了。

傅念君眨眨眼。這一位可還真是……

她搖搖頭，若非她自覺還是有幾分善解人意在，知道傅淵這是一時難以轉換和自己的相處方式，不然還真是要氣死了。

傅念君回去換了衣裳，就讓人準備了車。

她備車出門，是要去見一見絲絲。這幾天因為魏氏之死，春風樓是沾上了大大的晦氣，所以鴇母便打定主意歇業一段時間，將這院子房子裡外都重新裝潢一遍，待選個好日子再重新開張。因此絲絲倒是得了空。

雖然結果還未下，但是荀樂父子身敗名裂，荀樂被革官放歸，荀仲甫被奪去功名，幾乎已經是板上釘釘的事了。絲絲的心情當然很好，一雪前恥，揚眉吐氣，也就……有點得意忘形了。

幸好有阿青這個中間人，不至於讓絲絲自己跑去尋傅念君，連累她暴露行蹤。若不都是阿青出面，傅念君如何敢來見她，誰知她身邊是否乾淨。

傅念君想來便覺得有些頭疼，枉自己還在傅琨父子面前把她吹得如何聰明，她這一高興就變天真的能耐，還真根本不用別人來探老底啊。

絲絲約傅念君相見的地方不在妓館林立的錄事巷，卻也隔得不算遠。這裡是鬧市，因為人多，她們兩人的痕跡也可以湮滅於人群中。

「娘子，那是我們府裡的車啊！」芳竹一下車，就指著街對面的一輛輕便牛車說。

那小牛犢子還正百無聊賴地揮著尾巴，似是等得不耐煩了，車夫也點頭稱是，那小牛犢他相當眼熟。小牛車旁邊是一家首飾店。

「漫漫，漫漫……」一道溫和的女聲從店鋪內傳來，一個女子緩步步出首飾店，見牛車旁無

人，便心急地叫喚起來。

儀蘭和芳竹都微微驚愕了一下。那女子未帶帷帽，抬起頭來，是一張雖柔美卻上了年紀的臉，眼角已有細紋道道，雖韶華不再，看著卻令人流連。

尋常她這般年歲的婦人，有些家底的，就愛將那層層的粉和胭脂往臉上抹，遠遠望去難免有些嚇人。這女子卻似乎不在乎自己的容貌，打扮妥當，臉上卻也素得乾淨。美人老去，有些韻味卻不減。

「這不是……淺玉姨娘嗎？」芳竹喃喃說了一聲。

就是從前在傅家連想都不會有人想起，可近來卻逐漸替當家主母理事的淺玉姨娘啊。

對面的淺玉尋女心切，未注意到觀察著自己的傅念君主僕等人。

傅念君的眼神掃過對方不似生過孩子般的身段，倒是透露了幾分欣賞。聽聞她從小就是跟著梅老夫人和大姚氏長大的，不止相貌，連氣派都極像大姚氏，傅念君自然想從她身上瞧出點大方氏的影子來。

「那漫漫，不就是十三娘子嗎？」儀蘭與芳竹小聲咬耳朵。

傅念君聽見了，忙吩咐：「去替淺玉姨娘找找。」

於是她手下幾人也跟著淺玉「漫漫」、「漫漫」地當街叫喊起來。

對面的淺玉一怔，往這裡看過來。看見傅念君時，她不由渾身一顫，臉色中帶了幾分慌亂。

傅念君勾勾嘴角，莫非她這個前身，連這對沒什麼倚仗的母女都欺負過？

淺玉張了張嘴，想開口說什麼，那裙子底下的腳將伸未伸的，似是有些膽怯。傅念君瞧見了不免嘆氣。

所以到底是誰說她的做派氣度像極了大姚氏？

畢竟是受姨娘身分桎梏，她看著傅念君的眼神，依然有著奴僕對主人滿滿的敬畏和膽怯。傅念君微笑著對她點點頭，示意她不用介懷。

沒喊兩聲，傅念君聽聞身後突然傳來一陣孩童的嬉笑聲。原來在她的牛車之後有一條不容車架通過的小路，此時正有一個錦衣華服的少年抱著一個孩童緩步而出。

那孩子手裡還拿著一個波浪鼓叮叮咚咚搖著，一張小臉玉雪可愛，眼睛笑彎成了月牙，而一張小嘴裡似乎正賣力地嚼著什麼東西。

「漫漫！」淺玉驚得立刻就要衝過去，此時當街正好衝來一輛運貨的大車，這裡人多又雜，極容易就磕碰到。

幸好冒失的淺玉被身後一個僕婦一把拉住，才免得被車撞上。如此一來，她的腳步自然就慢了。

傅念君離漫漫更近，但她此時卻不是盯著那孩子可愛的笑臉。

而是抱著她的少年。

那少年眉目昳麗，青黛紅唇，豔若桃李，竟比女子還漂亮幾分。此時他正低眉看著懷裡的孩子，滿眼溫柔，讓旁邊舖子裡正拿著笸籮篩糧食的女子都瞧得移不開視線。

那正是許久未見的齊昭若。

傅念君抿了抿唇。他終於出來了……

或許是因他抱著漫漫的神情極為柔和親切，傅念君再見他時，已無上元之時那種由心而生的恐懼。

周紹敏和齊昭若，在她眼中，漸漸融合成了一個人。固然從前的周紹敏也很好看，可他那鷹隼一般銳利的眼睛、瘦削刀削的臉龐和極薄的嘴唇，都讓傅念君覺得這人身上常年籠罩著一層令人生畏的陰悒。

反而是齊昭若這張臉，似乎更適合他。只有周紹敏的氣勢，才能使他原本這張男生女相、脂粉氣濃郁的臉，還能透出幾分男子氣概來。

齊昭若似是感受到盯在自己身上的視線，猛然轉頭往傅念君看去。在陽光底下，他見到了這個第一回就給自己留下深刻印象的女子。

他一眼就記住她了，說不出來為什麼。傅家的二娘子。

滿街的喧嘩好像都在此刻安靜了，他覺得似乎在哪裡見過這身影。不是在上元之夜燈火通明的橋上，彷彿是更久之前……

他抱著的漫漫，此時咯咯笑著用小手去扯他的頭髮。齊昭若疼得抽回神。

「哥哥，哥哥，給我……」漫漫才五、六歲大，話也能說俐落，可她似乎不太喜歡說得很明白。

齊昭若齜了齜牙，露出了一種傅念君覺得他根本沒從娘胎裡帶出的表情。

「這是我的頭髮，可不能隨便給妳。」他微微朝漫漫笑了笑，漫漫聽話地放開，笑得更開心了。

此時街對面的淺玉姨娘已快昏過去了。她的女兒怎麼會被一個陌生少年抱在手裡，還如此親密，這孩子一向很怕生的啊！

「漫漫……」

在老僕的攙扶下，淺玉終於趕了過去，踉蹌地跑到了街對面。此時看顧著漫漫的一個奶媽也滿頭大汗地尋了過來，一個勁地在淺玉面前自搧耳光。

「是老奴一個轉身就丟了十三娘子，老奴該死！」

淺玉現在哪裡有工夫去管她，攤開手就要去抱自己失而復得的女兒。漫漫看著自己的親娘，小小地笑了一下，卻依然捨不得齊昭若的懷抱，沒有脫開手要讓淺玉抱的意思。

淺玉臉色大變，只能惶恐地望向齊昭若。「這、這位郎君……」

齊昭若意味深長地看了她一眼，只淡淡道：「偶然見令嬡迷路，特地送回來。」

原來齊昭若自己也是在後頭的茶坊與一幫朋友喝茶，實在不耐，便想從後門離開，卻偶然遇到了一個人跑到這裡的漫漫。

「是、是嗎……多、多謝……」淺玉忙向他道謝，話出口卻不成句子，結結巴巴的。

她總覺得這少年看自己的眼神挺古怪的，對漫漫的態度也十分奇怪。

難道他早就認識她們母子？可她又立刻斷了這猜想。

怎麼可能呢，她從前根本沒有機會出門，這樣帶漫漫出來，還是頭一回。

齊昭若把手裡的漫漫放下，望著她水盈盈的大眼睛，伸手捏了捏她圓鼓鼓的鬏兒（注）。接著，用一種只能讓自己聽到的聲音喃喃對她道：「好好長大吧……」

淺玉等漫漫的腳一落地，就伸手把女兒抱到懷裡，靠著她的頸項深深吸了一口氣。若非這裡人太多，她怕是馬上要哭出來了。

他們人多擋道，此時後頭已經有人在呼喊讓路了。

淺玉身邊的老僕也拉著她的衣服道：「姨娘，走吧……」

淺玉向齊昭若又道過謝，抱著漫漫就要走。漫漫卻費力扭過小身子，搖著手上的撥浪鼓，對齊昭若甜甜地笑道：「哥哥再見！」

齊昭若見狀卻是勾了勾唇角。

淺玉心中詫異萬分，這孩子怎麼會對第一次見面的陌生人如此熟稔，親密得連尋常府裡常見的下人都比不上。她偷偷又瞄了一眼齊昭若那張比春花還燦爛的臉，心中咯噔一下，抱著女兒的手又緊了緊。

漫漫不會是小小年紀就知道看臉吧？可萬萬不能像她那個姊姊一樣啊！

當然好巧不巧，她那個姊姊此時就在淺玉的面前。

淺玉既見到了傅念君，肯定要打聲招呼再走。不知是不是對方的眼神太過清明，彷彿能洞察人心，剛剛腹誹完的淺玉對上了傅念君的眼光，一時有些尷尬。

「二、二娘子，我們這就走了……」她掂了掂懷裡的女兒。「叫二姊。」

漫漫盯著傅念君，似乎沒了剛才叫齊昭若的爽快，思考一下才甜甜喚了聲：「二姊。」

傅念君微微笑了笑，只說了一句：「路上小心。」

淺玉抱著孩子，誠惶誠恐地鑽回街對面的那輛小牛車裡了。

一上車，淺玉身邊那個有些見識的老僕，便冷汗涔涔地對她說：「姨娘，那個人可是邠國長公主的獨子齊大郎啊。」

「竟是他！」淺玉驚叫了一聲，又忙捂住嘴：「是先前上咱們家鬧的那位邠國長公主？」

老僕戚戚然點點頭，旁邊的漫漫則還是開心地嚼著嘴裡的東西，手上玩著撥浪鼓。

淺玉不會允許她當街吃東西，定然是齊昭若餵給她的。她嚇得立刻去掏女兒嘴裡的吃食。

「吐出來，快吐出來。」

挖出來的是一些醃製好的香牛肉乾。

淺玉放心了一些，又望向老僕，動了動嘴唇，壓低聲音說：「齊大郎……就是他們說和咱們二娘子……」話未盡，意思大家卻都懂。老僕點點頭。

淺玉一陣心驚肉跳，趕忙拍了拍胸口。今天怎麼都遇上了啊，怪道她看那兩人有些古怪。

「姨娘，二娘子的事可不是咱們能管的。今天的事，還是不能讓相公知道。」老僕勸她。

淺玉用帕子替被挖了吃食不高興、正嘟著嘴的漫漫擦嘴角，忙應道：「自然是不能說的，不能說的……」

那邊小牛車飛快地駛去，傅念君也打算回身進茶坊，芳竹還在輕聲嘀咕著：「柳姑姑說十三娘子長得像娘子小時候，哪裡像呀……」她們娘子這麼好看的。

儀蘭也接道：「他們是說因為淺玉姨娘和過世的夫人像，雖然我從未見過先夫人，但是一定

注　古代女子將頭髮盤上頭後而梳成的髮髻。

不像的。」語氣十分篤定。

芳竹大力地點點頭。淺玉那慌慌張張的樣子讓她們有些看不上。

傅念君正想制止她們，護短雖沒什麼不好，可淺玉到底是傅琨的姨娘。

「妳們……」話被堵在了嘴裡，只因她見到眼前突然出現了一雙厚底雲紋織錦的皂靴。

傅念君緩緩抬頭，果然是齊昭若站到了自己面前。她定了定神，想到不久前他還是個階下囚，再也不是那個可以對自己生殺予奪的周紹敏了，不由又壯了些膽氣。

齊昭若盯著她，卻是說了一句：「不錯，妳這回沒有嚇得倒退一步。」

他一上來就要這麼不客氣嗎？果真還是那個人啊。

傅念君只笑問：「我與郎君很熟嗎？」

表情十分疏離，非常刻意。齊昭若冷嗤一聲。

其實若不是意外被皇城司的人攔路，後又被收押在大牢裡，他早就要來問她的。來問問這個據說和自己是「相好」的女人，到底對私煤一事知道多少。

她面上對自己雖還算平和，可齊昭若依然能辨認出她對自己隱隱的怨恨和憤怒，只是比上回少了些惶恐罷了。

什麼情況下一個女人會對自己有這樣的情緒？她確實是這個身體主人的相好吧。

他的隨身僕從阿精能瞞過旁人，卻瞞不過自己。阿精是如何去尋傅念君想辦法，她又是怎麼指點他去找周毓白，他都一五一十地對自己交代了。

唯一讓齊昭若不解的是，傅念君對阿精說的話、指點他的手法都十分高超。

這樣一個女子，必然是個秀外慧中的聰明人，並非像他打聽的那樣，是個一無是處只知追著男子跑的花癡小娘子。

這麼一個聰明人，卻會看上前身這麼一個草包嗎？齊昭若在心裡問自己。

他可不覺得傅念君此時看著自己的目光中，有對自己這皮相表露出的迷戀。這個傅二娘子太過奇怪，可與自己卻又有這般千絲萬縷的關係。他本來就要找機會來會會她，卻沒想到今日巧遇。那就擇日不如撞日吧。

「傅二娘子，可否借一步說話？」齊昭若自認姿態已放到極低。

傅念君卻半點都不想與他私下獨處。她故意揚高了嗓音：「我乃一未嫁小娘子，恐怕與齊郎君私下獨處說話略有不妥，請郎君恕罪了。」

拒絕得乾脆直接。齊昭若深深地皺了皺眉。

傅念君當然極不願與他往來，她這原身與從前的齊昭若之間的事本就說不清，同時她自己也很不想與周紹敏多有牽扯。他本就自己的仇人，他能指望她有什麼好態度？

傅念君轉身要走。

「慢！」齊昭若一個箭步上前，竟伸手攔住了她。

芳竹和儀蘭都嚇了一大跳，戰戰兢兢地看向他。

這裡可是大街上啊，他想幹嘛？

「只問這一次，往後必然再不會叨擾傅二娘子。」他拱手抱拳，態度誠懇。

只因實在無人可問。他成為齊昭若之後，身邊的爛攤子多，能做的事卻少，待在牢裡這麼長時間，他雖隱約能從周毓琛來探視自己這一行為上猜到些門路，卻不甚清楚。

從前的齊昭若是個紈綺，精通的是吃喝玩樂，往來的是娼妓和酒肉朋友，根本沒有立業基礎，銀錢人脈樣樣都無。他要像那幾個為皇子一樣去查什麼事，太難了。

他唯一覺得還能問幾句話的，也只有這個傅二娘子了。

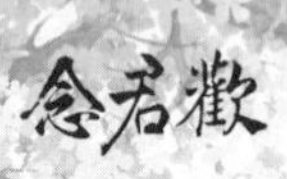

傅念君心中生起氣來，這人怎麼就突然化身牛皮糖了？她不過是稍微提點阿精去找周毓白，他不會就這麼自作多情幻想出些什麼別的意思吧？她心底裡不止一次地想，周紹敏死了才好。都怪她腦子太清醒，知道那局面下他活著更有利；他活著，才維繫了今日的平衡局面。可也不代表她就要隨時隨地幫他吧！

傅念君瞪大了眼睛，齊昭若被她這眼神一盯不禁小小地退了半步。他的行為好像確實有些過頭了……說到底，人家也是個未嫁姑娘，又不是他的誰。

兩人之間突然瀰漫著淡淡的尷尬。

芳竹在後面清了清嗓子，似乎想要提醒傅念君，既然與齊郎君要斷了往來，再當街拉拉扯扯就太不妥了。

這時兩人身後的茶坊二樓卻探出半個身子來，是一個年輕嬉笑著的公子哥。

「快看快看，齊大郎根本沒走，在底下攔著小娘子的路不肯放呢！」

他聲音大，又引來了好些圍觀的人，腳步聲咚咚地跑到闌干邊，三、四個年紀不大、衣帽風流的年輕郎君七嘴八舌地調笑起來。

「果真果真，哪個小娘子讓齊大郎光天化日也要攔住去路？我要下去看看！」

還有人衝著齊昭若大喊：「借你兩個人，快快將這小娘子團團圍住，你一個人不成的！」

「對對，攔良家婦女他有經驗，聽他的他經常攔！」

「去你的……」

上面的人兀自打鬧嬉笑，拿齊昭若和傅念君取樂。當事之人卻只能黑了臉，各自撇過臉去不願看對方。尷尬，無比地尷尬……

傅念君只在心中罵自己真是倒楣，這般無妄之災也能碰上。

「走。」她憋著心底的氣，對兩個丫頭吩咐了一句。

說罷就兜了個圈，像繞開臭蟲一樣繞開齊昭若。和絲絲約定的茶坊與他們的那間比鄰，不過幾步路，耽擱了這麼長時間，她怕是等急了。

齊昭若見她這兜得不能再大的圈子，也很無言。還說是什麼「老相好」……

誰知傅念君還沒這麼容易逃脫，那幾個從二樓衝下來的年輕人，興致勃勃地發揮起他們在調戲小娘子方面的天賦，很大方地要給齊昭若展示一下。

從店門裡一左一右飛快跑出來兩個年輕郎君，在傅念君面前站定，攤開手不讓她走。

一個微笑著說：「哎，小娘子，莫急莫急，齊大郎的話還沒說完呢……」

「正是正是。」另一個笑咪咪地點頭：「可是他惹惱了妳？他這般相貌，便是看一眼就氣消了吧？」

他們兀自打量著傅念君，眼裡都透出濃濃的欣賞，只覺得這小娘子是難得一見的品貌出眾，怪道齊昭若不肯讓步了。也不怪他們不識得傅念君，從前傅二娘子浪蕩之名雖名滿東京，可見過她相貌的人畢竟不算很多。

那兩個少年還在琢磨著，旁的小娘子遇到這般事，必然要先紅一紅臉，然後輕罵幾聲。他們盯著傅念君的臉，想著被這般貌美的小娘子紅著臉輕輕啐幾口，心裡也是酸軟軟地痛快。

可是他們失望了，傅念君的眼眸沉沉，十分冷靜，一點都沒有害羞和侷促。

齊昭若見他們攔住傅念君，忙快步走過去，一左一右地搭上他們的肩膀，只冷聲道：「別胡說。」

傅念君見他輕飄飄地把秀長白皙的手搭在那兩個紈綺的肩上，兩人的臉色立刻就變了變。他竟是用巧勁掐著他們經絡。

「瘦、瘦……」一個已經忍不住咕噥起來，另一個咬著牙不想叫出口。

話說，又有兩、三個年輕人此時也從二樓趕了下來看熱鬧。

齊昭若把手放開，臉色沉了下去，看得旁人沒來由地心驚。他從獄中出來之後，與這幫「舊時好友」們的應酬必不可少，可是相處沒多久，終究是吃不消，因此藉口早早離去，卻不料偶遇了傅家女眷。

那第二批下來的郎君中，有個瘦弱矮小的年輕人瞧清了傅念君的臉，隨即便不由捂嘴驚叫了一聲，用了一種在場之人都能聽到的聲音：「齊大郎，這不是你的傅二娘子嗎？」

你的?!誰的?!

眾人都愣了下，心裡很快又恍然大悟。

早說嘛，還以為是當街調戲，誰知人家是當街打情罵俏啊！

而這愣神的眾人之中，那兩個被齊昭若捏得快散架的少年顯得尤為可憐兮兮，心裡頭不由自主埋怨，難怪要捏我們，就是撞你槍頭上了嘛。

齊昭若聞言也是呆了呆，隨即竟是不小心一嗆。他這輩子能被這樣嗆到的次數還真是一個手數得出來。

傅念君再也忍不住，惡狠狠的眸光殺了過去，那矮小的年輕男子被盯得一縮。

原來他是當日跟著焦天弘混的那一幫人中的一個，在正月十六那晚去找過傅念君的麻煩。因為見過，自然就認得了。他原本與齊昭若與焦天弘都有往來，自認也算不上兩邊倒的牆頭草，不過是識時務者為俊傑。

焦天弘被張淑妃扔出去後，齊昭若只被聖上親自叫進宮呵斥了幾句，名目是「交友不慎」。至於那「不慎」的朋友焦天弘，自然是被毫無再翻案的可能判了刑。

當今聖上是個怕麻煩的人，邠國長公主這個親妹妹又不是什麼省油的燈，自齊昭若下獄，就一日照著三餐對他哭訴。這回焦天弘認證物證俱全，完全是販運私煤的主謀，聖上甚至比邠國長公主還開心。

畢竟若這外甥死了，那親妹妹怕是要纏著他哭上許多年了。有如此機會，他自然能甩鍋快一點就快一點。

原本焦天弘恐怕得判個死刑，倒是他命大，趕上過世太祖皇帝的冥誕將至，御史台上書替他請命，為周家祖宗布德，只說緩些再行刑。

這一緩，就有些名頭了。許多死囚緩個一、二十年也是常理，不過那焦天弘如今已被發配邊疆，二十年也是回不來的了。

焦天弘的父親焦太尉也被聖上下令申斥並降職，如今正是縮著尾巴不敢出門見人。任誰都能看出來，焦家是被張淑妃徹底放棄了。

在這種情形下，從前齊昭若和焦天弘的共同朋友們會如何站隊，已毋庸置疑。

那矮小的年輕人心裡頭也正慶幸，齊昭若自墜馬後性子大變，也不再與他們計較這些事，不然以他以往的個性，非得折辱報復自己一番不可，如何還能像今天這樣，與自己同榻嬉笑。

他因心中惶惶，一直就存著幾分討好齊昭若的心思，如今見到當日得罪過的傅二娘子，自然心裡也更有些害怕。而且齊昭若的臉色比在茶坊時更不好看。

瞧這陣勢，小倆口吵架呢？不然傅二娘子怎麼會這般生氣？

他定了定神，迎著傅念君殺人的眼神突然挺了挺胸膛，在心中暗下了一番決議。

「傅二娘子，元月十六日我們得罪了您，請您萬勿見怪啊！」竟是長揖到底。

傅念君這才想起來，原來這傢伙就是當日跟著焦天弘作威作福的狗腿子之一。

她還沒來得及做出反應，這狗腿卻又俯著身子朝齊昭若方向道：「齊大郎，當日也是個誤會，那焦天弘因與你齟齬而遷怒傅二娘子，實屬不該，我見了卻未阻攔，這是我大大的錯。」

傅念君差點氣笑了。冒犯了她卻是向齊昭若道歉？她額頭上難道寫了「齊昭若所屬」幾個大字嗎？

眾人看著傅念君與齊昭若的目光也又變了變，比適才更加曖昧。

齊昭若擰眉，知道面前這人不過是個勢利小人，此時又當著這麼多人的面胡言亂語，心中更是不喜，正要開口說幾句，卻見傅念君一步跨上，對那人道：「郎君可是眼睛有毛病？」

那人愣了愣，直起身子，呆呆地回道：「無……」

她問這個是什麼意思？

「那麼耳朵有毛病？」她追問。

「也無……」

「那就是腦子有毛病了吧。」傅念君用極自然的表情說著。

對方大怒，可是一瞥見齊昭若黑如鍋底的臉色，又把嘴裡的話嚥了下去。

傅念君說：「焦天弘胡言亂語，你便也跟著胡言亂語嗎？齊郎君今日偶然幫我尋到了妹妹，附近見到的人可多了，你可要去問一問？這樣我便多謝了齊郎君兩句，可是如此？」

她的眼神朝齊昭若望過去，齊昭若緩緩地點點頭。

傅念君又轉回頭。「就是這樣而已，很簡單的一件事。可你話中之言卻讓我聽不明白了，我與齊郎君在這朗朗乾坤之下，不過多說幾句話，就讓你胡亂揣測至如此地步嗎？說得我們昔日有些不可見人的交情一般，這臆測可有證據？」

「也……也不是，不過是、是聽焦天弘說過……」

那人不由自主嚇得倒退半步，背心裡出了冷汗。

只能完全推給焦天弘這個替罪羊。天啊，他本來想在齊昭若面前掙個臉面的，這回是馬屁拍馬腿上了？

「焦天弘說？」傅念君嗤笑一聲。「他是個罪人身分，他說的話你也信，那就是不信給他定罪的大理寺諸位大人了？」

誰敢說是？眾人一時都不敢言語了。

「妳這小娘子也太狂妄……」有人終於忍不住出聲嘀咕。

傅念君掃了那人一眼，依然不動聲色地說道：「是啊，我身為傅相嫡長女，早就有了個臭不可聞的浪蕩之名，何懼又添個狂妄之名呢？」

她只是燦然一笑，回頭指著齊昭若道：「這是我第一次說，卻也是最後一次說，我與齊郎君，沒有半點不可見人的關係，若是諸位還要妄加揣測，欺負我性軟的話……」

那就怎樣？眾人豎起耳朵等著她放狠話。

一般小娘子們名聲遭汙，都是什麼反應呢？以死相逼？力爭清白？

傅念君卻笑露出森森白牙。「那我就嫁給他。」

齊昭若：「……」

眾人：「……」

兩個丫頭也是齊刷刷地目瞪口呆。

傅念君望著他們冷道：「相信以傅相之勢相逼，幾位家中都不敢不贊同吧？」

那幾位郎君渾身都抖了抖，聽說傅相疼女兒到沒原則來著……

「想來那新郎官也該是心大寬宏，願娶個旁人的『相好』回去做正妻。」

她雲淡風輕地說著，有一種居高臨下的睥睨之感。

這話是帶了滿滿的諷刺之意，誰真的願意做現成的烏龜帶綠帽啊？

幾個年輕郎君全都有些汗顏，她都敢說出這樣的話來了，看來確實與齊昭若沒有不清不楚。

「傅二娘子，是我們唐突了，請妳恕罪。」先有一個年輕郎君帶頭道歉。

接著其餘的幾位也都拱手告罪。

他們雖是脂粉堆裡常年打滾的紈絝，霸占調戲良家婦女也不是沒有，可到底此時沒有酒氣上頭，也是知道點分寸的。先不說他們一時忘了傅相之勢不可惹，單憑這小娘子眼下排山倒海的氣勢、與眾不同的性情，就可知必然看不上齊昭若那個繡花枕頭。

看來傳言真是誤人，大誤啊！

齊昭若只是在旁邊勾了勾唇，又往傅念君臉上多看了幾眼。真是個古怪的女人。似乎永遠都猜不到她下一句會說什麼，氣勢逼人也陡然能轉換成肆意耍賴。

他卻與那些人一樣在心中斷定了：她是不可能看上自己這個身體的原主的，傳言必然有誤。

可若是傳言無誤，那麼這傅二娘子莫非真被神仙指路過……

神仙指路，有些荒謬。

有什麼念頭在齊昭若腦海裡一閃而過，他卻沒有抓住。

那最開始胡說八道的矮小年輕人，此時恨不得挖個地洞鑽下去，好在傅念君已放過了他，沒再追問他「有病沒病」這個問題。

她微笑著，只對眾人道：「希望諸位郎君能記得今日自己說過的話。」說罷回頭很用力盯了一下久久無法回神的兩個丫頭，等她們回神，便帶著已成同手同腳姿態的她們離去了。

再無一人阻攔，起先被齊昭若捏住肩膀的兩個年輕人也連忙給她讓了路。

等她拐進隔壁茶坊，有人輕輕噴了一聲，低聲嘀咕：「還從來沒遇到過這樣的……」他們都是閱女無數之人，所遇女子，溫柔的有，凶悍的有，矯情的有，卻沒有她這般……古怪的。

引來一片點頭。雖然特立獨行，不過他們可沒那個命去消受。

不知為何，這些年輕郎君想起傅念君適才姿態，個個都心有戚戚。

那躲在角落裡的矮小年輕人正要躬身回茶坊，卻被人一把從後面扣住了肩膀，他只覺得一股痠麻在四肢百骸間瀰漫，唉唉地叫著：「疼、疼……」

回頭卻見到一張比女子還漂亮豔麗的臉蛋，可那俏臉上的眼眸卻如三尺寒冰，凍得人心扉都冷了。

「一點教訓，下次就是下巴了。」

齊昭若對他勾了勾唇，那人只覺得這似是羅剎惡鬼的笑容啊！隨著一聲慘叫響起，眾人再回頭去看，只見那人一隻胳膊已然脫臼，無力地垂在身側。

這還是那個齊大郎嗎？

所有人還未在傅二娘子帶來的震驚中清醒，又被齊昭若嚇得不輕。

丟下已經軟地如爛泥一樣往地上躺的人，齊昭若捋捋衣袖，淡淡地對其餘人道：「走了。」

說罷縱身一躍，正好穩穩地跳上街上一輛急馳的馬車。

這是鬧市裡拉散客的馬車，寬大而高，不設棚頂，此時上頭已坐了幾人，皆被齊昭若嚇了一跳。

那趕車的老翁陡覺車身一重，可卻沒有任何搖晃之感，抽空回頭看了一眼，車尾已立著一個錦袍少年，只大聲喚道：「郎君好身法！」

說罷，又揮舞著手中的馬鞭疾馳而去了。

留下茶坊門口那幾個目瞪口呆的少年，竟無一人記起要給躺在地上哀嚎的人尋郎中來看。

§§§

傅念君姍姍來遲，絲絲已撐著下巴等了她許久，熱茶冷了換，換了又冷已經幾遭。傅念君被方才那些人纏得頭疼，坐下便先喝了一杯茶潤潤喉。

絲絲好奇道：「二娘子這是去了哪裡？這般渴嗎？」

傅念君道：「罵街。」

絲絲笑了兩聲，這個傅二娘子，實在是十分有趣。她原本還不敢與傅念君這般說話，也是因為見傅念君確實不輕視自己，不愛擺架子，不自覺就活潑鬆快了很多。

傅念君見她雖穿著打扮成一個小廝，卻依然粉面含春，肌膚細嫩。

「近日心情不錯？」

絲絲點點頭。「多謝傅二娘子。」

傅念君說：「不用謝，我們不過是平等交易，妳這次是想好了要讓我幫妳做什麼？」

絲絲不好意思地點點頭。為什麼要這麼不好意思？傅念君不解。

「若妳提要求入宮為妃之類的，我可無能為力。」傅念君覺得還是要說清楚。

絲絲咯咯地笑起來。「這件事說難辦也難辦，但是對您，應該也不難辦……」

她盯著傅念君的眼神閃閃發光。

傅念君沒來由心底一陣氣短，有些不好的預感。她之所以允諾絲絲這個願望，是希望在她想從良時幫她一把，畢竟要脫妓籍，憑她自己還是有些難辦的。

不過絲絲也根本不想脫妓籍。從她的好姊妹紗紗的身上，她早就看得明白了，男人都靠不住，她吃這風月飯也已習以為常，脫籍了能如何？

洗手做羹湯，生兒育女，還得擔心他們長大後會不會嫌她這個生母出身低。

絲絲是個十成十活得自私的女子。

傅念君覺得也沒什麼不好，她就是有這般烈性，才會助自己這一次。若是自己能做到的，自然會幫助絲絲，只是不知她要的是什麼了。

絲絲雙手捧著臉頰，面上染上一抹緋紅，對傅念君道：「我、我想求二娘子一件事……是、是我想與一位郎君結一回善緣……」

傅念君好笑。善緣？她這行，想結的善緣，不就是春風一度的意思。

她竟會來求自己這個，傅念君真是沒想到。這絲絲，還真是個妙人。

「哪一位郎君？」傅念君問的時候，心裡就做好了準備。

絲絲說這事只有自己能辦，就說明她是看上了……

傅淵？難度有點大。她那些壓箱底的藥莫非要重出江湖一次。

或許是傅家其他的郎君，再不濟，難道她看中的是自己的爹爹傅琨？這怕是不成，自己斷斷要拒絕她的。

可饒是傅念君做好了充足的準備，也還是被絲絲石破天驚的一句話驚得差點打了手裡的茶杯。

「……是壽春郡王。」

絲絲低垂下頭，有些不好意思。

19 又是誤會

傅念君真想問問絲絲，她的腦子是不是和剛才樓下那混帳一樣，有點毛病？她為什麼以為自己會有能力把壽春郡王周毓白給她弄過來……

絲絲打量著傅念君慢慢變化的臉色，心裡有些害怕。她抿了抿唇，惶恐道：「傅二娘子，若妳不願意的話……」

傅念君深深吸了一口氣。

「不是不願意的問題，而是妳以為我是什麼人，壽春郡王豈是我能……」

把周毓白綁到春風樓裡和她一敘，挾制皇子？她是嫌自己的命不夠長嗎？

這個絲絲，胡說八道也該有個限度吧。

絲絲的臉上皆是失望之情，默默地垂下了頭，小聲道：「傅二娘子，其實您誤會了，我乃下賤之人，不敢如何肖想郡王，不過只是心裡頭有個念想，他若願意在春風樓稍坐片刻，也是足夠了……」

周毓白是世上少有的美男子，這一點傅念君不能否認。前世的周紹敏長得猶不及他，可卻已是東京數一數二的俊俏郎君了。

周毓白在青春之時腿殘軟禁，後來更是鮮有露面，自然世人就漸漸淡忘他了。但是光瞧周紹敏，世人也都知道，有傳聞其父淮王年輕時風姿更勝過他，並非一句虛言。

自古窯姊兒愛俏郎君，也不怪絲絲即便見慣了風流才子，也還是想睹一睹那俏郎君之最，也算是她做一行沒有遺憾了。

可傅念君知道宗室子弟有許多流連花街柳巷的，卻斷斷不包括周毓琛、周毓白幾位皇子。若連他們都不知道要約束己身、注意行止，天家還何以作為子民表率。

「妳從何處認得壽春郡王？」傅念君忍不住問絲絲。

她實在想不到，這雲泥之別的兩人能有途徑相識，絲絲無論如何是不可能見過周毓白的。既沒見過，那傳聞裡的英俊瀟灑風流倜儻，聽來就有些虛妄不著邊際了。為著虛妄的一個傳聞執迷，有些可笑。

絲絲聽她這句話，彷彿就更加不好意思了，聲音又低了低，說道：「是妾前不久得了一張丹青，乃出自於欒山張姓學子之手，正是壽春郡王的畫像……」

傅念君舉杯飲茶，心中感慨：好啊，這就是所謂自作孽不可活！天道有輪迴，她今日可算是見識到了。繞來繞去，竟還要說回那張畫像上。

絲絲見她此般臉色，竟還不怕死地又添了一句：「若、若是傅二娘子想要的話……」

「我不要！」傅念君抬手飛快地打斷她。

這首開先河給周毓白畫畫的欒山學子張栩，和腦筋用在這方面的傅饒華，可真是給她帶來了多少麻煩啊。

絲絲微微張了張嘴，有點愣住了。

傅念君深吸一口氣，一字一句地問：「妳是如何覺得，我有辦法能幫妳約見壽春郡王？」

絲絲絞著衣袖，有些膽怯。

「傅二娘子，與壽春郡王……不熟嗎？」

「不熟。」

「可不熟的話，為何聽聞他曾親上貴府英雄救美？」絲絲眼中是滿滿的不信。

「……」

傅念君終於知道癥結何在了。

剛剛才在樓下澄清了與齊昭若的事，她竟又硬被人和周毓白連繫到一起了嗎？她何德何能啊，是不是還要焚香禱告感謝上蒼？

傅念君扶著額頭，神情充滿疲憊。自己今日走這一趟，可真是個愚蠢的決定。

「妳是否……是聽聞哪個宗室王孫說了些什麼？」傅念君的聲音含了兩分無力。

絲絲點頭。「傅二娘子在宗室之中還略微有些名聲……」

傅念君覺得自己的左眼皮跳了跳。她除了在齊昭若那個紈絝圈聲名響噹噹外，現在竟也發展到宗室裡人人都曉得自己的地步了嗎？

「我與壽春郡王有過幾面之緣，僅此而已。」她似嘆息般說著，顯然已不打算再在這個話題上再做糾纏，又補了一句：「此人性情並非如外界所傳，妳還是盡早打消念頭吧。」

絲絲臉上難掩失望之情。她先前還以為是傅念君的推脫之詞，可見她此般神情，就是再傻也該看出來這二人並非她所以為的那樣。

她從小便在妓館中長大，與世間女子的觀念有所不同。在她看來，傅念君相貌人品如此出眾，那壽春郡王似乎也是人品俊秀，家世又匹配，他們二人雖然尚未婚配，可就是有些什麼，也是件極正常的事。

她也不指望能讓周毓白對自己有何留戀，不過是自己仰慕他，想著能此生還有機會飽個眼福罷了。但是傅二娘子這麼說，她相信必然有所隱情，並非她聽來的那樣。

「如此，是妾身唐突了，傅二娘子勿怪。」絲絲起身，向傅念君恭敬地行禮道歉。

傅念君搖搖頭，揉了揉眉心。「換件事吧。」

絲絲想了想，只能老實說：「也無其他了。」

傅念君站起身，甩了甩衣袖。「等妳想好了，再告訴我吧。」

但是轉念一想，她若下次提個要求是仰慕齊昭若之類的，自己豈不是又被她拽進坑裡去了。

「這郎君之事妳莫要再提，來日方長，妳仔細想想，不急於在這一時。」

絲絲點點頭應了，心中卻怪自己太過放肆。

傅二娘子這般身分的人，豈是能想見就見的，以後可萬萬不能再提這個願望之事。只可惜那壽春郡王，竟無機會一睹其本人風采了……好在那高價求來的丹青尚且在自己房裡。

傅念君先行一步，帶兩個丫頭站在茶坊門口左側，等待著車夫把車從後門趕過來。此時街上的人已稀少許多，不似剛才那般雜亂。

突然一架輕便的小馬車停在了她的面前，青布作帷，十分不起眼，可是傅念君一眼就看出這車轅轒簇新，木材上乘，車身極穩。是刻意掩飾的樸素。

那駕車的車夫是個彪形大漢，滿臉落腮鬍子，樣子十分唬人，可是跳下車來行幾步路都能看出他訓練有素，必是貴人家僕。

「娘子，請。」他行禮後只閃身讓道，說了這三個字。

理所當然得好像傅念君應當認識他和他家主人。

這態度，傅念君已經熟悉了。她幾乎能夠斷定那車中之人是誰。

她望著那青帷悠悠嘆了一聲，咬了咬唇，隨即仰頭十分勉強地問那大漢：「可以不去嗎？」

車夫對她的反應始料未及，一時也不知該如何回應，索性繼續板著臉唬人。

傅念君好像聽見馬車裡傳來了一聲輕笑，隨著風一閃而逝，不知是不是聽錯了。隨即卻又是很明顯的一聲響動，似乎是車上之人換了個姿勢，這是對她的提醒。

傅念君又嘆一聲，算了，此時斷斷不可任性。

「好吧。」她應下來。

芳竹和儀蘭在傅念君身後面面相覷，忙要跟上她的腳步。

就是這馬車那麼小，她們擠擠可能要費力些。那車夫卻一把攔住她們。

「兩位姑娘，請去前頭東榆林巷左拐第二家胭脂鋪門口稍等片刻。」

這大漢是個能少說一句就不會多吐一個字的，那雙眼往她們一瞧，兩個小丫頭立刻被嚇得從腳心裡泛起一陣寒意。

傅念君回頭朝她們點點頭，兩個丫頭才怯怯地應了。

傅念君鑽上車，就聞到了一股十分清淡的松木香味，並非是薰香，只是從人身上帶出來的。不出意料地，車內一個年輕少年郎正倚靠著車壁看著手上的書。

車裡狹窄，連小几都未置辦，一覽無遺。傅念君只得跪坐在自己腿上，與車上人保持最大的距離。

今日的周毓白打扮隨意，頭髮看起來好像還有些凌亂，穿著一身素色的家常直裰，卻無端顯出幾分飄然韻味。

傅念君不由自主地往適才茶坊方向望了望，心裡有些遺憾。早知讓絲絲隨自己一同下樓來，她的夙願立刻就能得償了。當真可惜。

她若知道自己那仰慕之人就在這車裡與她錯過片刻，大概是惋惜得要跺穿了地板。

「妳在看什麼？」周毓白將書放在身側，緩聲問她。

傅念君總不能老實交代有位名妓仰慕你已久，怎麼都想見你一面。她輕輕在心裡嘆了一聲。

「無事。小女見過郡王了。」

周毓白見她此般神情似乎很是不情願，反而臉上露出了些微的笑意。

傅念君不知他在笑什麼，只覺得他一回比一回古怪。上一回在傅家梅林裡，他們還能勉強說得上是個偶遇，可這一次又是怎麼回事？

她問道：「請問郡王這般……是個什麼意思？」

「什麼意思？」他反問：「就是想問妳幾句話罷了。」

「用這種方式？」

「有何不妥？」

傅念君深吸一口氣，堅決不去看他熠熠生光的臉，無奈道：「眾目睽睽之下，我撇下自己的貼身婢女上了這輛車，您可是覺得沒有任何不妥？」

周毓白笑道：「妳不用擔心。我既敢來，四周便無盯著妳我之人。」

傅念君心下定了定。也是，他這樣的人，大概不會打無準備之仗。可是驟然間她就反應了過來，心中一驚。他是早有準備知道自己會來這裡？那他又是幾時來的？

「敢問郡王……是何時……」

周毓白纖長的手指像是無意間翻過了那書頁，只輕輕「嗯」了一聲：「不太久……大概在你說要嫁人那話之前……」

傅念君在心裡大呼糟糕，果真他全知道了。

周毓白望著她尷尬的臉色，顯得饒有興致，挑眉道：「誰若再胡說八道妳與齊昭若有私，妳就嫁給他？」

傅念君「呵呵」地乾笑了幾聲。

「不過是玩笑……」

「終身大事，也能算作玩笑？」

傅念君抬眸望著他，眼中卻藏著幾分譏誚。「在我看來，無事不能作為玩笑。」

周毓白撇開臉，凌厲的目光從那雙微微上挑的鳳眼中射出，很快在她臉上刷過。

傅念君心中想著，我這般緊張做什麼？我何必怕他？這是我自己的事啊，關他什麼事呢？失了分寸的是他，又不是自己。

這麼想著，她底氣也足了，決定說一說正事：「郡王可是派了眼線一直盯著我？」

他們的談話，總是會由不正經，再到正經。

周毓白點點頭，依然理所當然的模樣。「不錯。」

「何時？」

「有一段時間了。」

「那麼……您是否覺得，身為皇子，這樣做有些失了分寸？」

「是有一點。」

是有一點？他怎麼可以用這樣雲淡風輕的表情，微微點著頭，像在討論今天的天氣一樣說著「是有一點」……

傅念君發現周毓白這個人還真是很容易讓人無言以對。所以她對絲絲說的那句，外頭所傳言的壽春郡王，可真是與這位本尊相去甚遠，並無半點摻假。

傅念君放在自己膝蓋上的手漸漸握緊成拳。

「請問郡王是否對我有所不滿，安插眼線這般的事情，對我一個小娘子豈非太過浪費。」

周毓白回道：「傅二娘子何必如此緊張？不是妳說過，要借我的勢，解傅家危局？」

這是傅念君在上元夜時對他坦白的話。

她噎了噎，話說沒錯，可合作卻不代表要休戚相關吧，畢竟她一直抱有著若周毓白抵擋不住，她和傅家還能另做打算這念頭。

彷彿看出了她的心虛，周毓白微微皺了皺眉。「若非如此，我如何能知道傅二娘子竟這般厲害，輕輕鬆鬆扳倒了荀樂父子，不僅讓張淑妃跳腳，讓那幕後之人也損兵折將……」

傅念君咬了咬唇。「這事似乎與郡王無關。」

周毓白臉上適才的陽光溫煦似乎漸漸消退了。

傅念君想，或許其實他在一開始，就把現在這張臉隱藏起來了吧。再說，她也不是輕輕鬆鬆的啊，也輾轉反側好幾個晚上，就怕傅淵還是讓人算計了去。他的話太偏頗了。

可她沒膽子講出來，只能低頭看著自己膝上的拳頭。

「無關……自然是無關的。傅二娘子，當真是個好生意人……」他的話竟漸漸銳利起來。

「妳不惜對自己的親哥哥下藥，讓他無法出門去鄭家，是因為早就知道魏氏有所圖謀，那魏氏有古怪，妳早就曉得。」

「我……」傅念君心驚。

她的那番說辭或許能去哄傅琨父子，可卻是斷斷瞞不過周毓白的。

「傅二娘子，妳別說是從蛛絲馬跡窺得魏氏異常的，她有所暴露，不過是因為妳提前預知，是妳『算』出來的吧……」

傅念君覺得他落在自己身上的目光冷了許多。

「是又如何？」她昂起頭，小小的下巴畫出一個漂亮的弧度，模樣有幾分不馴。

她的事，傅家的事，憑什麼全部都要告訴他？

周毓白只緩緩地說道：「傅二娘子，可真是狡猾啊……」

他的話音裡有種讓傅念君起雞皮疙瘩的危險之感，盯著她的目光極冷。

是啊，她當然是狡猾的。他每日為這個幕後之人思索竭慮，卻再無半絲線索的時候，她卻連一點點提示都不願意透露給自己。

當日在梅林之中，她對自己說，她與齊昭若毫無關係，並不知他前塵之事，他信了。

在上元之時，她對自己說，傅家想尋求自己為助力，共同尋那幕後之人，他也信了。

她說什麼，他都信了。甚至太湖水利的方案，他也因此早就做過修整。

她說很多事自己算不到，也多半知道她是故意瞞著自己的托詞、對自己有所提防，可是他依然沒有逼迫她。

他也不知這種感覺是從何而來，他周毓白這輩子，很少會做這樣沒什麼底氣的事。為什麼信她，為什麼助她？

而她呢，一句話就輕輕鬆鬆地把阿精引到自己面前，引誘自己對長公主和張淑妃的鬥法出手。固然她和他本就是抱著同樣的目的，不想讓張淑妃的奸計得逞，假設她不提，他也會去做。

可是在此之前，她為何從來不曾想過派個人來說一聲？她不過是對自己百般防範而已。對她而言，她有難時，便來求助自己；可無事時，自然不會想到要告訴些他什麼。

周毓白確實有些生氣。

他平素也不是容易生氣的人，尤其是對傅念君這樣對自己日後還有大用的人。他先想的應當是對付幕僚的手段，收服人心，禮賢下士，以誠相待，讓對方自願為自己所驅使。

可他到底是個十幾歲的少年，也有七情六欲，也會有喜怒哀樂。

他今日內心這一簇邪火不知何為燒得格外地旺。

這個狡猾的小娘子。從第一次見面，他發現她竟膽大包天到在光天化日之下，就在道觀裡讓人痛打杜淮時，他就知道了。

她對誰都是狡猾的，他也不例外。也不知是不是今日目睹她在這當街與齊昭若等人糾纏不清時，情緒便有些不悅。她說自己與齊昭若並無關係，誰知是否又是騙的？

傅念君就見周毓白緩緩地坐直身子，帶來很迫人的氣勢。

固然周毓白較周毓琛來說，不算是溫和愛笑、風度翩翩。可是如今的天下，崇尚的是文人清華高貴之氣，身為一個皇子，他也不能整日擺著冷臉對子民裝冷酷。因此周毓白帶給人的印象，總是疏離淡漠，有著仙人般高不可攀的氣韻。

果然……

傅念君小心地往旁邊挪了挪，避開他因為坐直身子而與自己陡然拉近的距離。

「為何不說了？」他淡淡道：「傅二娘子繼續說啊，說這些事我本就無資格知道，妳要做什麼，傅家要做什麼，我沒有資格插手，也不能置喙……」

果真是生氣了……

傅念君心道，這居高位者對下屬的忠心可當真是看重，她雖覺得自己不是他下屬，但是周毓白此時有些生氣也是能理解的。

幕後之人的線索少之又少，她卻還是因為惻隱之心，讓魏氏服毒自盡了。這在周毓白看來，是件無法忍耐的事吧。

傅念局轉了轉眼珠子，心想得快說些什麼話轉移一下他的視線才是。

想到了！她倏然抬頭，一對明眸的光芒反而讓周毓白心跳了跳。

「郡王可是怪我知情不報？覺得我給您提供的訊息太少？」

周毓白輕輕哼了一聲。「妳我相識這幾個月，妳只說過江南水利這一事。」

他見她態度轉圜，也不自覺收斂了身上迫人的氣勢，清俊的臉上只留下淡淡不滿的神情，讓傅念君想到了那街邊眼巴巴等著吃糖，卻無功而返只能搓著手回家的孩童。

她心裡也放鬆了一下，面對著自己勢力遠不及、尚且不能得罪相反還要倚靠拉攏的人，她一向有自己的一套。

借鑑於對付親爹爹傅琨。她朝周毓白燦然一笑。

「雖然大事我暫且還算不出來什麼，倒是有一樁事，一直想找機會告訴您，這件事也是極重要的，關乎您的終身！」

「什麼終身？」周毓白蹙眉。

傅念君當然不會這麼不知好歹地說，他日後會雙腿殘疾被鎖偏院，畢竟這件事正是他們要努力去改變的。不過另一樁嘛，倒是無傷大雅。

她舉起一根手指，很有江湖算命術士的派頭，只道：「我算到郡王您的姻緣，您命裡似乎不宜早娶親，要晚一些，娶一位比您小十來歲的妻子，便能一舉得男，生一個得天獨厚、出眾優秀的兒子……」

雖然她極不願這麼誇獎殺了自己的仇人周紹敏，可那確實是事實。畢竟在她死的那時候，她以為，周紹敏已經替自己的父親報仇成功了。

周毓白萬萬沒想到她會這麼說，不禁大大一嗆、咳嗽了幾聲，什麼氣度風華都蕩然無存。

正在趕車的車夫郭巡是周毓白的老僕了，聽到他這咳嗽聲心中大感驚奇。又沒染風寒，好好地咳嗽什麼。他們郎君還會被一個小娘子嚇得這樣？

「妳、妳……」周毓白指著傅念君，心裡又好氣又好笑。

這是個什麼樣的女子？

傅念君見他竟是臉頰微紅，心裡也有些意外，她竟是一不小心，惹得這位神仙人物壽春郡王害起臊來了？

「郡王，許是您的好姻緣來得比較晚……」她乾巴巴地又補充了一句。

周毓白穩住心神，慶幸自己此時坐著，不然非得被她嚇個踉蹌不可。

早知她古怪大膽，卻不料都到這般地步。可是被她這麼一打岔，不知為何，心情竟有些鬆快起來了。

傅念君也能很敏銳地感覺到，這位大人，總算收起了適才的滿臉陰霾。

「莫要胡說。」周毓白清了清嗓子。

傅念君倒不是胡說，也不是順口胡謅的這話。

她曉得周毓白日前親來傅家走一趟，雖未對傅家小娘子們流露出什麼別的意思，可多半是因為他即將在今年秋天選妃了。

她所知的前世裡，他究竟為何沒在今年選妃不得而知，或許是辦砸了太湖水利那件案子，使封王之事延後，親事便再緩下不議；也或許是，他的親娘、當今皇后舒娘娘有別的安排。

總之她說他的姻緣較晚，也不是胡說。

何況這也是從旁提醒一下周毓白，若暫且沒有合適的小娘子，不用急在這一時。

其實當然也有合適的小娘子。畢竟傅念君也細細分析過周毓白與周毓琛所結的妻家，發現周毓琛前世的妻子，吳越錢家的小娘子錢婧華，確實是隻金母雞，能下無數金蛋的那種。

除非周毓白傾盡心力去搶，否則這一回錢婧華結親周毓琛，已然又成為定局了。

周毓白的母親舒娘娘，空有六宮之主的名聲，無錢無勢；另一邊的張淑妃，手段霹靂，長袖善舞，更在這次的事裡搭上了長公主，要爭錢家。在各自親娘上，周毓白就先輸了一程。

畢竟自古以來兒子成親，多半是看其母親手段。

再者說到聖上，同樣的兩個兒子，錢婧華這樣的金母雞放著，他也會更偏向六子周毓琛，只因國朝有個不大成文的規定，嫡子娶妃，皇帝娶后，要麼是文臣之女，要麼是平民百姓，武將和地方豪強權爵是下等之選，為的不過是怕如前唐時，引出無數的外戚之禍。

畢竟想要作怪，先決條件是有錢有兵。

所以說周毓白在爭取錢婧華一事上，風險太大。但也不是不成，就是付出的代價有些大罷了。

傅念君微微嘆了口氣，她怎麼就死活想不起來，周毓白後來娶的妻子是誰，明明連錢婧華她都有印象……不過這也不算很重要，她說那句話，也算是對他足夠的提醒了，並非一句戲言。

「我的姻緣讓妳很苦惱？」一道帶了幾分調笑的嗓音在傅念君耳邊響起。

周毓白見她這小臉都快皺到一起了，竟是一副苦巴巴的模樣。不過現下，他心情倒是有些驟然陰轉晴。

傅念君怔了怔，有些尷尬地抬起臉道：「我……只是看您有點不大信。」

周毓白對她挑了挑眉，接著又是一聲輕笑，那笑聲好像是從喉嚨裡滾出來的，十分悅耳。看來她是真的想讓自己相信。他想了想，竟也認真地諮詢起來：「妳是想提醒我，如今我沒有合適的小娘子可娶？難道這麼多人家裡頭，就沒一個好的？」

傅念君聽他這話，忍不住心道，適才裝得像個人，又是臉紅又是咳嗽的，可心裡到底還是關心自己的姻緣。也是，少年郎君嘛……

「郡王，我又不是媒婆，這話您問我，我如何會知道。」她答得很狡猾。

周毓白的手指一下一下在自己膝蓋上扣著，好像確實有點認真考慮的樣子。

「三司使孫計相家中有三個女兒，可惜都生得不好；參知政事王相公不錯，可惜家中無女，侄女又關係太遠；倒是傅相公家中……」

那雙水波瀲灩的鳳眼往傅念君身上一掃，她頓時一個激靈。

「也不太合適。」她忙接道。

「哪裡不合適？」

哪裡不合適還用她來替他分析嗎？傅念君心道這話問得太過奇怪。

傅琨就她和傅梨華兩個年貌相當的嫡出女兒，還有個庶女，就是適才尚且被淺玉姨娘抱在手裡的十三姐兒漫漫。

她苦笑道：「傅相公兩女皆是退親之身，實在是無法匹配皇家。」

她十分就事論事。她自己名聲不佳，連篩選王妃的第一關都過不了；而傅梨華又是這般愚蠢，根本不是能堪王妃大任的人選。何況，傅琨也是決計不會同意的。

她頓了頓，心中想到，他故意這麼問豈非是在試探我？難道說他還真對傅家動過心思？

她往他臉上看了一眼，卻捉到了一抹一閃而逝的笑意。

傅念君的心中沉甸甸的。傅家日後將是風雨飄搖、麻煩不斷，而周毓白自己都尚且前途艱險，腹背受敵。在確認傅家不會對他有害的情況下，他沒必要犧牲自己的婚姻來聯結傅琨。

就好比兩個走路都是顫巍巍的人，相互扶持自然會走得稍微穩一些，但若想不摔跤，還是要尋一個健全有力的人扶著才是正經。

若錢婧華真嫁給了周毓琛，周毓白必然要等個機會，尋一個起碼能與錢家比肩的人家結親才對。這道理，不需要傅念君來說明。

周毓白又笑了一聲，不再和她說傅家，只搖頭嘆氣。「傅二娘子，我的年紀已經到了，如今成親娶妻乃是正理，怎麼可能等上十幾年再娶親，妳這『算』出來的結果，可是唬我的？」

傅念君噎了噎。是啊，他是因為後來出事了，無法像別的皇子一樣在這個年紀娶親。

「還是說……我會發生什麼事，使得我無法順利成親？」

他的目光陡然尖銳起來。

傅念君暗嘆，好聰明的一個人。他的反應靈敏，實屬少見。

傅念君只好裝傻。「這我就不清楚了，看來在娶親一事上，您真該當心些。」她頓了頓，竟又鬼使神差地補上一句：「不過也或許是……您英姿勃發，再過十幾年反而比如今更有桃花也未可知呢……」

周毓白：「……」

她到底在胡說八道些什麼？還是說，她就這麼篤定自己會娶個小娃娃做妻子？比自己小十幾歲，他真是無法想像。

周毓白無奈地嘆了口氣。「唉，算了。妳這話和沒說一樣。」

什麼關於他終身的大事，就是江湖騙子也比她上道。他這是又被她糊弄了，但竟然卻被糊弄得連氣也沒有了。這小娘子還真是……周毓白只能輕輕一嘆。

傅念君心裡的彆扭他當然不會懂。

自成為傅饒華的那一天起，傅念君就時常會想一些問題。她死而復生，成為三十年前的人，到底是偶然還是注定？她這一遭回來，是要改變誰的命運呢？是自己，還是旁人？

她時常想著，自己想令陸婉容這輩子輕鬆一些，不再嫁與傅寧為妻，這樣做到底是不是對的。如果沒有父母的結合，那麼她還是她嗎？她還會出生嗎？

相同的，如今眼下若是周毓白順利娶親生子，再不會腿殘被囚，是不是一樣就不會娶那位比他年紀小很多的妻子，也不會再生出周紹敏這個兒子？

那麼成為齊昭若的周紹敏，他又該是誰？

這問題，她怎麼都想不明白。她不敢違拗天道，也一直期盼著天命對自己有所啟示。

可是什麼都沒有，她做的這一切，似乎根本引起不了老天的關注，她只能一步步、不能回頭地走下去。

傅念君不禁悠悠地嘆了口氣。

周毓白輕輕撇過臉，不去看她這略顯悲愴的表情。這小娘子身上的祕密太多，而他，不太喜歡這種什麼都看不破的感覺。

小馬車突然在轉角處壓上了一塊石頭，不小心顛簸了一下，傅念君因為跪坐的時間久了，腿有些發麻，又加上走神正走得專注，一不小心沒穩住身子，直接往前撲了過去。

這車子裡緊湊，因此並未置几，她與周毓白的距離本來就不遠。

這一下她整個人就……傅念君輕輕叫了一聲，趕緊收住自己身體前傾的趨勢。對著壽春郡王投懷送抱，借她十個膽子她都不敢啊。

鼻尖松木香更重，傅念君卻覺得頭腦發昏。

她雖然沒有撲到周毓白的懷裡，不過手底下……這觸感……

她的手正十分自然地搭在他的膝蓋上。

傅念君緩緩抬頭，對上他居高臨下正淡淡睨著自己的眼神，眼中藏了兩分揶揄。

傅念君第一次這麼近距離和他接觸，也是第一次發覺他眼睛的顏色似乎比常人要淡幾分。

「可以放開了嗎？」周毓白抽抽嘴角。她這是把這當自己的了，這麼老實不客氣。

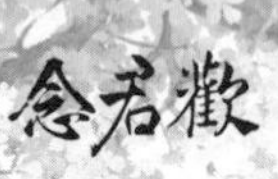

傅念君趕緊起身，端坐好，姿態雖不至於慌亂，手腳動作卻十分僵硬。

車不知道什麼時候停下了。

外頭的郭巡低問道：「郎君，可有恙？」

他的問話停頓了一下，顯得有些擔心。「若是您有事的話……」

就喊出來！

他是想這麼說的，可到底顧及女兒家面子，忍住了。傅二娘子這人，他也多少聽說過，他們郎君這般風采人物，委實有些危險。

車內的傅念君深吸了一口氣，告訴自己要冷靜，外頭那莽漢是周毓白的人，自然護著他。這有什麼，她又不是故意輕薄……也不算輕薄吧，畢竟只是膝蓋。

周毓白望著她這表情，不由勾了勾唇，對外道：「好好駕你的車。」

郭巡一揮鞭子，小馬車又駛了起來。

傅念君有些害臊，不敢再對周毓白說什麼話，周毓白也不為難她，拾起了手邊的書繼續翻頁，嘴裡卻淡淡地道：「妳身邊安排的人，以後妳可以自己聯絡，有話要傳遞給我，便去尋他。」

說罷便把如何聯絡的暗號告訴了她。

傅念君抬頭，見他裝模做樣地看書，心裡微微一喜。

「郡王不氣了？這麼做，您不怕我動手腳？」

「妳動好了。」他瞥了她一眼：「動了我再安排人。」

「……」

傅念君低下頭，嘴裡輕輕咕噥著。她好歹也是傅家二娘子，上有父親哥哥，下有錢財人手，還有個聰明的陸氏偶爾能借力，他這般盯著自己，豈不是太過小看她。

周毓白假裝沒聽見她的咕噥，依然含笑看書，只是卻一個字都未看進。

東榆林巷左拐第二家的胭脂舖到了，傅念君和周毓白的話暫且也說完了。芳竹和儀蘭領著傅家的車夫早已等得心急如焚。

傅念君鑽出那輛小馬車，很快就被芳竹和儀蘭塞回自己的車裡。

要是被看到跳進黃河都洗不清了！芳竹探頭探腦地張望，儀蘭則是小心翼翼地翻查著傅念君的衣服。

傅念君好笑道：「先別忙。」

她們這是怕自己被人輕薄去了吧。

「芳竹，把頭縮回來，這樣讓人見了，覺得妳這不是做賊才奇怪。」她嘆了一口氣，望著幾乎要眼淚汪汪的儀蘭道：「適才那位，不是什麼不三不四的人，妳們也認識。」

芳竹和儀蘭同時「咦」了一聲，面面相覷。

「不知是哪一位郎君？」兩人問得忐忑。

傅念君默了默。

「壽春郡王。」

芳竹倒吸了一口氣，話音卻顫抖著有些激動：「真、真的嗎？」

她似乎很開心？傅念君橫了她一眼。

「我知道隨意見外男不妥，但是我確實有些話……」

芳竹好像根本沒聽見這句，臉頰紅紅地對傅念君道：「娘子也算是夙願得償了！」

傅念君：「……」

芳竹竟已病到了如此嚴重的地步。

她還掰著手指對傅念君數著。「萬壽觀偶遇一次，後來郡王特地來替娘子解圍一次，上元一次，算算這是第四次見面了啊……」

好像「四」是個多麼了不起的數字。

「是五次。」傅念君有氣無力地一嘆。「上回在家裡梅林之中，也是他。」

芳竹一聽就更高興了，看人端菜碟的本事爐火純青，完全忘了當日她和儀蘭從梅林中出來看傅念君是什麼眼神。

「五次啊！」她驚嘆著，興奮地握住了傅念君的手，眼睛閃閃發光的。

「娘子，壽春郡王是不是對您……」

傅念君無奈打斷道：「當然不是，他只是……我們是有話要說。」

和這個丫頭講這麼明白做什麼，傅念君意興闌珊地靠在車壁上，覺得頭疼。

比起來儀蘭倒是更清醒一些，急切地問傅念君：「郡王可是要聘娘子為妻？同相公提了嗎？宮裡呢？無媒無聘，可不能一直偷偷會面啊……」

傅念君覺得額際青筋又跳了跳。她說的難道不是人話，她們怎麼都聽不懂呢？

她只好又強調一遍：「沒有，什麼都沒有。沒有私會，更沒有私情，絕對沒有姻緣。妳們適才都沒聽到嗎？我說了三遍，我與壽春郡王是談正事！」

真是氣死她了。她們兩個此時大概耳朵裡就只有「壽春郡王」這幾個字在打轉，其他什麼都聽不進去了。

兩個丫頭愣了愣，都「哦」了一聲，可眼神卻分明還是帶著不信。

傅念君只能再次對天長嘆，到底還是美色惑人啊。

回府後，傅念君倒不急著和周毓白安排的人碰頭，總歸人家將誠意放出來了，也不可能是唬她的。

這次見面後，她倒反而有些摸不清周毓白的性情了。他對自己的寬容，其實比她想得要多很多。回到了家仔細琢磨，傅念君才覺自己適才有諸多僭越之處。

罷了，那本就是個難以捉摸之人，輪不到她去揣測。

她先去見了傅淵，倒是這是頭一回是傅淵差人來請她。

傅念君覺得坐在書案後的年輕人似乎瘦了幾分，眉間有些鬱色，大概是因為調查幕後之人一事不大順心。

傅淵點著一張紙對傅念君說道：「妳看看，這幾家都是有些嫌疑的，只是線索不多，這京裡能人異士又太多，確實有些大海撈針。」

魏氏曾言，她與她妹妹都是自小學習一項技能，多是不入流卻實用的。例如她跟著許多青樓名妓、妖嬈美妾學過床上功夫，而她妹妹，則是偷竊機變之能人。

根據這條不算線索的線索去查那些義士能人也不算錯。

可他們兄妹也知道，這多少有些碰運氣，畢竟像魏氏姊妹都是藏得極深，傅念君也無法看出個詳盡來。

傅淵抬手揉了揉眉心，又問她：「如何，家裡頭的人手理乾淨沒有？淺玉姨娘那邊，可盯著些？」

傅淵謹慎，想著傅家下人裡頭，須得查得乾乾淨淨。

傅念君道：「如此大張旗鼓多有不妥，三哥放心，我有分寸。」

現在的傅家，也探聽不出什麼來。他們和那幕後之人經過這一場明爭暗鬥，都暫時進入了按兵不動的蟄伏期。

「三哥就安心備考吧。」

殿試在即，傅念君覺得這件事還是要往後壓一壓。

傅淵抬頭望了她一眼。「這就不用妳操心了。」

一貫冷冰冰的態度，可他又添了一句：「我也自有分寸。」

這硬生生得彷彿是要她別擔心。傅念君真是對這個彆扭的人又好氣又好笑。

離開時，傅淵的小廝拉著傅念君，苦著臉抱怨：「二娘子不知，郎君胃口不好，這幾日忙得天昏地暗，座師那裡要去聽講，相公安排的事也要忙，東西吃不好，怎麼可能不瘦？二娘子，聽說您那裡常有好吃的，能否也給咱們郎君置辦些……」

傅念君想了想，望著小廝閃閃發光的眼睛點點頭。

「可以，一會兒就送來。」

沒多久，傅念君那裡就差人送來了一些小菜點心。

此時已過了午膳時刻，傅家也不是奢靡人家，也不好大魚大肉，卻也精緻滋補。一盤新煎鮮鱖魚，兩碟玫瑰點心，一盅燉爛鴿子雛兒……都是傅念君親自下廚或盯著廚娘做的。

她還讓人帶話過來，留意下郎君的口味回報給她。

小廝們別提多高興了，這是以後會常備的意思！郎君可算有口福了！

傅念君送來的吃食乾淨清爽，又是補腦的好東西，端進去不過半晌，便乾乾淨淨地被撤了出來。

傅淵只在書案後撇撇嘴，心道：這一點爹爹倒是沒騙我，她確實還算有些手藝，也不知幾時學會的。

傅念君這裡準備了傅淵的，自然也不會忘了傅琨，還有二房的陸氏，留著些鴿子湯做夜宵。

至於其他人，就不關她任何事了。

「去給二夫人帶句話，我晚間再過去看她，現在的話……」

芳竹一邊伺候傅念君換衣裳，一邊咕噥道：「都怪淺玉姨娘，怎麼這個時辰來，也不會挑時候……」

傅念君啞然失笑。淺玉如今管家，可到底是個姨娘，若她是機敏的，早該親自來同傅念君這個嫡長女商量。一般處理這樣的事都是在早上，現在都快傍晚了。

「這是今日在街上遇到了一回，才想起我來了。」傅念君說道。

芳竹又抱怨一聲：「做姨娘還沒眼力見兒。」

娘子的生母可是她的恩人啊，就算從前娘子不待見她們母女，可她們也不該忘了做奴婢的本分。

傅念君換下了沾染了油煙的衣裳去見淺玉，而對方臉上還帶著幾分惶惶。

淺玉也是回去忐忑了一會兒才敢過來的，她行了禮落座，道：「本來要帶漫漫過來的，那孩子玩累了睡著了……二娘子見諒。」

傅念君見她這神色，一開始還感到不明白。自己在街上遇到她們母女，她們也沒做什麼不可告人的事，怎麼要用這副表情來面對自己？

轉念一想卻又明白了，她是覺得在街上見到了自己和齊昭若，才害怕吧。這想法真讓傅念君哭笑不得。

傅念君和她不鹹不淡地聊著，淺玉也總算上道，拿一些府裡看似主母才有權做決斷的事來問傅念君。

「妾身畢竟只是個低賤人，做不得娘子和郎君們的主，更不要說老爺了……」

她說起了已經歸家的四老爺。其實這件事也確實困擾了她許久，可是她不敢去問姚氏。和傅念君說著說著，淺玉倒也不害怕了。

二娘子今時不同往日，自己分些權給她，想必她是會接的，正好這麻煩事自己也能一併交給了她。畢竟她一個妾，不能得罪太多人。

淺玉自覺這心思埋得深，可傅念君卻早就摸了個明白。傅念君覺得這淺玉還真有幾分小聰明，不過她不大喜歡。

傅念君眉眼平和，靜靜地聽淺玉說著四房裡的事，瞧著她充滿希冀的眸光，微微笑著。

「四叔父的事是四房的事，四嬸要鬧就去鬧好了，我們管不到人家房裡。」她輕輕淡淡說了這麼一句。

四房的事，傅念君也多少有點耳聞。

四老爺被傅琨勒令回來，自是讓四房自生自滅的意思，雖然傅家還未分家，卻沒有弟弟的家事件件委託給哥哥的道理。

他從前對四房是照拂，卻不是縱容。之前傅允華的事，傅琨雖然明面上沒說她一句不好，讓她和傅梨華握手言和了，可到底她那作為還是讓他有些噁心到了。

傅念君知道傅琨有一點和自己極其相似，便是極護短。自己那個原身傅饒華這麼荒唐，傅琨都能忍耐下來，可傅允華荒唐這麼一次，他卻沒必要忍。

侄女兒又不是親女兒。

對傅念君來說也是一樣，她如今視傅琨為親爹，他的後宅不穩，沒關係，她可以幫忙；但是三房四房的家事和她無關，到底是四老爺打了金氏，還是金氏打了四老爺，在她看來都是個趣聞笑話而已。

四夫人因為傅允華的親事，已慪了好久的氣，好不容易等到丈夫歸家，四老爺又早早躲去別的院子不肯與她同住。

這個四老爺是個老來子，年輕時就是個不著調的清雅出塵貴公子，只知琴棋書畫，不知柴米油鹽。傅家老夫人看不過，給他開了先河，不同於哥哥們先掙功名再成家，在少年時就給他娶了個能幹會掌家的金氏。

金氏剛剛嫁過來時，也曾對出身高貴、氣度高華、出口成章的丈夫十分傾慕，甚至在他吟詩時還會在旁邊紅一下臉，跟著誇讚幾句。

只是隨著日久，這些詩啊詞的早聽膩了，發現他也就那半桶水晃蕩，而他那事事不沾身卻特別會嫌棄的態度更讓她無法忍受。要讀書念書，怎麼也得有個功名吧？沒有功名卻在那裝酸，整天靠著家裡養活的男人，她要來做什麼？

而四老爺也覺得母親過世後，這家中越發無法使他喘氣、無法施展抱負，從此便寄情山水，常與文人墨客們四處遊歷學習，十分快活。

當然現在這些都沒了。他被長兄重新鎖回了家裡，還得時時面對這麼個粗俗的妻子。

金氏大概實在是慪久了，這麼長時間來受的氣，這幾天爆發得格外厲害，還十分喜歡遷怒這一套，連傅允華也被她罵得成日躲在屋裡哭。

就更別提淺玉了。從前是姚氏在，金氏有火也沒處撒，可如今淺玉來管家，一個妾而已，她怎麼可能順服？

一會兒是廚房裡送了冷菜，一會兒是衣裳做得不合身要做新的。今天一早又要讓人去支兌車馬費。

這傅家的車馬都是公中的錢在養，說是公中，四房又出過什麼力，都是按照月份統一結算了由帳房對帳，四房還敢來領什麼車馬費，擺明了就是白來要錢。

淺玉因這事鬱鬱寡歡了半日，彷彿耳邊時時還能聽見金氏的咒罵。正好此時有這個機會，她看傅念君似乎是願意幫忙的。

「這鬧起來的話……畢竟也不好看，二娘子是嫡長女，這事恐怕您出面才能……」淺玉說著就有些低下了頭。

傅念君淡淡地笑了笑。「姨娘的意思是，今後這四房的事，該由我管一管？」

淺玉摸不清她的意思，慢慢地點點頭。

傅念君冷笑，看向她的目光更是冷了幾分。淺玉被她看得心驚肉跳的，坐在椅子上也不安生，辯解道：「二娘子說不理，可真不理的話，這一家人……」

「和我有關係嗎？」傅念君直接打斷她。

淺玉張了張嘴，十分驚愕。對啊，和傅念君沒關係，管家的人是淺玉，和她有關係才是。

傅念君覺得自己還真是小看了這女人。她可真是有點貪心了。

淺玉心裡害怕自己和傅琨，想來她面前賣個好討個乖，見面禮就是新到手的掌家之權。可這掌家之權她也不是很想都拿出來，不然她不會到了今天才過來，還是空身。她這送上給傅念君的禮，是管四房那些零碎麻煩的小權力。

傅念君在心中嗤笑，她想得還真美呢，自己看起來是像很好心，會願意幫她解決麻煩的人嗎？她不想對一個姨娘這麼不客氣，但素來做妾的，最重要的是本分，並不是伶俐。淺玉可以一根筋什麼都不懂，繼續埋頭做傅琨交代她的事，那麼她就不該來說這些話。她也可以膽小畏縮，誠惶誠恐地把這些權力連同麻煩一併交給傅念君。

這樣給一半藏一半算是個什麼意思？

傅念君知道淺玉是看不到這麼深的，傅琨如今是在削姚氏的權，只能慢慢來，他不能把這麼大個傅家立刻交到傅念君手上。

因為誰都不會相信這個一無是處的傅二娘子會管好這個家，別說三房、四房，就連自己這裡，傅梨華姊弟也會吵翻天。

所以這淺玉姨娘就很有存在的必要。她不過是傅琨將中饋大權剝離的一個緩衝罷了。

她若是個勤懇本分的，傅念君也方便在暗中幫一幫，畢竟淺玉是她母親生前的人，怎麼也算和他們是站在一個陣營的。可她突然對這個心思多的女人喜歡不起來。

「姨娘可能是有些糊塗了，回去想想清楚再來和我說吧。到底是妳想請我幫忙，還是妳怕麻煩，這可要弄弄明白。」

傅念君說完就喚了丫頭送客，淺玉臉上青青白白的，絞著衣袖就站起來了，埋著頭跟丫頭出去了。

芳竹也不大喜歡淺玉，對著消失的人影皺皺鼻子。「永遠是個姨娘。」

傅念君笑嘆著搖搖頭，心裡惋惜自己的父親傅琨這輩子沒有什麼女人命。

舉案齊眉、事事能幹的大姚氏早早就過世了，娶了個小姚氏，心思不正且愚昧自私；這大姚氏留下的姨娘吧，以為能拿來用一用，結果是這麼個拎不清的。

§§§

用了晚膳，傅念君為了消食，走去二房陸氏的院子裡。

她已有好些日子沒過去了。主要是因為忙著魏氏那件事，一時也很難分神，加上陸成遙先前同她說過那些話，她也怕遇見了他尷尬。

其實兩人在傅家也不是沒碰到過，陸成遙當真是個說到做到的人，傅念君退親，他只遙遙向她點點頭說了句「恭喜」，說罷就轉身離開，沒有半分拖沓。

他就這樣淡化成了一個在拐角處一閃而過的影子，在傅念君心裡也是。

她尊敬他，也有些惋惜。惋惜的不是自己沒有答應他、傅家沒有答應他，而是她的母親陸婉容，在傅念君自己的那一世，終究沒有和陸家、和陸成遙、和陸氏，善始善終。

這樣好的哥哥和姑母啊。她死的時候，沒有一個陸家的人過來。傅念君自己出嫁的時候，也沒有見過一個舅家的人。

她對陸家不算很瞭解，可光看陸氏、陸成遙和陸婉容三人，就知陸家家風必然是不錯的。陸婉容身上到底發生過什麼，這一次，她會找到的。

進了陸氏的房門，她已經在等自己了，正側著身子靠在美人榻上閉目養神。

「嬸娘。」傅念君帶著笑意輕輕喊了一聲。

陸氏張開眼睛，只道：「倒是個厲害丫頭，這些日子不來，是去琢磨辦大事了。」

傅念君就著丫頭湊過來的錦杌坐下，心裡頭想著魏氏這件事還是太過複雜，便只簡單地和陸氏說了幾句。

「……幫三哥解決了一些小麻煩而已。」

陸氏撇撇嘴。「說這些做什麼？好像我特意問妳了一樣。」

傅念君噎了噎。陸氏聽他提到傅淵，就露出了一抹高深莫測的笑容。

「妳三哥的親事可定下了？」

傅念君愣了愣，不知她為何特意提到傅淵的親事。

「爹爹未曾提過，許是要等三哥殿試過後再議。」

傅念君瞧著陸氏的神色，心裡起疑。「二嬸可是要……」做媒？

陸氏白了她一眼。

「妳幾時見過我做那樣的事。」

傅念君笑了笑。陸氏的性子，可真是不適合。

陸氏道：「去看看三娘吧，她近來神色不大好，去陪她說說話，她也開心些。」

傅念君見陸氏這裡沒陸婉容的身影時，就猜測她大概是心情不好，許是還因為外祖母的事不能放下。她起身先由丫頭領著去見陸婉容。

陸氏側靠在榻上，卻還是嘆了一句：「這對兄妹啊……」

哪對呢？傅家這對兄妹，還有陸家這對兄妹……都是作孽。

傅念君去見陸婉容，見她果然不大好，整個人懨懨地靠在床上，一張秀臉上白慘慘的。

「怎麼病了？可嚴重？」短短幾天，怎麼臉頰都瘦了。

陸婉容見到傅念君，搖頭露出了一個淺淺的笑。

「我沒生病。」

這樣還叫沒生病麼？傅念君蹙眉問過了陸婉容的丫頭，只說是食欲不振，也沒有什麼大毛病。

傅念君見這丫頭支支吾吾的樣子，就知道是有事。她看陸婉容形容憔悴，難掩鬱色，眸中點點含淚，就猜這是傷心難過引起。

傅念君心裡也定了定。難道還在為外祖母傷心？她不禁蹙眉，想到了陸氏剛才天外來了一句，問她傅淵之事，傅念君只覺得耳朵中嗡地一聲響。

陸婉容早就不對勁了……常常望著窗外發呆，莫名其妙嘆氣，不時地走神不說話……與外祖母感情深厚，卻還是又回到了傅家……

這些都還不足以證明嗎？是她一直沒朝那個方面去想。

沒想到自己前世的親娘會和今生的哥哥……傅念君的臉色一瞬間變得十分古怪。

陸婉容見她望向自己的眼神也忐忑了一下。

「念、念君，妳怎麼了？」

傅念君搖搖頭。看她此番情狀，必然是傅淵直截了當地表達過自己的意思了。

傅淵這個人，平日裡就如冰塊一般，她還真沒見過他對小娘子會有和顏悅色溫柔如水的時候。他拒絕一個人，肯定是果斷又決絕的……難怪陸婉容會這樣傷心。

傅念君不知該怎麼安慰陸婉容，而陸婉容見她陡然變化的神態，也多少有些猜到了，她抖著唇道：「妳、妳曉得了？」

傅念君伸手握緊了她的手，只覺得這雙細嫩的手此時十分冰涼。

她怎麼會喜歡上傅淵呢？這可真是……

傅念君雖然私心裡希望陸婉容能心想事成，這輩子過得如意順遂，可是理智告訴她，傅淵這樣的決定一點都沒有錯。

傅家如今並不適宜同陸家結親，而陸婉容也不適合做宗婦，她承受不了的。

那個幕後之人還未出現，傅家日後的境況十分難言，傅淵這次沒有中招，可是下次、下下次呢？以後的事，她就不能預測了啊。陸婉容若成了傅淵的妻子，只會陷入極危險的境地。

並非傅念君輕視陸婉容，而是她確實、很可能無法擋住日後傅淵將面對的刀光劍影。

陸婉容像是嬌養的幽蘭，應該輕鬆愉悅地被丈夫呵護寵愛著。可傅淵，還真不是那愛蘭之人。殿試過後，他就要正式入仕了，他身邊的人和事，只會越來越多。

傅念君想到了陸氏適才的態度，二嬸其實也是這麼認為的吧？所以根本從頭到尾，就沒有想過要讓陸婉容嫁給傅淵。

「妳、妳是不是也覺得我不配……」

陸婉容就這樣留下了一行清淚，滴到傅念君手下，燙得她往後一縮。

「我以為，念君，妳會明白的……」

我是要去哪裡明白？傅念君啞口無言。

她悠悠嘆了口氣，親自拿了帕子給陸婉容擦眼淚。

「別哭了，這不怨妳。」

如果有機會，傅淵未必真的就不喜歡她，只是現在的他，不會去喜歡一個不可能成為自己妻子的女人，他冷靜地過分啊。

而這一個呢，就太不冷靜了。陸婉容此時好像情緒終於找到了宣洩口，也不顧禮儀，靠在傅念君的肩頭就嗚咽流起淚來。

傅念君的手無意識地一下下拍著陸婉容的後背，輕柔溫和，就像自己小時候怕黑夜閃電，母親這麼溫柔地拍著她一樣。

她還不是一個母親啊，到底只是個年少的小娘子……傅念君的心裡一時五味雜陳。

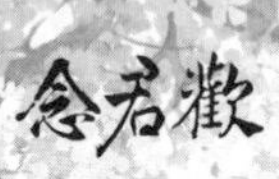

安慰妥了陸婉容，傅念君步出了她的閨房門，抬頭對著明月已高懸的夜空悠悠嘆了口氣。陸婉容的貼身丫頭小心翼翼地跟在她身邊說了幾句。

傅念君道：「放心，妳們娘子今日說的話，我就當沒聽見。」

這樣的事，提一次就是對陸婉容傷害一次，無論是對她的感情還是名聲。傅念君蹙著眉，心裡的憂思卻還是未淡去。她想的是另一件事。

瞧陸婉容對傅淵一時還放不下，可見她的心思倒是一片赤誠，那麼她之後為何會嫁給傅寧呢？顯然就不是什麼兩情相悅了。

傅念君的眼中閃過一絲冷光。

所以她父母的姻緣結合，本就是個錯誤嗎？是陸婉容在不情願之下？是傅寧耍過手段之後？但是如今的傅寧不過是個投身傅家門下，由傅琨父子蔭蔽給前程的宗族子弟，他如何會有能力和膽子來算計陸氏的親侄女，潮州陸家的嫡女？

傅念君也不想這麼揣度自己的父親，就算兩人之間沒什麼父女感情，她在心底依然還是不能完全摒棄開人倫大道。

就像她沒辦法徹底對陸成遙的舅舅身分、陸婉容的母親身分消除芥蒂一樣，她心裡依然是期望著傅寧不是那種卑劣小人。

傅念君閉了閉眼。前段時間她太忙了，一直關注著魏氏這件事，稍微有些忽略了傅寧。是啊，他當日進府來做傅溶的伴讀這件事就很奇怪，她一直懷疑他背後有人相助……

一道涼意暫態爬上了她的脊背，從尾椎骨慢慢而上，那冷意鑽進了她的心裡。

如果結合這次的事情看呢？

也許那幕後之人早就安排了不只一手在傅家，那傅寧，很可能就是他摧毀傅家的一步重要棋子啊……

「和二嬸說，我還有急事，這就走了。」

傅念君著急地吩咐了一下陸婉容的丫頭們，說罷匆匆喚了芳竹和儀蘭回屋去。

好在陸氏從來不和她糾纏這些虛禮，倒是陸婉容房門口的丫頭們面面相覷。二娘子這是怎麼了，突然火燒屁股一樣？

傅念君此時根本沒空去想陸婉容如何、陸氏如何，她此時整個人都陷入手足無措的混沌之中。

「娘子、娘子……」芳竹和儀蘭在耳邊喚她，話音裡帶著幾分急切。

娘子急忙回來後卻一句話都不說，一句話都不吩咐，只愣愣地坐在桌前發呆算是怎麼回事？

儀蘭擔心地要用帕子給傅念君擦，卻被她一把握住了手腕。她驚覺娘子手心的涼意，竟出了額頭上甚至還沁著一層薄汗。

這是怎麼了？又是什麼大事？能讓她們娘子如此色變的大事啊……

她悄悄向芳竹搖了搖頭，神情肅穆。不知從何時開始，傅念君的所做所為在她們眼裡，終於這樣多的冷汗！

漸漸從「胡鬧」變成了「大事」。

芳竹點點頭，轉身去屋外倒茶。

傅念君心緒紛亂。在確定傅寧心底隱藏的意圖之後，她沒有立刻能像之前那樣迅速做判斷、想出應對之策。

她慌了。倒不是怕了陰謀詭計、怕了明爭暗鬥，畢竟不論如今還是從前，她身邊從來就沒有少過這些。

她怕的是這樣一個境地。她從來沒有處在過這樣的一個處境，一般人也絕對沒有機會處在她這樣一個情況。

這已經不是前世親娘和今生兄長這種尷尬的關係可比了，而是她今生的父親和前世的父親，二者擇一的兩難選擇。

你死我活，已成定局。

她要救傅琨，救傅家，那麼傅寧無疑會走上與魏氏一樣的路。幕後之人是個心狠做大事之人，人命不過是他手裡最輕便的玩意兒。傅琨贏，傅寧就一定會被犧牲。

相反地，她若此時反悔，放任事情重新如她所預知的發展下去，傅家敗落，傅寧站在傅家的廢墟上再次崛起，成為幕後之人的左膀右臂，迎娶陸婉容……

一切都沒有改變。或許唯一可以改變的，是她傅念君能做到獨善其身，不會再落個被浸豬籠的下場。可這樣，她回到這三十年前來有何意義呢？只是來看一眼嗎？

她此時才覺得老天對自己何其殘忍。

她不喜歡傅寧，比起傅琨，她更願意認傅琨做她的爹爹。她一直對自己說，她這條命，已經在東宮之中、在周紹敏的劍下，還給了傅寧。她對他沒有愧，更沒有髮膚之恩了。

道理是這個道理，可是誰讓她記得呢？

記得這一切，記得傅寧，記得陸婉容，記得從出生到死，所有的事情。

她可以不去管傅寧，不認他、不幫他，甚至視他為陌生人老死不相往來，可是她要親手去害死他……她該如何能做到？

她始終沒有辦法將自己的心腸硬到這樣的地步，沒有辦法將現在的自己和上輩子的她完全切割。

她會被逼瘋的。

傅念君苦笑著放開了儀蘭的手腕，自嘲道：「老天爺對我，當真是從頭到尾，沒有過半分憐惜。」

話音裡的無助和哀戚，讓芳竹和儀蘭聽了，心裡也沒來由地一抽。

「娘子，您別說這樣的話了。」儀蘭柔聲低聲勸慰她：「相公待您這麼好又千依百順的，如今三郎與您關係也日漸好轉。娘子，雖然先夫人去得早，可是您還有父親和兄長，還有錢有身分，您的日子會越過越好的……」

儀蘭認為傅念君或許是想到了親事艱難，才有所感懷。

「是啊，越過越好……」

她何嘗不想？傅念君閉了閉眼，前後兩世的記憶和親人的臉孔在她眼前重疊閃過，都是真實的，都不是夢啊！

這前後兩個傅念君的人生和宿命，境遇和抉擇，突然讓她無所適從。

她笑了一聲。她到底……是誰呢？

（未完待續）

國家圖書館出版品預行編目資料

念君歡 / 村口的沙包著. -- 初版. -- 臺北市：春光, 城邦文化出版：家庭傳媒城邦分公司發行, 民108.11-
冊；　公分

ISBN 978-957-9439-73-2（卷2：平裝）. --

857.7　　108016900

念君歡〔卷二〕

作　　者／村口的沙包
企劃選書人／李曉芳
責任編輯／劉瑄

版權行政暨數位業務專員／陳玉鈴
資深版權專員／許儀盈
行銷企劃／陳姿億
行銷業務經理／李振東
副總編輯／王雪莉
發行人／何飛鵬
法律顧問／元禾法律事務所　王子文律師
出　　版／春光出版
臺北市 104 中山區民生東路二段 141 號 8 樓
電話：(02) 2500-7008　傳真：(02) 2502-7676
部落格：http://stareast.pixnet.net/blog　E-mail：stareast_service@cite.com.tw
發　　行／英屬蓋曼群島商家庭傳媒股份有限公司城邦分公司
臺北市中山區民生東路二段 141 號11 樓
書虫客服服務專線：(02) 2500-7718 / (02) 2500-7719
24小時傳真服務：(02) 2500-1990 / (02) 2500-1991
服務時間：週一至週五上午9:30～12:00，下午13:30～17:00
郵撥帳號：19863813　戶名：書虫股份有限公司
讀者服務信箱E-mail: service@readingclub.com.tw
歡迎光臨城邦讀書花園　網址：www.cite.com.tw
香港發行所／城邦（香港）出版集團有限公司
香港灣仔駱克道 193 號東超商業中心 1 樓
電話：(852) 2508-6231　傳真：(852) 2578-9337
E-mail : hkcite@biznetvigator.com
馬新發行所／城邦（馬新）出版集團　Cite(M)Sdn. Bhd
41, Jalan Radin Anum, Bandar Baru Sri Petaling,
57000 Kuala Lumpur, Malaysia.
Tel: (603) 90578822　Fax:(603) 90576622　E-mail:cite@cite.com.my

封面設計／ Ancy Pi
插畫繪製／容境
內頁排版／極翔企業有限公司
印　　刷／高典印刷有限公司

■ 2019 年（民 108）11 月 28 日初版　　Printed in Taiwan

售價／320元

城邦讀書花園
www.cite.com.tw

本著作物繁體中文版通過閱文集團上海玄霆娛樂信息科技有限公司 www.qidian.com，授予城邦文化股份事業有限公司春光出版獨家發行。

ISBN　978-957-9439-73-2

廣 告 回 函
北區郵政管理登記證
臺北廣字第000791號
郵資已付，免貼郵票

104 臺北市民生東路二段 141 號 11 樓

英屬蓋曼群島商家庭傳媒股份有限公司

城邦分公司

請沿虛線對折，謝謝！

愛情 · 生活 · 心靈

閱讀春光，生命從此神采飛揚

春光出版

書號：OF0062　　　書名：念君歡〔卷二〕

請於此處用膠水黏貼

【念君歡截角蒐集活動——忠實讀者好禮相送！】

]日起至 2020 年 1 月 15 日止，完成以下活動步驟，就可參加「《念君歡》截角
[集活動」活動。

] 50 名寄回的忠實讀者（以郵戳日期順序為憑），春光出版將會提供神祕小禮
]給你唷！

[量有限，行動要快～

[動步驟：

裁下《念君歡》系列**任兩集**之書腰折口截角（集數不得重複），並連同春光回函卡寄回。

將本回函卡的讀者資料都完整填妥。

將裁下的兩張「截角」和本回函卡一起寄回春光出版，即完成活動。（建議把小卡放入回函卡中，再將四邊用膠水黏貼封好即可寄回。）

[光出版將依照回函卡收件郵戳日期，依序贈送前 50 名忠實讀者，越早寄回，
[早收到春光神祕小禮物喔！

注意事項〕
本活動限台、澎、金、馬地區讀者。　2. 春光出版保留活動修改變更權利。

您的個人資料
[名：＿＿＿＿＿＿＿＿＿＿　性別：□男　□女
[址：＿＿＿＿＿＿＿＿＿＿＿＿＿＿＿＿＿＿＿＿＿＿＿＿＿＿＿＿＿＿
[話：＿＿＿＿＿＿＿＿＿＿ email：＿＿＿＿＿＿＿＿＿＿

提供訂購、行銷、客戶管理或其他合於營業登記項目或章程所定業務之目的，英屬蓋曼群
商家庭傳媒（股）公司城邦分公司，

本集團之營運期間及地區內，將以電郵、傳真、電話、簡訊、郵寄或其他公告方式利用您
供之資料（資料類別：C001、C002、

[03、C011 等）。利用對象除本集團外，亦可能包括相關服務的協力機構。如您有依個資法
三條或其他需服務之處，得致電本公

客服中心電話 (02)25007718 請求協助。相關資料如為非必要項目，不提供亦不影響您的權
。

C001 辨識個人者：如消費者之姓名、地址、電話、電子郵件等資訊。 2. C002 辨識財務者：
信用卡或轉帳帳戶資訊。

C003 政府資料中之辨識者：如身分證字號或護照號碼（外國人）。 4. C011 個人描述：如
別、國籍、出生年月日。

請於此處用膠水黏貼